珍藏版

文心雕龙

〔南朝梁〕 刘勰 ◎ 著　东篱子 ◎ 解译

全鉴

中国纺织出版社有限公司　国家一级出版社
全国百佳图书出版单位

内 容 提 要

　　《文心雕龙》是南朝梁代文学理论家刘勰创作的一部文学理论专著。它全面总结了齐梁时代以前的文学理论成果，其主要内容包括阐述写作原则、评论作家作品、探讨创作过程、研究文学理论等，不仅可以指导文人写作，还可帮助后世学者深入研究文学批评、文章学以及修辞学。本书在尊重文献原典的基础上，对生僻字词进行了注音和解释，译文流畅详细，读者可轻松阅读。

图书在版编目（CIP）数据

　　文心雕龙全鉴：珍藏版 /（南朝梁）刘勰著；东篱子解译.
––北京：中国纺织出版社有限公司，2019.9
　　ISBN 978 - 7 - 5180 - 6665 - 0

　　Ⅰ . ①文… 　Ⅱ . ①刘… 　②东… 　Ⅲ . ①文学理论—中国—南朝时代 ②《文心雕龙》—注释 ③《文心雕龙》—译文
Ⅳ . ①I206.2

　　中国版本图书馆CIP数据核字（2019）第201139号

策划编辑：张淑媛　　责任校对：江思飞　　责任印制：储志伟

中国纺织出版社有限公司出版发行
地址：北京市朝阳区百子湾东里 A407 号楼　邮政编码：100124
销售电话：010—67004422　传真：010—87155801
http://www.c-textilep.com
中国纺织出版社天猫旗舰店
官方微博 http://weibo.com/2119887771
北京华联印刷有限公司印刷　各地新华书店经销
2019 年 9 月第 1 版第 1 次印刷
开本：710×1000　1/16　印张：20
字数：329 千字　定价：68.00 元

　　《文心雕龙》在我国古代文学理论批评史上享有很高的地位，它是我国第一部体系严密、体裁宏大的文学理论专著，能帮助后世学者们更深入地研究文学批评、文章学以及修辞学，具有非常宝贵的阅读价值。

　　本书作者刘勰，字彦和，南朝梁代人，是我国历史上著名的文学理论家和文学批评家。他三十二岁时开始写《文心雕龙》，历时五年。关于"文心雕龙"四个字的由来，作者在最后一章《序志第五十》里做了一番解释。"文心"的意思就是"为文之用心"，即写作者如何在做文章上用心。"雕龙"从字义上讲是雕刻龙纹，借用了古代名家驺奭擅长"雕镂龙纹"这一典故，具体来讲就是写文章必须讲究修辞和文采。可见，这本书主要谈论的就是写文章的原则和方法。

　　本书共有五十篇，从结构和内容上可以划分为五个部分，即总论、文体论、创作论、文学评论、序志。

　　第一部分为总论，共五篇，作者称之为"文之枢纽"，也就是文章的关键。包括《原道第一》《征圣第二》《宗经第三》《正纬第四》《辨骚第五》五篇。作者论述为"本乎道，师乎圣，体乎经，酌乎纬，变乎骚"，也就是说，这本书探索了"道"的本质，以孔子等圣人为老师并效法他们，在写作体制上以经书经典作为参考，在文采修辞方面则从谶纬之学中斟酌摘取，在创新和变化方面参考楚辞《离骚》。

　　第二部分为文体论，共二十篇，作者称之为"论文叙笔"，也就是有韵文和无韵文。包括《明诗第六》《乐府第七》《诠赋第八》《颂赞第九》《祝盟第十》《铭箴第十一》《诔碑第十二》《哀吊第十三》《杂文第十四》《谐隐第十五》《史传第十六》《诸子第十七》《论说第十八》《诏策第十九》《檄移第二十》《封禅第二十一》《章表第二十二》《奏启第二十三》《议对第二十四》《书记第二十五》。其中从《明诗第六》到《谐隐第十五》这十篇为有韵文，从《史传第十六》到《书记第二十五》这十篇为无韵文。这一部分篇章的论述形式，用作者的话可概括为"原始以表末，释名以章义，选文以定篇，敷理以举统"，也就是说，首先推求各体的来源，以叙述它的流变；解释各体的名称，以阐明它的意义；选择各体有代表性的作品，来确定论述的篇章；提出对各体的写作要求，上升到理论高度，构成系统。

第三部分为创作论，共十九篇，作者称之为"剖情析采"，也就是剖析情理，研讨文采。包括《神思第二十六》《体性第二十七》《风骨第二十八》《通变第二十九》《定势第三十》《情采第三十一》《镕裁第三十二》《声律第三十三》《章句第三十四》《丽辞第三十五》《比兴第三十六》《夸饰第三十七》《事类第三十八》《练字第三十九》《隐秀第四十》《指瑕第四十一》《养气第四十二》《附会第四十三》《总术第四十四》。这一部分主要是讲如何写作，具体来说就是剖析文章的情理，探讨文章的文采，谈论写作的条理，即"剖情析采，笼圈条贯"。

第四部分为文学评论，共五篇，主要是杂论与文学相关的其他方面。包括《时序第四十五》《物色第四十六》《才略第四十七》《知音第四十八》《程器第四十九》。其中，《时序第四十五》是文学史，讲述各时代文学的兴盛与衰废；《才略第四十七》是作家论，对历代作家的成就和缺点分别进行了褒扬与贬抑；《知音第四十八》是鉴赏论，指出公正鉴赏的不易；《程器第四十九》是作家品德论，讨论作家的品德、才干问题。其中关于《物色第四十六》一篇的位置，一直是有所争议的。因为这篇直接谈到写作方法，讲情与景的关系，一些学者认为它的内容属于"剖情析采"，应当列在《情采第三十一》之后，《声律第三十三》之前。

第五部分，也就是本书的最后一篇《序志第五十》，起到统驭全书各篇的作用。它先解释书名，然后讲全书的写作目的，接着讲全书的结构，最后指出了全书的缺点、论述特色。因此，排除这篇不算，整本书说明文章功用的，是前四十九篇。

最后再说一下每篇结尾的"赞曰"。在《颂赞》一篇里，作者提到"赞"的作用是说明和辅助，例如，司马迁的《史记》在每篇的末尾都会有个评语，即"太史公曰"，这个评语大多写篇外之意，提出新看法、新观点；到了班固创作《汉书》，便改称为"赞曰"，是用简洁的话对篇章内容进行总结、赞美、贬斥。本书每篇末尾的"赞曰"基本都是对前文内容的一个总结，偶尔也会表达出一些新意。

本书在校译之时，以周振甫先生编著的《文心雕龙今译》为底本，并参考了其他多个版本，注释精准，译文通畅，还对难字偏字作了注音，以帮助读者轻松地阅读和理解原文。

本书平装本自出版以来，广受读者欢迎和喜爱。为满足大家的收藏、馈赠需要，现特以精装形式推出，敬请品鉴。

解译者

2019 年 5 月

目录

原道第一

【原文】

文之为德也大矣①，与天地并生者，何哉？夫玄黄色杂②，方圆体分，日月叠璧③，以垂丽天之象④；山川焕绮⑤，以铺理地之形：此盖道之文也⑥。仰观吐曜⑦，俯察含章⑧，高卑定位，故两仪既生矣⑨。惟人参之，性灵所钟⑩，是谓三才。为五行之秀，实天地之心。心生而言立，言立而文明，自然之道也。傍及万品⑪，动植皆文。龙凤以藻绘呈瑞⑫，虎豹以炳蔚凝姿⑬；云霞雕色，有逾画工之妙；草木贲华⑭，无待锦匠之奇⑮。夫岂外饰，盖自然耳。至于林籁结响，调如竽瑟；泉石激韵，和若球锽⑯。故形立则章成矣，声发则文生矣。夫以无识之物，郁然有彩⑰，有心之器，其无文欤⑱？

【注释】

①文：此书中的"文"，意义较为广泛，或指文章、文采；或指文化、文明；或指事物的纹理、颜色、形状、节奏等。这里的"文"便是囊括所有含义的广泛的文。德：属性、性质。

②玄黄：指天地的颜色。玄为天色，黄为地色。

③叠璧：《尚书》中有日月曾一度像璧那样重叠起来的说法。璧：环状的玉。

④垂：垂挂。丽天：附着于天。

⑤焕绮：光彩绮丽。

⑥盖：表示推测，相当于"大约""大概"。

⑦吐曜（yào）：亦作"吐耀"，发出光辉。借指能发光的日、月、星。曜，光明照耀。

⑧含章：包含美质，蕴涵着美。

⑨两仪：天地。

⑩性灵：智慧，聪明。钟：集聚。

⑪傍及：推及，遍及。

⑫藻绘：彩色的绣纹，错杂华丽的色彩。

⑬炳：明亮。蔚：繁盛。

⑭贲（bì）：装饰，修饰。华：花。

⑮锦匠：织锦工匠。

⑯球锽（huáng）：指磬和钟，庙堂乐器。

⑰郁然：草木茂盛的样子，形容文采之盛。

⑱欤（yú）：文言句末语气助词，表示疑问、感叹、反诘等语气。

【译文】

"文"的属性是多么普遍啊！它和天地一起产生，为何如此说呢？自天地诞生开始便有了玄色和黄色、圆形和方形的区分，太阳和月亮犹如重叠的双璧，于天空之中垂悬，以满是光明的形象显示出来；山川、河流犹如华美的锦绣，于大地之上铺设，以富有条理的形象展示出来：这些都是大自然的"文"仰头看向天空，太阳月亮发出耀眼的光芒；低头俯视大地，山川万物蕴涵着丰富的文采，上下位置确定了，然后产生了天地。只有人与天地相配，其身上孕育汇集天地智慧，所以天、地、人被称为"三才"。人凝聚了五行的秀气，实际上是具有思想的天地之心。具备了思想心灵，便跟着确立了语言，语言确立了文章便跟着鲜明，这是自然而然的道理。推广到世间万物，不论是动物还是植物都具备文章的特性。龙凤以五彩纹理显示它们的祥瑞，虎豹以色彩斑斓的花纹构成它们的雄姿；以色彩雕绘的云霞，艳丽缤纷胜过绘画工匠巧妙绝顶的设色；鲜花满缀装饰在草木之上，不需要织锦工匠高超神奇的手艺。这些都不是外界强加的修饰，而是它们自然而然形成的罢了。再如微风吹拂山林发出的声响，和谐得有如吹竽鼓瑟的乐调；泉水击打岩石形成的韵律，和谐得犹若扣磬鸣钟的和声。因此，形体确立下来了，声韵激发出来了，文章就出现了。无知无识的自然之物，尚且富有丰富的文采，有心智的人，哪能没有"文"呢？

【原文】

人文之元，肇自太极①。幽赞神明，《易》象惟先。庖牺画其始②，仲尼翼其终③。而《乾》《坤》两位，独制《文言》。言之文也，天地之心哉！若乃《河图》孕乎八卦④，《洛书》韫乎九畴⑤，玉版金镂之实⑥，丹文绿牒之华⑦，谁其尸之⑧？亦神理而已。

自鸟迹代绳，文字始炳⑨。炎皞遗事⑩，纪在《三坟》⑪；而年世渺邈⑫，声采靡追。唐、虞文章⑬，则焕乎始盛。元首载歌，既发吟咏之志；益、稷陈谟⑭，亦垂敷奏之风⑮。夏后氏兴⑯，业峻鸿绩⑰，九序惟歌⑱，勋德弥缛⑲。逮及商、周^⑳，文胜其质，《雅》《颂》所被，英华日新。文王患忧，繇辞炳曜^㉑，符采复隐^㉒，精义坚深。重以公旦多材^㉓，振其徽烈^㉔，制诗缉颂^㉕，斧藻群言^㉖。至夫子继圣，独秀前哲，熔钧六经^㉗，必金声而玉振^㉘；雕琢情性，组织辞令，木铎起而千里应^㉙，席珍流而万世响^㉚，写天地之辉光，晓生民之耳目矣。

【注释】

①肇自：始于。太极：指宇宙最初浑然一体的元气。

②庖（páo）牺：伏羲，华夏民族人文先始、三皇之一。

③仲尼：孔子的字。翼：《十翼》，即《易传》，是解释《周易》的著作，包括《彖（tuàn）》上下、《象》上下、《系辞》上下、《文言》《说卦》《序卦》《杂卦》共有十篇。

④《河图》：上古时代神话传说中伏羲通过黄河中浮出龙马身上的图案与自己的观察，画出"八卦"，而龙马身上的图案就叫作"河图"。

⑤《洛书》：古代传说中有神龟出于洛水，其甲壳上图像，大禹取法而制定了《九畴》。韫（yùn）：收藏，蕴藏，包含。九畴：九类，指传说中天帝赐给禹治理天下的九类大法。

⑥玉版：古代用以刻字的玉片。金镂：在黄金器物上雕刻。

⑦牒：用以书写的竹简木札。

⑧尸：执掌，主持。

⑨炳：显著，明显，昭著。

⑩炎暤（hào）：炎帝神农氏与太暤伏羲氏的并称。

⑪《三坟》：伏羲、神农、黄帝之书。

⑫渺邈：久远，广远。

⑬唐、虞：唐尧与虞舜的并称。亦指尧与舜的时代，古人以为太平盛世。

⑭益、稷（jì）：舜的大臣，伯益和后稷。陈谟：陈献计谋。

⑮垂：传下去，传留后世。敷奏：陈奏，向君上报告。

⑯夏后氏：夏朝君主的氏称，夏朝王族以国为氏，为夏后氏，简称夏。

⑰业峻鸿绩：功业高，成绩大。

⑱九序：同"九叙"，九功各顺其理，皆有次序。

⑲弥：更加。缛（rù）：丰富。

⑳逮及：及至，等到。

㉑繇（zhòu）辞：卦兆的占辞。炳曜：文采焕发，光辉灿烂。

㉒符采：美玉的文理色彩。复隐：包蕴深隐。

㉓公旦：周公旦，姬姓，名旦，是周文王姬昌第四子，周武王姬发的弟弟。

㉔徽烈：宏业，伟业。

㉕缉：古同"辑"。

㉖斧藻：修饰。

㉗熔钧：编订。

㉘金声而玉振：奏乐时以钟发声，以磬收韵。

㉙木铎（duó）：以木为舌的大铃，铜质。古代宣布政教法令时，巡行振鸣以引起众人注意。

㉚席珍：亦称"席上珍"，坐席上的珍宝，比喻儒者美善的才学。

【译文】

人类文的起始，源于天地未分前的那一团元气，深刻阐明这个神奇道理的，最早要数《易经》中的卦象。《易》起始于伏羲画八卦之图，最后孔子又加上辅助性的解说《十翼》。其中《乾》《坤》两卦，孔子特地用《文言》加以解释。这样看来，语言要具备文采，才算顺应天地自然的心灵吧！至于伏羲仿效《河图》画出了八卦，夏禹根据《洛书》酝酿出包含九类治国的大法，还有玉石书版、金银铜器上雕刻的图文内容，绿色简牒上书写的丹红文字，这些又是哪个在主宰呢？不过是神妙的启示罢了。

自从仓颉仿照鸟兽足迹创造出文字，取代了结绳记事，文字的作用便开始彰显。炎帝神农氏和太皞伏羲氏的种种事迹，《三坟》这部古书上都记载了；可惜年代太过久远，事迹渺茫，声韵文采已经无处追寻查证了。唐尧和虞舜时代的文章，文采便开始丰富起来，十分兴盛。天子大舜唱和的歌词，已经发出了唱叹吟咏的情志；其臣子伯益和后稷进献的

计谋，也传下了陈奏进言的风气。夏后氏大禹兴起，事业崇高，功绩伟大，各项工作都井然有序，受到世间歌颂，勋德一天天地丰富辉煌起来。到了商朝和周朝，文章有了长足发展，文采胜过前代的质朴，在《雅》诗和《颂》诗的影响之下，文章的辞采显得愈发新颖华丽。周文王被商纣王拘禁在羑里受难之时作了《周易》，其卜辞光彩耀世，如同美玉的纹理色彩一样，有含蓄丰富的内容，有精微深刻的义理。加之周公旦多才多艺，将周文王的美善事业发扬光大，制作诗歌，辑录《周颂》，修正润饰各种典籍文辞。孔子在承继先代圣人精华的基础上，甚至还超越了从前的圣哲，他编订"六经"，像打钟开始击磬结束一般集经典之大成；他陶冶情操，组织辞令，他的教化如同施政教时所用的木舌铜铃一样，只要一振动，千里响应，他的思想学问像珍宝一般流传下来，万世响应，可以说是发扬了天地的无限光辉，启发了世人的聪明才智啊。

【原文】

爰自风姓①，暨于孔氏②，玄圣创典③，素王述训④，莫不原道心以敷章⑤，研神理而设教，取象乎《河》《洛》⑥，问数乎蓍龟⑦，观天文以极变⑧，察人文以成化；然后能经纬区宇⑨，弥纶彝宪⑩，发辉事业，彪炳辞义⑪。故知道沿圣以垂文，圣因文而明道，旁通而无滞⑫，日用而不匮⑬。《易》曰："鼓天下之动者存乎辞。"辞之所以能鼓天下者，乃道之文也。

【注释】

①爰（yuán）：助词，放在句首。风姓：伏羲，伏羲为风姓。

②暨（jì）：及。

③玄圣：远古的圣人，指伏羲。

④素王：孔子的别称。指不需要人民、权力，而他的声望、权威和宇宙并存。

⑤道心：自然之道的精神，客观事物最基本的精神。这个"心"和上文"天地之心哉"的"心"意思一致。敷：铺叙，陈述。

⑥取象：取某事物之征象。

⑦问数：占问运数。蓍（shī）龟：古人以蓍草与龟甲占卜凶吉，因以指占卜。

⑧极变：谓极尽变化之能事。

⑨经纬：规划治理。区宇：天下。

⑩弥纶：包举，综括。彝宪：常法，经久不变的大经大法。

⑪彪炳：像虎纹般光彩鲜明。

⑫旁通：遍通，广泛通晓。

⑬匮：缺乏。

【译文】

从伏羲到孔子，伏羲开创设立典则，孔子发挥阐述义训，都是根据自然之道的精神来进行创作的，都是通过钻研精深的道理来设置教化、从事教育的。他们从《河图》《洛书》中取得征象启示，用蓍草和龟壳来占卜问诣事物未来的发展，观察天文以穷究各种变化，考察人文来完成教化；然后才能够治理天下，制定出恒久不变的根本大法，发展宏伟的事业，让文辞的义理光彩鲜明。由此得知，自然的道理是依靠圣人而体现在文章著作里面，圣人也通过文章著作才得以阐明自然的道理，圣人的文章到处都行得通并且没有阻碍，天天为人所运用也不会觉得匮乏。《周易》中说："能够鼓动天下的，主要在于文辞。"文辞之所以能够鼓动天下，是因为它符合自然的道理。

【原文】

赞曰①：道心惟微，神理设教。光采玄圣②，炳耀仁孝③。龙《图》献体，龟《书》呈貌。天文斯观，民胥以效④。

【注释】

①赞：古代一些文章末尾有赞文，用以总括说明全篇大意。本书每篇结尾都有赞。

②玄圣：指孔子。

③炳耀：昭彰，昭扬。

④胥（xū）：全，都。

【译文】

总而言之：自然之道的本质是非常精深微妙的，圣人根据这种神妙的道理来施行教化。伟大的圣人孔子，发出耀眼的光芒，让仁义忠孝的伦理道德得以宣扬。黄河里龙马负《图》献出八卦的形体，洛水中神龟负《书》呈上九畴的样貌。圣人通过观察天地自然的文采来创造文化，人们都依照它来行动。

征圣第二

【原文】

夫作者曰"圣",述者曰"明"①。陶铸性情②,功在上哲③,"夫子文章,可得而闻"④,则圣人之情,见乎文辞矣。先王圣化⑤,布在方册⑥;夫子风采,溢于格言。是以远称唐世,则焕乎为盛⑦;近褒周代,则郁哉可从⑧:此政化贵文之征也⑨。郑伯入陈,以文辞为功⑩;宋置折俎,以多文举礼⑪:此事迹贵文之征也⑫。褒美子产⑬,则云"言以足志,文以足言";泛论君子,则云"情欲信,辞欲巧"⑭:此修身贵文之征也。然则志足而言文,情信而辞巧,乃含章之玉牒⑮,秉文之金科矣⑯。

【注释】

①作者曰圣,述者曰明:出自《礼记·乐记》:"作者之谓'圣',述者之谓'明'。"意思是能够制作礼乐的称为"圣",能够阐述圣人创作的称为"明"。刘勰引用这两句话,从圣人的创作讲起,是为了引出孔子。

②陶铸:像陶冶工器那样把人培育成有用之人。

③上哲:具有超凡道德、才智的圣人,主要指孔子。

④夫子文章,可得而闻:引用孔子学生子贡的话:"夫子之文章,可得而闻也。"

⑤圣化:教化。

⑥布:陈述。方册:简牍,典籍。

⑦焕乎:出自《论语·泰伯》:"焕乎,其有文章!"为颂扬尧治天下的功德之辞。焕:光明。

⑧郁哉:出自《论语·八佾(yì)》:"周监于二代,郁郁乎文哉!吾从周。"意思是,周朝的礼仪制度借鉴于夏、商二代,是多么丰富多彩啊。我遵从周朝的制度。

⑨征:验证,证明。

⑩郑伯入陈,以文辞为功:《左传·襄公二十五年》记载,春秋时期,郑简公发兵攻打陈国,派子产向众国之盟主晋国汇报情况。晋国问郑国怎么欺负小

国呢？子产回答，陈国之前领楚国攻打郑国，在郑国犯了恶事。这件事曾经跟晋国汇报过，可是无法讨回公道，那就只好讨伐陈国了。子产对答如流，而且回答得头头是道，孔子称赞子产有巧妙的言辞。

⑪宋置折俎（zǔ），以多文举礼：根据《左传·襄公二十七年》记载，宋平公设宴招待晋国的赵文子，宴会上，宾主的发言文采四溢，孔子非常欣赏。折俎，古代祭祀、宴会时，杀牲肢解而后置于俎上。俎，盛牺牲的礼器。举礼，记下这次合礼的事。

⑫迹：作"绩"，功。

⑬子产：春秋时期郑国人，杰出的政治家、思想家。姬姓，氏公孙，名侨，字子产。

⑭情欲信，辞欲巧：《礼记·表记》云："情欲信，辞欲巧"，传为孔子言。意思是，感情要真诚，语言要精巧。

⑮含章：蕴含文采。玉牒：重要文书。

⑯秉文：行文。金科：重要的条例。

【译文】

所谓"圣"，就是能够认识自然之道而进行独立创作的人；所谓"明"，就是能够理解圣人的著作学说而加以阐述的人。用教育来陶冶、塑造人的性情，在这方面，圣人有相当大的功劳。孔子的学生子贡曾经说："老师的文章，是可以看得到的。"圣人的思想感情或意见主张，体现在有关的文辞言语中。古代圣明君主的教化训示，在古籍上面记载着；孔子的言行文采，都表现在他那些富于教导人的格言里面。所以，对于远古，孔子曾称赞过尧帝的时代，并评论说："多么兴盛焕发的文化啊！"对于近世，孔子曾褒扬过西周时代，说："多么丰富多彩的文化啊，十分值得效法"：这就是政令教化方面重视文化的例证。春秋时期，郑国攻入陈国，面对晋国的责问，郑大夫子产因善于言辞而使这场仗变得正当，从而立下功劳；宋国接待晋国的赵文子，举办最隆重的宴会，宾主言辞都很有文采，孔子十分赞赏，特地让学生记录下来：这些都是用功绩事实说明以文为贵的例证。孔子褒扬赞美子产，则说："不仅能用语言成功地表达自己的意思，还能用文采将语言修饰得十分漂亮"；孔子一般谈到有才德的君子，就说"情感应该真实可信，文辞应该巧妙精美"；这是个人的修养上重视文采的证明。由此可见，意思要充实而言辞要有文采，感情要真诚而文辞要巧妙精美，这也就是写作的基本法则了。

【原文】

夫鉴周日月①，妙极机神②；文成规矩③，思合符契④。或简言以达旨，或博文以该情⑤，或明理以立体⑥，或隐义以藏用⑦。故《春秋》一字以褒贬⑧，丧服举轻以包重⑨；此简言以达旨也。《邠诗》联章以积句⑩，《儒行》缛说以繁辞⑪：此博文以该情也。书契断决以象《夬》⑫，文章昭晰以象《离》⑬：此明理以立体也。四象精义以曲隐⑭，五例微辞以婉晦⑮：此隐义以藏用也。故知繁略殊形，隐显异术，抑引随时⑯，变通适会，征之周、孔，则文有师矣。

【注释】

①鉴：观察，审察。

②机：先兆，征兆。

③规矩：文章的法度。

④符契：合同，契约。符，古代作为凭信的东西。契，约券二者相合为凭。

⑤该：备，兼备。

⑥立体：确立体裁、体制。

⑦藏用：指暗藏其用意。

⑧《春秋》一字以褒贬：《春秋》用笔严谨，褒则称字，贬则称名，其引文用笔，常用一字寓意褒贬。

⑨丧服举轻以包重：《礼记·曾子问》中孔子有"缌（sī）不祭"的说法。缌，细麻布做的丧服。五种丧服之最轻者，以细麻布为孝服，服丧三个月。按规定穿轻丧服的尚且不能参加宗庙祭祀，穿重丧服的人就更不行了。古人认为服丧期间不能参加宗庙祭祀这类祭礼活动。

⑩《邠（bīn）诗》：指《诗经·豳（bīn）风·七月》，全篇八章，每章十一句，是《国风》中最长的篇章。

⑪《儒行》：是《礼记》中的第四十一篇。该篇通过孔子与鲁哀公的对话，从各个方面描述了一个真正的儒者的

行为是什么样子的。缛（rù）：繁多。

⑫书契：文字。《夬（guài）》：《易·夬》中有："夬，决也，刚决柔也。"夬的意思是坚决、果断。

⑬昭晰：清楚，明白。《离》：《易经·离卦》用离来象征火。

⑭四象：《易经》六十四卦有实象、假象、义象、用象。精义：精辟的义理。曲隐：曲折隐晦。

⑮五例：指《春秋》在行文上隐寓褒贬的五种体例。即微而显，志而晦，婉而成章，尽而不污，惩恶而劝善。微辞：委婉而隐含讽谕的言辞，隐晦的批评。婉晦：委婉而含蓄。

⑯抑引：压缩与引伸。指不采用与采用。

【译文】

　　圣人观察自然万物像日月普照大地一样全面，对于各种精深奥妙的变化和预兆能够深入探究，入微通神；他们才能写成堪称世间典范的文章，表达的思想内容才会与客观事实相符。圣人进行创作的时候，或用简练的语言来表达旨意，或用广博的文辞来叙述情感，或用明白的道理来构造文章的主体，或者用含蓄的语义来隐藏深刻的作用。所以《春秋》中就经常用很少的字来表达对某人某事的赞扬或批评，《礼记》里则用轻丧服的礼仪规则来一笔带过重丧服的礼仪规则：这些例子便是为了说明可用简练的语言来表达主要思想。又如《诗经·豳风·七月》里面章句繁多，联章成篇，《礼记·儒行》用复杂的叙述来申明，用丰富的词句来记载，这些例子便是为了说明用详尽的文辞来完备地叙述情理。此外，还有的文字决断万事像夬卦那样果断干脆，有的文章描述事理好像离卦那样明白清楚：这些例子便是为了说明用明白的道理来构建文章体式。《易经》里阐释的四种卦象，道理精深奥妙，含义迂回隐晦，《春秋》所运用的五种纪事体例，也是委婉隐晦，深而不露：这些例子便是为了说明用含蓄的语义来隐藏文章的深刻作用。根据上述例子我们知道，繁缛和简约有不同形式，隐晦和明显有不同表达。对这些不同形式和不同表达，或者抑制，或者引用，都要随着时机而定；写作时的千变万化，要适应不同情况而灵活运用，如果我们以周公、孔子的文章作为标准来检验自己，那写作上就找到老师了。

【原文】

　　是以论文必征于圣①，窥圣必宗于经②。《易》称"辨物正言③，断辞则备"；《书》云"辞尚体要④，弗惟好异"。故知正言所以立辩，体要所以成辞，辞成无好异之尤⑤，辩立有断辞之义⑥。虽精义曲隐，无伤其正言；微辞婉晦，不害其体要。体要与微辞偕通⑦，正言共精义并用；圣人之文章，亦可见也。颜阖以为⑧："仲尼饰羽而画，徒事华辞。"⑨虽欲訾圣⑩，弗可得已。然则圣文之雅丽，固衔华而佩实者也⑪。天道难闻，犹或钻仰⑫；文章可见，胡宁勿思⑬？若征圣立言，则文其庶矣⑭。

【注释】

①是以：所以，因此。

②宗：尊崇。

③正言：正确的说明。

④尚：注重。体要：切实而简要。

⑤尤：过失。

⑥义：宜，美。与上文的"尤"对偶。

⑦偕：和谐。

⑧颜阖（hé）：战国时鲁国贤人。

⑨仲尼饰羽而画，徒事华辞：《庄子·列御寇》中，颜阖评价孔子"方且饰羽而画，从事华辞"。

⑩訾（zǐ）：说别人的坏话，诋毁。

⑪衔华而佩实：形容文章的形式和内容都完美。

⑫钻仰：深入研求。

⑬胡宁：为何。

⑭庶：几乎，将近，差不多。

【译文】

　　所以，谈论文章一定要用圣人的标准来加以验证，探索圣人的思想，一定要把经典作为依据。《易经·系辞下》里说："辨明事物并给以恰当的说明，从而使语言决断明确，语意表达充分。"《尚书·毕命》里说："文辞应当扼要，抓住主要内容，不要一味地追求奇异。"因此，正确的说明才能使文章辩理成立，抓住要点才能组织好文章的词句，可避免爱好奇异的毛病，文辞也就具备了明断的优点。即使将精深的道理写得曲折隐蔽，也不会影响论述说明的恰当；即使将微妙的言辞写得委婉隐晦，也不会影响它切实扼要的优点。文辞扼要与语言含蓄和谐相通，正确的说明与精深的道理也可以并存；圣人的文章中，都可以看得到。颜阖说："孔子的文章就像在已有自然文采的羽毛上再加装饰，只为追求辞藻的华丽。"他虽然想用这个来指责诋毁圣人，但实际上是根本做不到的。因为圣人的文章内容雅正而又文辞绚丽，本来就兼有动人的文辞和充实的内容。自然界的道理如此难以理解，尚且要去钻研；圣人的文章是显而易见的东西，为什么不去思索探究呢？如果能根据圣人的思想和著作来进行创作，那么创作出来的文章就接近于成功了。

【原文】

赞曰：妙极生知①，睿哲惟宰②。精理为文③，秀气成采④。鉴悬日月⑤，辞富山海。百龄影徂⑥，千载心在。

【注释】

①生知：指不待学而知之。指圣人。

②睿哲：圣明，明智。宰：主宰，引申为掌握、具有。

③精理：精微的义理。

④秀气：灵秀之气。

⑤鉴：明察。

⑥徂（cú）：古同"殂（cú）"，死亡。

【译文】

总而言之：圣人实在是神妙之极，因为只有他们才懂得精妙的道理。他们顺从精深的自然道理来书写文章，用灵秀的才气构成闪耀的辞采。他们通透事物如同高悬的日月，他们的言辞丰富多样好像高山大海。百岁的他们虽然身影逝去，但精神思想却可千年永存。

宗经第三

三极彝训①，其书言"经"。"经"也者，恒久之至道，不刊之鸿教也②。故象天地③，效鬼神，参物序，制人纪④，洞性灵之奥区⑤，极文章之骨髓者也。皇世《三坟》⑥，帝代《五典》⑦，重以《八索》⑧，申以《九丘》⑨；岁历绵暧⑩，条流纷糅⑪，自夫子删述⑫，而大宝咸耀。于是《易》张《十翼》，《书》标"七观"⑬，《诗》列"四始"⑭，《礼》正"五经"⑮，《春秋》"五例"，义既埏乎性情⑯，辞亦匠于文理，故能开学养正⑰，昭明有融⑱。然而道心惟微，圣谟卓绝⑲，墙宇重峻，而吐纳自深，譬万钧之洪钟⑳，无铮铮之细响矣。

【注释】

①三极：三才，即天、地、人。彝训：日常的训诫。

②不刊：不可改易。古代的文书刻在竹简上，错了就削去，这叫刊。鸿教：伟大的说教。

③象：效法。

④人纪：人之纲纪，指立身处世的道德规范。

⑤洞：通晓，知悉。奥区：深奥之处。

⑥皇世：三皇之世。《三坟》：三皇之书。三皇是华夏族的祖先，不同著作对其有不同说法。分别是：天皇、地皇、泰皇（出自《史记·秦始皇本记》）；天皇、地皇、人皇（出自《史记·补三皇本记》）；燧人、伏羲、神农（出自《尚书·大传》）；伏羲、女娲、神农（出自《风俗通义·皇霸篇》）；伏羲、神农、祝融（出自《白虎通》）；伏羲、神农、共工（出自《通鉴外记》）；伏羲、神农、黄帝（出自《三字经》）。

⑦帝代：五帝时代。《五典》：五帝之书。五帝是上古时代中国传说中的五位部落首领，根据不同史料记载，有以下五种说法：黄帝、颛顼、帝喾、尧、舜（《大戴礼记》《史记》）；庖牺、神农、黄帝、尧、舜（《战国策》）；太昊、炎帝、黄帝、少昊、颛顼（《吕氏春秋》）；黄帝、少昊、颛顼、帝喾、尧（《资治通鉴外纪》）；少昊、颛顼、帝喾、尧、舜（伪《尚书序》）。

⑧重：加上。《八索》：《左传》记载的一种古书名，相传是讲八卦的书。

⑨申：加上。《九丘》：九州之志。

⑩绵暧（ài）：悠久。

⑪条流：流派。纷糅：众多而杂乱。

⑫删述：相传孔子序《书》删《诗》，又自称"述而不作"，见《论语·述而》。后以"删述"谓著述。

⑬七观：《尚书》可供借鉴的七个方面，包括义、仁、诚、度、事、治、美。

⑭四始："风""小雅""大雅""颂"。

⑮五经：五种礼制。以祭祀之事为吉礼，丧葬之事为凶礼，军旅之事为军礼，宾客之事为宾礼，冠婚之事为嘉礼。

⑯埏（shān）：和泥制瓦，比喻文章的教化作用。

⑰开学：启发学习。养正：涵养正道。

⑱昭明有融：光明又长久。

⑲圣谟（mó）：圣训。

⑳钧：古代重量单位，合三十斤。

【译文】

讲述有关天、地、人这三才经久不变的道理，这种书籍叫作"经"。所谓"经"，就是讲推究到极点的永恒道理，不可改易的伟大教导。圣人创制经典，从天地间取法，凭借鬼神证验，探究万世万物的秩序，从而制定出人伦纲纪，深入到人类灵魂的深处，探究掌握了文章的精髓根本。三皇时代的《三坟》一书，五帝时代的《五典》一书，加上《八索》以及《九丘》，这种种经典，由于历经的年代实在太过绵延久远，里面流传的道理越来越不清楚，后世的著作流派也纷糅杂乱，自从经过孔夫子的删削整理之后，这些古书经典才重新绽放出光彩。于是，《周易》的意义要凭借《十翼》来发挥，《尚书》中标立了"七观"，《诗经》中列出了"四始"，《礼记》确定了五种主要的礼仪，《春秋》提出了五项记事条例，既能在内容上陶冶塑造人的性情，而且它们在用辞上也很符合文理，十分考究，因此，它们能够启发学习，培养文化正道，使一切道理更加显著鲜明，从而成为典范。然而自然之道的精神是十分微妙的，圣人的见解也是十分高深的，圣人的道德学问高超，犹如高墙深宅，里面所包含的自然道理十分深奥，这就好比千万斤重的大钟，不会发出铮铮的细微响声一样。

【原文】

夫《易》惟谈天，入神致用①。故《系》称旨远辞文②，言中事隐。韦编三绝③，固哲人之骊渊也④。《书》实记言⑤，而训诂茫昧⑥，通乎《尔雅》⑦，则文意晓然。故子夏叹《书》⑧，"昭昭若日月之明，离离如星辰之行"⑨，言昭灼也⑩。《诗》主言志，诂训同《书》，摛风裁兴⑪，藻辞谲喻⑫，温柔在诵，故最附深衷矣⑬。《礼》以立体⑭，据事制范，章条纤曲⑮，执而后显，采掇片言⑯，莫非宝也。《春秋》辨理，一字见义，五石六鹢⑰，以详略成文；雉门两观⑱，以先后显旨；其婉章志晦⑲，谅以邃矣。《尚书》则览文如诡，而寻理即畅；《春秋》则观辞立晓，而访义方隐；此圣文之殊致，表里之异体者也。

至根柢槃深⑳，枝叶峻茂，辞约而旨丰，事近而喻远。是以往者虽旧，余味日新，后进追取而非晚，前修久用而未先，可谓太山遍雨、河润千里者也。

【注释】

①入神：形容达到精妙的境界。致用：用作付诸实用之意。

②《系》：《系辞》，解释《易经》。旨远：旨意深远。文：有文采，华丽。

③韦编三绝：《史记·孔子世家》："读《易》，韦编三绝。"说孔子晚年爱好读《易》，读完这部书折断了编串竹简的牛皮绳三次。

④骊渊：骊龙潜伏的深渊。相传骊龙下巴处有颗宝珠。这里指才思文辞的渊源，探索学问的宝库。

⑤《书》：《尚书》，最早书名为《书》，内容大多是臣下对君上言论的记载。

⑥训诂（gǔ）：解释古文字义，这里作古语解。茫昧：模糊不清。

⑦《尔雅》：辞书之祖，里面收集了比较丰富的古代汉语词汇。

⑧子夏：卜商，字子夏，"孔门十哲"之一，七十二贤之一。

⑨昭昭：明亮，光明。离离：清晰貌，分明貌。

⑩昭灼：明显，显著。

⑪摛（chī）：散布。风：诗经在内容上分为《风》《雅》《颂》三个部分。裁：制。兴：比兴，《诗经》内容创作重要的表现手法。

⑫藻辞：使文辞有文采。谲喻：比喻婉转。

⑬附：靠近。深衷：内心，衷情。

⑭立体：确立体裁、体制。

⑮纤曲：细密曲折。

⑯采掇：搜集。

⑰五石六鹢（yì）：出自《春秋·僖公十六年》："春王正月戊申朔，陨石于

宋五。是月，六鹢退飞，过宋都。"后用以比喻记述准确或为学缜密有序。鹢：古书上说的一种似鹭的水鸟。

⑱雉门两观：出自《春秋·定公二年》："夏五月壬辰，雉门及两观灾。"雉门：天子城门。两观：宫门前两边的望楼。

⑲婉章志晦："婉而成章""志而晦"，是《春秋》写作五项条例中的两条。是说文笔婉曲，用意隐蔽。

⑳根柢（dǐ）：草木的根。柢：即根。槃（pán）深：盘曲深广。槃：同"盘"，盘曲、回绕。

【译文】

《易经》专门论述研究自然变化的道理，十分精妙细微，完全可以运用到实际当中去。因此，《系辞》里介绍《易经》的旨意深远，言辞富有文采，语言中肯得当且符合实际，但是它讲的事理十分晦涩难懂。孔子阅读这部书的时候，穿编竹简的牛皮绳甚至都断了三次，由此可见，这部书是圣人探求深奥哲理的宝库。《尚书》以记言为主，主要记载的是君王的言谈，只是它的文字十分晦奥难懂，读的时候非常不便于理解，但是只要通晓《尔雅》这部工具书，弄懂了古代的语言，那《尚书》里面文字的意思也就很明白了。所以《尚书》被孔子的学生子夏称赞说："《尚书》论事，如同日月照耀大地那般明亮，如同星辰排布天空那般分明"，这说的是《尚书》记事记载得十分清楚明白。《诗经》主要是抒发作者思想感情的，它的语言跟《尚书》一样不易理解，同样需要靠《尔雅》来解释，它充分发扬了民歌特色，里面有《风》《雅》《颂》等不同类型的诗篇，创作时采用了赋、比、兴等手法，文辞华美，比喻委婉，诵读起来能够感受到它温柔敦厚的特色，所以《诗经》是最贴合人们内心深处思想感情的作品。《礼经》可以用来建立体制，它根据实际需要和具体事项来制定法规法度，各种条款罗列得非常详细，执行起来明确清楚、效果显著，从里面任意摘取出一词一句，都是十分珍贵的。《春秋》辨析事理，往往用一个字来表现作者赞誉或批判的态度。例如，关于"落到宋国的陨石有五块""六只鹢鸟倒着飞过宋国都城"的记载，用详略不同的文字组织成文，以示写作技巧；又如关于"雉门和两观发生火灾"的记载，通过"雉门"和"两观"的词序不同，来显示作者区分主次的意思；《春秋》用词委婉曲折、用意隐晦，的确富有深邃的内涵。《尚书》虽然读起来文辞深奥，但寻究它的道理却也能明白易懂；《春秋》的文辞虽然一读就很容易通晓明白，但是当你要探求它的意义时又深奥难懂了；圣人的文章各有特色，其表达方式的不同造成了其形式和内容都不尽相同。

经书中的文章像树一样，根柢盘结深固，树枝长高、叶子茂盛，言辞阐述简约但包含的意义非常丰富，叙述事情平凡浅近但喻理十分远大。虽然这些经书旧作年代久远，但去体味它们所包含的意义时，却是日日有新的感触，后世学者在里面追求探取道理一点都不怕晚，前代先贤长久运用也并不见得占了先机，经书的作用好比泰山上的云气，其雨水能够洒遍天下，又如黄河的河水，灌溉千里沃野。

【原文】

故论、说、辞、序①，则《易》统其首；诏、策、章、奏②，则《书》发其源；赋、颂、歌、赞③，则《诗》立其本；铭、诔、箴、祝④，则《礼》总其端；纪、传、盟、檄⑤，则《春秋》为根：并穷高以树表，极远以启疆⑥；所以百家腾跃，终入环内者也⑦。若禀经以制式⑧，酌雅以富言，是即山而铸铜，煮海而为盐也。故文能宗经，体有六义：一则情深而不诡，二则风清而不杂，三则事信而不诞，四则义贞而不回⑨，五则体约而不芜，六则文丽而不淫。扬子比雕玉以作器⑩，谓五经之含文也。夫文以行立，行以文传，四教所先⑪，符采相济⑫，励德树声，莫不师圣，而建言修辞，鲜克宗经。是以楚艳汉侈，流弊不还⑬，正末归本，不其懿欤？

【注释】

①论、说、辞、序：论、说主要是议论评说。辞、序主要用来解释。

②诏、策、章、奏：诏、策是皇帝的文件诏书。章、奏是臣僚呈报皇帝的文书。

③赋、颂、歌、赞：赋起于战国，

盛于两汉，兼具诗歌和散文性质。颂是以颂扬为内容的文章或诗歌。歌是诗歌。赞是一种抒情文体，常以情调的激扬、风格的精练为标志。

④铭、诔（lěi）、箴（zhēn）、祝：铭是铸、刻或写在器物上记述生平、事迹或警诫自己的文字。诔是叙述死者生平，表示哀悼的文体。箴是对人告诫规劝的一种文体。祝是祭神的祈祷词。

⑤纪、传、盟、檄（xí）：纪是传统史书的一种体裁，以重要事件为纲，将一段历史完整地记载下来。传是替经书作注的著作，一般由他人记述，亦有自述生平者。盟是盟约的誓辞。檄是官府用以征召或声讨的文书。

⑥启疆：开拓疆域，这里指扩大文章范围。

⑦环内：一定范围之内。

⑧禀：接受。

⑨贞：正。回：邪僻。

⑩扬子比雕玉以作器：《法言·寡见》："玉不雕，玙璠不作器。言不文，典谟不作经。"是说玉石不经过雕凿就不能成为美玉，文章如果没有文采，即使是典籍、谋略也成为不了经典。玙璠（yú fán）：美玉。扬子：扬雄，西汉哲学家、文学家、语言学家。

⑪四教：孔子以文、行、忠、信为教人的四要目。

⑫符采：美玉的文理色彩。相济：互相帮助、促成。

⑬流弊：指某事引起的坏作用，也指相沿下来的弊端。

【译文】

因此，论、说、辞、序等体裁，都是从《易经》开始的；诏、策、章、奏等体裁，都发源于《尚书》；赋、颂、歌、赞等体裁，均以《诗经》为根本；铭、诔、箴、祝等体裁，都从《礼经》开端；纪、传、盟、檄等体裁，都以《春秋》为根源：以上这些经典，都为文章建立了最高的标准，树立了很好的榜样，皆为文章的发展开辟出最为广阔的领域；所以任凭诸子百家如何驰骋踊跃，终究还是超越不了经书经典的范围。倘若根据经书的体式去制定各种体裁的文章格式，然后参照"五经"雅正标准的词汇让写作的语言丰富起来，那么文章创作就好像靠近矿山来冶炼铸铜，在海边熬煮海水制盐一样了。所以，做文章能够参仿"五经"，这样的文章便可具备六种特点：一是思想感情深厚真挚而不邪异，二是文风纯正清楚而不杂乱，三是叙事真实可信而不荒诞，四是义理正确而不歪曲，五是文体简约精练而不繁杂，六是文辞华丽而不浮夸。扬雄用玉石玉器打比方说明这件事，即玉石需要经过雕琢才能成为玉器，认为"五经"

里的文章应包含着文采。人的德行决定着文章的好与坏，德行表现在文章的文辞当中然后加以流传，孔子从文辞、德行、忠诚、信义这"四教"入手，他把文辞摆在了首位，正如宝玉必须饰有精致的花纹一样，二者相济相成，人们勉励道德、树立声名，都向圣人学习，但是到了文章写作方面，却很少学习圣人的经典。因此才造成了这样一种现象：楚辞稍显艳丽，汉赋过度奢华，它们的弊病延续下来，越来越肆虐，恶势头难以控制，其实，好好纠正这些错误，让文风回归到经书指引的正途上去，不就正确了吗？

【原文】

赞曰：三极彝训，道深稽古①。致化归一，分教斯五。性灵熔匠，文章奥府。渊哉铄乎②！群言之祖。

【注释】

①稽（jī）：查究。

②渊：深。铄：同"烁"，光亮。

【译文】

总而言之：经书阐述了天、地、人三才经久不变的道理，这些道理十分深刻，可以从古代的经书典籍中去考究。施行教化的目的只有一个，而在教导时则分为五经。经书如同工匠熔铸金属那般可以锻造人的性情和灵魂，它们同时又是探索文章奥秘的深邃宝库。经书是一切言辞、文章的宗祖，它们是多么深远美好啊！

正纬第四

【原文】

夫神道阐幽①，天命微显②，马龙出而大《易》兴③，神龟见而《洪范》耀④。故《系辞》称："河出图，洛出书，圣人则之。"⑤斯之谓也。但世夐文隐⑥，好生矫诞⑦，真虽存矣，伪亦凭焉。

【注释】

①神道：指《原道》中讲的"神理"，即神妙的道理或启示。阐幽：与"微显"相对，使幽深隐藏的显露出来。

②天命：自然的规律、法则。微显：显现微妙之处。

③马龙出而大《易》兴：马龙即龙马，体形像马，但却是龙的头和爪，身上有鳞片，乃祥瑞之兽。相传龙马从黄河里负图而出，伏羲照着河图制成了八卦，后来周文王为八卦作爻辞而创作《周易》。

④神龟见而《洪范》耀：传说大禹时，有神龟出于洛水，其甲壳上负有洛书。大禹依此治水成功，遂划天下为九州，又依此定九章大法，治理社会，流传下来收入《尚书》中，名《洪范》。

⑤则：仿效，效法。

⑥夐（xiòng）：久远，长久。

⑦矫诞：诡诈虚妄的假托。

【译文】

幽深的道理一定要阐明清楚，微妙的天道启示一定要显现出来。龙马背负着河图从黄河里出现，《易经》便这样兴起了；神龟背负着洛书从洛水中出现，《洪范》便绽放出光彩。因此，《易·系辞》里说："黄河里出现河图，洛水里出现洛书，圣人效法它们创作了经书。"讲的就是这些道理。但因为年代十分久远了，文辞的记载隐晦不清，就容易产生一些不实的假托荒诞之事，虽然真实的东西保存下来，但假的东西也凭借它们存留下来。

【原文】

夫六经彪炳①，而纬候稠叠②；《孝》《论》昭晰③，而钩谶葳蕤④。按经验纬，其伪有四：盖纬之成经，其犹织综⑤，丝麻不杂，布帛乃成。今经正纬奇，倍摘千里⑥，其伪一矣。经显，圣训也；纬隐，神教也。圣训宜广，神教宜约，而今纬多于经，神理更繁，其伪二矣。有命自天，乃称符谶⑦，而八十一篇⑧，皆托于孔子，则是尧造绿图⑨，昌制丹书⑩，其伪三矣。商、周以前，图箓频见⑪，春秋之末，群经方备。先纬后经，体乖织综⑫，其伪四矣。伪既倍摘，则义异自明。经足训矣，纬何豫焉⑬？

【注释】

①六经：指《诗》《书》《礼》《易》《乐》《春秋》儒家六经，即《诗经》《尚书》《礼经》《周易》《乐经》《春秋》。彪炳：文采焕发的样子。

②纬候：纬书与《尚书中候》的合称。亦为纬书的通称。稠叠：稠密重迭。

③《孝》《论》：即《孝经》和《论语》。昭晰：清楚明白。

④钩谶（chèn）：指纬书和谶语。配合《孝经》的纬书有《钩命诀》，配合《论语》的纬书有《比考谶》《撰考谶》等。葳蕤：草木茂盛的样子，这里是指谶纬众多纷乱。

⑤织综：经纬线交织。

⑥倍摘：错乱抵牾（wǔ）。

⑦符谶：符图谶纬的统称，泛指各种预言未来的神秘文书。

⑧八十一篇：《河图》九篇，《洛书》六篇（说自出于黄帝至周文王的本文），又别有《河图》和《洛书》三十篇（说自初起至孔子九位"圣人"增演的），还有《七经纬》三十六篇。

⑨尧造绿图：据《尚书中候·握河纪》中记载，尧在黄河、洛水边筑坛祭祀时，有龙马衔出赤文绿地的河图献给尧帝。由此看来，"绿图"并非尧所创造。

⑩昌制丹书：据《尚书中候·我应》中记载，赤色雀衔着丹书飞到周文王姬昌住所的门户停下来，将丹书赐给了周文王。由此看来，"丹书"并非姬昌所创造。

⑪图箓（lù）：图谶符命之书，如《河图》《洛书》等。

⑫乖：违背。

⑬豫：参与。

【译文】

儒家的六经文采焕发，十分鲜明照人，而与之相对应的纬书却是十分烦琐无章；《孝经》《论语》等著作论述得十分昭著明晰，但负责解说它们的《钩命诀》《八谶》等却十分杂乱，可以证明纬书是伪托的凭据有四点：用纬书来配经书，就好像用经线和纬线配合着来织布帛一样，每个细节都要保证丝和麻不相混杂，这样麻布或丝帛才能织成。而现在的情况是，经书规规整整，纬书却是十分诡奇，二者彼此意思背迕，相差十万八千里，这是证明纬书是伪托的凭据之一。经书的内容明显，因为它是圣人用世事来对世人进行训言教育；纬书的内容隐晦，因为它是神灵用神秘的现象来教导世人。圣人对世人的训本应该详细繁多，神灵的说教本应该简约稀少，而现在纬书的文辞反而比经书还多，神灵讲述的道理更加繁多复杂，这是证明纬书是伪托的凭据之二。意旨要由上天而降，才可以叫作符命预言，可是有人说八十一篇纬书，作者都是孔子，这就像是在说唐尧制绿图、周文王姬昌制丹书一样荒谬，这是证明纬书是伪托的凭据之三。在商代和周代以前，符命图谶就已经频繁出现了，但是到了春秋末年，许多经书才逐渐完备的。如果说先有纬书后有经书，这就违背了经纬交织时先上经线后上纬线的自然规律了，这是证明纬书是伪托的凭据之四。伪托的纬书既然跟经书相抵触，那么很明显，纬书和经书的意义自然就不同了。圣人创作的经书已经足够成为后世的准则以教导世人，纬书为什么还要去参与呢？

【原文】

原夫图箓之见，乃昊天休命①，事以瑞圣，义非配经。故河不出图②，夫子有叹，如或可造，无劳喟然。昔康王《河图》，陈于东序③，故知前世符命④，历代宝传，仲尼所撰，序录而已。于是伎数之士⑤，附以诡术，或说阴阳，或序灾异，若鸟鸣似语⑥，虫叶成字⑦，篇条滋蔓⑧，必假孔氏。通儒讨核⑨，谓起哀平⑩，东序秘宝，朱紫乱矣⑪。

至于光武之世，笃信斯术⑫，风化所靡⑬，学者比肩，沛献集纬以通经，曹褒选谶以定礼⑭，乖道谬典，亦已甚矣。是以桓谭疾其虚伪⑮，尹敏戏其浮假⑯，张衡发其僻谬⑰，荀悦明其诡诞⑱。四贤博练，论之精矣。

【注释】

①昊天：苍天。休命：美善的命令，多指天子或神明的旨意。

②河不出图：黄河当中没有出现河图。古代相传每当圣明之世时，黄河便出现河图，因此黄河不出河图时则不是圣明之世。

③昔康王《河图》，陈于东序：《尚书·顾命》："大玉、夷玉、天球、河图，在东序。"是说周康王把《河图》等放在东厢房。康王：姬姓，名钊，周武王姬发之孙，周成王姬诵之子，西周第三位君主。

④符命：上天预示帝王受命的符兆。

⑤伎数之士：古称医、卜、占等人为方伎或术数之士。

⑥鸟鸣似语：《左传·襄三十年》："或叫于宋大庙，曰：'嘻嘻！出出！'鸟鸣于亳社，如曰'嘻嘻'。甲午，宋大灾。"意思是，有鸟怪鸣于宋国的亳社，这是宋国将要发生灾难的预兆。随后宋国发生大火，这是"鸟鸣于亳社"的应验。

⑦虫叶成字：《汉书·五行志》："昭帝时，上林苑中大柳树断仆地，一朝起立，生枝叶，有虫食其叶，成文字，曰'公孙病已立'。"说的是，汉昭帝时，上林苑中有虫吃柳树叶，形成"公孙病已立"几个字。"公"指汉昭帝；"孙"指汉宣帝，宣帝原名"病已"。

⑧篇条：篇章。滋蔓：生长蔓延，常喻祸患的滋长扩大。

⑨通儒：指通晓古今、学识渊博的儒者。讨核：研讨并加以综合考查。

⑩哀：汉哀帝刘欣。平：汉平帝刘衍。

⑪朱紫乱矣：出自《论语·阳货》。子曰："恶紫之夺朱也，恶郑声之乱雅乐也，恶利口之覆邦家者。"意思是说，我厌恶用紫色顶替红色，厌恶用郑国的音乐扰乱雅乐，厌恶以巧言善辩的嘴巴来倾覆国家的人。朱：正色。紫：间色。后以"朱紫"喻正与邪、是与非、善与恶。

⑫笃信：忠实的信仰，深信不疑。

⑬靡：随风而倒。

⑭曹褒：东汉时期鲁国薛人。

⑮桓谭：东汉学者，因坚决反对谶纬神学，"极言谶之非经"，被光武帝目为"非圣无法"，险遭处斩。

⑯尹敏：东汉初期反谶纬思想的代表人物之一。

⑰张衡：东汉学者，曾指斥纬书的谬误。

⑱荀悦：东汉史学家、政论家，思想家。著有《申鉴》5篇，抨击谶纬符瑞。

【译文】

河图、洛书等图谶符命之书的出现，体现了苍天美好的旨意，这些事作为祥瑞启示，本身是为了预兆圣人在世，而并不是为了配合经书的。所以，当黄河里不再出现河图的时候，孔子便有所感叹，假如可以随意伪造这类祥瑞之事，那孔子也就不需要费神去唉声叹气了。从前周康王曾把河图陈列在东厢，因此可以知道有关前世圣王的天降符兆，后世人把它当作珍宝而代代相传，孔子编撰著述，不过是客观地叙述记录下来而已。于是那些有方技的术士之流，就用诡诈的方法来牵强附会，有的谈说阴阳鬼怪变化多端，有的预言灾难变异危言耸听，还有什么鸟雀的叫声像人说话，虫子吃树叶变成了文字，五花八门的纬书到处滋生蔓延，而且都必定要假托孔子的名义。学识渊博的儒者通过讨论核查，认为这些纬书起源于西汉哀帝和平帝时代，从此以后，河图、洛书这些古代帝王珍藏的宝物，便跟那些纬书邪正相杂、真伪难辨了。

到了东汉光武帝的时候，由于光武帝本人对谶纬之术深信不疑，这种政治教化影响很大，追随者争先恐后，研究谶纬之学的人数不胜数，沛献王刘辅杂就收集一些纬书来解释经书，曹褒则依据旧典杂选以谶书为基础来制定礼仪制度，这种离经叛道的行为，也已经相当过分了。所以桓谭痛恨谶纬的虚伪不实，尹敏嘲讽谶纬的浮妄虚假，张衡揭发谶纬的乖僻荒谬，荀悦指明谶纬的诡诈伪托。这四位贤人的学识都非常渊博，他们对于谶纬缺点的论述已经非常精辟了。

【原文】

若乃羲、农、轩、皞之源①，山渎、钟律之要②，白鱼、赤乌之符③，黄金、紫玉之瑞④，事丰奇伟⑤，辞富膏腴⑥，无益经典，而有助文章。是以后来辞人，采摭英华⑦。平子恐其迷学⑧，奏令禁绝；仲豫惜其杂真⑨，未许煨燔⑩。前代配经，故详论焉。

【注释】

①羲、农、轩、皞：伏羲、神农、轩辕黄帝、黄帝之子少皞。源：源头，指以上的传说。

②山渎、钟律：指山岳河流、音乐钟律。

③白鱼、赤乌：《史记·周本纪》："武王渡河，中流，白鱼跃入王舟中，武王俯取以祭。既渡，有火自上复于下，至于王屋，流为乌，其色赤，其声魄云。"说的是，周武王渡黄河的时候，船行到河中间，突然有一条白色的鱼跳到了他的船上，武王俯身把鱼捡起来，用以祭天。渡过黄河之后，又有一团火从天而降，落到武王住的房子上，不停地转动，最后变成一只红色的鸟，它的叫声响彻云霄。符：古代称祥瑞的征兆。

④黄金、紫玉：《礼纬·斗威仪》中有这样一种说法，君主乘着金德而天子，就会有黄银、紫玉出现。

⑤奇伟：奇特怪异。

⑥膏腴（yú）：比喻文辞华美。

⑦采摭（zhí）：采集、摘录。

⑧平子：张衡的字。

⑨仲豫：荀悦的字。

⑩煨燔（wēi fán）：烧毁。

【译文】

至于纬书中关于伏羲、神农、黄帝、少皞故事最早的传说，山川和音律的灵应相合，白鱼跳进周武王船中、流火在周武王屋上变为赤色乌鸟的符验，黄银与紫玉的祥瑞显现，有关这些事件的记载，不仅内容上广泛且奇异瑰伟，还有丰富的华丽辞采，它们对经书虽然没有什么益处，但是对于文章的创作却有一定的帮助。所以，后来的作者们在创作的时候，常常采摘其中的精华辞藻或典故来帮助描写。张衡因为担心纬书可能会迷惑后人，致使他们在学习时走歪路，曾上奏天子请求禁绝谶纬之书；荀悦则感到惋惜，因为他觉得纬书中可能还混杂着有价值的真实资料，而不赞成把它们全部焚烧了。因为前代人的纬书是用来配合经书的，所以在这里有必要对纬书进行详细论述。

【原文】

赞曰：荣河温洛①，是孕图纬。神宝藏用②，理隐文贵。世历二汉，朱紫腾沸。芟夷谲诡③，采其雕蔚④。

【注释】

①荣河温洛：《尚书中候·握河纪》："帝尧即政，荣光出河。"《周易乾凿度》："帝盛德之应，洛水先温。"纬书里称黄河发光、洛水温时才有《河图》《洛书》出现。

②藏用：指潜藏着的功用。

③芟（shān）夷：铲除，除去。谲（jué）诡：怪诞。

④雕蔚：形容文理精密，文辞华美。

【译文】

总而言之：光芒荣耀的黄河，温暖的洛水，是它们孕育出了《河图》和《洛书》。这些神奇的宝物里往往蕴藏着巨大的用途，内容道理深刻隐晦，但文采十分可贵。可是经过了西汉和东汉两个朝代，出现了伪托的谶纬，它们搅乱了经书，就好像朱色和紫色掺杂在一起一样混乱不堪。我们应当剔除纬书中那些欺诈诡异的部分，只是吸取采纳其中富有文采精华的部分。

辨骚第五

【原文】

自风雅寝声，莫或抽绪①，奇文郁起②，其《离骚》哉！固已轩翥诗人之后③，奋飞辞家之前，岂去圣之未远，而楚人之多才乎！昔汉武爱《骚》，而淮南作传④，以为："《国风》好色而不淫，《小雅》怨诽而不乱⑤，若《离骚》者，可谓兼之。蝉蜕秽浊之中，浮游尘埃之外，皭然涅而不缁⑥，虽与日月争光可也。"班固以为：露才扬己，忿怼沉江⑦；羿、浇、二姚⑧，与左氏不合；昆仑悬圃⑨，非经义所载；然其文辞丽雅，为词赋之宗，虽非明哲，可谓妙才。王逸以为⑩：诗人提耳⑪，屈原婉顺。离骚之文，依经立义；驷虬乘鹥⑫，则时乘六龙⑬；昆仑流沙，则《禹贡》敷土⑭。名儒辞赋，莫不拟其仪表，所谓"金相玉质⑮，百世无匹"者也。及汉宣嗟叹，以为皆合经术；扬雄讽味⑯，亦言体同《诗·雅》。四家举以方经，而孟坚谓不合传，褒贬任声，抑扬过实，可谓鉴而弗精，玩而未核者也。

【注释】

①抽绪：抽出头绪，这里指继承。

②郁起：蓬勃兴起。

③轩翥（zhù）：飞举。诗人：指《诗经》的作者。

④淮南：淮南王刘安，西汉初年宗室，西汉时期思想家、文学家。汉高祖刘邦之孙，淮南厉王刘长之子。他所著的《离骚传》是中国最早对屈原及其《离骚》作高度评价的著作。

⑤怨诽：怨恨，非议。

⑥皭（jiào）然：洁白貌。涅：染黑。缁（zī）：黑色。

⑦忿怼（duì）：怨恨。

⑧羿：夏时有穷氏国君，善于射箭，亦称"后羿""夷羿"。浇：过浇。羿委政于寒浞，寒浞被封为相，谋杀后羿，篡夺王位，并占有羿的妻妾，生浇，分封浇于过。二姚：古部落有虞氏的两个女儿。有虞氏为姚姓，故称。

⑨昆仑：《离骚》和《天问》里都曾讲到昆仑山。悬圃：是传说中神仙的居

所。传说在昆仑山顶，有金台、玉楼，为神仙所居，也称玄圃。

⑩王逸：东汉著名文学家。所作《楚辞章句》，是《楚辞》中最早的完整注本，颇为后世楚辞学者所重。

⑪提耳：恳切教导。《诗·大雅·抑》："於乎小子，未知臧否，匪手携之，言示之事，匪面命之，言提其耳。"孔颖达疏："我又亲提撕其耳，庶其志而不忘。"后以"提耳"指恳切教导。

⑫驷（sì）：同驾一辆车的四匹马，或驾四马之车，在这里作为动词，乘坐。虬（qiú）：古代传说中的有角的龙。鹥（yī）：古书上指鸥。

⑬时乘六龙：《易传·乾·象传上》："大明终始，六位时成，时乘六龙以御天。"意思是，阳光运行于（乾卦）终始，六爻得时而形成，时乘（《乾》卦六爻）的六龙，以驾御天道。

⑭《禹贡》：《尚书》的篇名，中国第一篇区域地理著作，是战国时魏国的人士托名大禹的著作。敷土：治理水土。

⑮金相玉质：比喻文章的形式和内容都完美。

⑯讽味：诵读玩味。

【译文】

自从《国风》《大雅》《小雅》的歌声渐渐停息，再也没有人继承它们，进行类似新的创作了，后来却有一批奇特的妙文蓬勃涌现出来，就是像《离骚》这样的作品啊！这部作品兴起高飞在《诗经》作者的后面，活跃振翅在辞赋家的前面，大概是因为离圣人孔子的时代还不算太过久远，而楚国人中有才华的人较多的缘故吧。从前汉武帝喜爱《离骚》，命令淮南王刘安作了《离骚传》，刘安在书中写道："《诗经·国风》言情但并不过分，《诗经·小雅》讽刺上位的人但有所节制，像《离骚》这样的作品，可以说是同时兼有这二者的长处。屈原摆脱污浊的环境，像蝉从污秽混浊的泥土中蜕壳出来那样，逍遥于尘俗之外，他的品性高洁纯净怎么染也染不黑，完全可与日月比光明，并且毫不逊色！"但班固却认为：屈原显露并夸耀自己的才华，以致忿懑怨恨，最终自投汨罗江而死；《离骚》中讲到的故事，例如有关后羿、过浇以及有虞的国王两个女儿二姚，都和《左传》中的有关记载不相符合；而作品中又提到昆仑山上的悬圃这些虚无缥缈的东西，都是经书中所不曾记载的；然而他的文辞瑰丽雅正，成为后来辞赋家效仿的典范，虽然屈原算不得什么贤明的人，但也可以称得上是了不起的奇妙之才了。王逸则认为：《诗经》里的作品尚有讽谏其上、直言不讳的"提耳"之言，而相比较，屈原的《离骚》在抒发怨恨的时候，感情却是委婉和顺得多。《离骚》这部作品，经常依据经书、引用经典来进行创作；说驾龙乘凤，是出自《易经》里"时乘六龙以御天"的说法；讲登昆仑、走流沙，是出自《尚书·禹贡》里关于大禹治理九州水土的记载。所以后世名家创作辞赋，纷纷把屈原作为榜样，模仿他作品的形式，所以《离骚》这部作品无论形式还是内容都很完美，的确可以说是像金玉一样珍贵，百代以来都没有能和它并称的。汉宣帝赞叹《离骚》，认为它完全符合经书经典学说；扬雄吟诵品味《离骚》，也认为它的体制风貌和《诗经》中的《大雅》《小雅》相近。刘安、王逸、汉宣帝、扬雄四家都把《离骚》和经书并举，而只有班固却说它与经书不合，他们的这些赞誉与贬责都仅仅着眼于表面，过分抬高或贬低都不符合作品的实际情况，总而言之，就是他们鉴别的评语都不精确、不恰当，过于玩味而没有进一步核实。

【原文】

将核其论，必征言焉①。故其陈尧、舜之耿介②，称禹、汤之祗敬③，典诰之体也④；讥桀、纣之猖披⑤，伤羿、浇之颠陨⑥，规讽之旨也；虬龙以喻君子⑦，云蜺以譬谗邪⑧，比兴之义也；每一顾而掩涕⑨，叹君门之九重⑩，忠怨之辞也。观兹四事，同于《风》《雅》者也。至于托云龙⑪，说迂怪，丰隆求宓妃⑫，鸩鸟媒娀女⑬，诡异之辞也；康回倾地⑭，夷羿弹日⑮，木夫九首⑯，土伯三目⑰，谲怪之谈也；依彭咸之遗则⑱，从子胥以自适⑲，狷狭之志也⑳；士女杂坐，乱而不分，指以为乐，娱酒不废，沉湎日夜，举以为欢，荒淫之意也：摘此四事，异乎经典者也。

【注释】

①征言：验证言辞。

②尧、舜之耿介：《离骚》："彼

尧、舜之耿介兮，既遵道而得路。"意思是：尧虞舜多么光明正直，他们沿着正道登上坦途。耿介：光大圣明。

③禹、汤之祗（zhī）敬：《离骚》："汤、禹俨而祗敬兮，周论道而莫差。"意思是：成汤夏禹谨慎畏天敬贤啊，周文王讲究治国正道没差错。祗敬：恭敬。

④典：指《尚书·尧典》，记尧舜的事。诰：指《尚书·汤诰》，记汤告诫的话。

⑤桀、纣之猖披：《离骚》："何桀纣之昌披兮，夫惟捷径以窘步。"意思是：那夏桀殷纣是多么狂妄偏邪啊，只贪小路弄得寸步难行迷失方向。猖披：狂妄偏邪。

⑥羿、浇之颠陨：《离骚》："羿淫游以佚畋（tián）兮，又好射夫封狐。"意思是：后羿爱好田猎溺于游乐，特别喜欢射杀大狐狸。"浇身被服强圉（yǔ）兮，纵欲而不忍。日康娱而自忘兮，厥首用夫颠陨。"意思是：寒浇自恃力气强大，放纵不肯节制。天天寻欢作乐，因此脑袋落地。颠陨：坠落。

⑦虬龙：《九章·涉江》："驾青虬兮骖白螭，吾与重华游兮瑶之圃。"意思是：驾起青龙白龙车啊，我与舜帝啊同游天帝的玉园。

⑧云蜺（ní）：恶气，比喻巧言令色，谗谄蔽明的人。《离骚》："飘风屯其相离兮，帅云蜺而来御。"意思是：旋风聚集紧相追随啊，率领着云霞彩虹前来相迎。蜺：通"霓"。譬：打比方。

⑨一顾而掩涕：《九章·哀郢（yǐng）》："望长楸（qiū）而太息兮，涕淫淫其若霰；过夏首而西浮兮，顾龙门而不见。"意思是：远望那高大的楸树我不禁长叹啊，眼泪就像雪珠般簌簌流淌。过了夏首一路飞流直下啊，回头已看不见郢都城门在何方。

⑩叹君门之九重：宋玉《九辨》："岂不郁陶而思君兮？君之门以九重。"意思是：哪能不深切思念君王啊？君王的大门却有九重阻挡。

⑪托云龙：《离骚》："驾八龙之婉婉兮，载云旗之委蛇。"意思是：驾起八龙蜿蜒前进啊，车上的云旗迎风飘动。

⑫丰隆求宓（fú）妃：《离骚》："吾令丰隆乘云兮，求宓妃之所在。"意思是：我命令云师把云车驾起，去寻找宓妃住在何处。丰隆：云神，一说雷神。宓妃：洛水女神。

⑬鸩（zhèn）鸟媒娀（sōng）女：《离骚》："望瑶台之偃蹇兮，见有娀之佚女。吾令鸩为媒兮，鸩告余以不好。"意思是：遥望华丽巍峨的玉台啊，见有娀

氏美女住在台上。我请鸩鸟前去给我做媒,鸩鸟却说那个美女不好。鸩鸟:传说中的一种毒鸟。娀:古国名,即有娀氏,在今山西运城一带。

⑭康回倾地:《天问》:"康回凭怒,地何故以东南倾?"意思是:水神共工勃然大怒,东南大地为何侧倾?康回:共工。

⑮夷羿弹(bì)日:《天问》:"羿焉弹日?乌焉解羽?"意思是:后羿怎样射下九日?日中之乌如何解体?夷羿:后羿。弹:射。

⑯木夫九首:《招魂》:"一夫九首,拔木九千些。"意思是:有个一身九头的妖怪,能连根拔起大树九千。

⑰土伯三目:《招魂》:"土伯九约,其首蛾蛾些。敦脄血拇,逐人驱驱些。叁目虎首,其身若牛些。"意思是:那里有扭成九曲的土伯,它的头上长着尖角锐如刀凿。脊背肥厚拇指沾血,追起人来飞奔如梭。还有三只眼睛的虎头怪,身体像牛一样壮硕。

⑱依彭咸之遗则:《离骚》:"虽不周于今之人兮,愿依彭咸之遗则。"意思是:我与现在的人虽不相容,我却愿依照彭咸的遗教。彭咸:殷大夫,谏君无果,投水。

⑲从子胥以自适:《九章·悲回风》:"浮江淮而入海兮,从子胥而自适。"意思是:我愿随着江淮漂流入海啊,跟从伍子胥以满足自己的心意。子胥:伍子胥,春秋末期吴国大夫、军事家。自适:顺从自己的心意。

⑳狷(juàn)狭:偏急而狭隘。

【译文】

要考查核实那些人的评论是对是错,必须要核对《楚辞》原作,然后加以验证。像《离骚》中陈述唐尧、虞舜的光明和伟大,称颂商汤、夏禹的庄严与恭敬,这些说法都与《尚书》中的《尧典》《汤诰》等篇目中的内容相符。像《离骚》中讥讽夏桀和殷纣王的狂妄偏狭,感叹后羿与过浇的灭亡,这些说法都与经书经典中规劝讽喻的意思相符;像《涉江》中比喻贤明高尚君子的时候用虬龙,《离骚》中比喻奸邪谗佞小人的时候用云霓,这些全部都是《诗经》里"比"和"兴"的表现手法。《哀郢》中说每当回望祖国故土的时候都要掩面流泪,《九辩》中叹息君王的九道宫门深重,难见君王一面,这些都与经书经典中常常出现的那些忠而怀怨的言辞相同。单讲这四个方面,是《楚辞》《离骚》同《风》《雅》等经书经典内容相符的地方。至于《离骚》中托言驾八龙、载云旗,讲说离奇怪诞的事,令云师丰隆驾彩云去寻求神女宓妃,让鸩鸟去向有娀氏美女说媒,这些都是荒诞诡异的说法;而《天问》中讲水神共工撞倒了天柱,致使大地向东南倾斜，后羿射下了九个太阳，《招魂》中说拔木的大力士有九个脑袋，地神有三只眼睛，这些尽是神奇古怪的说法；《离骚》中说要学习投水明志的殷大夫彭咸，以他为榜样，《九章·悲回风》中说愿追随伍子胥，死后浮江入海来顺从自己的心意，这样的心胸情志急躁而狭隘；《招魂》中说男女杂坐，混乱不分，把调笑当作乐事，把日夜饮酒、沉醉其中看作欢娱，这讲的是荒乱淫邪之事：以上所讲的四个方面，就是《楚辞》《离骚》和经书经典不同的地方。

【原文】

故论其典诰则如彼，语其夸诞则如此。固知《楚辞》者，体宪于三代①，而风杂于战国，乃《雅》《颂》之博徒②，而词赋之英杰也。观其骨鲠所树③，肌肤所附，虽取镕经意，亦自铸伟辞。故《骚经》《九章》④，朗丽以哀志；《九歌》《九辩》⑤，绮靡以伤情⑥；《远游》《天问》⑦，瑰诡而惠巧⑧；《招魂》《大招》⑨，耀艳而深华；《卜居》标放言之致⑩，《渔父》寄独往之才⑪。故能气往轹古⑫，辞来切今，惊采绝艳，难与并能矣。

【注释】

①宪：效法。三代：夏商周三代，这里指《尚书》《诗经》。

②博徒：指低下者。

③骨鲠（gěng）：骨，指作品中的主要成分。

④《骚经》：指《离骚》，王逸尊其为经。《九章》：《惜诵》《涉江》《哀郢》《抽思》《怀沙》《思美人》《惜往日》《橘颂》《悲回风》，这9篇的作者，王逸都定为屈原。其中都表达对不能实现抱负的哀叹。

⑤《九歌》：屈原在民间祭神乐歌的基础上改作加工而成，诗中创造了大量神的形象，大多是人神恋歌。《九辩》：宋玉作的一首感情深挚的长篇抒情诗，抒写哀伤的感情，多模仿《离骚》。

⑥绮靡：华丽，浮艳。

⑦《远游》：屈原的诗作。此诗主要写想象中的天上远游，表达了作者对现实人间的理想追求。《天问》：屈原的长诗，是对于天地、自然和人世等一切事物现象的发问。

⑧瑰诡：瑰丽奇异。惠巧：机智精巧。

⑨《招魂》：模仿民间招魂习俗写成的，其中又包含作者的思想感情。《大招》：相传为屈原或景差所作，显示了由辞到赋的发展与转变。

⑩《卜居》：相传为屈原所作，而现代学者多以为是楚国人在屈原死后为了

悼念他而记载下来的有关传说。放言：放纵其言，不受拘束。

⑪《渔父》：写渔父劝屈原随俗浮沉，屈原表示不愿同流合污。独往：犹言孤往独来，谓超脱万物，独行己志。

⑫轹（lì）古：超越古人。

【译文】

所以，论《楚辞》和经书相同的地方便有那样一些内容，说它夸张荒诞的描写和经书不同的地方则有这样一些内容。由此我们可以明确地得知，《楚辞》在写作内容上基本效法夏商周三代的经书经典，但里面所体现出的风气已经掺杂、吸收了战国的时代特色，比起《诗经》的《雅》《颂》，《楚辞》要逊色微贱一些，但是如果和后代的辞赋相比，它就绝对算是杰作了。看《楚辞》的内容主旨，这构建成了它的骨骼，看《楚辞》的文采，这如同附着在骨骼上的肌肤，虽然熔化了经书的含义在字里行间中，却也独自创制出卓越的文采。所以《离骚》和《九章》，明朗婉丽地表现了作者无法实现志向的哀怨；《九歌》和《九辩》，绮丽细致地抒写了作者哀伤的感情；《远游》和《天问》，瑰丽奇伟而又文思巧慧；《招魂》和《大招》，光彩照耀而又内涵深邃；《卜居》显示出豪放不羁的意志，《渔父》寄托了特立独行、不同流合污的性气才情。所以《楚辞》的气概能够超越古代的文人，文辞可以超越今天的文人，它的华采使人惊奇，美艳使人叹绝，很难有能和它媲美的作品了。

【原文】

自《九怀》以下①，遽蹑其迹②；而屈、宋逸步③，莫之能追。故其叙情怨，则郁伊而易感④；述离居⑤，则怆怏而难怀⑥；论山水，则循声而得貌；言节候⑦，则披文而见时⑧。是以枚、贾追风以入丽⑨，马、扬沿波而得奇⑩，其衣被词人⑪，非一代也。故才高者菀其鸿裁⑫，中巧者猎其艳辞⑬，吟讽者衔其山川⑭，童蒙者拾其香草。若能凭轼以倚《雅》《颂》⑮，悬辔以驭楚篇，酌奇而不失其贞⑯，玩华而不坠其实⑰；则顾盼可以驱辞力，欬唾可以穷文致⑱，亦不复乞灵于长卿⑲，假宠于子渊矣⑳。

【注释】

①《九怀》：《楚辞》篇名，汉代王褒所作，追思屈原之作，计《匡机》《通路》《危俊》《昭世》《尊嘉》《蓄英》《思忠》《陶壅》《株昭》九章。《楚辞》中《九怀》以下的作品是汉人所作。

②遽（jù）：急，仓猝。蹑：追踪，跟随。

③逸步：快步。

④郁伊：忧愤抑郁。

⑤离居：流离失所。

⑥怆怏（chuàng yàng）：悲伤失意。

⑦节候：季令和气候。

⑧披文：翻阅文章。

⑨枚、贾：枚乘、贾谊，均为西汉辞赋家。

⑩马、扬：司马相如、扬雄，均为西汉辞赋家。沿波：比喻承袭过去的事物。

⑪衣被：让人蒙受恩泽，得益。

⑫琬（wǎn）：通"捥（wǎn）"，取。鸿裁：文章的宏伟体制。

⑬中巧：心巧，即说心巧者仅仅着眼于文辞方面，只是小巧而已。猎：采取。

⑭吟讽：有节奏地诵读诗文。

⑮轼：古代车前的横木。

⑯酌：舀取。

⑰玩：玩味、欣赏，学习、运用。华：花，和"实"相对，指华美的形式。实：果实，和"华"相对，指有意义的内容。

⑱欶（kài）唾：形容不费力气或时间短暂。

⑲乞灵：求助于神灵或某种权威。长卿：司马相如的字。

⑳子渊：王褒的字。

【译文】

从王褒的《九怀》以后，许多作品都学习《楚辞》，匆忙追随屈原和宋玉

的脚步；但是屈原、宋玉的卓越文才，根本没有人能够追得上。屈原、宋玉的作品在表现哀怨的感情时，很容易将人带入抑郁的情绪中从而感动不已；在诉说离伤别绪的感情时，很容易使人感到悲伤不平从而难以忍受；在描绘山水风景的时候，很容易使人依循声韵感情而想象出山水的形貌；在叙述季节气候的时候，很容易让人一浏览文辞就能看到时令的变化。所以枚乘、贾谊追随屈宋二人的风格，学习《楚辞》的风貌从而学到了雅丽的特色；司马相如、扬雄沿循屈宋二人的方向，顺着《楚辞》的余波而获得了奇伟惊人的成就，屈、宋使辞赋家们、文学家们受益匪浅，而且影响的不仅仅是一代人。所以文才高的就从《楚辞》的创作中学习宏大的体制，心灵慧巧的就从中猎取艳丽的文藻辞采，喜爱吟咏讽诵的就把玩欣赏其中描绘山水的诗句，而刚刚接触它的学童便只是拾拣其中描写香草的语言。如果能严格地遵照《雅》《颂》的准则，知道如何驾驭《楚辞》的创作要领，斟酌择取它奇异的方面而又不丢掉它正确真实的一面，玩味鉴赏它形式的华艳而又不丢掉它的实质；那在一顾一盼之间就可以催动自己的文思才情，发挥笔下文辞的作用，一开口就可以穷尽文章的情致，也就不需要去向司马相如求教、讨寻写作的灵感，也不必向王褒讨教、借用写作的经验。

【原文】

赞曰：不有屈原，岂见《离骚》？惊才风逸，壮志烟高。山川无极，情理实劳①。金相玉式②，艳溢锱毫③。

【注释】

①劳：古时"劳"常借为"辽"。
②金相玉式：金玉般的质地。
③锱（zī）毫：比喻细微处。锱，锱铢，古代重量单位，六铢为一锱，四锱为一两。毫，丝毫，古代度量单位，十丝为一毫，十毫为一厘。

【译文】

总而言之：要是没有伟大的屈原，我们又怎能见到伟大的作品《离骚》呢？他那惊人的才华像微风般飘逸，他那豪壮的志气像烟云一样直冲霄汉。山川和河流无限广阔，而诗人的才情文思实在是辽阔深远。《离骚》的内容有着金玉般的美好质地，它的字里行间满是艳丽的文采。

明诗第六

【原文】

大舜云："诗言志，歌永言①。"圣谟所析，义已明矣。是以"在心为志，发言为诗"，舒文载实，其在兹乎？诗者，持也，持人情性；三百之蔽，义归"无邪"②，持之为训③，有符焉尔④。

【注释】

①诗言志，歌永言：《尚书·尧典》中记录舜的话说："诗言志，歌永言，声依永，律和声。"永：延长。

②三百之蔽，义归"无邪"：出自《论语·为政》。子曰："《诗》三百，一言以蔽之，曰：'思无邪'。"蔽：概括。

③训：解释词的意义。

④焉尔：于是，而已。

【译文】

《尚书·舜典》里面记载了舜的话，说："诗是用语言去表达思想情感，歌是将诗的语言音节延长，从而将思想情感加深。"有了圣人在经典里所作的分析，诗歌的含义已经十分明确了。所以"当埋藏在作者心里的时候就是情志，当用语言表达出来的时候就成为了诗"。也就是说，诗歌创作要通过文辞来表达情志，那么诗的意义应该就在这里吧？诗的含义是扶持，也就是用来扶持人的性情的；孔子说过：《诗经》三百多篇的内容，用一句话来概括，就是"没有不正当的邪僻思想"，所以，现在用扶持性情来解释诗歌的作用，这和孔子说的道理是一致的。

【原文】

人禀七情①，应物斯感，感物吟志，莫非自然。昔葛天乐辞，《玄鸟》在曲②；黄帝《云门》③，理不空弦。至尧有《大唐》之歌④，舜造《南风》之诗⑤，观其二文，辞达而已⑥。及大禹成功，九序惟歌⑦；太康败德，五子咸怨⑧，顺美匡恶⑨，其来久矣。自商暨周，《雅》《颂》圆备，四始彪炳⑩，六义环深⑪。子夏监绚素之章，子贡悟琢磨之句，故商、赐二子⑫，可与言诗。自王泽殄竭⑬，风人辍采⑭，春秋观志，讽诵旧章，酬酢以为宾荣⑮，吐纳而成身文⑯。逮楚国讽怨，则《离骚》为刺。秦皇灭典，亦造仙诗。

【注释】

①七情：指喜、怒、哀、惧、爱、恶、欲七种情志活动。

②昔葛天乐辞，《玄鸟》在曲：《吕氏春秋·仲夏纪·古乐》："昔葛天氏之乐，三人操牛尾，投足以歌八阕：一曰载民，二曰玄鸟，三曰遂草木，四曰奋五谷，五曰敬天常，六曰达帝功，七曰依地德，八曰总万物之极。"大概是说，相传有葛天氏之乐，由三人操牛尾而歌唱，共八曲。葛天：葛天氏，传说中远古部落名。

③《云门》：黄帝时的乐舞。

④《大唐》：尧时乐名，见《尚书大传·大唐之歌》。

⑤《南风》：《孔子家语·辨乐解》："昔者舜弹五弦之琴，造《南风》之诗。其诗曰：'南风之薰兮，可以解吾民之愠兮；南风之时兮，可以阜吾民之财兮。'"

⑥辞达：文辞或言辞表述明白畅达。

⑦九序：同"九叙"，九功各顺其理，皆有次序，泛指德政。

⑧太康败德，五子咸怨：《尚书·夏书·五子之歌》："太康失邦，昆弟五人须于洛汭，作《五子之歌》。"意思是，康的国家被灭了，他的兄弟五人流浪到洛汭，在该处作了《五子之歌》。

⑨顺美匡恶：歌颂美善，纠正过失。

⑩四始：《诗经》中的《风》《大雅》《小雅》《颂》四部分。彪炳：文采焕发的样子。

⑪六义：指"风、雅、颂，赋、比、兴"。"风、雅、颂"是按音乐的不同对《诗经》的分类，"赋、比、兴"是《诗经》的表现手法。环深：周密而深邃。

⑫商：子夏名。赐：子贡名。

⑬殄（tiǎn）：尽，绝。

⑭风人：指古代采集民歌、风俗等以观民风的官员。辍：中止，停止。

⑮酬酢（zuò）：主客相互敬酒，主敬客称酬，客还敬称酢。此处指礼节上的应对。

⑯吐纳：言谈。身文：人际交往中的礼仪和言语修养。

【译文】

人有七种情感，譬如喜、怒、哀、惧、爱、恶、欲等，人受到外物的刺激，内心便会产生一定的感应，内心有了感应，从而唱出内心的情志来，这是很自然的表现。往昔葛天氏的乐辞，《玄鸟》一歌被配上歌曲；黄帝的时候，《云门》这一乐舞曲按理来说是不会只配上管弦而没有歌词的。到了尧的时候，有《大唐》之歌，舜的时候作了《南风》之诗，看这两首诗歌的内容，其实仅仅做到达意的程度罢了。后来大禹治水，功成名就，各项工作都进入了井然有序的轨道，受到了歌颂；到了夏帝太康的时候，道德风气败坏，他的五个兄弟便作《五子之歌》来表示自己的怨愤之情，由此可见，用诗歌来歌颂赞美功德或者讽刺纠正过失，很久之前的时候便兴起了。自商代到周代，《雅》《颂》各种体制都已经齐全且完备，《诗经》的"四始"都非常光辉灿烂，而它的"六义"非常周密精深。孔子的学生子夏能理解"素以为绚兮"等诗句的深意并且得到启发，子贡在联想到《诗经》中"如琢如磨"等诗句时领会了深刻的道理，所以孔子认为他们二人具备了谈论《诗经》的资格。后来周王朝的德泽衰竭，教化渐弱，采诗官不再去民间采集诗歌，春秋时候，一般在外交场所中念诗可体现个人情志，许多士大夫在与人交往中会吟诵旧有诗章来表达自己的观感愿望，这种相互应酬的礼节，表达了对宾客的敬意，而且符合礼数的吟诗可以彰显一个人的才华。到了楚国，众人怀怨讽谏，便会引用《离骚》的词句。秦始皇大量焚书灭典，却也仍命他的博士作了《仙真人诗》。

【原文】

汉初四言，韦孟首唱①，匡谏之义，继轨周人。孝武爱文，《柏梁》列韵②。严、马之徒，属辞无方。至成帝品录，三百余篇，朝章国采③，亦云周备；而辞人遗翰，莫见五言，所以李陵、班婕好见疑于后代也④。按《召南·行露》，始肇半章⑤；孺子《沧浪》，亦有全曲⑥；《暇豫》优歌，远见春秋⑦；《邪径》童谣，近在成世⑧。阅时取证，则五言久矣。又《古诗》佳丽⑨，或称枚叔⑩，其《孤竹》一篇，则傅毅之词。比采而推，两汉之作乎？观其结体散文，直而不野，婉转附物，怊怅切情⑪，实五言之冠冕也。至于张衡《怨》篇，清典可味；《仙诗》《缓歌》，雅有新声。

【注释】

①韦孟：西汉初诗人，其四言《讽谏诗》讽谏楚王茅。

②《柏梁》列韵：据说汉武帝和群臣在柏梁台上联句作诗，详见《古文苑》。后世一般认为是后人拟作。列韵：按韵联句作诗。

③朝章：指朝庙乐章。国采：各地民歌。

④李陵：西汉名将，飞将军李广长孙。据说《与苏武诗三首》是汉代无名氏文人假托李陵所作的三首抒情五言诗。班婕妤（jié yú）：汉成帝刘骜妃子，是中国文学史上以辞赋见长的辞赋家之一。相传她作五言诗《怨歌行》，后人表示怀疑。

⑤按《召南·行露》，始肇半章：《诗经·召南·行露》有半章为无言诗句，例如："谁谓鼠无牙？何以穿我墉？谁谓女无家？何以速我讼？"肇：开始，初始。

⑥孺子《沧浪》，亦有全曲：《孟子·离娄》上："有孺子歌曰：'沧浪之水清兮，可以濯我缨；沧浪之水浊兮，可以濯我足。'""兮"字无意义，因此《沧浪》可以看作五言诗。

⑦《暇豫》优歌，远见春秋：《国语·晋语》中记载，春秋时期晋献公的宠姬骊姬欲立其亲子继位，要陷害太子申生，优施对大夫里克唱了一首歌，规劝里克依从骊姬。歌曰："暇豫之吾吾，不如鸟乌。人皆集于苑，已独集于枯。"

⑧《邪径》童谣，近在成世：《汉书·五行志》记载汉成帝时有童谣，歌曰："邪径败良田，谗口乱善人。桂树华不实，黄爵巢其颠。故为人所羡，今为人所怜。"

⑨《古诗》：即《古诗十九首》，中国古代文人五言诗选辑，由南朝萧统从传世无名氏古诗中选录十九首编入《文选》而成。

⑩枚叔：即枚乘，字叔，西汉辞赋家。

⑪怊（chāo）怅：惆怅。切情：切合内心感情。

【译文】

汉朝初年，韦孟最先创作了四言诗，他的讽谏之诗有很深广的规讽意义，很好地继承了周代的讽谏传统。汉武帝爱好文学，在柏梁台上和群臣联句作《柏梁诗》。当时有严忌、司马相如等人，他们写诗没有一定的程式限制。到了汉成帝的时候，对当时所有的诗歌进行了一番评论整理，共计三百多首，那个时候，朝野文人的作品，民间百姓的篇章，可以说是相当齐全丰富了；但这些作家所遗留下来的作品中，并没有见到五言诗，因此，后人便对李陵的《与苏武诗》以及班婕妤的《怨歌行》等诗存有怀疑，认为它们应该出自他人拟作。不过，在对《诗经》的考证中，发现《召南·行露》这一篇已经开始出现半章的五言；而到了《孟子·离娄》中，孩童们所传唱的《沧浪歌》，一整篇都是五言的了。除此之外，较远的如春秋时代，晋国优施所唱的《暇豫歌》，以及较近的如汉成帝时代，小儿的《邪径谣》，这些都是五言的。根据上述诗歌历史发展的情况，足以证明五言诗其实很早就产生了。还有文辞很漂亮的《古诗十九首》，作者不太确定，有人说是枚乘作的，而其中《冉冉孤生竹》这一首，又说是傅毅所作。根据这些诗的辞采、特色来判断，可能是出自两汉时代吧？从其行文风格上来看，这些诗朴质而不粗野，描述事物的语言婉转却又能贴近真实，也能感人至深地表达作者的内心情感，完全称得上是五言诗中的上乘之作。至于张衡的《怨诗》，也还算得上清新典雅，值得一品。而《仙诗》《缓歌》，则颇有新的声调特色。

【原文】

暨建安之初①，五言腾踊。文帝、陈思②，纵辔以骋节③；王、徐、应、刘④，望路而争驱。并怜风月，狎池苑⑤，述恩荣，叙酣宴，慷慨以任气，磊落以使才。造怀指事，不求纤密之巧，驱辞逐貌，唯取昭晰之能：此其所同也。乃正始明道⑥，诗杂仙心⑦；何晏之徒⑧，率多浮浅。唯嵇志清峻⑨，阮旨遥深⑩，故能标焉。若乃应璩《百一》⑪，独立不惧，辞谲义贞，亦魏之遗直也。

【注释】

①建安：东汉末年汉献帝的第五个年号。

②文帝：魏文帝曹丕。陈思：曹丕的弟弟曹植，生前曾为陈王，去世后谥号"思"，因此又称陈思王。

③纵辔（pèi）：纵马奔驰。骋（chěng）节：任意驰骋。

④王、徐、应、刘：王粲、徐幹、应玚、刘桢，他们与孔融、陈琳、阮瑀同时以文学齐名，合称建安七子。

⑤狎（xiá）：亲近而态度不庄重。

⑥正始：是三国时期曹魏的君主魏齐王曹芳的第一个年号，共计10年。

⑦仙心：指道家超脱人世的思想。

⑧何晏：三国时期曹魏大臣、玄学家。他与夏侯玄、王弼等倡导玄学，竞事清谈，遂开一时风气，为魏晋玄学的创始者之一。

⑨嵇：嵇康，三国时期曹魏时著名思想家、音乐家、文学家。清峻：简约严明。

⑩阮：阮籍，三国时期曹魏诗人。竹林七贤之一，建安七子之一阮瑀之子。

崇奉老庄之学，政治上则采取谨慎避祸的态度。

⑪若乃：至于。用于句子开头，表示另起一事。应璩（qú）：三国时期曹魏文学家，作《百一诗》讽劝。

【译文】

五言诗的创作于建安初年空前活跃，许多文人佳作不断涌现。魏文帝曹丕、陈思王曹植，在文坛上纵横驰骋、大显身手；王粲、徐幹、应玚、刘桢等人，也争先恐后奋起直追，驱驰于文坛。他们都喜爱欣赏风月美景，喜欢在清池幽苑游玩，在诗歌中叙述得到恩宠、荣耀的喜悦，尽情描绘宴会畅饮的盛况，激昂慷慨地展现他们的气势，狂放不羁地施展才情。在述说情怀、陈叙事理上，绝不追求细密的技巧，在遣辞造句、写景状物上，他们认为描写得清楚明白最为重要：这些特点都是建安诗人相一致的东西。到了正始年间，道家思想广为盛行，于是这种思想慢慢也在那时的诗歌里体现出来；像何晏等人，作品的内容意旨大都比较浅薄。能表现出清高、严肃的只有嵇康的诗，阮籍诗中的意旨还尚且能让人体味到深远，因此，他们的成就要稍高于同时期的诗人，可以作为表率列举出来。至于应璩的《百一》诗，也能毅然独立于当世，文辞曲折内涵，含义正直，这是建安时代诗歌中所蕴含的正直遗风。

【原文】

晋世群才，稍入轻绮①。张、潘、左、陆②，比肩诗衢③，采缛于正始④，力柔于建安；或析文以为妙⑤，或流靡以自妍⑥：此其大略也。江左篇制⑦，溺乎玄风，嗤笑徇务之志⑧，崇盛忘机之谈⑨。袁、孙已下⑩，虽各有雕采，而辞趣一揆⑪，

40

莫与争雄。所以景纯仙篇⑫，挺拔而为俊矣。宋初文咏，体有因革⑬，庄老告退，而山水方滋；俪采百字之偶⑭，争价一句之奇，情必极貌以写物，辞必穷力而追新，此近世之所竞也。

【注释】

①轻绮：比喻轻靡绮丽的文风。

②张：潘、左、陆：张指张华、张载、张亢、张协；潘指潘岳、潘尼；左指左思；陆指陆机、陆云。

③诗衢（qú）：诗歌的创作道路。

④缛（rù）：繁多。

⑤析（xī）文：讲究文字的对偶。

⑥流靡：音调过分华美。妍：美丽。

⑦江左：东晋南渡，偏安在江左。

⑧徇务：致力于政务。

⑨忘机：指没有巧诈的心思，与世无争。

⑩袁：袁宏，东晋玄学家、文学家、史学家。孙：孙绰，东晋玄言诗人。

⑪一揆（kuí）：同一道理，一个模样。

⑫景纯：郭璞的字，两晋时期著名文学家、训诂学家、风水学者。仙篇：郭璞的《游仙诗》。

⑬因革：沿革，包括因袭与变革。

⑭俪（lì）：对偶。百字：很多字。五言诗二十句一百字，这里指全篇。

【译文】

晋代的才士们，在创作上走上了绮丽的道路，他们的作品稍显浮浅。张载、张协、张亢、潘岳、潘尼、左思、陆机、陆云等人，在诗坛上并驾齐驱。与正始时期相比，他们所作诗歌的文采更加繁富多样，但作品内容的感染力却比建安时期逊色多了；他们作诗，或者讲究辞藻，注重对偶，并把这当作精妙之事；或者追求音节调和、华美，偏重靡丽笔调，以自逞其美：这就是西晋诗坛的大概情况。到了东晋的时候，诗歌创作便淹没在玄学的清淡风气之中，玄言诗人们讥笑那些写有关心时务精神的作品，而崇尚那种忘却世情的空谈。所以自袁宏、孙绰以后的诗人，虽然其作品仍旧有不同的文采雕饰，但内容上却大同小异，一致倾向于玄谈，这种类型的诗文席卷文坛，再没有别的诗可与之一争高下了。因此，郭璞的《游仙诗》，在当时就已经算是比较杰出的作品了。南朝宋初的诗歌，对于前代的诗风继承了一些，却也有所革变，诗歌中关于庄周和老子的思想越来越少，而描绘山水景物的作品逐渐兴盛、繁多起来；于是，诗人们竭力运用全篇对偶以显示文采，通过展示一句的新奇创意以竞逐才华，描绘出景物的形貌务必追求逼真生动，要求尽最大的努力做到标新立异，这就是近来诗人们所追求的。

【原文】

故铺观列代①，而情变之数可监；撮举同异②，而纲领之要可明矣。若夫四言正体，则雅润为本；五言流调，则清丽居宗；华实异用，惟才所安。故平子得其雅③，叔夜含其润④，茂先凝其清⑤，景阳振其丽⑥；兼善则子建、仲宣⑦，偏美则太冲、公幹⑧。然诗有恒裁，思无定位，随性适分，鲜能通圆⑨。若妙识所难，其易也将至；忽之为易，其难也方来。至于三六杂言，则出自篇什⑩；离合之发⑪，则萌于图谶⑫；回文所兴⑬，则道原为始；联句共韵，则《柏梁》余制。巨细或殊，情理同致，总归诗囿，故不繁云。

【注释】

①铺观：纵观，遍观。

②撮（cuō）举：指撮要举出。

③平子：张衡的字。

④叔夜：嵇康的字。

⑤茂先：张华的字，西晋时期政治家、文学家、藏书家。

⑥景阳：张协的字，西晋文学家。

⑦子建：曹植的字。仲宣：王粲的字。

⑧偏美：具有某一方面的美。太冲：左思的字。公幹：刘桢的字。

⑨通圆：十分圆满。

⑩篇什：《诗经》的《雅》《颂》以十篇为一什，后用篇什指诗篇。

⑪离合：离合诗，属于杂体诗的一种，诗文行文原则通常为字相拆成文。

⑫图谶：古代方士或儒生编造的关于帝王受命征验一类的书，多为隐语、预言。

⑬回文：回文诗，顾名思义，就是能够回还往复，正读倒读皆成章句的诗篇。

【译文】

因此，总观历代的诗歌，可以看到它们思想感情发展变化的情况；总结归纳一下它们相同和不同之处，便可以明白诗歌创作的要点了。譬如四言诗的正规体制，主要是雅正、温润；而五言诗的常见格调，则主要是清新、华丽。雅正、温润的四言诗和清新、华丽的五言诗，有不同的体用之别，至于如何把握质朴和华丽的特点并实际运用，就要依照作者自身的才华而定了。对于四言诗而言，张衡得到了其雅正的精髓，嵇康则拥有其温润的特色；对于五言诗而言，张华领悟了其清新的要领，张协则发挥了其华丽的长处；曹植和王粲二位诗人兼备了以上各种特点，而左思和刘桢二位诗人，仅仅偏长于某一方面。然而，诗歌的体裁虽然固定，但人的思想却各有不同，所以在创作上，每位作者只能按照各自的个性偏好来进行，很少有人能兼长各体。倘若作者能深刻且巧妙地了解创作中的困难，那么他在创作过程中会越来越顺手，一切很快会变得容易起来；如果作者轻率地觉得写诗这件事很容易掌握，那么他的创作过程一定不会那么容易，途中将会碰到不少的困难。除了上述四言、五言诗之外，还有三言、六言、杂言诗，它们都起源于《诗经》；至于离合诗这种拆字诗文的诞生，起源于以前的图谶文字；而回文诗的兴起，则是一个叫道原的人开的头；而几个人合作创作的联句诗，那是继承了《柏梁诗》的体制。此类种种作品，虽然长短大小不同，主次侧重有别，但写作的情况和表达道理是一样的，它们都属于诗的范畴，汇集于诗的园地，因此不必再费过多笔墨逐一详论了。

【原文】

赞曰：民生而志，咏歌所含①。兴发皇世②，风流"二南"③。神理共契，政序相参。英华弥缛，万代永耽④。

【注释】

①含：含有的内容。

②皇世：三皇之世，亦泛指远古时代。

③"二南"：《诗经》中的《周南》《召南》，此处代指《诗经》。

④耽：喜好。

【译文】

总而言之：人但凡生下来都会拥有情感、志趣，而诗歌就是用来表达这种情感、志趣的。诗歌诞生在上古三皇时期，其风教依靠《诗经》来流播。它和自然的道理规律相一致，并和政治秩序相结合。这样一来，诗歌的文采会越来越丰富，诗坛也会越来越繁荣，为后世万代永远喜爱。

乐府第七

文心雕龙全鉴珍藏版

【原文】

乐府者①，"声依永，律和声"也。钧天九奏②，既其上帝；葛天八阕③，爰及皇时④。自《咸》《英》以降⑤，亦无得而论矣。至于涂山歌于"候人"，始为南音⑥；有娀谣乎"飞燕"，始为北声⑦；夏甲叹于东阳，东音以发⑧；殷整思于西河，西音以兴⑨。音声推移，亦不一概矣。匹夫庶妇，讴吟土风；诗官采言，乐胥被律；志感丝篁，气变金石。是以师旷觇风于盛衰⑩，季札鉴微于兴废⑪，精之至也。夫乐本心术，故响浃肌髓⑫，先王慎焉，务塞淫滥。敷训胄子⑬，必歌九德；故能情感七始，化动八风。

【注释】

①乐府：本是汉武帝设立的音乐机构，用来训练乐工，制定乐谱和采集歌词，后来"乐府"成为一种带有音乐性的诗体名称。

②钧天：天的中央，古代神话传说中天帝住的地方。九奏：古代行礼奏乐九曲。

③葛天八阕：相传有葛天氏之乐，由三人操牛尾而歌唱，共八曲。葛天：葛天氏，传说中远古部落名。阕：量词，歌曲或词，一首为一阕。

④爰（yuán）及：至于。皇时：传说中的远古三皇时代。

⑤《咸》：《咸池》，古乐曲名，相传为尧乐。一说为黄帝之乐，尧增修沿用。《英》：《六英》，古乐曲名，相传为帝喾（kù）或颛顼（zhuān xū）之乐。以降：以后。

⑥至于涂山歌于候人，始为南音：记载于《吕氏春秋·季夏纪·音初》中。禹巡视治水之事，途中娶涂山氏之女，还没举行仪式就到南方巡视去了，涂山氏之女就叫侍女在涂山南面迎候禹，自己作了一首歌，歌中唱道："候望人啊。"这是最早的南方音乐。

⑦有娀（sōng）谣乎飞燕，始为北声：记载于《吕氏春秋·季夏纪·音初》中。有娀氏有两位美貌的女子，人们为她们造起了九层高台，饮食一定用鼓乐陪伴。天帝让燕子去看看她们。那两位女子很喜爱燕子，用玉筐罩住，揭开筐

看它，燕子留下两个蛋，向北飞去。两位女子作了一首歌："燕子燕子展翅飞。"这是最早的北方音乐。

⑧夏甲叹于东阳，东音以发：记载于《吕氏春秋·音初》中。夏君孔甲在东阳黄山打猎，迷失了方向，走进一家老百姓的屋子。这家人正在生孩子。有人说："这是好日子啊，这个孩子一定大吉大利。"有人说："这个孩子一定会遭受灾难。"夏君就把这个孩子带了回去。孩子长大成人了，一次帐幕掀动，屋椽裂开，斧子掉下来砍断了他的脚。孔甲叹息道："发生了这种灾难是命中注定吧！"于是创作出"破斧"之歌。这是最早的东方音乐。

⑨殷整思于西河，西音以兴：记载于《吕氏春秋·音初》中。当初殷王整甲迁徙到西河居住，但还思念故土，于是最早创作了西方音乐。

⑩师旷觇（chān）风于盛衰：记载于《左传·襄公十八年》中。晋国人听到楚国出兵，师旷说："没有妨害。我屡次歌唱北方的曲调，又歌唱南方的曲调。南方的曲调不强，象征死亡的声音很多。楚国一定不能建功。"师旷：春秋时著名乐师、道家，晋大夫，尤精音乐，善弹琴，辨音力极强。觇：暗中察看。

⑪季札鉴微于兴废：见《左传·襄公二十九年》，吴国的公子季札出使鲁国，观看周朝的音乐和舞蹈，他能从各国各地乐曲中听出兴亡衰败来。

⑫浃：深入。

⑬敷训：施教。胄子：贵族的子弟。

【译文】

所谓"乐府"，就是用"五音"来配合歌咏的声调，又用"十二律"来与"五音"相配合。传说赵简子在天上听到了动人的音乐，那是上天神明的乐曲；而葛天氏的八支乐章，那是上古时代的音乐。从前黄帝时的《咸池》之乐、帝喾时的《六英》之乐，这二者以后的音乐，现在都已经没有办法去考证了。而后，涂山氏女为夏禹所吟唱的"候人兮猗"之歌，标志着南方音乐的开端；有娀氏的两位美貌女子所唱的"燕燕往飞"的歌谣，标志着北方乐歌的开端；夏后氏孔甲感叹义子的命运，在东阳作了《破斧歌》，标志着东方乐歌的开端；殷帝王整甲作了怀念故乡的歌曲，标志着西方乐歌的开端。由此可见，历代音律、各地歌辞的发展及演变，是十分复杂各异的。庶民百姓、汉子妇人，通常歌唱的是当地的歌谣；采诗官采集这些民歌的歌词，乐师记录并为它们谱出相适合的曲子；使人们的情志、气质通过弦乐器、管乐器等各种乐器表达出来。因此，晋国的师旷感受到楚国音乐的曲调不强，便知晓了楚国士气衰弱、国力不振的状况，吴国公子季札也能通过分辨各国各地乐调的细微差别来判断各个国家的

45

兴起与亡废，实在是精妙极了。音乐依心而创，反映了人的思想感情，所以它能渗透到人的心灵深处，因此，古代圣明的君王对待音乐的态度是非常慎重的，坚决堵塞一切淫荡糜烂的音乐。教育贵族子弟时，一定要学习歌唱有利于政教传播、歌颂功德的音乐。所以，乐曲中所表达的情感能感动天地、四时和人心，它的教化作用能影响四面八方。

【原文】

自雅声浸微①，溺音腾沸②。秦燔《乐经》③，汉初绍复④；制氏纪其铿锵⑤，叔孙定其容典⑥。于是《武德》兴乎高祖⑦，《四时》广于孝文⑧；虽摹《韶》《夏》⑨，而颇袭秦旧，中和之响，阒其不还⑩。暨武帝崇礼，始立乐府，总赵、代之音，撮齐、楚之气；延年以曼声协律⑪，朱、马以骚体制歌。《桂华》杂曲，丽而不经；《赤雁》群篇，靡而非典。河间荐雅而罕御⑫，故汲黯致讥于《天马》也⑬。至宣帝雅颂，诗效《鹿鸣》；迄及元、成⑭，稍广淫乐。正音乖俗，其难也如此。暨后汉郊庙⑮，惟杂雅章，辞虽典文，而律非夔、旷⑯。

【注释】

①雅声：雅正之乐。浸：渐渐。微：衰败。

②溺音：古谓淫溺的音乐，与正音、雅音相对言。

③燔（fán）：焚烧。

④绍复：继承复兴，继承恢复。

⑤制氏：汉初的乐师。铿锵：形容乐器声音响亮节奏分明，这里指音乐的节奏。

⑥叔孙：姓叔孙，名通，汉初的儒生，曾给汉高祖制定各种礼乐。容典：舞容典礼，即乐舞和礼节。

⑦《武德》：雅舞名，多用于宗庙祭礼。

⑧《四时》：汉祭宗庙时所用的乐舞之一。孝文：汉文帝谥号。

⑨《韶》：《韶乐》，为上古舜帝之乐，是一种集诗、乐、舞为一体的综合古典艺术。《夏》：《大夏》，周代"六舞"之一，相传本为夏禹时代的乐舞。

⑩阒（qù）：形容寂静。

⑪延年：李延年，西汉音乐家，被封"协律都尉"。曼声：舒缓而长的声音。协律：调和音乐律吕，使之和谐。

⑫河间：汉河间献王刘德，汉景帝刘启第二子。御：使用，应用。

⑬汲黯：汉武帝时敢于直谏的大臣。汉武帝得到一匹天马，作《天马歌》

加以赞颂，并把此歌列入祭祀宗庙祖先的《郊祀歌》中，汲黯对此提出了批评。

⑭迡：应作"逮"。元：汉元帝刘奭。成：汉成帝刘骜。

⑮郊庙：古代天子祭天地与祖先。

⑯夔（kuí）、旷：夔与师旷的并称。夔，舜时乐官。旷，春秋晋乐师。

【译文】

从雅正的音乐逐渐衰弱开始，那些淫靡歪邪的音乐便渐渐兴盛起来了。秦始皇焚书之时焚烧了《乐经》，西汉初年，朝廷想继承古乐并恢复；由乐师制氏记下了古乐的音调节奏，叔孙通制定了乐舞的曲礼和法度。于是，汉高祖时兴起了《武德舞》，汉文帝时流行《四时舞》；这些乐曲虽然是以古代舜时《韶》《夏》的音乐为基础模仿出来的，但也继承了秦代旧有的乐章，那些中正和平的古乐逐渐在世间沉寂，如今很难再见到了。到了汉武帝的时候，国家十分重视礼乐，专门管制音乐的"乐府"机关开始建立起来，整理汇总赵地、代地的音乐，采集收纳齐地、楚地的音调；李延年用延长声调的方法，靠舒缓、绵长的声音来调和搭配音乐，朱买臣、司马相如则模仿骚体诗来创作歌词。《桂华》这些杂曲歌词，华美艳丽但不合常规的雅正音乐；《赤雁》这类乐曲，浮艳绮靡而不符合法度规矩。河间献王刘德曾向汉武帝推荐过正统的雅正古乐，但汉武帝基本不采纳，所以大臣汲黯对汉武帝作的《天马歌》十分不满，直言进谏。到了汉宣帝的时候，制作的是歌功颂德的雅乐，模仿的是《小雅》中的《鹿鸣》篇章；而到了汉元帝、汉成帝的时候，又将浮靡的音乐略微扩大了一番。雅正的古乐因为不符合世俗的喜好，推行便

十分困难。到了后汉的时候，祭天、祭祖时候的唱词会夹杂着一些古乐，歌词虽然比较雅正，但声律已然不再是古代音乐家夔和师旷时代正统音乐的模样了。

【原文】

至于魏之三祖①，气爽才丽，宰割辞调②，音靡节平。观其北上众引③，秋风列篇④，或述酣宴，或伤羁戍⑤；志不出于滔荡⑥，辞不离于哀思；虽三调之正声⑦，实《韶》《夏》之郑曲也。逮于晋世，则傅玄晓音，创定雅歌，以咏祖宗；张华新篇，亦充庭万⑧。然杜夔调律⑨，音奏舒雅；荀勖改悬⑩，声节哀急，故阮咸讥其离声⑪，后人验其铜尺。和乐之精妙，固表里而相资矣。

【注释】

①三祖：魏太祖曹操、魏高祖曹丕、魏烈祖曹睿，合称三祖。

②宰割：支配，分割。辞调：诗文的声韵，这里指汉乐府。

③北上：曹操作的《苦寒行》，其首句是"北上太行山"。引：乐曲。

④秋风：曹丕作的《燕歌行》，其首句是"秋风萧瑟天气凉"。

⑤羁戍（shù）：远戍边疆。

⑥滔荡：激荡，波动。

⑦三调：《平调》《清调》《瑟调》，都是周代古乐的声调。

⑧庭万：朝廷、宗庙的乐舞。《诗经·邶（bèi）风·简兮》："硕人俣（yǔ）俣，公庭万舞。"意思是，舞师健壮又英武，公庭上面演万舞。万：《万舞》，一种大舞，表演时用盾、斧、羽。

⑨杜夔（kuí）：三国时期魏音乐家，擅长音律，管弦等各种乐器无所不能。他长期总管歌舞音乐，精心研究，继承复兴了前代古乐，并有所创新。

⑩荀勖（xù）：西晋音乐家。改悬：即改变钟磬悬挂的距离，此指改制乐器。

⑪阮咸：魏晋时期名士，阮籍之侄，与阮籍并称为"大小阮"，精通音乐。

【译文】

到了魏太祖曹操、魏高祖曹丕、魏烈祖曹睿的时代，他们志气豪爽，才华富丽，所改编的歌词曲调、音调浮靡，节奏平庸。例如，曹操的《苦寒行》，曹丕的《燕歌行》等作品，或是叙述酣歌宴饮，或是哀叹出征在外漂泊；内容和情感都不免稍显放纵了些，句句离不开悲哀的情绪；其乐调虽然用的是汉代正统的"三调"音乐，可是论起它们的文辞内容，比起舜时的《韶》乐和禹时的《夏》乐等古乐来，其实差得很远。到了晋代，通晓音乐的傅玄，创作了许多雅正的歌曲，来歌颂晋代的祖先；张华也写了一些新的乐曲，为《万舞》等宫廷舞曲补充新鲜血液。然后，魏国的杜夔所调整的音律，节奏舒缓雅正；而晋初荀勖改制乐器，将钟磬的尺寸和悬挂距离改小，导致音乐的声调、节奏哀厉而急促，所以阮咸曾讥笑荀勖将乐器改动得不协调了，致使音乐偏离了正轨。后人考察了古代的铜尺，才发现原来是荀勖制作的新尺有问题。由此可见，想让和美协调的音乐达到精微奥妙的程度，需要靠乐器和乐章、乐曲和歌词互相配合才能实现，这是内容和形式的搭配。

【原文】

故知诗为乐心，声为乐体。乐体在声，瞽师务调其器①；乐心在诗，君子宜正其文。"好乐无荒"，晋风所以称远②；"伊其相谑"，郑国所以云亡③。故知季札观乐，不直听声而已。若夫艳歌婉娈④，怨志诀绝；淫辞在曲，正响焉生？然俗听飞驰，职竞新异；雅咏温恭，必欠伸鱼睨⑤；奇辞切至⑥，则抃髀雀跃⑦。诗声俱郑，自此阶矣。

【注释】

①瞽（gǔ）师：乐师。古代很多乐师是盲人。瞽，瞎。

②"好乐无荒"，晋风所以称远：《左传·襄公二十九年》中记载，乐工为季札歌唱《唐风》时，季札说："思虑深远啊！大概有陶唐氏的遗民在吧！"《诗经·唐风·蟋蟀》中有："好乐无荒，良士瞿瞿。"意思是，正业不废又娱乐，贤良之士多警悟。晋风：唐风，古唐国在周代时处于晋国所在。

③"伊其相谑"，郑国所以云亡：《左传·襄公二十九年》中记载，乐工为季札歌唱《郑风》，季札说："美好啊！但它烦琐得太过分了，百姓忍受不了，这大概会最先亡国吧。"《诗经·郑风·溱洧》中有："维士与女，伊其相谑，赠之以勺药。"意思是，男女结伴一起逛，相互戏谑喜洋洋，赠朵芍药毋相忘。

④婉娈（luán）：缠绵，缱绻。

⑤欠伸：疲倦时打呵欠、伸懒腰。鱼睨（nì）：像鱼那样瞪眼注视，比喻瞪目而视，不感兴趣。

⑥切至：犹切当，贴切恰当。

⑦抃髀（bì）雀跃：拍着大腿，像麻雀似的跳跃，形容非常高兴的样子。

【译文】

由此可知，诗篇是音乐的核心，声调是音乐的形式。音乐的形式寄托在声律上，所以乐师务必要调整好自己的乐器；音乐的核心隐含在诗歌里，所以德才高尚的作者务必要让自己的文辞端正。《诗·唐风·蟋蟀》里有"好乐无荒"的诗句，所以吴公子季札称赞这首晋国民歌，认为它意义深远；《诗·郑风·溱洧》里有"伊其相谑"的诗句，所以季札通过这首郑国民歌预言说郑国要先灭亡。由此我们知道，季札欣赏音乐的演奏，不单单是听听它的声调便罢了。至于那些写婉转缠绵、相亲相爱的诗句内容；或者写怨恨满腔、分别决裂的诗句内容，若是把这些淫靡不正的作品谱成曲子，雅正的音乐又该如何产生呢？然而世俗的人听曲子却只为一时心动，人们都喜欢新鲜奇异的乐章；雅正的乐曲温和恭谨，人们听了大都一定会厌烦得打哈欠，像鱼一样瞪眼发愣；而对于新奇的歌词，如果人们觉得切合自己的心意，听了便一定会高兴得拍大腿，像鸟雀一样跳起来。这样的话，诗歌和音乐就都走上了歪门邪路，从此越来越严重。

【原文】

凡乐辞曰诗，诗声曰歌，声来被辞①，辞繁难节。故陈思称左延年闲于增损古辞②，多者则宜减之，明贵约也。观高祖之咏《大风》③，孝武之叹"来迟"④，歌童被声，莫敢不协。子建、士衡⑤，咸有佳篇，并无诏伶人，故事谢丝管。俗称乖调，盖未思也。至于轩岐《鼓吹》⑥，汉世《铙》《挽》⑦，虽戎丧殊事，而并总入乐府。缪、韦所改⑧，亦有可算焉。昔子政品文⑨，诗与歌别。故略具乐篇，以标区界。

【注释】

①被：配之意，指根据歌词来配乐谱曲。

②左延年：三国时期魏国音乐家、诗人。闲：通"娴"，熟悉，熟练。

③观高祖之咏《大风》：《史记·高祖本纪》中记载，高祖回京途中，路过沛县时停留下来，邀请老朋友和父老乡亲一起纵情畅饮，唱起自己编的歌："大风刮起来啊云彩飞扬，声威遍海内啊回归故乡，怎能得到猛士啊守卫四方！"

④孝武之叹"来迟"：《汉书·外戚传》中记载，汉武帝思念死去的李夫人，让术士招魂。在烛光摇曳中，帝果隐约见有酷似夫人之身影，汉武帝悲感作诗，说："是你吗？不是你吗？我站在这里望眼欲穿，你为何如此姗姗来迟？"

⑤士衡：陆机的字，西晋著名文学家、书法家。

⑥轩岐：黄帝轩辕氏与其臣岐伯的并称。

⑦《铙》（náo）《挽》：《铙歌》和《挽歌》。《铙歌》，汉代的军乐。《挽歌》，汉代的丧乐。

⑧缪：缪袭，三国时曹魏文学家。韦：韦昭，三国时吴国人。

⑨子政：刘向的字，刘邦异母弟刘交的后代，刘歆之父。

【译文】

但凡是乐歌的歌辞都称为诗，按照一定的曲词将诗咏唱出来就称为歌，用声调旋律去配合歌辞的时候，倘若歌辞繁冗就很难和音乐的节拍相互配合。所以陈思王曹植称赞左延年很擅长增减古代歌辞以配合乐曲，遇到歌辞中的语句有多余的就适当删去，这说明歌辞应当以精练、简约为重啊！听听汉高祖唱的《大风歌》，"大风起兮云飞扬"；听听汉武帝唱的《李夫人歌》，"偏何姗姗其来迟"，这些歌辞配上曲调后，让歌童去演唱，整首歌曲非常协调，各个方面都很搭配。曹植和陆机，虽说都有好的诗篇，但由于没有吩咐乐师为其配乐，所以他们的诗歌就不能用乐器伴奏吟唱。人们都认为没有配乐是因为二人的诗歌与音乐的曲调不相合，这些说法都是没有经过深思熟虑的。至于轩辕黄帝时岐伯创作的《鼓吹曲》，汉代出现的《铙歌》和《挽歌》，虽然其内容和作用各有不同，有的是军乐，有的是丧乐，但都算是乐府诗歌的一种。还有缪袭和韦昭所改编的汉代乐府歌曲，也有值得肯定的作品。从前刘向品评文章，把诗和歌区别开来。所以简单地作了篇《乐府》，以标明"诗"与"歌"之间的区别。

【原文】

赞曰：八音摛文①，树辞为体。讴吟坰野②，金石云陛③。《韶》响难追，郑声易启。岂惟观乐④？于焉识礼⑤。

【注释】

①八音：我国古代对乐器的统称，通常为金、石、丝、竹、匏（páo）、土、革、木八种不同质材所制。摛（chī）：铺陈。

②坰（jiōng）野：荒郊，远野。

③云陛：指巍峨的宫殿。

④岂惟：难道只是。

⑤于焉：于此。

【译文】

总而言之：用各种各样的乐器来演奏乐曲，演奏出种种动听的声音，创作出好的歌辞是其核心。或者在乡村郊野讴歌吟唱，或者在朝廷宫殿演奏颂吟。雅正美好的《韶》乐难以传承下去，浮华淫靡的音乐却非常容易发展。音乐怎么能只用来欣赏呢？一定能从里面看出礼法教化的盛衰。

诠赋第八

【原文】

《诗》有六义①，其二曰赋。赋者，铺也；铺采摛文，体物写志也②。昔邵公称③："公卿献诗，师箴瞍赋。④"《传》云⑤："登高能赋，可为大夫。"《诗序》则同义⑥，《传说》则异体⑦，总其归涂⑧，实相枝干。故刘向明"不歌而颂"⑨，班固称"古诗之流也"⑩。

【注释】

①六义：《毛诗序》："故诗有六义焉：一曰风，二曰赋，三曰比，四曰兴，五曰雅，六曰颂。"

②体物：描述事物，摹状事物。

③邵公：即召公，姬奭（shì），西周宗室，与周武王、周公旦同辈，因采邑于召（今陕西岐山西南），故称召公。

④公卿献诗，师箴瞍赋：出自《国语·周语》，说的是周厉王暴虐，不满民众指责，堵民之口，召公认为天子处理政事，要让列卿列士呈献民间诗歌，乐官呈献民间乐曲，史官呈献史书，少师进箴言，瞍者朗诵等。公卿：三公九卿的简称，指王朝高级官吏。师：少师，乐官。箴：古代一种文体，以告诫规劝为主。瞍（sǒu）：瞎子。

⑤《传》：对经的解释。这里指解释《诗经·鄘风·定之方中》的《毛传》。

⑥《诗序》：《诗大序》，也称《毛诗序》。

⑦异体：不同的文体、体裁，这里是说赋不同于《诗》而成另一种文体。

⑧归涂：犹归趋，最终的途径。涂，通途。

⑨不歌而颂：《汉书·艺文志》："传曰：'不歌而诵谓之赋，登高能赋可以为大夫。'"《艺文志》为删定刘歆《七略》而成，《七略》以刘向整理古籍为基础。

⑩班固：东汉著名史学家、文学家，撰写《汉书》。古诗之流也：《两都赋序》："或曰：'赋者，古诗之流也。'"古诗，指《诗经》。流，支流。

【译文】

《诗经》有"六义"，即风、赋、比、兴、雅、颂。其中第二项就叫作

"赋"。所谓"赋",就是铺叙陈述的意思；铺陈华采、布列文辞，为的是将事物生动地描绘出来，从而抒发内心情志。从前，周代的召公曾经说："公卿官吏献诗，少师乐官献箴，盲人瞎子诵诗。"《毛传》里说："登到高处能够作赋的人，就可以当大夫了。"《诗序》把赋、比、兴同列于"六义"表现手法之中，而《毛传》则把赋和诗区别开来，认为赋是一种不同的文体，但是总观它们的归属和根源，赋和诗，一个枝条，一个主干，二者之间的关系十分密切。所以刘向说"不歌唱只朗诵的诗就叫赋"，班固称"赋是源自于《诗经》的一个支流"。

【原文】

至如郑庄之赋"大隧"①，士蒍之赋"狐裘"②，结言短韵，词自己作，虽合赋体，明而未融③。及灵均唱《骚》④，始广声貌。然赋也者，受命于《诗》人⑤，而拓宇于《楚辞》也⑥。于是荀况《礼》《智》⑦，宋玉《风》《钓》⑧，爰锡名号⑨，与诗画境⑩，六义附庸，蔚成大国。述客主以首引⑪，极声貌以穷文，斯盖别诗之原始，命赋之厥初也⑫。

【注释】

①郑庄之赋"大隧"：出自《左传·隐公元年》，郑庄公记恨母亲助弟弟作乱，发誓至死不见，后来就后悔了，于是采纳了颍考叔的建议，挖隧道与母亲见面，郑庄公在隧道里赋诗："大隧之中，其乐也融融！"

②士蒍之赋"狐裘"：出自《左传·僖公五年》，晋献公宠爱骊姬，骊姬和众公子发生政斗，重耳和夷吾两个公子逃到蒲城和屈城，士蒍被派去为二人修城，因犯错被晋献公责备，士蒍便慨叹朝政混乱，说："狐裘厖（méng）茸，一国三公，吾谁适从？"意思是，穿狐裘的贵人这么多，一个国家有三公，我该跟从哪一个？

③明而未融：日初出有光叫明，日升高光明普照叫融。比喻赋刚发展，还未成熟。

④灵均：屈原的字。

⑤《诗》人：《诗经》的作者。

⑥拓宇：开辟疆域。

⑦荀况：荀子，战国末期著名思想家、文学家、政治家。《礼》《智》：荀子《赋篇》中的两段。

⑧宋玉：战国末楚国的辞赋家。《风》：《风赋》。《钓》：《钓赋》。

⑨爰：于是。锡：通"赐"，给予，赐给。

⑩画境：划界。

⑪首引：发端。

⑫厥初：开初。厥：其，语气助词。

【译文】

至于像郑庄公诵读的"大隧之中"，晋国士苪诵读的"狐裘尨茸"，篇幅很短，由简洁的韵语构成，词句都是自己作的，这种作品虽然符合不歌而诵的特点，但是还没有成熟。后来屈原创作《离骚》，才开始扩大对声音、形貌的描绘，渐渐发展了赋的形式。所以赋是起源于《诗经》，在《楚辞》中发展起来的。接着是荀况的《礼赋》和《智赋》，宋玉的《风赋》和《钓赋》，才正式将"赋"的名号给予了这类体裁的作品，从而和诗区别开来，这样一来，处于附庸地位的赋原本只是作为"六义"的一部分而存在，后来慢慢发展，最终成为文体中的一个大类。赋常常用主客问答形式的对话作为开篇，极力描写事物的声音、状貌而追求文采，这就是赋和诗产生区别的起始，称为赋的初端。

【原文】

秦世不文①，颇有杂赋②。汉初词人，顺流而作，陆贾扣其端③，贾谊振其绪④，枚、马播其风⑤，王、扬骋其势⑥，皋、朔已下⑦，品物毕图⑧。繁积于宣时，校阅于成世，进御之赋，千有余首。讨其源流，信兴楚而盛汉矣⑨。

【注释】

①不文：不崇尚文辞。

②颇：略微，稍。

③陆贾（gǔ）：秦汉间作家，其赋已失传。

④贾谊：西汉初年著名政论家、文学家，其辞赋皆为骚体，形式趋于散体化，是汉赋发展的先声，以《吊屈原赋》《鵩鸟赋》最为著名。

⑤枚：枚乘，西汉辞赋家，《汉书·艺文志》著录"枚乘赋九篇"。马：司马相如，西汉辞赋家。《汉书·艺文志》说他有赋二十九篇，尚存《子虚赋》等六篇。

⑥王：王褒，西汉辞赋家，留下《洞箫赋》等辞赋十六篇。扬：扬雄，西汉辞赋家，有赋十二篇。王褒与扬雄并称"渊云"。

⑦皋（gāo）：枚皋，枚乘之子，西汉辞赋家。朔：东方朔，西汉辞赋家。

⑧品物：万物。

⑨信：果真，的确。

【译文】

秦代并不重视文辞，他们的文学不发达，只是略微有一些杂赋。汉代初期的辞赋作家，继承前代的基础并顺着赋的发展势头，陆贾发起了汉赋创作的开端，贾谊接着加以发展，枚乘、司马相如延续了这个风气并扩大了影响力，王褒、扬雄扩大了这个势头。到了枚皋、东方朔以后，基本上文人们描绘各种事物的时候都会用赋这种文体了。到了西汉宣帝的时候，赋作已经积累了许多，到汉成帝的时候，刘向加以组织整理，进献给皇帝的赋，就多达一千余首。通过探讨赋的起源和演变，我们可以看出赋确实是兴起于战国末期的楚国而在汉代盛行起来的。

【原文】

夫京殿苑猎，述行序志①，并体国经野②，义尚光大。既履端于倡序③，亦归余于总乱④。序以建言，首引情本⑤；乱以理篇⑥，写送文势⑦。按《那》之卒章，闵马称“乱”⑧，故知殷人辑《颂》，楚人理赋。斯并鸿裁之寰域⑨，雅文之枢辖也⑩。至于草区禽旅，庶品杂类⑪，则触兴致情，因变取会⑫。拟诸形容，则言务纤密；象其物宜⑬，则理贵侧附⑭。斯又小制之区畛⑮，奇巧之机要也。

【注释】

①序志：叙述志趣。

②体国经野：把都城划分为若干区域，由官宦贵族分别居住或让奴隶平民耕作，泛指治理国家。体：划分。国：都城。经：丈量。野：田野。

③履端：泛指事物的开始。倡序：指开头的序。

④归余：终结。总乱：指辞赋篇末概括全篇要旨的结束语。

⑤情本：事情的根本因由。

⑥乱：乐章的尾声叫作乱，辞赋里用在篇末，总括全篇思想内容的文字也叫乱。

⑦写送文势：指加强结尾，使表现力充足。写送：使之充足的意思。

⑧按《那》之卒章，闵马称“乱”：见《国语·鲁语下》，齐鲁欲结盟，鲁大夫子服景伯告诫属下要恭敬一些，闵马父听了笑着说：“笑吾子之大也。昔正考父校商之名颂十二篇于周太师，以《那》为首，其辑之乱曰：‘自古在昔，先民有作。温恭朝夕，执事有恪。’”《那》：《诗经·商颂·那》。

⑨鸿裁：文章的鸿伟体制，指大赋。寰域：范围，区域。

⑩枢辖：关键。

⑪庶品：众物，万物。

⑫取会：迎合。

⑬物宜：指事物的性质、道理、规律等。

⑭侧附：从旁附会，有所寄托。

⑮小制：即小赋，篇幅短小，内容狭窄。区畛（zhěn）：区域范围。

【译文】

很多赋描写京都盛况、华美宫殿，叙述园林游玩、外出狩猎，记载出征行军、旅途远行，记叙情感、描述志向，这些都关系到国家体制和原野规划，皆为国家大事，意义比较深远。翻阅这些作品，会发现它们的开头往往以"序言"作为起始，结尾通过"乱辞"来进行总结。作为起始的"序言"，是为了说明介绍写这篇赋的情事缘由；作为总结的"乱辞"，是用来概括全文的要旨，可以在最后进一步增强文章的气势。《诗经·商颂·那颂》末尾的一章，闵马父称之为"乱"，可以看出殷人编辑《商颂》，以及楚人创作赋，都要整理要点作出"乱"。以上描述的这些都属于大赋范畴内的问题，是书写雅文、经典的关键所在。至于其他一些小赋，诸如描写各种草木、各类禽兽、繁杂万物，这些作品都是接触万物而启发兴致，从而引发作者的感情，在事物的变化中追求感情和物象相互融合。因此，比拟它们形态容貌的时候，一定要让语言周密、细腻；揭示事物象征意义的时候，道理要注意从侧面去说明。这些是属于小赋范畴内的问题，是确保小赋能够写得新奇、精巧的关键所在。

【原文】

观夫荀结隐语①，事数自环；宋发夸谈，实始淫丽②；枚乘《菟园》，举要以会新；相如《上林》③，繁类以成艳；贾谊《鵩鸟》④，致辨于情理；子渊《洞箫》⑤，穷变于声貌；孟坚《两都》⑥，明绚以雅赡⑦；张衡《二京》⑧，迅发以宏富；子云《甘泉》⑨，构深玮之风⑩；延寿《灵光》⑪，含飞动之势。凡此十家，并辞赋之英杰也。及仲宣靡密⑫，发篇必遒；伟长博通⑬，时逢壮采；太冲、安仁⑭，策勋于鸿规；士衡、子安⑮，底绩于流制；景纯绮巧⑯，缛理有余；彦伯梗概⑰，情韵不匮：亦魏、晋之赋首也。

【注释】

①荀：荀子。隐语：指不直说本意而借别的词语来暗示的话。

②淫丽：奢华，华丽。后多指诗文辞采浮华艳丽。

③《上林》：《上林赋》，写于武帝朝廷之上，以夸耀的笔调描写了汉天子上

林苑的壮丽及汉天子游猎的盛大规模，是司马相如最著名的作品。

④《鹏鸟赋》：为贾谊谪居长沙时所作，此赋借与鹏鸟问答以抒发自己忧愤不平的情绪，并以老庄的齐生死、等祸福的思想以自我解脱。

⑤子渊：王褒的字。《洞箫》：《洞箫赋》，第一篇专门描写乐器与音乐的赋，王褒之首创。

⑥孟坚：班固的字。《两都》：即《东都赋》和《西都赋》，其中《东都赋》写洛阳，《西都赋》写长安。

⑦雅赡：文辞典雅富丽。

⑧《二京》：《二京赋》，包括《西京赋》《东京赋》两篇。二京指汉代西京长安与东京洛阳。

⑨子云：扬雄的字。《甘泉》：《甘泉赋》，元延二年（前11年）正月，扬雄与成帝前往甘泉宫，作《甘泉赋》讽刺成帝铺张。

⑩玮：珍奇。

⑪延寿：王延寿，东汉辞赋家，文学家、楚辞学家王逸之子。《灵光》：《鲁灵光殿赋》，叙述汉代建筑及壁画等。飞动：飘逸生动。

⑫仲宣：王粲的字，东汉末年文学家，"建安七子"之一。靡密：细致精密。

⑬伟长：徐干的字，东汉末文学家、哲学家、诗人，"建安七子"之一。

⑭太冲：左思的字，西晋作家，著有《三都赋》。安仁：潘岳的字，潘安，西晋作家，著有《西征赋》《藉田赋》。

⑮士衡：陆机的字。子安：成公绥的字，西晋作家。

⑯景纯：郭璞的字。

⑰彦伯：袁宏的字。梗概：刚直的气概，慷慨。

【译文】

翻阅一下荀子的赋作，会发现他的作品构成大多是隐语，叙述事物常常采用回环描述的方法；宋玉的赋，其言谈文辞的风格夸张铺饰，这是将赋引向淫靡艳丽的开始；枚乘的《菟园赋》，文辞简明扼要，重点突出而又显得很新颖；司马相如的《上林赋》，描写丰富，内容繁多，文辞明艳、华丽；贾谊的《鹏鸟赋》，善于辨析情感和哲理；王褒的《洞箫赋》，详细描绘了声音和状貌的变化，在表现上达到了极致；班固的《两都赋》，拥有明快、绚美的文辞，以及雅正富丽的内容；张衡的《二京赋》，拥有刚健、犀利的文笔，以及深刻丰富的内涵；扬雄的《甘泉赋》，构思深邃、奇妙，风格瑰丽、奇特；王延寿的《鲁灵光殿赋》，其表现出的神态和气势拥有飞灵、生动的特点。上面所描述列举的这十大辞赋家，每一个都可以说是辞赋界中杰出的英才。到了后来，王粲的赋文辞细密华美，篇章遒劲有力；徐幹知识渊博通达，辞赋经他创作出来，字里行间处处可见富丽的文采；左思和潘安二人，创作出的赋规模、气势都很宏大，他们在这方面取得很大的成就；陆机和成公绥二人，在品评文章的体制和等级方面做出了成绩；郭璞的赋，文辞绮丽、精妙，同时兼有不错的文采和丰富的道理；袁宏的赋，慷慨激昂，情思深远，余味无穷：这几家都是魏晋时代辞赋界的翘楚。

【原文】

原夫登高之旨，盖睹物兴情。情以物兴，故义必明雅①；物以情观，故词必巧丽。丽词雅义，符采相胜②。如组织之品朱紫③，画绘之著玄黄，文虽新而有质，色虽糅而有本，此立赋之大体也。然逐末之俦④，蔑弃其本，虽读千赋，愈惑体要。遂使繁华损枝，膏腴害骨，无贵风轨⑤，莫益劝戒。此扬子所以追悔于雕虫⑥，贻诮于雾縠者也⑦。

【注释】

①明雅：光明正大。

②符采：美玉的文理色彩。相胜：相称。

③组织：织成的织物。品朱紫：分正和邪。品：品评、评量。朱：正色。紫：间色。

④俦（chóu）：等；辈。

⑤风轨：风标、轨范。

⑥追悔于雕虫：《法言·吾子》："或问：'吾子少而好赋。'曰：'然。童子雕虫篆刻。'俄而曰：'壮夫不为也。'"意思是说，有人问扬雄："你少年时喜欢写辞赋吗？"扬雄回答："是的。只不过是孩童写写画画的小技能罢了。"稍停一会儿他又说："大丈夫是不会写那个的！"雕虫："虫"指虫书，是西汉学童必习的小技。

⑦贻诮于雾縠（hú）：《法言·吾子》："或曰：'雾縠之组丽。'曰：'女工之蠹矣。'"这句话是想说明"雾縠虽丽，蠹（dù）害女工；辞赋虽巧，惑乱圣典"的意思。也就是说，薄纱虽然漂亮，却对女工没有好处；辞赋虽然精巧，却危害经典的创作。贻诮：见笑。雾縠：薄雾般的轻纱。

【译文】

之所以推荐登高作赋，其用意是为了通过欣赏外界的景物，来启发内心的情感。情感是由于内心对外界景物有所触动而兴起的，那么创作出来的作品内容必然雅正明朗；景物是由作者的情感来表现，因此写作的时候词语的铺陈必须精巧、华丽。华丽的文辞和雅正的内容，二者之间的关系就像是一块玉石的纹彩和质地一样，两方面配合得天衣无缝，相得益彰。又好比丝麻织品讲究红色和紫色的搭配，绘画时使用黑色和黄色的调配一样，文采的五彩缤纷是原本的要求，但充实的内容一定不能缺少，色彩糅杂相混并不妨碍，只要保证本色便可，这就是创作赋文的大致要点。可是世上不乏一些只知道一味追求形式华丽的人，他们轻易地抛弃了写赋的根本，纵使读赋千篇，也照样抓不住作赋的要点。于是他们写出来的赋就像花叶过于繁盛而损伤了枝干，人体过于肥胖而损害了骨骼一样，这样的创作方法，既对教育规范没有什么实际意义，又对劝告、警诫没有什么益处。这就是扬雄为什么会后悔自己少时作赋的经历，他认为这种不过是雕虫小技，因为这种赋像工人织轻雾般的薄纱一样，徒然费力，对女工有害无益。

【原文】

赞曰：赋自《诗》出，分歧异派。写物图貌，蔚似雕画。抑滞必扬，言旷无隘。风归丽则①，辞剪荑稗②。

【注释】

①丽则：美丽典雅。既绮丽又符合法度。

②荑稗（yí bài）：指浮华而无必要。

【译文】

总而言之：赋这种文体是从《诗经》发展而来，渐渐地被分化出来，成为了一支新的派别。它有时描写事物景象，有时图绘声音形貌，其中包含的丰富文采如同雕刻、绘画一般。对于受抑制的部分一定要想办法发扬光大，语言和表达要宽广深远，这样内容才不会狭隘局限。文风应当回归到既雅丽又有法度的标准上来，要剪除那些华而不实的文辞。

颂赞第九

【原文】

四始之至，颂居其极。颂者，容也，所以美盛德而述形容也①。昔帝喾之世②，咸黑为颂③，以歌《九招》④。自《商颂》已下⑤，文理允备⑥。夫化偃一国谓之风⑦，风正四方谓之雅，容告神明谓之颂。风、雅序人，事兼变正⑧；颂主告神，义必纯美。鲁国以公旦次编，商人以前王追录，斯乃宗庙之正歌，非宴飨之常咏也。《时迈》一篇，周公所制，哲人之颂，规式存焉。夫民各有心，勿壅惟口⑨。晋舆之称"原田"⑩，鲁民之刺裘鞸⑪，直言不咏，短辞以讽，丘明子顺⑫，并谓为诵，斯则野诵之变体⑬，浸被乎人事矣⑭。及三闾《橘颂》⑮，情采芬芳，比类寓意，又覃及细物矣⑯。

【注释】

①容：状貌，此处为舞蹈时的形貌。

②帝喾（kù）：黄帝的曾孙，中华上古时期部落联盟首领，五帝之一。

③咸黑：又叫咸墨，帝喾的臣子，古代传说中的乐师。

④《九招》：《吕氏春秋·仲夏纪·古乐》："帝喾命咸黑作为声歌：《九招》《六列》《六英》。"

⑤《商颂》：《诗经》有《商颂》五篇。

⑥允备：允当而完备。

⑦偃：倒。

⑧变正：治时的《风》《雅》为"正"，乱时的《风》《雅》为"变"。

⑨勿壅（yōng）惟口：见于《国语·周语上》，说的是周厉王暴虐，不满民众指责，堵民之口，召公说："防民之口，甚于防川。川壅而溃，伤人必多，民亦如之。是故为川者决之使导，为民者宣之使言。"壅：阻塞，阻挡。

⑩晋舆之称原田：《左传·僖公二十八年》："夏四月戊辰，晋侯、宋公、齐国归父、崔夭、秦小子慭次于城濮。楚师背酅而舍，晋侯患之，听舆人之诵，曰：'原田每每，舍其旧而新是谋。'"晋文公害怕楚军，但听到随军的人们念着："原野野草茂盛，我们又要舍弃旧地而图谋这块新地了。"这是提示了晋文

公可以放弃与楚国的关系，打败楚军。

⑪鲁民之刺裘鞸（bì）：《吕氏春秋·先识览·乐成》："孔子始用於鲁，鲁人鷖诵之曰：'麛裘而鞸，投之无戾。鞸而麛裘。投之无邮。'"意思是，孔子在鲁国开始被任用时，鲁国人怨恨地唱道："穿着鹿皮衣又穿蔽膝，抛弃他没关系。穿着蔽膝又穿鹿皮裘，抛弃他没罪尤。"鞸：同韠，蔽膝，古代一种遮蔽在身前的皮制服饰。

⑫丘明：左丘明，著有《春秋左氏传》《国语》等。子顺：孔子顺，孔子后裔。

⑬野诵：指民间谣谚。

⑭浸：逐渐。

⑮三闾：屈原，他被贬后就曾任三闾大夫。《橘颂》：《九章》篇名。

⑯覃及：延及。

【译文】

风、大小雅、颂这"四始"，是《诗经》中的极致，而"颂"在"四始"中又是最好的，"颂"用来形容状貌，通过舞蹈来表达，其作用是赞美盛大的功德。从前帝喾的时候，咸黑曾作《九招》来颂扬帝喾的功业。从《诗经·商颂》以后，"颂"的文辞义理、写作方法等都已成熟完备了。如果诗歌教化的影响能够遍及整个诸侯国，这类诗歌叫作风；如果诗歌能够让四方的风俗端正起来，这类诗歌叫作雅；如果诗歌能够通过舞蹈仪容来赞美当代的盛德功业、禀告神明，这类诗歌叫作颂。"风"和"雅"的诗歌是写人叙事的，因为人和事或变化杂乱，或正常稳定，所以"风"和"雅"有"正风""正雅""变风""变雅"的区分。"颂"是靠它来禀告神明的，所以里面所叙述的内容一定要保证纯正美好。鲁国因为周公姬旦的功勋业绩，所以在《周颂》之后编成《鲁颂》；商人追念他们商朝的祖先前王而辑录成《商颂》，这些都是雅正的颂歌，用于宗庙祭祀，并不是宴会上常用的吟咏之歌。《诗经·周颂·时迈》这篇作品，是周公姬旦所作，此篇颂为贤人所作，为之后颂的创作留下了典范。老百姓都各有自己的心思想法，千万不要像筑堤那样去试图堵塞他们的嘴巴。春秋时，晋国的民众用"原田每每"来赞美晋国的军队，鲁国的百姓用"麛裘而鞸"来讽刺孔子，这些内容都是直接说出来的，并不咏唱，仅仅用简短的话语来进行描述，左丘明和孔子顺称它们为诵，这些都是民间的颂，是从正统的颂变化而来的，可见颂已经从原来祭神的功用渐渐用于人间的事情上去了。到了屈原的《橘颂》，里面的内容和文采都很美好，包含事物的类比，还寄托深刻的寓意，于是，颂又延伸到细小的物品上去了。

【原文】

至于秦政刻文，爰颂其德①。汉之惠、景，亦有述容②。沿世并作，相继于时矣。若夫子云之表充国③，孟坚之序戴侯④，武仲之美显宗⑤，史岑之述熹后⑥，或拟《清庙》⑦，或范《駉》《那》⑧，虽浅深不同，详略各异，其褒德显容，典章一也。至于班、傅之《北征》《西征》⑨，变为序引，岂不褒过而谬体哉！马融之《广成》《上林》⑩，雅而似赋，何弄文而失质乎？又崔瑗《文学》⑪，蔡邕《樊渠》⑫，并致美于序，而简约乎篇。挚虞品藻，颇为精核。至云杂以风雅，而不变旨趣，徒张虚论，有似黄白之伪说矣⑬。及魏、晋杂颂，鲜有出辙。陈思所缀，以《皇子》为标⑭；陆机积篇，惟《功臣》最显⑮，其褒贬杂居，固末代之讹体也⑯。

【注释】

①爰（yuán）：于是。

②述容：指称述功德的乐舞。

③子云：扬雄的字。充国：赵充国，西汉著名将领，为"麒麟阁十一功臣"之一。汉成帝为了纪念赵充国的功劳令扬雄作《赵充国颂》。

④孟坚：班固的字。戴侯：窦融，新莽末至东汉时期军阀、名臣，云台三十二将之一。刘秀称帝后，窦融封安丰侯，谥号"戴"。班固为其作《安丰戴侯颂》。

⑤武仲之美显宗：《后汉书·文苑列传·傅毅传》："毅追美孝明皇帝功德最盛，而庙颂未立，乃依《清庙》作《显宗颂》十篇奏之，由是文雅显于朝廷。"武仲：傅毅的字，东汉文学家。显宗：汉明帝庙号，谥号孝明皇帝。

⑥史岑（cén）：东汉作家。熹后：汉和帝等皇后，谥熹，史岑为其作《和熹邓后颂》，失传。

⑦《清庙》：《诗经·周颂·清庙》，是《周颂》的第一篇，即所谓"颂之始"。

⑧范：效法，取法。《駉（jiōng）》：《诗经·鲁颂》第一篇。通过写牧马的盛况来赞颂鲁国国君鲁僖公能继承祖业，振兴鲁国，恢复疆土，修筑宗庙。《那》：《诗经·商颂》第一篇。主要表现的是祭祀祖先时的音乐舞蹈活动，以乐舞的盛大来表示对先祖的尊崇，以此求取祖先之神的庇护佑助。

⑨班、傅之《北征》《西征》：指班固的《车骑将军窦北征颂》和傅毅的

《西征颂》。

⑩马融：东汉经学家、文学家。《广成》：《广成颂》，描绘林苑之美，打猎勇敢，以此讽谏邓太后，得罪了当权的邓氏。《上林》：《上林颂》，已失传。

⑪崔瑗（yuàn）：东汉著名书法家、文学家、学者。《文学》：《南阳文学颂》。

⑫蔡邕（yōng）：东汉时期著名文学家、书法家，才女蔡文姬之父。《樊渠》：《京兆樊惠渠颂》。

⑬黄白之伪说：《吕氏春秋·似顺论·别类》中记载，相剑的人说："白色是表示剑坚硬的，黄色是表示剑柔韧的，黄白相杂，就表示既坚硬又柔韧，就是好剑。"反驳的人说："白色是表示剑不柔韧的，黄色是表示剑不坚硬的，黄白相杂，就表示既不坚硬又不柔韧。而且柔韧就会卷刃，坚硬就会折断，剑既易折又卷刃，怎么能算利剑？"黄白：黄铜白锡。

⑭《皇子》：《皇太子生颂》。

⑮《功臣》：陆机的《汉高祖功臣颂》。

⑯末代：末世，指乱世，即魏晋时期。讹（é）体：变体，与正体相对。

【译文】

到了秦始皇时期，在石上刻文，这都是为了歌颂他的功德。到了西汉孝惠帝、孝景帝的时期，也有称颂功德的颂诗歌舞。因此，各世各代其实都有颂的创作，并且一代一代地相继发展并流传下来。一直到扬雄作《赵充国颂》，用以歌颂表彰赵充国的功劳；班固作《安丰戴侯颂》，用以称颂窦融的事迹；傅毅作《显宗颂》，用以赞美汉明帝的功德；史岑作《和熹邓后颂》，用以颂扬邓皇后；有的摹拟《诗经·周颂·清庙》，有的学习《鲁颂·駉》和《商颂·那》，尽管这些作品有的深刻有的浅显，情况各不相同，并且详略各异，但是它们都褒扬功德，显扬德容，其基本法则和规范却是一致的。到了班固的《车骑将军窦北征颂》、傅毅的《西征颂》，就把颂变成了铺叙的长篇散文，岂不是褒扬得过分了，而使得颂的正常体制遭到了严重破坏吗！马融的《广成颂》《上林颂》，空有颂的用意，想体现典雅却又按照赋的方式去写，为什么要玩弄文墨而抛弃掉颂这一文体的本质呢？还有崔瑗的《南阳文学颂》、蔡邕的《京兆樊惠渠颂》，这些作品都将漂亮功夫呈现在序文上，却精简了颂的篇幅，只粗略表达一番。挚虞在《文章流别论》中，对颂这一文章体裁的品评颇为精湛，能够抓住要点来评论。可是在谈到有些颂时，他却说里面混杂着风和雅的内容特征，而且颂的旨趣还没被改变，这种说法其实是没弄清颂的根本意义，只不过是徒张虚势的一番空谈，就好像旧时黄铜白锡铸剑那种虚伪诡辩的谬论一样。到了魏、晋时代的杂颂，基本都是按照颂的基本体制去创作，很少有跳出旧有套路的作品。像陈思王曹植的作品，代表作是《皇太子生颂》；陆机的诸多作品中，只有《汉高祖功臣颂》最显著，但值得注意的是，他们在作品中把褒扬和贬抑混杂在一起，那是魏晋时期创作出对颂的一种变体。

【原文】

原夫颂惟典懿①，辞必清铄②。敷写似赋③，而不入华侈之区；敬慎如铭④，而异乎规戒之域。揄扬以发藻⑤，汪洋以树义⑥，虽纤巧曲致⑦，与情而变，其大体所厎⑧，如斯而已。

【注释】

①原：推求根源。懿：美好。

②清铄：清新明丽。

③敷写：指铺叙描写。

④敬慎：恭敬谨慎。

⑤揄（yú）扬：称引，赞扬。

⑥汪洋：谓文章义理深广，气势浑厚雄健。

⑦纤巧：指艺术风格上的小巧柔弱。曲致：曲折地达到。

⑧厎（zhǐ）：致。

【译文】

关于颂的写作，讲究的是内容典雅而美好，文辞语言清澈明净而又光彩照人。虽然在描写铺陈方面和赋稍微有点类似，但又与赋不同，因为它不会陷入到华丽浮夸的地步；它庄重而严肃，这方面和"铭"文很像，但又和"铭"文规劝警诫的意义有所区别。创作颂的时候，应该用赞美来铺陈辞藻，用深邃的内容来树立义理，虽然也要讲究纤细精巧、婉曲尽致，但要随着情致意趣等情况的变化而变化，关于颂的写作，大概情况就是这样了。

【原文】

赞者，明也，助也。昔虞舜之祀，乐正重赞①，盖唱发之辞也。及益赞于禹②，伊陟赞于巫咸③，并扬言以明事，嗟叹以助辞也。故汉置鸿胪④，以唱言为赞，即古之遗语也。至相如属笔，始赞《荆轲》。及迁史、固书，托赞褒贬，约文以总录，颂体以论辞。又纪传后评⑤，亦同其名。而仲治《流别》，谬称为

"述"，失之远矣。及景纯注《雅》⑥，动植必赞；义兼美恶，亦犹颂之变耳。

然本其为义，事生奖叹，所以古来篇体，促而不广；必结言于四字之句，盘桓乎数韵之辞；约举以尽情，昭灼以送文⑦，此其体也。发源虽远，而致用盖寡。大抵所归，其颂家之细条乎⑧！

【注释】

①乐正：乐官。

②益赞于禹：出自《尚书·大禹谟》，有苗不肯归顺禹，益便建议禹道："惟德动天，无远弗届。满招损，谦受益，时乃天道。帝初于历山，往于田，日号泣于旻天，于父母，负罪引慝。祗载见瞽瞍，夔夔斋栗，瞽亦允若。至诚感神，矧兹有苗。"

③伊陟赞于巫咸：《尚书·商书·咸有一德》附《序》："伊陟相大戊，亳有祥，桑谷共生于朝。伊陟赞于巫咸，作《咸乂（yì）》四篇。"

④鸿胪（lú）：周代叫"大行人"，秦代和汉初叫"典客"，汉武帝太初年间改其名为"鸿胪"。"传声赞导，故曰鸿胪"，也即"鸿胪"之官，是专管朝廷庆贺吊丧赞导之礼的。

⑤纪传后评：《史记》中本纪、列传最后都有评语，称"太史公曰"，《汉书》称"赞曰"。

⑥景纯：郭璞的字。雅：《尔雅》。

⑦昭灼：明显，显著。

⑧细条：指支流。

【译文】

所谓"赞"，意思就是说明、帮助。据说从前虞舜的时候，祭祀就很重视乐官的赞语，大概因为在唱颂歌之前乐官要用赞的辞句来作为说明。至于益帮助大禹收服人心时所说的话，以及伊陟向巫咸献言凶象所作的说明，都是高声用强硬的措辞来对事理进行说明，并加上感叹来加强语气，从而使得言辞更有力度。所以汉代设置了鸿胪官一职，他在各种典礼上的大声传呼，以指挥人们歌唱行礼的话就是赞辞，这些都是口头的赞语，是古代流传下来的说法。到了司马相如进行创作的时候，在《荆轲论》中对荆轲加以赞颂。接着到司马迁的《史记》、班固的《汉书》，二者进行褒扬和贬抑的时候便是借赞辞来实现的，这两部作品都用简要的文字来进行总结，用颂的体裁去发表议论。还有《史记》和《汉书》最后各有一篇《太史公自序》和《叙传》，是全书的总评，也相当于"赞"的作用。可是挚虞在《文章流别论》中，看到《汉书叙传》里不说"作"

而说"述"，便错误地称班固的《汉书叙传》为《汉书述》，那就差得太远了。到了郭璞对《尔雅》进行注释作《尔雅图赞》，无论是动物还是植物都要写赞辞；内容上既有赞扬又有批评，这些赞体也是发生了相应变化之后的作品。

从"赞"原本的意义来看，它源于对事物的赞美和对人的赞叹，所以从古代开始，"赞"这种文体的篇幅就很短小；它的构成一定是四言的句子，大约就围绕几个韵脚来进行创作；简明扼要地讲完内容、述尽情致，然后清楚明白地终结全文，这大致就是"赞"这一文体的写作体制。"赞"的起源虽然很悠久，但是它的实际作用却又不是很广泛，从其发展的大致趋向和归属看，它应当算是"颂"的一个小小的支派吧！

【原文】

赞曰：容体厎颂，勋业垂赞。镂影摛声①，文理有烂②。年积愈远，音徽如旦③。降及品物，炫辞作玩。

【注释】

①摛（chī）：铺陈。

②烂：明亮，光明。

③音徽：美音，德音。

【译文】

总而言之：颂是由舞蹈乐歌的声音仪容构成的，而赞则是对功业的褒扬流传下来而形成的。种种刻镂组成了声韵，其中蕴含着的文采情理着实灿烂辉煌。古代的事迹虽说相隔的年代已经十分久远，但那些美好的颂赞作品却像初生的太阳般活力四射，像清晨那样清新明朗。而后来用赞辞去品评物品，这样便降低了颂的格调，往往是炫耀辞藻，只作为文字游戏罢了。

祝盟第十

【原文】

天地定位，祀遍群神。六宗既禋①，三望咸秩②，甘雨和风，是生黍稷，兆民所仰，美报兴焉。牺盛惟馨③，本于明德；祝史陈信，资乎文辞。

昔伊耆始蜡④，以祭八神⑤。其辞云："土反其宅，水归其壑，昆虫毋作，草木归其泽。"则上皇祝文，爰在兹矣。舜之祠田云："荷此长耜⑥，耕彼南亩⑦，四海俱有。"利民之志，颇形于言矣。至于商履⑧，圣敬日跻⑨，玄牡告天，以万方罪己，即郊禋之词也⑩；素车祷旱，以六事责躬⑪，则雩禜之文也⑫。及周之太祝，掌六祝之辞⑬。是以"庶物咸生"，陈于天地之郊；"旁作穆穆"⑭，唱于迎日之拜；"夙兴夜处"⑮，言于祔庙之祝⑯；"多福无疆"，布于少牢之馈⑰；宜社类祃⑱，莫不有文。所以寅虔于神祇⑲，严恭于宗庙也。

【注释】

①六宗：古所尊祀的六神。有天、地、春、夏、秋、冬和水、火、雷、风、山、泽等说法，一直没有统一。禋（yīn）：泛指祭祀。

②三望：祭泰山、河、海。秩：按次序祭祀。

③牺盛：古代供祭祀的牲畜和谷物。馨：散布很远的香气。

④伊耆（qí）：即神农，一说即帝尧。蜡（zhà）：即蜡祭，十二月合祭，在岁末举行。

⑤八神：先啬（sè），司啬，农，邮表畷（zhuì），猫虎，坊，水庸，昆虫。

⑥耜（sì）：翻土的工具。

⑦南亩：谓农田。南坡向阳，利于农作物生长，古人田土多向南开辟，故称。

⑧商履：商汤的名。

⑨跻（jī）：登，上升。

⑩玄牡：古代祭天地用的黑色公牛。郊禋（yīn）：古帝王升烟祭祀天地的大礼。

⑪以六事责躬：《荀子·大略》中记载，商汤因为大旱而向神祷告说："是

我的政策不适当吗？是我役使民众太苦了吗？为什么大旱到这种极端的地步还不下雨呢？是我的宫殿房舍太华丽了吗？是妻妾嫔妃说情请托太多了吗？为什么大旱到这种极端的地步还不下雨呢？是贿赂盛行吗？是毁谤的人发迹了吗？为什么大旱到这种极端的地步还不下雨呢？"

⑫雩禜（yú yǒng）：祭水旱之神的坛。

⑬六祝：《周礼·春官·大祝》："大祝掌六祝之辞，以事鬼神示，祈福祥，求永贞。一曰顺祝（祈求丰年），二曰年祝（求长寿），三曰吉祝（求福吉），四曰化祝（求消灾），五曰瑞祝（求风调雨顺），六曰筴祝（求远罪疾）。"

⑭旁作：遍作。穆穆：庄严，宁静。

⑮"夙兴夜处"：《仪礼·士虞礼》中，所载祔祭之辞为："孝子某，孝显相，夙兴夜处，小心畏忌。不惰其身，不宁。"意思是，孝子某，孝显相，晨起夜处，心常存畏忌，身不敢惰慢、安宁。

⑯祔（fù）庙：祔祭后死者于先祖之庙。

⑰少牢：诸侯、卿大夫祭祀宗庙时所用的牲畜。

⑱宜社：祭祀社神以求福。类：类祭，古代祭天及五帝之祭名。祃（mà）：祃祭，古代出兵，于军队所止处举行的祭礼。

⑲寅虔：恭敬虔诚。神祇（qí）：指天神和地神，泛指神明。

【译文】

　　自从天为上、地为下的位置确定之后，各路神灵们都受到了祭祀。不但诚心诚意地祭祀了"六宗"之神，而且像泰山、黄河、大海等名山大川的神灵也都按一定的顺序祭祀完毕了，于是农人们迎来了一年的风调雨顺，五谷庄稼全部都生长起来了，这是千千万万的老百姓所仰赖希望的事，然后便这样兴起来了祭祀诸神的活动，以报答降福的恩典。祭祀的时候固然要有馨香的祭品，但其实最重要的是祭祀者们要有美好的道德品质；而掌管祭祀的祭官向鬼神陈述虔诚的信念和愿望，就要以文辞作为依托。

　　传说从上古的神农氏时代开始便有了年终祭祀，祭祀的是和农事有关的八位神灵。祭祀的祷辞里说："土地回归原本的位置里去吧，流水都回归到沟壑中去吧，昆虫们都不要为害作乱了，妨碍庄稼生长的草木都回到水泽里去吧。"这些内容便是上古三皇时代的祝文了，在这几句话中表达出来。虞舜在春天祭祀田土的祷辞说："扛起这长长的掘耜，去耕种那南坡上的田亩，希望四海的百姓们都获得大丰收。"这些言辞，已经很明显地体现出为百姓谋利的思想。到了殷商时代，商汤礼贤下士，尊敬贤良，他的德行威望一天天不断累积，除此之外，他还用黑色的牛来告祭上天，把四海的罪过都归结到自己身上，这就是他祭天的祝祷之辞；商汤还曾乘着毫无装饰的简车去求雨，祈祷上天不要降下旱灾，他列举了六种过失来责备自己进行忏悔，这就是求雨的祷祝文辞。到了周代的时候，祭官掌管六种祷祝的祷辞。于是，祭天地时，便用"万物齐生"的祷辞；迎接礼拜太阳时，便用"光明普照"等祷辞诵唱；在祖后辈合庙的合祭典礼上，便用"早起晚睡"等祷辞告谕；在祭祖献羊、豕等祭品的典礼上，则用"多福无疆"这样的祷辞；出征的时候，祭祀天地神明以及祭祀军队出征之地的神灵，也都必须用到祷辞。这些祷辞都是用来表达对天神地祇的敬畏虔诚，以及对宗庙祖先的尊崇恭敬。

【原文】

春秋已下，黩祀谄祭①，祝币史辞②，靡神不至。至于张老成室，致美于歌哭之祷③；蒯聩临战，获祐于筋骨之请④。虽造次颠沛⑤，必于祝矣。若夫《楚辞·招魂》，可谓祝辞之组丽也⑥。汉之群祀，肃其百礼。既总硕儒之义，亦参方士之术。所以秘祝移过，异于成汤之心；侲子驱疫⑦，同乎越巫之祝⑧。礼失之渐也。

至如黄帝有祝邪之文⑨，东方朔有骂鬼之书⑩，于是后之谴咒，务于善骂。唯陈思《诰咎》，裁以正义矣。若乃礼之祭祝，事止告飨⑪。而中代祭文⑫，兼赞言行，祭而兼赞，盖引伸而作也。又汉代山陵⑬，哀策流文⑭；周丧盛姬⑮，内史执策⑯。然则策本书赠，因哀而为文也。是以义同于诔，而文实告神，诔首而哀末，颂体而祝仪，太祝所读，固祝之文者也。

【注释】

①黩（dú）祀：犹黩祭，滥施祭祀。谄祭：媚神的祭祀。

②祝币：祭祀时用作祭品的玉帛。

③张老成室，致美于歌哭之祷：《礼记·檀弓下》中记载，晋国赵文子的新居落成，晋国的大夫都去参加落成典礼。张老致辞说："这高大的新居多么漂亮呀！这灿烂的新居多么漂亮呀！从此以后，主人就可以在这里祭祀奏乐，在这里居丧哭泣，在这里和僚友及族人聚会宴饮了。"

④蒯（kuǎi）聩临战，获祐于筋骨之请：《左传·哀公二年》记载，卫国的太子在晋国参与对郑国的作战，他祷告说："祈祷保佑不要断筋，不要折骨，脸上不要受伤，以成就大事。"

⑤造次：慌忙，仓促。颠沛：困顿挫折。

⑥组丽：华美，用以形容丝织品或诗文。

⑦侲（zhèn）子：特指作逐鬼之用的童子。《后汉书·礼仪志》记载，腊岁前一日，需要击鼓驱疫，仪式为：选十岁到十二岁的童子一百二十人，让他们戴赤头巾，穿黑衣，拿着摇鼓，在宫里驱鬼。

⑧越巫：越地旧俗好巫术，"越巫"遂为巫者的代称。

⑨黄帝有祝邪之文：《云笈七签·轩辕本纪》："帝巡狩，东至海，登桓山，于海滨得白泽神兽，能言，达于万物之情。因问天下鬼神之事，自古精气为物，游魂为变者，凡万一千五百二十种。白泽言之，帝令以图写之以示天下。帝乃作祝邪之文以祝之。"

⑩东方朔有骂鬼之书：《古文苑》录王延寿《梦赋序》云："臣弱冠尝夜寝，见鬼物与臣战，遂得东方朔与臣骂鬼之书，臣遂作赋一篇叙梦。"

⑪礼之祭祝，事止告飨：见《仪礼·少牢馈食礼》，里面叙述了祭祀祖先之事。

⑫中代：汉魏。

⑬山陵：帝王或皇后的坟墓。

⑭哀策：亦作"哀册"，文体的一种。封建时代颂扬帝王、后妃生前功德的韵文，多书于玉石木竹之上。行葬礼时，由太史令读后，埋于陵中。

⑮盛姬：西周人，嫁周穆王。

⑯内史：《周礼》谓为春官宗伯的属官，掌爵、禄、废、置、杀、生、予、夺之法，掌管策命诸侯及孤卿大夫，凡四方之事书则读之。

【译文】

春秋以后，像襄渎讨好群神一类的祭祀变得越来越多，以至祭官祝祭时所使用的币帛以及念祝祷的那些文辞，已经到了无神不祭、无神不用的程度。像晋国大夫张老祝贺赵文子新建宫室落成，首先大加赞赏新屋的华美，然后又念了祷辞，祝赵文子能够在此长久居住；卫国的太子蒯聩在临战之前专门做了祝辞，向祖先祷告，请求他们保佑自己平平安安，千万不要断筋折骨。由此可见，当时的人纵使是身处仓促或困难的境况，也必须要祭祀祝祷。至于《楚辞·招魂》一篇，可以说是祝辞里非常讲究文采的作品。到了汉代的时候，各种祭祀都非常讲究，采用各种礼仪。汉代皇帝们一方面将大儒们的建议吸收进去，一方面将方士们的方术杂糅进去。所以祝祷便由祝官秘密进行，遇到灾变就将罪过推到臣民身上，和商汤在祝辞中把罪过归于自己的担当背道而驰；甚至选十岁至十二岁的小童作为"侲子"，让他们在宫里打鼓驱疫，这简直跟越巫祝告骗人的手法大同小异。这些无不说明正统的祝祷之礼已经渐渐变质了。

又如黄帝的祝邪之文，东方朔的骂鬼之书，在二者的影响下，后世的谴责咒辞纷纷效仿，大都极力追求善于咒骂。唯有陈思王曹植的《诰咎文》，才符合正确的咒辞标准。至于《仪礼》上记载的祭祝之礼用的祝辞，其内容单一，仅仅是祈告祖先，希望他们来享用祭品。到了汉魏时代，祭文的内容又添入赞美死者生前的言行事迹，同时祭文中兼用赞颂，这是从祭祀引申而来的。此外，汉代皇帝的陵墓里，流传下了哀策这种文体。周穆王的爱妃盛姬死后，由内史官主持写作哀策文章致祭。那哀策原本是为了书写赠谥的，因表达哀悼之情而逐渐形成了哀悼文体。所以它的内容作用和谏有些相同，只不过这种哀策文的目的主要是上告神明的，它的开头采用谏的形式，首先赞扬死者的事迹，最后表达对死者的哀悼之情，文体上跟颂很是相似，全程却贯以祝的仪式来表现。因此，汉代的太祝令在祭祀时所读的哀策，其实是对祝文的延续和发展。

【原文】

凡群言发华，而降神务实，修辞立诚，在于无愧。祈祷之式，必诚以敬；祭奠之楷①，宜恭且哀，此其大较也②。班固之《祀涿山》③，祈祷之诚敬也；潘岳之《祭庚妇》④，奠祭之恭哀也。举汇而求，昭然可鉴矣。

【注释】

①楷：法式，模范。

②大较：大略，大致。

③班固之祀涿（zhuō）山：班固作《涿邪山祝文》，向山神祈祷。

④潘岳之祭庚（yǔ）妇：潘岳作《为诸妇祭庚新妇文》，残缺不全。

【译文】

我们知道，但凡各种文章都需要表现出一定的文采，用来请求神灵降临所使用的祝辞则一定要秉承朴实的原则，创作的时候态度要虔诚，要无愧于内心才行。祈祷文辞的体式，务必要保证诚恳和肃敬；祭奠文的格式，应当显得恭敬而且哀痛。这就是祝这类文体写作的大致要求。班固的《涿邪山祝文》，全篇都渗透出祈祷的诚恳和肃敬之感；潘安的《为诸妇祭庚新妇文》，字里行间表现出奠祭的恭敬和哀痛之情。列举汇集这类作品并且详细加以研究，就可以清楚地明白祝文的特点了，至于如何借鉴也就可以弄懂了。

【原文】

盟者，明也。骍旄白马①，珠盘玉敦②，陈辞乎方明之下，祝告于神明者也。在昔三王，诅盟不及。时有要誓③，结言而退。周衰屡盟，以及要劫。始之以曹沫④，终之以毛遂⑤。及秦昭盟夷，设黄龙之诅⑥；汉祖建侯，定山河之誓⑦。然义存则克终，道废则渝始。崇替在人，咒何预焉。若夫臧洪歃辞⑧，气截云蜺；刘琨铁誓⑨，精贯霏霜；而无补于晋汉，反为仇雠⑩。故知信不由衷，盟无益也。

【注释】

①骍旄：亦作"骍毛"，赤色的牛，古代重要盟会时所用牲。《左传·襄公十年》："昔平王东迁，吾七姓从王，牲用备具。王赖之，而赐之骍旄之盟，曰：'世世无失职。'"白马：《汉书·王陵传》："高皇帝刑白马而盟曰：'非刘氏而王者，天下共击之。'"

②珠盘玉敦：特指古代天子、诸侯歃（shà）血为盟时所用的礼器。珠盘：用珍珠装饰的盘子。玉敦：玉制的盛器。《周礼·天官·玉府》："合诸侯则供珠盘玉敦。"郑玄注："珠盘，以盛牛耳，……玉敦，歃血玉器。"

③要誓：订立盟誓。

④曹沫：春秋时鲁国人。《史记·刺客列传》中记载，齐桓公和鲁庄公在柯地订立盟约以后，曹沫手拿匕首胁迫齐桓公，桓公问："你打算干什么？"曹沫回答："齐国强大，鲁国弱小，而大国侵略小国也太过分了。如今鲁国都城一倒塌就会压到齐国的边境了，您要考虑考虑这个问题。"于是齐桓公答应全部归还鲁国被侵占的土地。

⑤毛遂：战国时赵国平原君赵胜的门客。根据《史记·平原君列传》记载，秦昭王派兵围攻赵国邯郸。赵孝成王派平原君去楚国求援，平原君带了包括毛遂在内的二十名门客。楚王怕秦，拖延不定，毛遂按剑上前要挟楚王，楚王被迫答应合纵抗秦。

⑥秦昭盟夷，设黄龙之诅：《后汉书·南蛮西南夷列传》中记载，秦国和夷人立下盟约："秦国侵犯夷人，给夷人一双黄铜制作的龙；夷人入侵秦国，送给一钟清淳的酒。"秦昭：战国时秦国昭襄王。

⑦汉祖建侯，定山河之誓：《史记·高祖功臣侯者年表》："封爵之誓曰：'使河如带，泰山若厉。国以永宁，爱及苗裔。'"此为刘邦封侯誓言："即使黄河细得像衣带，泰山平得像磨刀石了。你们的封国也会永远安宁，还要把对你们的恩泽延及后代。"

⑧臧洪歃（shà）辞：东汉末年董卓作乱，臧洪与各诸侯于酸枣结盟，订立

《酸枣盟辞》。

⑨刘琨铁誓：《晋书·刘琨传》中记载，建武元年，刘琨与段匹磾约定讨伐石勒，段匹磾推举刘琨为大都督，歃血为誓，血书为盟，传檄各地首领，齐聚襄国。

⑩仇雠（chóu）：仇人。

【译文】

所谓"盟"，其意思简而言之就是明。具体来说就是祭神的时候，用赤色的牛或者白色的马作为祭品，用珠盘盛牛耳，用玉敦盛牲血，在四方神明的神像下陈述祝辞，这些在神明面前祷告的话语就叫作"盟"。从前夏、商、周这三王的时代，并没有盟誓一说，所以不需要发誓立盟。倘若遇到什么事的话，通常会约誓，在相互表明约定的意思后就会分开。周王朝衰落之后，盟约的事就经常出现了，甚至还会遇到强迫要挟和劫持订盟的情况出现。起初有鲁国的曹沫持匕首要挟齐桓公订下齐鲁之盟，归还侵地，后来则有赵国的毛遂劫持楚王迫使其订下了合纵之约，赵楚结盟。到了秦昭襄王的时候，秦国与巴蜀之地的夷人订盟为誓，用宝物黄龙为约，表示绝不侵犯夷人领地；汉高祖得天下，在分封诸侯王的时候，刘邦借山河不变之意希望诸侯安定，国家保持长久。然而，对于任何盟誓来说，只有坚持道义，盟约才能永久存在，倘若道义不存，起初的盟誓很容易就会被打破。盟约的成立与废止完全取决于人的意志，那些赌咒发誓的话根本起不了什么大的作用。就像汉末臧洪在讨伐董卓之前与诸侯约定《酸枣盟辞》，歃血为盟，慷慨激昂的气势可斩断长虹；又如西晋末年刘琨与段匹磾结盟时订立的《与段匹磾盟文》，其中的文辞精诚如铁，感化霜雪，十分坚定；然而这些铁一样的盟誓，对挽救西晋、东汉的社稷并没有什么大的作用，甚至到了后来，盟誓者们反而相互成了仇人。因此，既然盟誓者相互知道彼此的信任根本不是发自内心的，那么盟誓也就毫无用处。

【原文】

夫盟之大体，必序危机①，奖忠孝，共存亡，戮心力②；祈幽灵以取鉴，指九天以为正③；感激以立诚，切至以敷辞④，此其所同也。然非辞之难，处辞为难。后之君子，宜存殷鉴⑤，忠信可矣，无恃神焉⑥。

【注释】

①序：叙述，叙说。

②戮：并力，合力。

③指九天以为正：《离骚》："指九天以为正兮，夫惟灵修之故也。"意思是，上指苍天请它给我作证，一切都为了君王的缘故。九天：谓天之中央与八方，这里泛指天。正：证。

④切至：恳切周至。

⑤殷鉴：殷人灭夏，殷人的子孙，应该以夏的灭亡作为鉴戒。这里泛指借鉴历史经验。

⑥恃：依靠。

【译文】

　　创作"盟"这种文体的时候，它的大致规格，一定先将当前危机的形势叙述出来，对忠孝节义的品行赞美一番，然后约定要同生死、共存亡，要求盟誓的所有人同心协力；祈求幽鬼神灵来监督，指着上天日月来作证；用激动奋进的言辞来表达诚意，用恳切真诚的语言来敷陈文辞，以上这些就是盟文的共同特点。其实，书写盟誓之辞并不是什么困难之事，真正困难的是将盟誓之辞贯彻到底。后世的君子们，应当将过去盟誓失败的教训作为借鉴，只要每个人讲究诚信就可以了，根本不需要依靠神灵。

【原文】

　　赞曰：毖祀钦明①，祝史惟谈②。立诚在肃，修辞必甘③。季代弥饰④，绚言朱蓝⑤。神之来格⑥，所贵无惭。

【注释】

①毖（bì）祀：谨慎祭祀。钦明：敬肃明察。钦：恭敬。明：明智。

②谈：说，指祝辞。

③甘：美好。

④季代：末世，动乱衰败之世，指魏、晋时期。

⑤朱蓝：朱色、蓝色，引申为华采。

⑥来格：来临，到来。

【译文】

　　总而言之：祭祀四方神明的时候一定要谨慎、恭敬、明智，祝官太史仅仅是负责祝祷的祝辞而已。恭敬严肃了就能建立起真诚，祝辞中修饰的语言一定要写得美好。末世的祝辞越来越讲修饰，内容辞藻通常写得绚丽多彩。祈求神灵降临作证的时候，当以真诚恳切、无所惭愧为贵。

铭箴第十一

【原文】

昔帝轩刻舆几以弼违①，大禹勒笋簴而招谏②；成汤盘盂，著日新之规③；武王户席，题必戒之训④；周公慎言于金人⑤，仲尼革容于敧器⑥；则先圣鉴戒，其来久矣。故铭者，名也，观器必也正名⑦，审用贵乎盛德。

盖臧武仲之论铭也⑧，曰："天子令德，诸侯计功，大夫称伐。⑨"夏铸九牧之金鼎⑩，周勒肃慎之楛矢⑪，令德之事也；吕望铭功于昆吾⑫，仲山镂绩于庸器⑬，计功之义也；魏颗纪勋于景钟⑭，孔悝表勤于卫鼎⑮，称伐之类也。若乃飞廉有石椁之锡⑯，灵公有夺里之谥⑰，铭发幽石，吁可怪矣！赵灵勒迹于番吾⑱，秦昭刻博于华山⑲，夸诞示后，吁可笑也！详观众例，铭义见矣。

【注释】

①帝轩：黄帝轩辕氏。舆几：车子与几案。弼（bì）违：指纠正过失。

②笋簴（jù）：同"笋虡"。古代悬挂钟磬的架子。横架为笋，直架为虡。

③成汤盘盂，著日新之规：《礼记·大学》："汤之盘铭曰：'苟日新，日日新，又日新。'"意思是，商汤王刻在浴盆上的箴言说："如果能够有一天自新，就应保持天天自新，永远不断自新。"盘：沐浴之盘。

④武王户席，题必戒之训：《大戴礼记·武王践阼》中记载，周武王听了姜太公讲的治国之道，感到一阵震撼，便写了很多自戒自勉的铭文。在餐桌四角、座位、铜镜、洗漱用具、屋子的楹柱、手杖、腰带、鞋子、餐具、门、窗、剑、弓、矛等所有能看到的地方都写了不同的铭文，以提示自己不要忘记上天的旨意和太公的教诲。户席：即《户铭》和《席四端铭》。

⑤周公慎言于金人：《说苑·敬慎》中记载，孔子在周太庙看到一尊铜像，铜像的嘴上被贴了三张封条，背上刻有铭文："这是古代说话极为谨慎的人啊！告诫我们不要多言。"

⑥仲尼革容于敧（qī）器：《荀子·宥坐》中记载，孔子到鲁桓公的庙中去参观，见到一种倾斜易覆的器具。孔子说："我听说宽待赦免的坐具，空着时会倾斜，装了一半水就会正，装满水了就会翻倒。"孔子让学生往里面灌水，倒了

一半水时欹器就端正了，装满了水后欹器就翻倒了，倒空了水它又倾斜了。孔子感慨地说："唉，怎么会有满了而不倾覆的呢？"

⑦正名：辨正名称、名分，使名实相符。

⑧臧武仲：春秋时鲁国的大夫，其论铭的话见《左传·襄公十九年》。

⑨令德：美德。计功：计算功绩。称伐：犹计功，表功。

⑩夏铸九牧之金鼎：《左传·宣公三年》中记载，从前夏朝正是有德的时候，把远方的东西画成图像，让九州的长官进贡铜器，铸造九鼎并且把图像铸在鼎上，所有物像都在上面了，让百姓知道神物和怪物。

⑪周勒肃慎之楛（hù）矢：《国语·鲁语下》中记载，周武王打败了商，开通了去南北方各少数民族居住地区的道路，命令他们各自拿出本地的土特产进贡，使他们不忘记各自所从事的职业。肃慎氏向周天子进贡楛矢和石砮，箭长一尺八寸。武王为了公开表明他使远方民族归附的威德，便在箭尾扣弦处刻上'肃慎国进贡之箭'的字样送给大女儿，并随嫁给虞胡公而带到他所封的陈国。

⑫吕望铭功于昆吾：蔡邕《铭论》："吕尚作周太师而封于齐，其功铭于昆吾之冶。"昆吾：冶工的名字。

⑬仲山镂绩于庸器：《后汉书·窦宪传》："南单于于漠北遗宪古鼎，容五斗，其傍铭曰'仲山甫鼎，其万年子子孙孙永保用'，宪乃上之。"仲山：仲山甫，西周周宣王时任太宰官职。庸器：古代铭功的铜器，如鼎彝之类。

⑭魏颗纪勋于景钟：《国语·晋语七》："昔克潞之役，秦来图败晋功，魏颗以其身却退秦师于辅氏，亲止杜回，其勋铭于景钟。"

⑮孔悝（kuī）表勤于卫鼎：《礼记·祭统》上记载，卫国的孔悝，连同他的祖父和父亲都为卫国操劳，他将其都刻在鼎上。

⑯飞廉有石椁（guǒ）之锡：《史记·秦本纪》中记载，蜚廉为纣出使北方，回来时，纣已死，没有地方禀报，就在霍太山筑起祭坛向纣王报告，祭祀时获得一幅石棺，石棺上刻的字说："天帝命令你不参与殷朝的灾乱，赐给你一口石棺，以光耀你的氏族。"飞廉：蜚廉，相传是秦国的祖先。

⑰灵公有夺里之谥（shì）：《庄子·则阳》中记载，当年卫灵公死了，占卜问葬说是葬在原墓地不吉利，而葬在沙丘上就能吉利。于是挖掘沙丘数丈，发现有一石制外棺，洗去泥土一看，上面还刻有一段文字，说："不冯其子，灵公夺而里之。"意思是，"不靠子孙，灵公将得此为冢"。灵公被叫作"灵"已经很久很久了。

⑱赵灵勒迹于番吾：《韩非子·外储说左上》中记载，赵武灵王命令工匠用

钩梯攀登播吾山，在山上刻上脚印，宽三尺，长五尺，并刻上字说："主父曾在此游玩。"

⑲秦昭刻博于华山：《韩非子·外储说左上》中记载，秦昭王命令工匠用钩梯登上华山，用松柏的心做成赌具，箭长八尺，棋子长八寸，并刻上字说："昭王曾在这里和天神博玩游戏。"

【译文】

相传从前，轩辕黄帝曾在车子上和几案上刻下文字，用来帮助自己改正错误；夏禹曾把文字刻在乐器架上，表示自己愿意接受谏言，希望听取他人的意见；商汤的《盘铭》，刻写的是"苟日新，日日新，又日新"的文字，意思是"一天要比一天新"，他用这个来规劝自己；周武王的《户铭》和《席四端铭》，写了必须要警戒的训言；周公把"说话要谨慎"的告诫刻在铜像的背上，孔子在鲁桓公庙中看到了以戒自满的欹器，立刻脸色大变，肃然起敬；由此可见，古代的贤王和圣人们都十分重视诫语的作用，常用来警戒自己，这个传统的由来十分久远。所谓"铭"，就是名称，观赏器物就一定要端正它的名称，使名称与用途相符，之所以要端正它的名称，审明它的警戒作用，最终是为了美好的德行。

春秋的时候，鲁国的大夫臧武仲在论"铭"的时候，说："天子作铭文是为了让他们盛大的美德流传下去，诸侯作铭文是为了将他们的功勋记录下来，大夫作铭文是为了让自己的劳苦功绩为人所称颂。"夏禹把九州进贡的金属铸造成九鼎，周朝为昭示武王之德在肃慎氏上贡的楛箭上刻下文字，这些事情都说明天子君王在颂扬美德；姜太公把自己的功勋铭刻在冶匠昆吾铸造的铜版上，周宣王的大臣仲山甫把自己的功绩刻在记功的铜器上，这些事情都是属于诸侯在记录他们的功勋；晋国的将领魏颗退秦有功，晋景公的钟上记刻下了他的功勋，而卫鼎上则铭刻下了卫国的大夫孔悝以及他的祖、父辈的勋绩，这些事情就是属于大夫在称颂自己的劳苦功绩。至于飞廉掘地得到上天赐予的刻有铭文的石棺，卫灵公下葬时得到坟穴中石椁上的谥号，他们的铭文都是从幽深的地下被发掘出来，记录在埋藏着的石头上，唉，这可真是太奇怪了！战国的时候，赵武灵王在番吾山上刻下自己的游览足迹，以表明自己常游此处；秦昭王在华山上刻画下一个巨大的赌具，以示与神仙博玩。他们用荒诞夸张的刻石来展示给众人，唉，实在可笑啊！既然已经详细说明了这么多的例子，那么铭的意义就可以明白了。

【原文】

至于始皇勒岳，政暴而文泽，亦有疏通之美焉。若班固燕然之勒①，张昶华阴之碣②，序亦盛矣。蔡邕铭思，独冠古今；桥公之钺，吐纳典谟；朱穆之鼎③，全成碑文，溺所长也。至如敬通杂器④，准矱武铭⑤，而事非其物，繁略违中。崔骃品物⑥，赞多戒少；李尤积篇⑦，义俭辞碎。蓍龟神物⑧，而居博弈之中；衡斛嘉量⑨，而在臼杵之末，曾名品之未暇，何事理之能闲哉！魏文九宝⑩，器利辞钝。唯张载《剑阁》⑪，其才清采，迅足骎骎⑫，后发前至，勒铭岷汉，得其宜矣。

【注释】

①燕然之勒：指班固的《封燕然山铭》，汉和帝永元元年（89年），窦宪率军北伐匈奴，班固随军出征，大败北单于后撰下著名的《封燕然山铭》。

②华阴之碣：张昶（chǎng）的《西岳华山堂阙碑铭》。张昶：东汉书法家，擅草书，有"亚圣"之誉。

③朱穆之鼎：蔡邕的《鼎铭》，赞美朱穆。朱穆：东汉学者。

④敬通：冯衍的字，东汉初年辞赋家。杂器：指他的《刀阳铭》《刀阴铭》《杖铭》等。

⑤准矱（yuē）：绳尺，引申为法度、标准。

⑥崔骃（yīn）：东汉文学家。

⑦李尤：东汉文史学家。

⑧蓍（shī）龟：古人以蓍草与龟甲占卜凶吉，因以指占卜。

⑨衡：秤杆，泛指秤。斛（hú）：古量器名，也是容量单位，十斗为一斛。

⑩九宝：曹丕《典论·剑铭》中谈到九种宝器，三把剑、三把刀、两把匕首和一把灵陌刀，借指《剑铭》。

⑪张载：西晋文学家。剑阁：太康初，张载至蜀省父，道经剑阁，因著《剑阁铭》。铭文先写剑阁形势的险要，次引古史指出国之存亡在德不在险的道理，被后人誉为"文章典则"。

⑫骎骎（qīn）：马快跑的样子，这里借喻张载的文才。

【译文】

到秦始皇的时代，他将赞颂大秦功德的文字刻在山石上，这位帝王虽然用很残暴的手段统治国家，但那些石刻铭文却写得相当有文采，而且也十分通达事理。到了汉代，像班固的《封燕然山铭》，张昶的《西岳华山堂阙碑铭》，铭文的内容也十分丰富盛美。蔡邕的铭文，可以说是独冠古今了；他用来赞扬桥玄的作品《黄钺铭》，在行文内容上是以《尚书》为参照对象的；但是他为朱穆作的《鼎铭》，却完全写成了散体的碑文，这应当是他太擅长写碑文的缘故，从而不知不觉地陷了进去。至于像冯衍写的各种器物的铭文，虽然是模仿周武王的各种铭文作品，但他的铭文里所写的内容和各种器物并不相符合，详略也不是很得当。崔骃的那些品评各种器物的铭文，赞美太多而劝诫太少；李尤虽然作了数量不少铭文，但那些作品大多意义浅薄并且文辞十分琐碎。比如讲蓍草、龟甲这类铭文，明明谈的是占卜吉凶的神灵之物，李尤却把它们置于讲戏玩的赌具围棋等铭文之列；有些铭文讲的是秤和斛等重要衡量器物的事，李尤却把它们列在有关杵臼的铭文后边，如果一位作者连对器物的名称品第都没能琢磨清楚，又如何能探寻事物的道理呢！魏文帝曹丕写了有关九件宝器的剑铭，纵使宝剑宝刀再怎么锋利，倘若文辞平钝无味，也是徒然费力罢了。唯有张载的《剑阁铭》，作品文采清丽，像骏马奔腾，虽说创作较晚，但后来居上，竟超越了前人，晋武帝司马炎命人在岷山、汉水之间的剑阁山上把这篇《剑阁铭》刻上去，可以说是恰当的做法。

【原文】

箴者，针也。所以攻疾防患，喻针石也。斯文之兴，盛于三代。夏、商二箴，余句颇存。周之辛甲①，百官箴阙，唯《虞箴》一篇②，体义备焉。迄至春秋，微而未绝。故魏绛讽君于后羿，楚子训民于在勤③。战代以来，弃德务功，铭辞代兴，箴文委绝。至扬雄稽古，始范《虞箴》，作卿尹州牧二十五篇。及崔、胡补缀④，总称《百官》，指事配位，鞶鉴可征⑤，信所谓追清风于前古，攀辛甲于后代者也。至于潘勖《符节》⑥，要而失浅；温峤《侍臣》⑦，博而患繁；王济《国子》⑧，文多而事寡；潘尼《乘舆》⑨，义正而体芜。凡斯继作，鲜有克衷⑩。至于王朗《杂箴》⑪，乃置巾履，得其戒慎，而失其所施。观其约文举要，宪章武铭，而水火井灶，繁辞不已，志有偏也。

【注释】

①辛甲：商末周初史官。

②《虞箴》：即《虞人之箴》，解释为虞人为戒田猎而作的箴谏之辞。

③楚子：楚庄王，春秋五霸之一，他训民的事见《左传·宣公十二年》。

④崔：指崔骃（yīn）、崔瑗（yuàn）父子，都是东汉文学家。胡：指胡广，东汉时期名臣、学者。

⑤鞶（pán）鉴：古代用铜镜作装饰的革带。

⑥潘勖（xù）：东汉末作家。

⑦温峤（qiáo）：东晋时期政治家、军事家。

⑧王济：西晋文人。

⑨潘尼：西晋文学家。

⑩衷：适合，恰到好处。

⑪王朗：汉末至三国曹魏时期重臣、经学家。

【译文】

　　所谓箴，其含义就是针。也就是说要用它来针砭过失、防止后患，因此这里用治防疾病的石针来打比方。这种文体的兴起，盛行于夏、商、周三代。夏代和商代的箴文，尚且还保存着一些残句。周代的太史辛甲，他主持编成的百官箴已经失传了，目前只有《虞人之箴》一篇，这篇作品的文体格式和针砭意义还都比较完备。到了春秋时代，箴这种文体逐渐衰微下去，但仍旧没有断绝。所以，魏绛还采用《虞人之箴》里后羿沉迷射箭而荒废国政的事来讽劝晋悼公，楚庄王还在箴文里写了"民生在勤，勤则不匮"的句子来教训民众。战国以来，各国君主都纷纷抛弃先王的德政，力求功绩为先，铭文逐渐取代了箴文的位置而兴盛起来，箴文便逐步枯萎断绝了。直到西汉末年的时候，扬雄参考诸多古代文章，开始模仿《虞人之箴》，作了卿尹、州牧等二十五篇箴文。到了东汉的时候，崔骃、崔瑗父子和胡广等人又加以补充，把扬雄的箴文也放在一起，这些作品合称《百官箴》。这些箴文是根据各种官位所作，分别对应指出不同官职所应警戒的事情，像镜子一样可以借鉴，这些作品追随古人的脚步，成为一股清明之风，这种好风气是在仿效辛甲的做法。至于东汉末年潘勖的《符节箴》，虽然简明扼要，但缺点是内容略显肤浅；东晋温峤的《侍臣箴》，虽然内容非常广博，但语言文辞太过烦琐；西晋王济的《国子箴》，篇幅和引用虽然都较多，但实际内容和事例很少；西晋潘尼的《乘舆箴》，虽然表达的义理正确，但是文体却有些芜杂。所有这些继而兴起的创作，很少有能够写得恰到好处的。到了东汉末年，王朗创作《杂箴》，竟然包含了《巾箴》和《履箴》，虽然里面确实表达了警戒谨慎的意思，但是将头巾和鞋子作为描写对象却不是特别恰当。看这些文章文辞简约，意义扼要，在创作的时候以周武王的铭文为典范进行仿效，但其内容里谈到"水火井灶"一类的杂事，文辞繁杂啰唆，偏离了写箴文的志趣和方向。

【原文】

夫箴诵于官,铭题于器,名目虽异,而警戒实同。箴全御过,故文资确切;铭兼褒赞,故体贵弘润。其取事也必核以辨①,其摛文也必简而深,此其大要也。然矢言之道盖阙②,庸器之制久沦,所以箴铭寡用,罕施后代。惟秉文君子,宜酌其远大焉。

【注释】

①核:核实。辨:明。

②矢言:正直之言。

【译文】

比较箴和铭这两种文体,箴是官员拿来诵读的,借此讽谏君主,铭则是题刻在器物上的,二者的名称尽管不同,但对人具有警戒作用这点却是一样的。箴的作用完全是用来防止过失的,所以文辞语言务必要求准确切实;铭的作用兼有褒扬和赞颂,所以文体以弘大温润为贵。无论是创作铭还是箴,引用事例的时候一定要对例子进行核实和辨明,运用文辞的时候一定要保证语言简练而深刻,这是大致的要求。然而,因为直言讽谏的风气已经逐步丧失,在器物上刻写铭文记录功绩的制度也久已沦亡,因此,箴和铭这两种文体便很少用到了,也就基本很少在后世流传和施用。虽说如此,但掌握文辞、书写文章的作者们,在创作的时候也应当斟酌它们的优点加以运用,从而让自己的文章深远、宏大一些。

【原文】

赞曰:铭实器表,箴惟德轨。有佩于言,无鉴于水。秉兹贞厉①,敬言乎履。义典则弘,文约为美。

【注释】

①贞厉:守持正道,惕厉戒惧,不失常节。

【译文】

总而言之:铭是裱刻于器物上的赞词警言,箴只是宣扬道德的标准规范。将铭文和箴文里的劝诫警言牢牢记在心上,不要在水里只能看见自己的外形,而看不到实质。务必秉持这些正直勉励的话,时刻警戒自己的语言和行为。只有内容和意义正确了才能显得宏大,只有文辞和语言简约了才能称得上精美。

诔碑第十二

【原文】

周世盛德，有铭诔之文①。大夫之材，临丧能诔。诔者，累也。累其德行，旌之不朽也②。夏、商已前，其词靡闻。周虽有诔，未被于士；又贱不诔贵，幼不诔长③。其在万乘④，则称天以诔之。读诔定谥⑤，其节文大矣⑥。自鲁庄战乘丘，始及于士。逮尼父之卒，哀公作诔，观其"嗷遗"之切⑦，"呜呼"之叹，虽非睿作，古式存焉。至柳妻之诔惠子，则辞哀而韵长矣。

【注释】

①诔（lěi）：哀悼死者的一种文体，叙述死者生平。

②旌：表扬。

③贱不诔贵，幼不诔长：是一种严格的等级规则，该话见于《礼记·曾子问》。

④万乘：指天子。周制，天子地方千里，出兵车万乘，诸侯地方百里，出兵车千乘，故称天子为"万乘"。

⑤谥：古代帝王或大官死后评给的称号。

⑥节文：礼节，仪式。

⑦嗷（yìn）：宁愿。

【译文】

周代的德行盛大且崇尚功业，于是便产生了诔这种文体。遇到丧事能够创作出诔文来，成为那时士大夫的必备才能之一。所谓诔，就是积累的意思。累计死者生前的德行，汇总罗列在一起进行表彰，让其德行不朽于后世。夏代和商代两朝以前的诔文，都没有流传下来，所以后世的人没办法听到和看见那时的文辞。到了周代，虽然出现了诔文，但是这种文体并不在士大夫身上使用；而且有明确规定，低贱的人没有资格给贵族作诔文，小辈的人也没有资格给长辈作诔文。倘若天子驾崩了，就只能让人以上天的名义来为他作诔文。宣读诔文，确定谥号，这是葬礼的礼节仪式上很重要的一环。鲁和宋的乘丘之战中，卜国和县贲父英勇战死，鲁庄公为表彰二人而作了诔文，从那个时候起，才开始兴起为士人作诔文。到孔子去世后，鲁哀公亲自为他作了诔文，里面有"上天不愿遗留下这样一个老人"的哀切文辞，文章里还有"呜呼"的叹息，这虽然称不上什么文辞高明的作品，却保存下来古代诔文的格式。到柳下惠的妻子为柳下惠作诔文，其中的文辞非常悲切并且韵语十分深长。

【原文】

暨乎汉世，承流而作。扬雄之诔元后①，文实烦秽②。"沙麓"撮其要，而挚疑成篇③，安有累德述尊，而阔略四句乎？杜笃之诔④，有誉前代；《吴诔》虽工，而他篇颇疏，岂以见称光武而改盼千金哉！傅毅所制⑤，文体伦序；孝山、崔瑗⑥，辨絜相参⑦。观其序事如传，辞靡律调，固诔之才也。潘岳构意，专师孝山，巧于序悲，易入新切，所以隔代相望，能徽厥声者也⑧。至如崔骃《诔赵》，刘陶《诔黄》⑨，并得宪章，工在简要。陈思叨名⑩，而体实繁缓，《文皇诔》末，百言自陈，其乖甚矣。若夫殷臣咏汤，追褒《玄鸟》之祚⑪；周史歌文，上阐后稷之烈。诔述祖宗，盖诗人之则也。至于序述哀情，则触类而长。傅毅之诔北海，云"白日幽光，淫雨杳冥"⑫。始序致感，遂为后式。景而效者，弥取于工矣。

【注释】

①元后：西汉元帝皇后。

②烦秽：繁冗芜杂。

③挚：挚虞，西晋文学评论家。

④杜笃：东汉初期文学家。因事在京入狱，狱中写诔文颂扬开国功臣大司马吴汉功业，受光武帝赏识获释出狱。

⑤傅毅：东汉辞赋家。

⑥孝山：即苏顺，字孝山，东汉文人。崔瑗：东汉著名书法家、文学家、学者。

⑦辨絜（jié）：即"辨洁"，明白简洁。

⑧徽：美好。

⑨诔赵：崔骃给姓赵者所作的诔文。刘陶：东汉作家。

⑩叨名：谓虚有其名。

⑪玄鸟：《诗经·商颂》的《玄鸟篇》，这是一首歌颂商朝祖先的诗歌。其开头为"天命玄鸟，降而生商"。玄鸟，燕子。祚（zuò）：福，赐福。

⑫淫雨：连续不停的过量的雨。杳冥：阴暗貌。

【译文】

到了汉代的时候，书写诔文便是继承了以前的趋势。扬雄的《元后诔》，内容繁多而且杂乱无章，"太阴之精，沙麓之灵"几句仅仅只是摘要，而挚虞的《文章流别论》却错误地认为它们是《元后诔》的全篇，哪有人写诔文罗列德行、叙述尊荣，就只写四句话的呢？杜笃创作的诔文，在前代的声誉还是很高的；他作的《吴汉诔》虽然文辞精巧，但其他的诔文作品就不行了，大多都是粗疏不堪，难道就因为他的《吴汉诔》一篇曾经受到过汉光武帝的称赞，就对他那些粗疏的诔文作品改变看法吗！粗劣之文难道都要像千金那么珍贵吗！傅毅作的诔文，文章体制整齐、条理分明而具有次序；苏顺和崔瑗作的诔文，内容辨白清晰，与里面简约的文辞互相映照。看他们叙事作文如同写传记一样，文辞华美、声律协调，确实是作诔文的人才。潘岳写作诔文，在文章构思上专门效法苏顺，在叙述悲哀的感情上非常拿手，很容易做到意境上的新颖贴切，所以他能和东汉的苏顺隔代并称，在文坛上享有很好的声誉。至于像崔骃的《诔赵文》，刘陶的《诔黄文》，它们都符合诔文的法度，具有简明扼要的特点。而陈思王曹植则虚有作诔的名气，他写的诔文实在是欠妥，言辞繁冗，文气迂缓，而且在《文帝诔》的结尾，还额外加上了百余字，那些文字完全是在陈述自己的事，这就等于背离了作诔文的意义和要求。至于殷代的臣民咏颂商汤，在《玄鸟》一诗中对上天的降福大加追颂；周代的史官对周文王大加歌颂，在《生民》一诗中

赞述后稷的诞生及功绩勋业。作诔文累积叙述先祖的功德，这是诗人的写作手法。至于叙述表达哀情，那就要与相关的事物进行接触，由物生情，通过激发想象来抒发内心的感受。像傅毅作《北海王诔》，文章中说"太阳的光被遮住，变得暗淡不已，大雨落下，使得世界天昏地暗"。这些文辞说明了傅毅开始在叙述中表达感情，这种写法便成为后世写作诔文所参照的样式，仰慕傅毅并且效法他的文人，便写得越来越富于工巧了。

【原文】

详夫诔之为制，盖选言录行，传体而颂文，荣始而哀终。论其人也，暧乎若可觌①；道其哀也，凄焉如可伤，此其旨也。

【注释】

①暧（ài）乎：仿佛。觌（dí）：相见。

【译文】

详细考察研究诔文的体制，大致来说，它的特点是选出死者生前的言论，记录下死者生前的行事，在体裁上具有纪传的特色，在文辞上具备颂文的特征，诔文起笔之时，以叙述死者光荣的过去开始，以抒发撰写者哀痛的感情而结束。在写到死者为人的时候，要让看者和听者仿佛与之相见一样；在讲到对死者的哀痛时，言辞凄凄切切让人感到无限悲伤；这些就是写作诔文的基本要求。

【原文】

碑者，埤也①。上古帝王，纪号封禅，树石埤岳，故曰碑也。周穆纪迹于弇山之石②，亦古碑之意也。又宗庙有碑，树之两楹③，事止丽牲④，未勒勋绩。而庸器渐缺⑤，故后代用碑，以石代金，同乎不朽。自庙徂坟⑥，犹封墓也。自后汉以来，碑碣云起⑦，才锋所断，莫高蔡邕。观《杨赐》之碑，骨鲠训典；《陈》《郭》二文，词无择言；《周》《胡》众碑，莫非清允。其叙事也该而要，其缀采也雅而泽。清词转而不穷，巧义出而卓立。察其为才，自然至矣。孔融所创，有摹伯喈⑧，《张》《陈》两文，辨给足采，亦其亚也。及孙绰为文⑨，志在于碑，《温》《王》《郗》《庾》，辞多枝杂，《桓彝》一篇，最为辨裁矣。

【注释】

①埤（pí）：增加。

②周穆：周穆王姬满，西周第五位君主。《穆天子传》说周穆王曾在弇山刻

石记功。弇（yǎn）山：古谓日没之所，又名崦嵫（yān zī）山、弇兹山。

③两楹：房屋正厅当中的两根柱子。两楹之间是房屋正中所在，为举行重大仪式和重要活动的地方。

④丽牲：指古代祭祀时将所用的牲口系在石碑上。

⑤庸器：古代铭功的铜器，如鼎彝之类。

⑥徂（cú）：往。

⑦碑碣：石碑方首者称碑，圆首者称碣。后多不分，以之为碑刻的统称。

⑧伯喈（jiē）：蔡邕的字，蔡邕是东汉末著名的文学家。

⑨孙绰：东晋玄言诗人。

【译文】

所谓碑，就是增益、增加的意思。上古的帝王，如果想记下来向天地报告功勋的话，举行祭告天地的仪式，需要在山岳之上竖起一块石刻，这块被增添在山岳之上的石头就叫作碑。相传周穆王在巡游的时候，登上弇山，把来此游玩的行迹铭刻在弇山石上，这也是古代立碑的意思。另外，宗庙中也有碑，它们竖立在宗庙堂前的东西两柱之间，一开始只是在祭祀前用来拴牲畜的，并不会在上面刻下功勋。后来渐渐不用金属器物来铭刻功绩了，后世便用碑来代替记功器物了，其实，把金属器物换成石碑，记在上面的功绩同样可以永垂不朽。到了后来，碑便从宗庙里移到了坟墓上，在坟前竖立石碑，犹如将泥土堆聚起来从而加高了墓地一样，使坟墓显得高大而又能长久留存。自从东汉以来，顶方和顶圆的石碑不断出现，创作碑文、碣文的风气也跟着流行起来，而这些创作碑文、碣文的作者中，论及才华横溢，没有人能超过蔡邕的。不妨欣赏一下《太尉杨赐碑》，碑中那些骨力刚健的文辞是从《尚书》的训典中学习而来的；《陈寔碑》和《郭泰碑》这两篇碑文，措辞都十分恰当准确；《汝南周勰碑》《太傅胡广碑》等诸多碑文，全部都写得清晰精要。他撰写的碑文篇章，叙事全面而扼要，文辞雅正而润泽；清丽的语言婉转富有变化而没有穷尽，巧妙的用意层出不穷而突立卓越。倘若考评他写碑文的才能，可以认为他是自然而然达到了这个高度。孔融创作的碑文，有的篇章是摹仿蔡邕的，他的《卫尉张俭碑铭》和《陈碑》两篇碑文，言辞明辨巧捷，文采丰富华美，也算得上是仅次于蔡邕的优秀作品了。到了孙绰，这位文人是有志于写作碑文的。他的《温峤碑》《丞相王导碑》《太宰郗监碑》《太尉庾亮碑》，这些篇章文辞繁多冗长，段落复杂纷乱，只有《桓彝碑》这一篇，非常明辨简洁、裁断恰当。

【原文】

夫属碑之体，资乎史才，其序则传，其文则铭。标序盛德，必见清风之华；昭纪鸿懿①，必见峻伟之烈。此碑之制也。夫碑实铭器，铭实碑文，因器立名，事先于诔。是以勒石赞勋者，入铭之域；树碑述亡者，同诔之区焉。

【注释】

①鸿懿：指崇高美好的德行。

【译文】

想要创作碑这类体裁的文章，需要具备史家的才能，因为碑文在叙事的时候类似于传记，它的韵语部分类似于铭文。想要突出地叙述死者美好的德行，文辞上就必须表现出他风采光华的一面；想要明白清楚地记录死者的鸿勋美行，内容上就必须显示出他卓越宏伟的事业功绩。这些就是写作碑文的规范和标准。碑，实是刻铭文的器物；铭，实是碑上的文辞，碑文这个名称来自于"石碑"这个器物，是由于在石碑上刻写铭文而确立的，碑产生于诔之前。所以，但凡是刻石记功的，就归入铭这类文体的领域；但凡是树碑叙述亡者事迹的，就归入诔这类文体的范围。

【原文】

赞曰：写实追虚，碑诔以立。铭德纂行，文采允集①。观风似面，听辞如泣。石墨镌华，颓影岂戢②？

【注释】

①允集：聚集，会合。

②颓影：指死者颓坠的遗影。戢（jí）：消失。

【译文】

总而言之：为了叙写死者具体的事迹，追述死者的道德风采，碑文与诔文的体制因而建立起来。创作的时候，铭刻功勋，编纂德行，将文辞的华采恰当铺陈并且集中在一起。从字里行间可以看到逝者的风采，就好像真人浮现在眼前一样，听到文中的语句就像听到有人在悲泣一样。墨拓石碑上留下的华彩之辞，亡者的影像难道还会消失吗？

哀吊第十三

【原文】

赋宪之谥①，短折曰哀②。哀者，依也，悲实依心，故曰哀也。以辞遣哀，盖下流之悼③，故不在黄发④，必施夭昏⑤。昔三良殉秦，百夫莫赎⑥，事均夭枉，《黄鸟》赋哀，抑亦《诗》人之哀辞乎?

暨汉武封禅，而霍嬗暴亡⑦，帝伤而作诗，亦哀辞之类矣。降及后汉，汝阳主亡，崔瑗哀辞，始变前式。然履突鬼门，怪而不辞；驾龙乘云，仙而不哀；又卒章五言，颇似歌谣，亦仿佛乎汉武也。至于苏顺、张升，并述哀文，虽发其情华，而未极其心实。建安哀辞，惟伟长差善⑧，《行女》一篇⑨，时有恻怛⑩。及潘岳继作，实钟其美。观其虑赡辞变⑪，情洞悲苦，叙事如传，结言摹《诗》，促节四言，鲜有缓句。故能义直而文婉，体旧而趣新，《金鹿》《泽兰》，莫之或继也。

【注释】

①赋宪：颁布法令，指《逸周书·谥法》。赋，通"敷"。

②短折：夭折，早死。

③下流：指子孙，后辈。

④黄发：指老人。老人发白，白久则黄。

⑤夭昏：意味夭折，早死或指夭折的人。

⑥三良殉秦，百夫莫赎：秦穆公死后用"三良"来殉葬，人们为了哀悼"三良"写了《诗经·秦风·黄鸟》，其中有"如可赎兮，人百其身"的诗句。

⑦霍嬗（shàn）：霍去病之子，跟随汉武帝登泰山封禅后不久暴卒，谥号为哀。

⑧伟长：徐幹的字，汉末文学家、哲学家、诗人，"建安七子"之一。

⑨《行女》：徐幹作有《行女哀辞》，今已不存。

⑩恻怛（cè dá）：哀伤。

⑪赡：富足。

【译文】

按照周代颁布的谥法，凡是短命夭折的称为哀。所谓哀，就是依恋的意思，因为悲哀的感情依附着人的内心，所以叫作哀。用文辞来表达哀痛之情，基本上是用于悼念幼辈，所以这种文体不用于老年寿终的人身上，必定要用在天折或者不满三个月而亡的小孩身上。从前秦穆公去世之后，有三位良人跟着一起殉葬，即使用一百人也换不回来他们一个人，这件事情其实跟短命枉死差不多，而对于这件事，《黄鸟》一诗中表达了对他们无限的哀痛之情，这或许就是诗人的哀辞吧？

到了汉武帝的时候，在泰山上举行封禅仪式，随行的霍嬗忽然暴病而死，汉武帝作诗来表达自己的哀痛之情，这类作品也算是哀辞一类了。到了东汉的时候，汝阳公主去世，崔瑗为她作了哀辞，哀辞的写作格式开始有了变化。然而文中提到公主的脚步踏进鬼门关，这种说法非常怪诞而且于理也讲不通；一会又说公主驾龙乘云，现出一派神仙风范，却完全没有感觉到哀痛的感情；结尾一章的那首五言诗，跟歌谣很相似，也与汉武帝哀伤霍嬗而作的诗有诸多相似之处。到了东汉的时候，苏顺、张升都作过哀辞，虽说他们的作品都表现出了各自的情感和文采，却没有将他们内心真实的思想感情表达出来。到了建安时代，只有徐幹写得较为不错，他创作的《行女哀辞》，能感受出不少哀痛之情。到了西晋的时候，潘岳的创作确实是集中了前人的优点于作品之中。他写的哀辞构想思虑周到，想象丰富有内涵，文辞富有变化，情感深切悲哀，叙事的部分很像传记，言辞组织上摹仿的是《诗经》，运用的是四言句式，音节短促，很少有和缓的句子。所以赏阅他的哀辞，能够明确体会到其中的内容义理正直而文辞婉转，文体格式虽然采用旧式的但情趣却是新颖的，像他作的《金鹿哀辞》和为任子咸妻作的《孤女泽兰哀辞》，这些作品后代没有人能继承下来的。

【原文】

原夫哀辞大体，情主于痛伤，而辞穷乎爱惜。幼未成德，故誉止于察惠①；弱不胜务，故悼加乎肤色②。隐心而结文则事惬③，观文而属心则体奢。奢体为辞，则虽丽不哀。必使情往会悲，文来引泣，乃其贵耳。

【注释】

①察惠：亦作"察慧"，聪明有智慧。

②肤色：指容貌。

③隐心：忧心，痛心。惬：恰当，合乎。

【译文】

推究哀辞写作的基本要点，抒情的目的主要是表达悲伤和痛苦，而措辞要尽量表现出对夭亡者的无限怜爱痛惜之情。因为死者年幼，德行上还没有什么成就，所以赞美就只停留在夭亡者的聪明敏慧上；因为死者弱小，还没有承担过什么重任，所以悼念就只围绕夭亡者的肤色容貌上。作文的时候，若是完全出于内心伤痛而创作，便能达到情辞切合的效果；倘若单纯为了追求文辞优美而表达哀痛之思，便会落得文体浮夸的结果。如果用奢华夸张的文笔来写作哀辞，那么文章就仅仅停留在表面漂亮却无法表现出悲哀的感情。因此，文人在创作的时候，一定要让自己的感情沉浸在悲哀之中，使读到这篇文辞的人都能引起共鸣从而感动得痛泣，这样的哀辞作品才是难能可贵的。

【原文】

吊者，至也。《诗》云，"神之吊矣"，言神至也。君子令终定谥①，事极理哀，故宾之慰主，以至到为言也。压溺乖道，所以不吊矣。又宋水郑火，行人奉辞，国灾民亡，故同吊也②。及晋筑虒台③，齐袭燕城，史赵、苏秦，翻贺为吊④，虐民构敌⑤，亦亡之道。凡斯之例，吊之所设也。或骄贵以殒身，或狷忿以乖道⑥，或有志而无时，或美才而兼累⑦，追而慰之，并名为吊。

【注释】

①令终：谓尽天年而寿终。

②同吊：指各诸侯国的使节对水灾、火灾的慰问之辞，和哀吊的意义相同。

③晋筑虒（sī）台：晋平公筑虒祁宫。

④翻：改变。

⑤构敌：结怨树敌。

⑥狷忿（juàn fèn）：急躁易怒。

⑦累：罪行，过失。

【译文】

所谓吊，就是到的意思。《诗经·小雅·天保》中说："神之吊矣"，意思是说神灵到了。君子寿命善终，然后确定谥号，办理丧事，此类事的意义必然十分重大，从情理上表达哀伤是理所当然的，所以宾客参加丧礼慰问丧主，便用"吊"也就是"到来"这一说法来命名。《礼记·檀弓上》说，若是一个人被压死或者被淹死之类，这些都不是正常的死亡，所以不用去哀吊。春秋的时候，宋国发生水灾，郑国发生火灾，各国纷纷派使臣前去两个国家致辞慰问，因为国家受灾，老百姓死亡，这些都是重大事故，所以各国使臣的慰问其实跟哀吊是差不多的。到晋国修筑虒祁台，齐国袭击了燕国的城池，史赵和苏秦二人，认为这些都不是正义的事，所以他们认为不应当祝贺，而应该哀吊，因为修筑宫苑劳民伤财，攻袭别国结下仇怨，这些也都是亡国之道。凡是上述这些事例，之所以都要哀吊，各有各的道理。有的因为富贵骄奢而最终丧生，有的因为急躁愤懑而违背正道，有的虽有志气却迟迟没有遇到好时机，有的虽身怀美才却兼有各种缺点，追念这些缺憾之事并加以慰问，都叫作吊。

【原文】

自贾谊浮湘，发愤吊屈，体同而事核，辞清而理哀，盖首出之作也。及相如之吊二世①，全为赋体，桓谭以为其言恻怆，读者叹息；及卒章要切，断而能悲也。扬雄吊屈，思积功寡，意深反骚②，故辞韵沉腄③。班彪、蔡邕④，并敏于致诘⑤，然影附贾氏⑥，难为并驱耳。胡、阮之吊夷、齐，褒而无间；仲宣所制⑦，讥呵实工⑧。然则胡、阮嘉其清，王子伤其隘，各其志也。祢衡之吊平子，缛丽而轻清；陆机之吊魏武，序巧而文繁。降斯以下，未有可称者矣。

【注释】

①吊二世：指《哀秦二世赋》。

②反骚：即《反离骚》。

③沉腄（zhuì）：脚肿。后比喻文辞滞重。

④班彪：东汉文学家、史学家，作有《悼离骚》，今仅存八句。蔡邕：东汉末文学家，其《吊屈原文》已残缺。

⑤致诘：究问，推究。

⑥影附：谓如影附形。比喻依附，附随。

⑦仲宣：王粲的字，作有《吊夷齐文》，今已不全。

⑧讥呵：讥责非难。

【译文】

贾谊南渡湘水，有所感触，于是抒发内心幽愤而创作《吊屈原文》，这篇作品的体制跟哀吊相同，事情叙述得准确，文辞清丽美好，情理表达得十分哀痛，这算是最早出现的吊文作品。到司马相如创作《哀秦二世赋》，他完全采用的是赋的体制，桓谭认为他文中所用的言辞悲恻凄怆，能引发读者共鸣，让人忍不住为之叹息；最重要的是，文章的结尾能够深入地切中要害，最后作的结论能唤起读者无限的悲伤之情。扬雄哀吊屈原创作《反离骚》，花费了不少心思，但效果不是很明显，其立意深刻，想通过反诘《离骚》的方式去表现主题，但是却导致文辞滞重不流畅，没有什么新意，读起来丝毫不觉得生动。而班彪的《悼离骚》和蔡邕的《吊屈原文》，这两部作品都善于提出疑问，但是他们在创作的时候都依附贾谊的风格，所以就很难和贾谊并驾齐驱了。胡广的《吊夷齐文》和阮瑀的《吊伯夷文》，这两部作品对伯夷、叔齐都只有赞颂而没有任何批评；王粲的《吊夷齐文》，这部作品非常巧妙地对伯夷、叔齐进行了讽刺指斥。胡广、阮瑀是褒扬夷齐的清高，王粲是嘲笑夷齐的狭隘，各自的用意不同。祢衡的《吊张衡文》，文采繁缛富丽但是内容分量不够；陆机的《吊魏武帝文并序》，序写得十分精巧但正文却太过冗繁。这些人以后的吊文之中，便没有什么值得称道的篇章了。

【原文】

夫吊虽古义，而华辞末造①。华过韵缓，则化而为赋。固宜正义以绳理，昭德而塞违②，割析褒贬③，哀而有正，则无夺伦矣。

【注释】

①末造：末世，末代。造，时代。

②昭德而塞违：彰明美德，杜绝错误。

③割析：分析，剖析。

【译文】

"吊"在古代就有它的意义和作用，那个时候还是很质朴的。后代却逐渐开始注重文辞上的华丽，一旦华丽得过分，情韵就会变得缓慢，渐渐变成赋的文体。所以，吊文应该以端正创作的意义，纠正事理作为准绳，宣扬美德和美好的方面，防止错误和过失，对好坏善恶加以分析，然后进行褒贬，文辞悲哀伤感并且内容纯正端肃，这样就不会违反吊文的体制，从而失去吊文的义理和特点了。

【原文】

赞曰：辞之所哀，在彼弱弄①。苗而不秀，自古斯恸②。虽有通才，迷方失控。千载可伤，寓言以送。

【注释】

①弱弄：幼年时好嬉戏。指孩子。

②恸（tòng）：极悲哀，大哭。

【译文】

总而言之：哀辞的哀痛之处，在于那些尚且年幼就早早夭亡的可怜孩子。他们像幼苗一样没有开花结果就早早凋零了，自古以来人们就为这件事感到无比悲痛遗憾。即使是那些很有写作才华的人，一旦迷失了创作方向，写哀吊文也会失去控制，走上创作邪路。这种事情千年来都会令人无限哀伤，所以只有寄托言辞来表达这种心情。

杂文第十四

【原文】

智术之子，博雅之人，藻溢于辞，辞盈乎气。苑囿文情①，故日新殊致。宋玉含才，颇亦负俗②，始造《对问》③，以申其志，放怀寥廓，气实使文。及枚乘摛艳④，首制《七发》⑤，腴辞云构⑥，夸丽风骇。盖七窍所发，发乎嗜欲，始邪末正⑦，所以戒膏粱之子也⑧。扬雄覃思文阁⑨，业深综述，碎文琐语，肇为《连珠》⑩，其辞虽小而明润矣。凡此三者，文章之枝派，暇豫之末造也⑪。

【注释】

①苑囿（yòu）：古代畜养禽兽供帝王玩乐的园林。这里指集中在一起进行培养。

②负俗：谓与世俗不相谐。

③《对问》：指宋玉的《对楚王问》。

④摛（chī）艳：铺陈艳丽的文辞。

⑤《七发》：这是一篇讽谕性作品，赋中假设楚太子有病，吴客前去探望，通过互相问答，构成七大段文字。

⑥腴辞：美辞。

⑦邪：嗜欲，此处指《七发》前几段所讲音乐的动听、酒食的甘美等。正：要言妙道，此指最后所讲的"论天下之精微，理万物之是非"。

⑧膏粱之子：比喻富贵人家过惯享乐生活的子弟。

⑨覃（tán）思：深思。文阁：汉代藏书的天禄阁，扬雄校书的地方。

⑩肇（zhào）：开始，初始。

⑪暇豫：亦作"暇誉"，悠闲逸乐。

【译文】

凡是那些富有智慧、学术高超的人，还有那些知识渊博、志趣高雅的人，他们的文辞必定是华彩四溢，语言一定是气势十足。他们致力于培养自己的文思情怀，所以在创作的时候往往能抛弃旧有传统，不断呈现出崭新的风貌和与众不同的情趣。比如宋玉，这位文人才华横溢，却也颇受世俗的讥议，他为了更好地表述自己的志向，开始创作《对楚王问》，舒展自己的胸怀，塑造辽阔的精神境界，他确实是通过气势才思来驾驭文辞。到了西汉的枚乘，精心铺陈华美艳辞而首创了《七发》，那些美好繁复的辞藻像云彩一样聚集在文章之中，夸耀的宏丽之语像风一样在文章中骤起拂动。人的七窍，会表现出各种嗜好和欲望，《七发》开篇描写的正是那些不正当的嗜欲，结尾再将义理回归到正途之上，枚乘大概是想用这种表现手法来给那些纨绔子弟以警示。扬雄在天禄阁中精心构思，致力于综述前人的著作，这是他的事业意义深远的地方，他首创《连珠》文体，也就是把一些简短琐碎的言辞集结起来进行创作，这种文体的文辞虽然短小，但文采却明莹润泽。上述谈论的这三种文体，都是正统文章的支流，属于闲暇的时候写一写，用来娱乐解乏的末流作品。

【原文】

自《对问》以后，东方朔效而广之，名为《客难》，托古慰志，疏而有辨①。扬雄《解嘲》，杂以谐谑，回环自释，颇亦为工。班固《宾戏》，含懿采之华；崔骃《达旨》，吐典言之裁；张衡《应间》，密而兼雅；崔寔《客讥》②，整而微质；蔡邕《释诲》，体奥而文炳；景纯《客傲》，情见而采蔚。虽迭相祖述，然属篇之高者也。至于陈思《客问》，辞高而理疏；庾敳《客咨》③，意荣而文悴④。斯类甚众，无所取才矣。原夫兹文之设，乃发愤以表志。身挫凭乎道胜，时屯寄于情泰⑤，莫不渊岳其心，麟凤其采，此立体之大要也。

【注释】

①疏：疏导，开通，通畅。

②崔寔（shí）：崔骃之孙，东汉后期政论家、文学家。他在《客讥》中写客人笑他贫穷，他回答这是为了避祸、保持节操，贫困是自己心甘情愿的。

③庾敳（ái）：西晋时期名士、清谈家、文学家，其《客咨》今已不存。

④悴：憔悴，枯萎。

⑤屯：艰难，困顿。

【译文】

自从宋玉创作出了《对楚王问》这部作品之后，东方朔仿效它并加以延伸，创作了一篇《答客难》，借用古事古人慰藉自己的志向，文章条理十分畅达而又辨析得清楚明了。扬雄创作《解嘲》，文中字里行间夹杂着诙谐的戏嘲，通过事例的对比反复替自己解释，创作手法上也颇为工巧。班固创作《答宾戏》，文中满是妙不可言的文采；崔骃创作《达旨》，雅正的言辞尽铺文中；张衡创作《应间》，文辞非常细密，议论很是雅正；崔寔创作《客讥》，叙述的语言非常严整，字句中带些许质朴的味道；蔡邕创作《释诲》，体式风格隐秘深奥，文辞光彩照人；郭璞创作《客傲》，情思充分显露出来，文采十分丰富繁茂。以上列举的这些作品，虽然多多少少都是仿效前人来进行创作，然而它们都是一些成就较高的作品。至于陈思王曹植的《客问》，文辞语言上虽然极尽高雅，但是说理的部分却较为粗疏简略；庾敳创作《客咨》，内容虽然还算是丰富，但是文辞却有些枯燥无味。这类作品其实不少，然而并没有多少可取之处。推究这类文章的创作方法，就是通过抒发内心的愤懑来表达情志。作者大多身遭挫折，然而要凭借坚持道义来战胜艰难困苦，世间道路虽然艰辛难行，但仍旧要保持一份舒泰的心情，所以他们通常都怀有渊谷和山岳一样的胸怀，由此他们作品的思想也像高山和深渊一样深远高大，文辞好像麒麟和凤凰一样绚丽，这就是这类作品确立起来的大致情况。

【原文】

自《七发》以下，作者继踵①。观枚氏首唱，信独拔而伟丽矣。及傅毅《七激》，会清要之工；崔骃《七依》，入博雅之巧；张衡《七辩》，结采绵靡；崔瑗《七厉》，植义纯正②；陈思《七启》，取美于宏壮；仲宣《七释》③，致辨于事理。自桓麟《七说》以下，左思《七讽》以上，枝附影从，十有余家，或文丽而义暌④，或理粹而辞驳。观其大抵所归，莫不高谈宫馆，壮语畋猎⑤，穷瑰奇之服馔，极蛊媚之声色。甘意摇骨髓，艳词洞魂识，虽始之以淫侈，而终之以居正。然讽一劝百，势不自反。子云所谓"先骋郑卫之声，曲终而奏雅"者也。唯《七厉》叙贤，归以儒道，虽文非拔群，而意实卓尔矣。

【注释】

①继踵：接踵，前后相接。

②植义：立意。

③仲宣：王粲的字。其《七释》写潜虚丈人在隐居，大夫用七件事来启发他。

④暌（kuí）：隔离，分离，这里指走偏。

⑤畋（tián）猎：打猎。

【译文】

自从枚乘创作《七发》以后，仿效他的人陆续出现，涌现出了很多七体文。阅览一下枚乘首开的创作，确实是出类拔萃，这部作品称得上是既杰出又宏丽。

到傅毅创作《七激》，荟萃了清丽扼要等诸多优点；崔骃创作《七依》，能从文字中体会到广博雅丽的妙处；张衡创作《七辩》，将言辞文采组织得十分绵密绮丽；崔瑗创作《七厉》，文中树立起来的义理纯粹精当、符合正道；曹植创作《七启》，以宏伟壮丽取胜；王粲创作《七释》，非常看重辨析事理。自从桓麟创作《七说》以后，到左思创作《七讽》以前，纵览这段时期的作品，大都依附前代进行写作，就好像枝条附着在树干之上，影子跟随着形体移动一样，写这类作品的有十余家，有的文辞华丽，但是内容意义不走正途；有的道理尽管精粹，但是文辞非常驳繁杂乱。观察这类作品创作的大概趋向，要么是高谈宫殿馆阁的富丽堂皇，要么是大书纵马田猎的喜悦欢欣，要么是描写瑰丽奇特的服装、食品，要么是刻画迷惑人心的歌舞美女。这些作品，用美好缠绵的内容动摇人们的意志，用美艳绝妙的文辞影响人们的灵魂，虽然在开篇的时候大多用淫侈夸张的表现方法，但行文结束的时候还是能够回归到讽谏的正途之上。但是总的来说，讽谏劝诫的内容还是太少，劝诱享乐的内容有些偏多，这种趋势一旦发展下去，必然将陷入淫侈的境地而无法走上正路。这种情况正如扬雄所说："先大肆宣扬放纵淫乱的郑卫靡靡之音，到了曲子末尾时才演奏一点点雅正的音乐。"在这么多作品里，唯有崔瑗的《七厉》与别家稍有不同，它讲述贤人的事，然后回归到儒家的正道之上，虽然文辞算不上杰出，但它的内涵深意却是卓尔不群的。

【原文】

自《连珠》以下，拟者间出。杜笃、贾逵之曹①，刘珍、潘勖之辈②，欲穿明珠，多贯鱼目。可谓寿陵匍匐，非复邯郸之步③；里丑捧心，不关西施之颦矣④。唯士衡运思⑤，理新文敏，而裁章置句，广于旧篇，岂慕朱仲四寸之珰乎⑥！夫文小易周，思闲可赡。足使义明而词净，事圆而音泽，磊磊自转⑦，可称珠耳。

【注释】

①杜笃：东汉学者。贾逵：汉末三国时期名臣。曹：等，辈。

②刘珍：东汉史学家。潘勖（xù）：东汉末文学家。

③寿陵匍匐，非复邯郸之步：《庄子·秋水》："且子独不闻寿陵余子学行于邯郸与？未得国能，又失其故行矣，直匍匐而归耳。"讲的是燕国寿陵一个少年迷恋邯郸人走路的姿态，专门到邯郸学习，过了一段时间，他没学会邯郸人走路的姿态，只会匍匐前进。

④里丑捧心，不关西施之颦：《庄子·天运》："故西施病心而颦（pín）其里，其里之丑人见而美之，归亦捧心而颦其里。其里之富人见之，坚闭门而不出；贫人见之，絜妻子而去之走。"是说美女西施因为胸口疼痛，所以用手扶胸，皱着眉头，被人称赞很美。邻里的丑女东施也学西施捧心皱眉，结果惹人厌恶。颦（pín）：皱眉。

⑤士衡：陆机的字。西晋著名文学家、书法家。

⑥珰（dāng）：古代妇女戴在耳垂上的装饰品。这里指宝珠。

⑦磊磊：圆满。

【译文】

自从扬雄创作了《连珠》以后，仿效他进行创作的人层出不穷。诸如杜笃、贾逵之流，刘珍、潘勖之辈，这些人都想把一颗颗明亮的珠子串联在一起，然而大多却是串了鱼目混进去。这就像燕国寿陵那些去学步的孩子爬行着回来一样，显然是没有学会邯郸的步法；又像那位模仿西施捧心皱眉的邻居丑女，她只知道西施美，却不知道西施美的原因。只有陆机的创作算是不凡，构思用意新颖，他所作的《演连珠》，讲述的义理十分新颖，文思敏捷巧妙，篇章经过精心裁制，认真措置辞句，扩大了前人的篇幅，他这样做难道是羡慕朱仲四寸大的宝珠吗？连珠篇幅短小，创作的时候容易考虑得周到些，思考闲适就能将语言写得紧凑。因此，只要能把文章的义理讲清楚，文辞写得干净利落，所叙述的事情圆满通畅，音调丰润协调，像圆圆的珍珠一样自然转动，这样就可以称为"连珠"了。

【原文】

详夫汉来杂文,名号多品。或典、诰、誓、问,或览、略、篇、章,或曲、操、弄、引①,或吟、讽、谣、咏,总括其名,并归杂文之区;甄别其义,各入讨论之域。类聚有贯,故不曲述也②。

【注释】

①曲:曲子,汉乐府有《鼓吹曲》《横吹曲》。操:琴曲。如伯牙《水仙操》、许由《箕山操》、刘安《八公操》。弄:小曲。梁代萧衍、沈约等有《江南弄》。引:乐曲体裁之一,有序奏之意。汉乐府中有《箜篌引》,东晋石崇有《思归引》。

②曲述:详细论述。

【译文】

详细考察汉代以来的杂文,有很多种不同的名称,有的叫典、诰、誓、问,有的叫览、略、篇、章,有的叫曲、操、弄、引,有的叫吟、讽、谣、咏,把这些名称汇总一下,全部都归入杂文这一类;但是鉴别一下它们各自的意义作用,便又可以各自归入相关各种文体的讨论范围。因为这些文体和本书分类聚集起来的相关文体有相通之处,所以这里就不细讲了。

【原文】

赞曰:伟矣前修①,学坚才饱。负文余力,飞靡弄巧。枝辞攒映②,嘒若参昴③。慕颦之心,于焉只搅。

【注释】

①前修:犹前贤。

②枝辞:旁枝的文章,此处指杂文。攒:簇拥,围聚,聚集。

③嘒(huì):形容星光微小而明亮。

【译文】

总而言之:前代的作家们是多么伟大啊,他们学问坚实、才华横溢。他们身负创作的重担,却仍有创作的余力,不断创造出绮丽的文辞,运用巧妙的写作手法。各种各样的杂文像枝蔓一样积聚团簇在一起,相互辉映,又如同参宿、昴宿一样,虽然只有点点星光,却仍闪耀在苍穹之中。而那些美慕这类作品的人想要仿效却不得法,只能在这里搅扰他人。

谐讔第十五

【原文】

芮良夫之诗云："自有肺肠，俾民卒狂①。"夫心险如山，口壅若川②，怨怒之情不一，欢谑之言无方。昔华元弃甲③，城者发睅目之讴④；臧纥丧师⑤，国人造侏儒之歌。并嗤戏形貌，内怨为俳也。又蚕蟹鄙谚⑥，狸首淫哇⑦，苟可箴戒，载于《礼》典。故知谐辞讔言，亦无弃矣。

【注释】

①俾（bǐ）：使。

②口壅（yōng）若川：《国语·周语上》："防民之口，甚于防川。川壅而溃，伤人必多，民亦如之。"比喻禁舆论之害。壅：堵塞。

③华元：春秋时期宋国大臣，官至大夫，成为宋国六卿之一。

④睅（hàn）目：鼓出圆睁的眼睛。

⑤臧纥（hé）：即臧武仲，鲁国大夫。

⑥蚕蟹：《礼记·檀弓下》："成人有其兄死而不为衰者，闻子皋将为成宰，遂为衰。成人曰：'蚕则绩而蟹有匡，范则冠而蝉有緌，兄则死而子皋为之衰。'"用以比喻弟弟虽穿孝服却不是为了哥哥。后因以"蚕绩蟹匡"比喻名不副实。

⑦狸首：《礼记·檀弓下》："孔子之故人曰原壤，其母死，夫子助之沐椁。原壤登木曰：'久矣，予之不託于音也。'歌曰：'狸首之班然，执女手之卷然。'"淫哇：淫邪之声，多指乐曲诗歌。

【译文】

芮良夫创作《桑柔》一诗，里面说道："君王若有坏心肠，逼得民众终发狂。"从中可以知道，昏君的心一旦险恶起来便如同山谷一样，而老百姓的嘴就像河流大川一样，是根本堵塞不了的，他们怨恨和愤怒的感情是各不相同的，因此嘲笑和挖苦的言语也都并不固定。从前宋国的大夫华元打仗，败得丢盔弃甲跑回来，却是神气十足，筑城的人便歌唱"瞪着他的眼睛"，以此讽刺、嘲笑他。鲁国的大夫臧纥吃败仗丢了军队，鲁国的老百姓便创作了"侏儒之歌"来嘲讽指责他。这些歌谣在创作的时候都是通过讥笑他们的形貌，从而抒发内心的怨恨。再有鲁国的老百姓用蚕和蟹为比喻创作鄙俗的谣谚，以及有人借野猫脑袋上的花纹来编唱粗俗的歌谣，假使这些也能起到针砭警戒众人的作用，便也会记载到《礼记》上面。由此可知，不管是诙谐的话语还是有深意的隐语，都是用不着抛弃的。

【原文】

　　谐之言皆也，辞浅会俗，皆悦笑也。昔齐威酣乐，而淳于说甘酒①；楚襄宴集，而宋玉赋《好色》②。意在微讽，有足观者。及优旃之讽漆城③，优孟之谏葬马④，并诵辞饰说，抑止昏暴。是以子长编史⑤，列传《滑稽》，以其辞虽倾回⑥，意归义正也。但本体不雅，其流易弊。于是东方、枚皋，饣糟啜醨⑦，无所匡正，而诋嫚媟弄⑧，故其自称为赋，乃亦俳也，见视如倡，亦有悔矣。至魏文因俳说以著《笑书》⑨，薛综凭宴会发嘲调⑩，虽抃笑衽席⑪，而无益时用矣。然而懿文之士，未免枉辔⑫。潘岳《丑妇》之属，束皙《卖饼》之类⑬，尤而效之，盖以百数。魏晋滑稽，盛相驱扇⑭，遂乃应场⑮之鼻，方于盗削卵；张华之形，比乎握春杵。曾是莠言，有亏德音，岂非溺者之妄笑，胥靡之狂歌欤⑯！

【注释】

　　①淳于说甘酒：事见《史记·滑稽列传》。淳于：淳于髡（kūn），战国时期齐国的政治家和思想家。他以自己喝酒作例子，来说明"酒极则乱"的道理，以此劝诫齐威王。

　　②《好色》：指宋玉的《登徒子好色赋》。此赋讽谏楚顷襄王的好色。

　　③优旃（zhān）之讽漆城：出自《史记·滑稽列传》，优旃反对剥削民脂民膏，说服秦二世打消油漆长城的念头。优旃：秦国的一位歌舞艺人，善于说笑话，但他的笑话有深刻的道理。

　　④优孟之谏葬马：出自《史记·滑稽列传》，楚庄王的爱马死了非常伤心，命令大臣为死马治丧，按大夫的葬礼规格来安葬它。优孟建议说不如用人君之礼厚葬，这样天下人都会知道大王把人看得很低贱，却把马看得很重。楚庄王便认识到自己的错误。优孟：春秋时期楚国宫廷艺人。以优伶为业，名孟，故得名。

　　⑤子长：司马迁的字。

　　⑥倾回：谓言辞曲折。

⑦饫糟啜醨（bǔ zāo chuò lí）：吃酒糟，喝薄酒，指追求一醉。亦比喻屈志从俗，随波逐流。

⑧诋嫚（màn）：诋毁谩骂。媟（xiè）：轻慢。

⑨俳（pái）说：戏笑嘲谑的言辞。

⑩薛综：三国时期吴国名臣。

⑪抃（biàn）笑：拍手而笑。衽（rèn）席：宴席，坐席。

⑫枉辔：谓走弯路。

⑬束晰：西晋文学家、文献学家、藏书家。

⑭驱扇：亦作"驱煽"，驱策煽动。

⑮应玚（yáng）：东汉末文学家，"建安七子"之一。

⑯胥靡：古代服劳役的奴隶或刑徒。

【译文】

"谐"这个字，由"言"和"皆"两部分组成，意义同"言"，发音同"皆"，大概意思是说，言辞非常浅显，容易被世俗理解，大家听了都会开心得发笑。从前齐威王喜好整夜饮酒作乐，淳于髡便通过谈论一个人酒量多少来巧妙地讽谏他；楚襄王大摆宴席集会，宋玉便作了一篇《登徒子好色赋》来讽谏他。他们之所以讲那些婉转之语，意图都在于讽谏帝王，言辞内容也颇有可取之处，还是值得一看的。到优旃讽谏秦二世油漆城墙，优孟讽谏楚庄王厚葬爱马，都是故意表达夸张的言辞，来劝阻帝王昏庸无道的行为。司马迁编纂《史记》的时候，将他们的这类劝谏之事归入《滑稽列传》，是因为他们的言辞虽然戏谑，招数尽管诡诈，但用意却都是归于正道的。但是谐辞本身存在着体制不雅正的毛病，所以流传到后世就非常容易显露出弊端。于是东方朔、枚皋这类文人，基本都是在朝廷中混吃混喝，他们并不去匡正帝王的缺点错误，而只是一味说一些狎戏玩弄人的话。尽管他们自称这些是作赋，也只是属于游戏文罢了，以致别人把他们看成供人取乐的乐人，后来他们自己也有些许悔意了。到了魏文帝曹丕的时代，便有人收集了不少滑稽的笑话而写成了笑书，再如薛综在宴会上说一些嘲笑的话，这些虽然能使人拍手大笑，却对现实社会没有什么大的益处。其实，一些擅长作文章的人，在面对这个问题的时候，也难免要走一些冤枉路。例如潘岳创作《丑妇》，束晳创作《卖饼》，很多人明明知道它们不好还要模仿，像这么干的数以百计。到了魏晋时期，开始非常流行讲滑稽的语言，而且争相学习吹捧，于是就有人戏谑应玚的鼻子，将其比喻成偷来的半个蛋；还有人取笑张华的头，将其比喻成春杵的大棒。这些丑恶不堪的话，有损于作者的形象，创作这类歪门谐语，难道不是快淹死之人的苦笑，受刑被缚之人癫狂的歌声吗！

【原文】

谲者，隐也。遁辞以隐意，谲譬以指事也。昔还社求拯于楚师，喻智井而称麦曲①；叔仪乞粮于鲁人，歌佩玉而呼庚癸②；伍举刺荆王以大鸟，齐客讥薛公以海鱼③；庄姬托辞于龙尾，臧文谬书于羊裘。隐语之用，被于纪传，大者兴治济身，其次弼违晓惑④。盖意生于权谲，而事出于机急，与夫谐辞，可相表里者也。汉世《隐书》，十有八篇，歆、固编文，录之赋末。

【注释】

①智（yuān）井：干枯的井。

②叔仪乞粮于鲁人，歌佩玉而呼庚癸：《左传·哀公十三年》："吴申叔仪乞粮於公孙有山氏……对曰：'粱则无矣，麤（cū）则有之。若登首山以呼，曰"庚癸乎"，则诺。'"说的是吴国大夫申叔仪向鲁大夫公孙有山请求接济粮食，说："佩玉挂满了，我却没有挂。"指吴王有粮食，我却没有。公孙有山氏的回答也是隐语："只要你登上首山喊：庚癸吗！我便供应粮和水。"庚，西方，代表谷。癸，北方，代表水。

③齐客讥薛公以海鱼：《战国策·齐策》载齐国的靖郭君田婴要在薛建城，并命令不让谏者进谏。一名齐人只对他说了三个字"海大鱼"。认为君像大鱼，齐国像海，有了齐国不用筑薛城，没有齐国，筑薛城也没有用，谏他不要忘了百姓疾苦去建薛城。

④弼（bì）违：指纠正过失。

【译文】

所谓谲，就是隐藏的意思。具体来说就是，用隐约躲闪的言辞来暗藏某种意义，用曲折婉转的比喻来暗示某件事情。从前楚国伐萧国，萧国大夫还无社向楚国大夫申叔展求救，申叔展用"枯井"和"麦曲"作隐喻暗示他。吴国大夫申叔仪向鲁国大夫公孙有山讨借粮食，用了"佩玉"的歌谣作暗示，公孙有山让对方呼喊"庚癸"借粮。楚国的伍举用"大鸟不飞不鸣"作比喻来讽谏楚庄王，齐国一位客人用"海"和"鱼"作比喻来讥谏薛公；楚国的庄姬用"有龙无尾"作比喻来启发顷襄王，鲁国大夫臧文仲在信中用"细羊裘"的隐语暗示鲁君，意指齐国将要发动进攻。由此可以知道，隐语的应用和作用，是被记录在史书之中的，论起它们的作用，往大了说可以治国兴邦、自强不息，往小了说也可以匡正错误，启发人的思维，解除迷惑之事。说起它们的功用，是为了应付诡谲变化的情况，有些事情由于机密又紧急，跟一些游戏文辞是可以互为表理的。汉代的《隐书》有十八篇，刘歆、班固编书目的时候，都把它们编录在赋的末尾。

【原文】

昔楚庄、齐威，性好隐语。至东方曼倩①，尤巧辞述。但谬辞诋戏，无益规补②。自魏代以来，颇非俳优，而君子嘲隐，化为谜语。谜也者，回互其辞，使昏迷也。或体目文字③，或图象品物，纤巧以弄思，浅察以衒辞④，义欲婉而正，辞欲隐而显。荀卿《蚕赋》，已兆其体。至魏文、陈思，约而密之。高贵乡公⑤，博举品物，虽有小巧，用乖远大。观夫古之为隐，理周要务，岂为童稚之戏谑，搏髀而抃笑哉⑥！然文辞之有谐讔，譬九流之有小说⑦，盖稗官所采⑧，以广视听。若效而不已，则髡、朔之入室⑨，旃、孟之石交乎！

【注释】

①东方曼倩：东方朔，字曼倩。

②规补：规劝补益。

③体目文字：古代一种离合解义的字谜游戏。

④衒（xuàn）辞：炫辞，炫耀辞藻。

⑤高贵乡公：曹髦，魏文帝曹丕之孙，三国时期曹魏第四位皇帝。

⑥搏髀（bì）：指在腿上打节拍，以应和歌曲和表示叹息或欢乐。

⑦九流：先秦的九个学术流派，即儒、道、墨、法、名、阴阳、纵横、杂、农。

⑧稗（bài）官：小官。

⑨髡（kūn）：淳于髡，战国时期齐国的政治家和思想家。

从前楚庄王和齐威王，都非常喜好隐语。到东方朔，尤其擅长述说隐语。但是他却喜欢用一些荒唐的言辞来说笑话，这其实对纠正人们的缺点错误没有什么好处。自从三国魏代以来，对倡优这类的人非议很多，而士大夫用来嘲讽的隐语，就逐渐变为谜语了。所谓"谜"，就是把话说得曲折婉转，让人迷惑。说起它们的特色，有的谜语靠剖析文字，有的谜语靠描摹事物，大致方向都是从纤细巧妙处玩弄心思，凭借浅近的观察来炫耀文辞，但有些原则要遵守，那就是谜语的意义不但要曲折而且要正确，语言不但要含蓄而且要浅显易懂。实际上，荀子的《蚕赋》，其实已经开创了谜语这种体裁。到魏文帝曹丕、陈思王曹植的时候，谜语便写得更加精炼而周密了。高贵乡公曹髦的谜语，则广博地列举各种物品，虽然小巧精致，却也只是耍耍小聪明罢了，并没有很大的用处。看看古人所作的那些隐语，所涉及的道理几乎遍及各种重要的事物，难不成就只是为了小儿的游戏，让大家拍腿鼓掌大笑而已吗！然而文辞中有谐辞隐语这一体，就如同九流学派之外还另有小说一派，为稗官从民间收集而来的，用来增长人们的见识。但是如果不断地模仿创作这类东西，那就等同是淳于髡、东方朔之流的高徒，优旃、优孟之辈的至交了啊！

【原文】

赞曰：古之嘲隐，振危释惫。虽有丝麻，无弃菅蒯①。会义适时，颇益讽诫。空戏滑稽，德音大坏。

【注释】

①菅蒯（jiān kuǎi）：即菅草和蒯草，茅草之类，可编绳索。比喻微贱的人或物。

【译文】

总而言之：古代用来嘲讽暗示的谐辞隐语，完全可以用来挽救国家危机，解除个人困境。世上的文体虽然丰富繁多，却也不能将谐隐随便丢弃，就好像丝麻虽然贵重好用，却也不能将茅草随便丢弃一样。谐辞隐语这类文体只要用得合乎道义，并寻找到适当的时机，其实非常有益于讽刺劝诫。如果空为戏言乐趣，只图滑稽好笑的话，那么有关谐辞隐语的益处和美誉就会遭到败坏。

史传第十六

【原文】

开辟草昧①，岁纪绵邈②，居今识古，其载籍乎？轩辕之世，史有仓颉，主文之职，其来久矣。《曲礼》曰："史载笔。"史者，使也。执笔左右，使之记也。古者，左史记事者，右史记言者③。言经则《尚书》，事经则《春秋》也。唐、虞流于典谟，商、夏被于诰誓。洎周命维新④，姬公定法，绅三正以班历⑤，贯四时以联事。诸侯建邦，各有国史，彰善瘅恶，树之风声。

【注释】

①草昧：蒙昧，世界未开化的时代。

②岁纪：年代。

③左史记事者，右史记言者：关于左、右史的分工，古代有两种说法：一种是《汉书·艺文志》说："左史记言，右史记事。"一种是《礼记·玉藻》说："动则左史书之，言则右史书之。"

④洎（jì）：到，及。

⑤绅（chōu）：抽引，理出丝缕的头绪。三正：春秋战国时代有所谓夏历、殷历和周历，这三者最主要的区别在于岁首的不同，所以又称"三正"。夏历以建寅之月（即后世常说的阴历正月）为岁首，殷历以建丑之月（即夏历的十二月）为岁首，周历以通常冬至所在的建子之月（即夏历的十一月）为岁首。

【译文】

从天地初开到未开化的时代，年代已经十分久远了，那么在今天生活的人们要想知道古代的事情，就需要靠历史书籍的记载吧？传说在轩辕黄帝的时代，便已经有史官仓颉，他主要担任的职务是记载历史，由此可见史籍记载的起源很久远啊。《礼记·曲礼》中说："史官带着笔随时随地记事。"所谓史，就是使的意思。具体来说就是，史官跟随在帝王左右，拿着笔，随时记录下帝王的言语和行为。古代的时候，跟随在国君左边的左史专门负责记载帝王的行为，也就是所做的事，跟随在国君右面的右史专门负责记载帝王的语言，也就是所说的话。记录帝王言谈的经典著作是《尚书》，记录帝王事迹的经典著作是《春秋》。尧舜时代的历史是靠《尚书》的《尧典》《大禹谟》《皋陶谟》等经典篇章流传下来的，夏商的历史则记录在《尚书》的《甘誓》《汤诰》等文献篇章里。周文王、周武王承受天命，周王朝刚刚建立，各项政务准备兴起，周公姬旦制定法典，通过推算夏、商、周三代正月的不同来颁布历法，再贯穿春、夏、秋、冬四时，联系各种事件并按照一定次序来记事，简略地称为"春秋"。各个诸侯建立国家，都各有自己的国史，用以表彰好的功绩，批判坏的行径，以便树立良好的社会风气。

【原文】

自平王微弱，政不及雅，宪章散紊，彝伦攸斁①。昔者夫子闵王道之缺，伤斯文之坠②，静居以叹凤，临衢而泣麟。于是就太师以正《雅》《颂》③，因鲁史以修《春秋》，举得失以表黜陟④，征存亡以标劝戒。褒见一字，贵逾轩冕⑤；贬在片言，诛深斧钺。然睿旨幽隐，经文婉约，丘明同时⑥，实得微言，乃原始要终，创为传体。传者，转也。转受经旨，以授于后，实圣文之羽翮⑦，记籍之冠冕也。

【注释】

①彝（yí）伦攸斁（dù）：意思是伦常败坏。

②斯文：指西周盛时的文化。

③太师：古代乐官之长。

④黜陟（chù zhì）：指人才的进退，官吏的升降。

⑤轩冕：古时大夫以上官员的车乘和冕服，借指官位爵禄。

⑥丘明：左丘明，与孔子同时代的鲁国人，是当时著名史家、学者与思想家，著有《春秋左氏传》《国语》等。

⑦羽翮（hé）：翅膀，比喻辅翼或辅佐者。

【译文】

但自从周平王的时代，王室的势力便开始衰微削弱了，政治十分混乱，法制散漫不堪，伦理道德败坏。从前，孔子非常担忧王道的衰微，为周王朝礼乐文明的日渐败坏而伤感。在平时闲暇的时候，他为凤凰不来而感叹不已；看到麒麟出现了却死在路边，于是悲泣不已。所以，他请教乐官，然后订正了《雅》和《颂》的音乐，以鲁国的历史资料为基础撰修《春秋》，在《春秋》一书里，他列举各项史实，并根据不同事件的得失来加以批评或赞美，由不同国家的存亡得出启示，通过引证不同的事例来劝告或箴戒世人。在这部作品里，能得到哪怕一个字的褒扬，比坐官车、戴官帽、拿厚禄还要难能可贵；倘若受到贬抑，哪怕仅有只言片语，便比受刀斧诛戮斩杀还要耻辱百倍。《春秋》的要旨意义博大精深，文字简练干净，左丘明和孔子处在同一时代，他确实能够领会得到孔子的微言大义，然后全面系统地探讨事件的始末经过，创作了《左氏春秋》。所谓传，就是转的意思。《左氏春秋》转述了《春秋》的用意，将其中的深刻内涵转授给后代世人，它绝对是《春秋》最好的辅助读物，是记事文章中的翘楚。

【原文】

及至纵横之世，史职犹存。秦并七王，而战国有策。盖录而弗叙，故即简而为名也。汉灭嬴、项，武功积年，陆贾稽古，作《楚汉春秋》。爰及太史谈①，世惟执简②；子长继志③，甄序帝勣④。比尧称典，则位杂中贤；法孔题经，则文非元圣⑤。故取式《吕览》，通号曰纪，纪纲之号，亦宏称也。故本纪以述皇王，列传以总侯伯，八书以铺政体，十表以谱年爵，虽殊古式，而得事序焉。尔其实录无隐之旨⑥，博雅宏辩之才，爱奇反经之尤，条例踳落之失⑦，叔皮论之详矣⑧。

【注释】

①太史谈：太史令司马谈，司马迁的父亲。

②执简：手持简册，指担任史官。

③子长：司马迁的字。

④甄序：分别叙述。勣（jì）：功业。

⑤元圣：大圣人。

⑥尔其：连词，表承接。辞赋中常用作更端之词。犹言至于，至如。

⑦踳（chuǎn）落：错谬杂乱。

⑧叔皮：班彪的字，东汉史学家、文学家，班固的父亲。

【译文】

到了合纵连横的战国时代，史官这一职位仍然留存着。秦始皇将六国灭掉，将七国合并统一，但是七国的历史保存在自己国家的历史简策之中。因为这些简策的记录方式比较简单，仅仅是把战国策士的言行记下来，只分国别而并没有依年代编排，所以便用各国原本的简策来命名，合起来称为《战国策》。汉高祖刘邦相继灭掉了嬴秦和项羽，经过长年累月的战争，积累了无数功绩，汉初的陆贾仿效古代修史的方法，编写了《楚汉春秋》。到了汉朝的史官司马谈，他们家族世世代代任史官一职，手执简策作史；司马谈之子司马迁继承父亲的遗志，甄别叙述历代帝王的功绩。他叙述帝王创作《史记》，倘若比照《尚书·舜典》创作而称为典的话并不太合适，因为那些帝王并不都是圣贤君主；倘若效法孔子的《春秋》创作而称为经的话也不太合适，因为《史记》里的文章并非出自大圣人之手。所以司马迁取法《吕氏春秋》，把记录帝王的历史叙述通通称作"纪"。所谓纪，就是提纲挈领地记载历史，是一种包举一切的宏大称号。因此，司马迁叙述帝王采用"本纪"的形式，叙述公侯之事采用"世家"的形式，叙述卿士之事采用"列传"的形式，铺叙社会政治制度采用"八书"的形式，谱记大事年表和爵位采用"十表"的形式，这些叙述形式虽然和古代编史的方式不一样，却能准确地抓住记述各种历史事实的条例，做到条理分明。至于司马迁《史记》的优点和缺点，例如优点包括遵循如实记录、毫不隐瞒的宗旨，体现出作者渊博雅正、议论雄辩的才能；缺点包括追求奇异、违反儒家经典的过失，体式条例舛错杂乱等，对于这些情况的评析，班彪在他的著作里已经作了详细的论述。

【原文】

及班固述汉，因循前业，观司马迁之辞，思实过半。其十志该富①，赞序弘丽，儒雅彬彬，信有遗味。至于宗经矩圣之典②，端绪丰赡之功，遗亲攘美之罪，征贿鬻笔之愆③，公理辨之究矣④。观乎左氏缀事，附经间出，于文为约，而氏族难明。及史迁各传，人始区详而易览⑤，述者宗焉。及孝惠委机，吕后摄政，班、史立纪，违经失实。何则？庖牺以来⑥，未闻女帝者也。汉运所值，难为后法。牝鸡无晨⑦，武王首誓；妇无与国，齐桓著盟；宣后乱秦，吕氏危汉。岂唯政事难假，亦名号宜慎矣。张衡司史，而惑同迁、固，元帝王后，欲为立纪，谬亦甚矣。寻子弘虽伪⑧，要当孝惠之嗣；孺子诚微，实继平帝之体，二子可纪，何有于二后哉？

【注释】

①十志：《汉书》有《律历志》《礼乐志》《刑法志》《食货志》《郊祀志》《天文志》《五行志》《地理志》《沟洫志》《艺文志》十志。该富：详备丰富。

②矩圣：效法圣贤。

③鬻（yù）笔：谓以文辞谋利。愆（qiān）：罪过，过失。

④公理：仲长统的字，东汉末年哲学家、政论家。

⑤区详：区分详明。

⑥庖牺：庖牺氏，即伏羲。

⑦牝（pìn）鸡无晨：《尚书·牧誓》："牝鸡无晨。牝鸡之晨，惟家之索。"意思就是，母鸡不报晓，母鸡报晓，家破人亡。比喻妇女不能掌朝政。

⑧子弘虽伪：吕后立刘弘为帝，吕氏家族力量被铲除后，朝臣阴谋说少帝刘弘并非汉惠帝亲生子，废杀了刘弘以及他的四个兄弟。子弘：刘弘，汉惠帝的儿子。

【译文】

到班固叙述西汉历史，编著《汉书》，继承了前人的伟业，只要看看司马迁《史记》里的文辞，就已经明白《汉书》的一半多了。《汉书》的"十志"，描述得非常完备丰富，里面"赞"和"序"的文辞宏伟富丽，内容雅正端庄，有文有质，读起来确实很有味道。至于班固《汉书》的优点和缺点，例如优点包括创作时尊崇"六经"，效法圣人的雅正典则，条理清楚，头绪分明，内容丰富，体例完备；缺点包括窃取父亲的著作成果据为己有而不交代清楚，收取贿赂，出卖文笔编写虚假文辞，对于这些情况的评析，仲长统已经讲得很明白了。再看左丘明的《左传》纪事，按编年附在《春秋》的经文后面，和经文穿插着交错出现，论其优点，文辞非常简约，论其缺点，它对人物的姓氏、宗族则描述得不清楚。到了司马迁的《史记》，叙述人物的时候采用"列传"形式，开始进行分别叙述，让人阅览起来更加方便，于是后世著述史书的人都学习效法他。到了西汉孝惠帝的时候，因为这位皇帝不理朝政，国家大权由吕后掌握，班固的《汉书》和司马迁的《史记》分别专门为她立了《吕后本纪》和《高后纪》，这种做法既违背了经书的训导和原则又不符合情理。为什么这样说呢？因为自从伏羲氏以来，从来没有过女人当皇帝。汉代的国运不幸，遭遇女人执政这种丑事，后世绝对不能效法学习而以这个作为榜样。"母鸡没有在清晨打鸣的"，这是周武王首先在《牧誓》中提出的言论；"妇人不得参与国事"，这是齐桓公在盟誓中明确提出的话；秦昭王的母亲宣太后搞乱了秦国，刘邦的皇后吕后摄政危害汉室。这些历史教训告诫我们的，不仅仅是国家政事不能够交由妇女经手，就是赐予其名号的时候也应该小心谨慎啊！到了张衡主管国史的时候，就这个问题和司马迁、班固一样迷惑糊涂，他竟然主张给汉元帝的王皇后立纪，认为应单独写一篇《元后本纪》，实在是荒谬得太厉害了。仔细考查推究一番，刘弘虽然不是汉惠帝的儿子，但却是汉惠帝的继承者，地位十分重要；孺子刘婴诚然微弱幼小，但确实是汉平帝的继承人，继承了皇业，这个两人自然可以立为本纪，《吕后本纪》《元后本纪》又哪里有资格排上号呢？

【原文】

至于后汉纪传，发源东观。袁、张所制①，偏驳不伦；薛、谢之作②，疏谬少信。若司马彪之详实③，华峤之准当④，则其冠也。及魏代三雄，记传互出。《阳秋》《魏略》之属，《江表》《吴录》之类，或激抗难征，或疏阔寡要。唯陈寿《三志》，文质辨洽⑤，荀、张比之于迁、固⑥，非妄誉也。

至于晋代之书，系乎著作。陆机肇始而未备，王韶续末而不终⑦。干宝述《纪》，以审正得序；孙盛《阳秋》⑧，以约举为能。按《春秋》经传，举例发凡；自《史》《汉》以下，莫有准的。至邓粲《晋纪》⑨，始立条例。又摆落汉、魏，宪章殷、周，虽湘川曲学⑩，亦有心典谟。及安国立例，乃邓氏之规焉。

【注释】

①袁：袁山松，东晋文人。张：张莹，东晋文人。

②薛：薛莹，三国时期吴国官员、文学家。谢：谢承，三国时期吴国著名史学家。

③司马彪：晋宣帝司马懿六弟中郎司马进之孙，高阳王司马睦长子，西晋宗室、史学家。著有《续汉书》。

④华峤：西晋学者、史学家，他改作《东观汉记》为《汉后书》，时称"有迁固之规，实录之风"。

⑤辨洽：明辨博洽。

⑥荀：荀勖（xù），三国至西晋时音律学家、文学家、藏书家，西晋开国功臣。张：张华，西晋时期政治家、文学家、藏书家。

⑦王韶：王韶之，南朝宋文人。所著《晋纪》已佚亡。他写东晋历史的终止时间离晋亡尚有七年，所以说"续末而不终"。

⑧孙盛：东晋中期史学家、官员。

⑨邓粲：东晋史学家，著《晋纪》10篇。

⑩曲学：囿于一隅之学。

【译文】

至于记录东汉历史情况的本纪和列传，最早是由班固等人在宫中的东观编修而成的。晋代袁山松编著的《后汉书》和张莹编著的《后汉南记》，皆避免不了偏颇片面、驳杂混乱的缺陷，根本不合史实；三国时期吴国薛莹编著的《后汉记》和谢承编著的《后汉书》，这两部作品里面的疏漏谬误非常多，而且内容不够真实，很难让人信服。那么像西晋司马彪编著的《续汉书》，描述内容详尽真实，西晋华峤编著的《后汉书》，文辞表达准确恰当，这些作品都已经算是史书中的优秀之作了。到了魏代三国的时候，相关的纪传作品先后编纂出来。像孙盛编著的《魏氏阳秋》、鱼豢编著的《魏略》这些作品，虞溥编著的《江表传》、张勃编著的《吴录》这类著作，有的语言文辞激切虚夸，很难使人相信，有的内容表述粗疏阔略，不得要领。那个时代的作品里面，只有蜀人陈寿撰写的《三国志》，做到了有文有质，明辨博通，和陈寿身处同时代的荀勖和张华，把他比作司马迁和班固，这并不是虚假的称誉，因为情况确实如此。

到了晋代的史书，完全由专门负责修史的著作郎掌管。西晋陆机写《晋纪》却只为司马懿父子三人写了《三祖纪》，因此并没有完成；南朝宋国的王韶之继续编纂《晋纪》，却没有写到晋亡；东晋干宝著述的《晋纪》，内容精审正确而叙述有序，于是得到称引；东晋孙盛编著的《晋阳秋》，以简明扼要的优点著名。参阅一下《春秋》的经和传，可以看到里面都有一定的创作标准条例；而自从《史记》和《汉书》以后，史书中便再也没有出现可以作为编纂标准的条例了。到东晋的邓粲编著《晋纪》，才又开始创造出了条例。邓粲摆脱汉魏以来编写史作的风格影响，效法殷、周时代的《尚书》之类的经典，虽然邓粲偏居遥远的湘江边，却也有心向经书学习，这种做法值得肯定。后来孙盛编著《晋阳秋》，这部作品中所订立的条例，分明就是邓粲创立起来的规矩模式呀。

【原文】

原夫载籍之作也，必贯乎百氏，被之千载，表征盛衰①，殷鉴兴废。使一代之制，共日月而长存；王霸之迹，并天地而久大。是以在汉之初，史职为盛。郡国文计②，先集太史之府，欲其详悉于体国也。阅石室，启金匮③，纫裂帛，检残竹，欲其博练于稽古也。是立义选言，宜依经以树则；劝戒与夺，必附圣以居宗；然后诠评昭整④，苟滥不作矣。

然纪传为式，编年缀事，文非泛论，按实而书。岁远则同异难密，事积则起讫易疏，斯固总会之为难也。或有同归一事，而数人分功，两记则失于复重，偏举则病于不周，此又诠配之未易也。故张衡摘史、班之舛滥，傅玄讥《后汉》之尤烦，皆此类也。

【注释】

①表征：揭示，表明。

②文计：文书与会计簿籍，郡国都要把文书计簿送给朝廷。

③金匮：铜制的柜，古时用以收藏文献或文物。

④诠评：评议。

【译文】

详细推究历史书籍的编著写作，大致有如下要求：一定要将百家的著作融会贯通起来，包揽诸多人物，要让作品经历岁月的考验，流传到千百年之后，通过揭示各朝各代从兴盛到衰亡的史实，使得兴亡教训得到明白的验证，从而为后世国家提供借鉴。史书要达到这样的效果，也就是让一代的法典制度，和日月一起长期共存下去；让君主的王道事迹，同天地一般长久流传下来。因此，在汉代初年的时候，史官这一职务非常受重视。全国各郡县、诸侯国的文件簿册，都要先汇集在太史官的府邸中，以便让他详细体察全国的政治管理等方面的情况。此外，史官还要广泛地阅览国家的历史文物藏书，整理残破的帛书，检查汇总残存的竹简，通晓所有的资料，这是对史官的要求，即希望他们能够熟练地掌握考查古史的方法以及广博地掌握历史知识。所以，史官创作之初，在确立主旨、选用语言文辞方面，应当依靠经书来作为准则；在表达劝告、警戒、赞美或批判态度的时候，应该凭靠圣人的思想主张为基础；这样一来，评论史实的时候便能做到准确完整，而不会出现苛刻的要求和评论太过浮夸的情况。

然而，说起本纪和列传的样式，本纪按照年代编排，列传依照事件叙述，但不管是纪还是传，就内容来说都绝对不能泛泛空谈，而要按照历史事实进行记录论述。只是因为年代太过久远了，对于历史事件的记载就有同有异，很难考证清楚，无法完全做到和真实情况密切相合；而且历史事实积累得越多，说法纷繁，一件事情的始末就越不容易弄清楚，疏漏便由此产生了，这确实是汇总史料、撰述史书的困难之处啊。而且有的时候，同一个历史事件，与好几个人都有联系，如果这一件事在两处都记载了，就会觉得重复啰唆，而如果只是片面地记录在某一个人的传纪里，这样其他人的传里就会缺少环节，整部书便有不周到的缺点，这又是编排资料、阐述史实的不容易之处啊。所以才会经常出现对史书加以指责批评的情况，如张衡指责司马迁的《史记》和班固的《汉书》中有不少舛错和伪滥，傅玄讥笑《后汉书》编得冗赘烦琐，其实都是归结于上述两方面的原因。

【原文】

若夫追述远代，代远多伪。公羊高云"传闻异辞"[①]，荀况称"录远详近"。盖文疑则阙，贵信史也。然俗皆爱奇，莫顾实理。传闻而欲伟其事，录远而欲详其迹。于是弃同即异，穿凿傍说[②]，旧史所无，我书则传，此讹滥之本源，而述远之巨蠹也[③]。至于记编同时，时同多诡，虽定、哀微辞，而世情利害。勋荣之家，虽庸夫而尽饰；迍败之士[④]，虽令德而嗤埋。吹霜煦露，寒暑笔端，此又同时之枉，可为叹息者也。故述远则诬矫如彼，记近则回邪如此[⑤]，析理居正，唯素心乎！

【注释】

①公羊高：旧题《春秋公羊传》的作者，战国时齐国人。

②穿凿：非常牵强的解释，非要说成具有某种意思。傍说：他人的主张，异说。

③巨蠹（dù）：大蛀虫，比喻大奸或大害。

④迍（zhūn）败：困顿，失意。

⑤回邪：不正，邪僻。

【译文】

至于追述那些遥远时代的事情，由于年代非常久远了，便非常容易错失事情的真实情况。公羊高说："传闻和传说的话各不相同。"荀况则主张"详近略远"，也就是记录年代很近的事要详细，而记录年代久远的事可以简略。遇到对历史事实有疑问的地方，编纂的时候就让它暂时缺着，这是尊重历史的做法。然而世俗之人的好奇心都很强，完全不顾是不是符合真实情况。听到传闻的时候总想着夸大一番，记录远古事迹的时候总想着猜测一番，让细节看起来更加详细。于是人们便丢弃了共同的说法，专门选择那些奇异的、牵强附会的、东拉西扯的传说，甚至还有的人认为，旧时历史没有记载下来的一些事情，自己编著史书的时候一定要尽量多记多编，这就是造成史书错误浮夸的根本原因，也是记述远古历史的大害。至于记载编写当代的历史，纵使所处时代相同，也照样有很多虚假的成分。例如，孔子在《春秋》里面记录事件，写与自己同时代的鲁定公和鲁哀公，想表达批评之意的时候特意用了隐晦不明的字眼，这说明世道人情的利害关系对史家是有一定影响的，不得不加以考虑。所以出现了这样的情况，一些人编写历史，对于有功勋荣耀的贵族世家，即使他们是庸夫俗子，也要尽量加以夸奖赞美；对于困顿失败的士人豪杰，纵然他们有美好的品德操行，也要进行嘲笑和埋没。这就好比北风吹霜冻，太阳晒露水，感情色彩是冷还是暖，完全凭着一支笔去决定，这种现象是对时代历史的歪曲，非常令人叹息。所以我们可以看到史学界的乱象：追述远古历史的时候是那样虚妄不实、伪假乱造，记述当代历史的时候是这样不尊事实、偏邪歪曲，辨析事理能够时刻秉持正义，想必只有怀揣无私纯粹之心的人才办得到吧！

【原文】

若乃尊贤隐讳，固尼父之圣旨，盖纤瑕不能玷瑾瑜也。奸慝惩戒①，实良史之直笔，农夫见莠，其必锄也。若斯之科。亦万代一准焉。至于寻繁领杂之术，务信弃奇之要，明白头讫之序②，品酌事例之条，晓其大纲，则众理可贯。然史之为任，乃弥纶一代③，负海内之责，而赢是非之尤。秉笔荷担，莫此之劳。迁、固通矣，而历诋后世。若任情失正，文其殆哉！

【注释】

①奸慝（tè）：指奸恶的人。
②头讫（qì）：开端和结尾。
③弥纶：统摄，笼盖。

【译文】

至于记述尊者或贤者的时候，为他们隐瞒失误和缺点，本就是孔子作《春秋》所奉行的宗旨，因为细小的瑕疵根本无法掩盖整块美玉的光泽。而对奸邪之人务必加以惩戒，这确实是优秀史家最应当秉笔直书的内容，就好比农夫看见了田地里的野草就一定要马上锄掉一样。诸如这样的条例原则，是历代撰写史书的史家们所遵循的一贯标准。至于在繁杂众多的史实资料中弄清条理，寻找到统率资料并整理出纲领的方法，抓住务求真实可信和抛弃猎奇的要点，弄明白历史事件开头和结尾的顺序并叙述清楚，品评分析事件得失的条例，只要明白了这些大的纲要，做到这些要求，便可以将各种道理融会贯通了。然而对于史家来说，撰写史书的任务，乃是包举一个时代的历史，本着为天下负责的原则，因而也很容易招致各种是非的责难。担负着作历史的任务，承担文辞受人褒贬的压力，没有比这更劳累的了。像司马迁和班固这样算是精通历史的专家了，可还是要遭受后世历代的种种质疑和诋毁，这也是无可奈何的。倘若撰写史书被感情、人情左右而失去公正、公允之心，那这样的文章一旦创作出来，对后世可就非常危险啦！

【原文】

赞曰：史肇轩黄，体备周、孔。世历斯编，善恶偕总。腾褒裁贬，万古魂动。辞宗丘明，直归南、董①。

【注释】

①南：南史氏，春秋时代良史。《左传·襄公二十五年》记载，齐国崔杼杀死了国君，大史书曰："崔杼弑其君。"崔子杀之。其弟嗣书而死者，二人。其弟又书，乃舍之。南史氏闻大史尽死，执简以往。闻既书矣，乃还。意思是，如果大史氏家族因为写了真实的历史情况而被杀光了的话，那么他即使是死也要把这个情况记录下来。董：董狐，春秋晋国太史，亦称史狐。《左传·宣公二年》记载，晋灵公十四年，晋卿赵盾因避灵公杀害逃走，未出国境。他听说同族赵穿杀死了灵公，于是返回晋都，继续执政。此事和赵盾没有直接关系，但太史董狐认为赵盾虽然逃离了国都，但未出晋国，仍根据写史的原则写道："赵盾弑其君。"孔子称赞他为良史。

【译文】

总而言之：史官这个职务从轩辕黄帝开始便有了，史书的体制到周公、孔子的时代才逐渐完备。史书记录下来了世世代代所经历的种种事件，无论好的坏的、善的恶的都记载在上面。它对好的、善的进行传播褒扬，对坏的、恶的进行裁断贬斥，可无论是褒扬还是贬斥，都能让万世万代的人魂魄震动。史家在写史的时候，文辞应该向左丘明学习，而在记录史实的时候，一定要像南史氏和董狐那样，保证下笔的时候正直不阿。

诸子第十七

【原文】

诸子者，入道见志之书①。太上立德，其次立言。百姓之群居，苦纷杂而莫显；君子之处世，疾名德之不章。唯英才特达②，则炳曜垂文，腾其姓氏，悬诸日月焉。昔风后、力牧、伊尹③，咸其流也。篇述者，盖上古遗语，而战代所记者也。至鬻熊知道④，而文王咨询，余文遗事，录为《鬻子》；子目肇始，莫先于兹。及伯阳识礼⑤，而仲尼访问，爰序《道德》，以冠百氏。然则鬻惟文友，李实孔师，圣贤并世，而经、子异流矣。

【注释】

①见志：表明志向。

②特达：特出，突出。

③风后、力牧：二人相传为黄帝的臣子。伊尹：中国商朝初年著名贤相丞相、政治家、思想家。

④鬻（yù）熊：周文王时人，玄帝颛顼的后裔，楚国的先祖。

⑤伯阳：老子，姓李氏，名耳，字伯阳。

【译文】

诸子的著作，对道有很深的体会，同时又能表现出自己的志趣。古人认为，对于不朽的贤人，务必要把树立德行摆在第一位，其次才是在著书立说上取得成就。老百姓们群集居住在一起，于纷纷扰扰的人世间是很难崭露头角的；而有教养的君子立身处世，所担心的是自己的声名、德行没办法在世间彰明昭著。只有才华超众的杰出人士，才能光彩照耀，使文章流传于后世，让自己声名显赫、美名远播，就像日月高悬于苍穹之中。从前黄帝的臣子风后、力牧，商汤的臣子伊尹，这些人都属于一流的贤者。而风后、力牧、伊尹等人的作品，大概都是在上古时代遗有相关言语然后保留下来，战国时代的人将这些言语记录下来，然后叙述成篇的。到了后来，鬻熊通晓道的精髓，周文王向他请教，便传下来了一些相关的文辞和事迹，经人记录下来，然后整理编著成为《鬻子》。从此以后，子的名目便确立下来了，而且没有比它更早的了。到了春秋时代，老子因为非常精通礼仪而在当世著称，孔子得知他的声名后便去拜访请教，于是老子向他叙述道德之事，并创作了《道德经》，这部作品于是成为百家中的开端。由此看来，鬻熊是周文王的朋友，老子是孔子的老师，在那个同时存在圣人和贤者的时代，他们的著作就已经分成不同的流派了，即经书和子书。

【原文】

逮及七国力政①，俊乂蜂起②。孟轲膺儒以磐折，庄周述道以翱翔，墨翟执俭确之教，尹文课名实之符③，野老治国于地利，驺子养政于天文④，申、商刀锯以制理⑤，鬼谷唇吻以策勋⑥，尸佼兼总于杂术⑦，青史曲缀以街谈⑧。承流而枝附者，不可胜算，并飞辩以驰术，餍禄而余荣矣。

暨于暴秦烈火，势炎昆冈⑩，而烟燎之毒，不及诸子。逮汉成留思⑪，子政雠校，于是《七略》芬菲⑫，九流鳞萃，杀青所编，百有八十余家矣。迄至魏晋，作者间出，澜言兼存⑬，琐语必录，类聚而求，亦充箱照轸矣。

【注释】

①力政：犹力征，谓以武力征伐。

②俊乂（yì）：亦作"俊艾"，才德出众的人。

③尹文：尊称"尹文子"，齐国人，中国战国时代著名的哲学家，主张名和实要相符。课：根据一定的标准验核。名实：名称和实际。

④驺（zōu）子：阴阳家驺衍，即邹衍，战国末期齐国人，阴阳家代表人物、五行创始人。

⑤申：申不害，亦称申子，战国时期法家重要创始人物之一、思想家。以"术"著称，著有《申子》，是春秋战国时期百家争鸣中的代表人物。商：商鞅，战国时期政治家、改革家、思想家，法家代表人物。刀锯：古代刑具，亦指刑罚。

⑥鬼谷：即鬼谷子，春秋战国时期人，著名思想家、道家代表人物、兵法集大成者、纵横家的鼻祖，精通百家学问。相传是纵横家苏秦、张仪的老师，两个人都靠口舌游说取得功名。唇吻：嘴唇，古汉语中比喻议论、口才。

⑦尸佼：尸子，战国时期著名的政治家、道家等思想家，先秦诸子百家之一。

⑧青史：相传是春秋时晋国史官董狐的后代，小说家。

⑨餍（yàn）：谓享厚禄。

⑩势炎昆冈：《尚书》卷九《夏书·胤征》："火炎昆冈，玉石俱焚。"有玉

石俱焚之意。

⑪汉成：西汉成帝刘骜，西汉第十二位皇帝，曾派陈农到各地搜求书籍。留思：犹留心，关心。

⑫《七略》：刘向父子编的图书分类著作，有《辑略》《六艺略》《诸子略》《诗赋略》《术数略》《兵书略》《方技略》。

⑬谰言：诬妄不实、毫无根据的话。

【译文】

到了战国，各个国家凭借武力相互征伐角逐，涌现出一批豪俊杰出的人才。孟子尽心崇仰儒家学说，对它极为尊崇；庄子阐述道家学说，他追求逍遥自在；墨子坚持执行勤俭刻苦的生活教义，创立墨家；尹文子考核事物的名称和实质是否相互符合，列为名家；野老主张治理国家要融入耕种之中，属农家一派；阴阳家驺子借阴阳五行论，主张养政治国要与自然变化相结合；申不害、商鞅作为法家代表人物，主张用刑名法律来治理国家；纵横家鬼谷子主张以口舌游说和巧言辩论来建立勋业；尸佼则总括各家各派的学术学说，为杂家人物；青史子将各种琐细的街谈巷议连缀在一起，属小说家。后辈之人继承了这些流派，像枝条附着于主干上一样，多得数不清，他们各自飞扬雄辩、纵横驰骋，发挥各自的才能，意图将自己的学说发扬光大，如此既能饱食俸禄，又能留下光耀的名声，觉得十分满足。

到了秦始皇，这位暴虐的帝王焚烧书籍，就像火烧昆仑山一样，烧得玉石俱焚，但是这熊熊大火，并没有将诸子百家的著作烧毁。到了汉成帝的时候，这位皇帝十分关心古籍，命令刘向将它们整理、校对，于是总括群书的《七略》便出现了，里面的著作如同百花争芳，十家九流的著作如同鱼鳞一般汇集在一起，编纂确立下来的书目，共有一百八十余家。到了魏晋时代，著书的作者不断涌现，虚妄不可信的话也被统统保存下来，哪怕是琐碎的语言也一定要记录，倘若把这些书籍分门别类集中在一起，也可以装上个几大车了，着实光辉耀人。

【原文】

然繁辞虽积，而本体易总，述道言治，枝条五经。其纯粹者入矩，踳驳者出规①。《礼记·月令》，取乎《吕氏》之《纪》；《三年问》丧，写乎《荀子》之书。此纯粹之类也。若乃汤之问棘，云蚊睫有雷霆之声②；惠施对梁王，云蜗角有伏尸之战；《列子》有移山跨海之谈③，《淮南》有倾天折地之说。此踳驳之类也。是以世疾诸子，混洞虚诞。按《归藏》之经④，大明迂怪，乃称羿毙十日，嫦娥奔月。殷《易》如兹，况诸子乎？

至如商、韩⑤，"六虱""五蠹"⑥，弃孝废仁，轘药之祸⑦，非虚至也。公孙之"白马""孤犊"⑧，辞巧理拙；魏牟比之鸮鸟⑨，非妄贬也。昔东平求诸子、《史记》⑩，而汉朝不与，盖以《史记》多兵谋，而诸子杂诡术也。然洽闻之士，宜撮纲要，览华而食实，弃邪而采正；极睇参差，亦学家之壮观也。

【注释】

①踳（chuǎn）驳：错乱，驳杂。

②汤之问棘，云蚊睫有雷霆之声：《列子·汤问篇》载殷汤问夏革：远古时候有生物吗？夏革说，有一种虫叫焦螟，住在蚊子的眼睫毛上，耳朵最灵的师旷夜晚也听不见它们的声音。只有黄帝和容成子在峱峒山上斋戒三月后，才能看见它们像嵩山山坡的形状，听见它们如雷鸣般的声音。棘：亦名夏革，夏末至商初的大贤人，商汤的大臣。

③《列子》有移山跨海之谈：《列子》一书讲到"愚公移山"的寓言和"龙伯国巨人跨海"的故事。

④《归藏》：传统认为是商代的《易经》，魏晋以后已经失传。

⑤商韩：指战国商鞅的《商君书》和韩非的《韩非子》。

⑥六虱：商鞅曾把礼乐、诗书、良善孝悌、诚信贞廉、仁义、非兵羞战列为毒害国家的"六虱"，见《商君书·靳令》。五蠹（dù）：战国末韩非作《五蠹》篇，指斥学者（儒家）、言谈者（纵横家）、带剑者（游侠）、患御者（逃避公役的人）、商工之民为危害国家的五种蠹民。

⑦镮（huàn）：车裂刑罚，商鞅被车裂而死。药：毒死，韩非被囚禁后，李斯赐给毒药，逼他自杀而死。

⑧公孙之白马孤犊：《列子·仲尼》载公孙龙诡辩的命题是"白马非马"、"孤犊未尝有母"。公孙：公孙龙，战国时赵国诡辩家。孤犊：无母的小牛。

⑨魏牟：战国时魏国人，所以又叫魏公子牟。鸮（xiāo）鸟：我国古代对猫头鹰一类鸟的统称。

⑩东平：东平王刘宇，汉宣帝第四个儿子。他曾向汉成帝求书，成帝问王凤，王凤主张不给。

【译文】

虽然各类著作丰富多样，积累了很多，但是要掌握概括它们的基本内容，其实还是比较容易的，它们无论是在阐述道理方面，还是议论政事、治理国家方面，都属于"五经"的旁枝分流。其中那些道理纯正、遵循经典思想的，便是符合"五经"规矩的；而那些道理错杂、超出经典范围的，便是违背"五经"法度的。如《礼记·月令》篇，它是来源于《吕氏春秋·十二月纪》的首章段落，是从那里借用来创作的；再如《礼记·三年问》篇，是出自《荀子·礼论》的后半篇，是从那里采用来创作的。以上这些都是属于遵从典范的作品，合乎"五经"的正统规范。至于像《列子·汤问》一篇中，商汤问夏革问题，二人谈论说：小虫在蚊子的睫毛上飞鸣，黄帝和容成子能听到这种连师旷也听不到的声音，而且听着还如同雷霆一般；《庄子·则阳》一篇中，惠施举荐的戴晋人对梁王说：蜗牛的两个触角分别有两个国家，两国交战，死者多达几万人；《列子·汤问》一篇中，记述了愚公移山的故事，以及龙伯巨人几步跨过大海的奇谈；《淮南子·天文训》一篇中，有共工怒撞不周山的怪说，并说使得天柱折断，天塌地陷。这些都是属于违背事实、道理错乱之流的文章，是违背"五经"正统的。因此，世人批评诸子的著作，说它们内容混杂不堪，叙述空洞荒诞。不过，就连殷商时代的《归藏经》里，也大书特书荒诞神怪的传说，像后羿射下十个太阳，像嫦娥吃了不死之药而奔向月宫。殷商时代的经书尚且都这样，何况后世诸子的著作呢？

至于像商鞅、韩非子二人，他们在自己的著作里诋毁儒家的礼乐诗书，将它们骂为"六种虱子""五种蛀虫"，抛弃了孝悌，废除了仁义，由此看来，商鞅因车裂而死，韩非子被赐药而亡，他们惨遭如此下场并不是没有原因的。公孙龙"白马非马"和"孤犊未曾有母"的言论，这些诡辩之说尽管文辞十分巧妙，但在道理上却是说不通的；所以魏国的公子牟把他的言语比喻成让人讨厌的猫头鹰的叫声，并不是随便贬斥批评的。从前东平王刘宇曾经向汉成帝求取诸子著作和《史记》，但是被拒绝了，大概是因为《史记》里面记载了很多用兵的计谋策略，而诸子学说夹杂了很多诡谲多变之术。所以学识渊博的人，应当握住诸子著作的纲领，欣赏它华彩的一面，咀嚼品尝它美味的果实，消化其中有价值的内容，抛弃其中的歪门邪说，采纳其中正确的理论；倘若能尽量翻阅这些各式各样的书籍，那么呈现在学者面前的会是一片壮美广阔的景象。

【原文】

研夫孟、荀所述，理懿而辞雅；管、晏属篇，事核而言练；列御寇之书①，气伟而采奇；邹子之说，心奢而辞壮；墨翟、随巢②，意显而语质；尸佼、尉缭③，术通而文钝；《鹖冠》绵绵④，亟发深言；《鬼谷》眇眇，每环奥义；情辨以泽，《文子》擅其能⑤；辞约而精，《尹文》得其要；慎到析密理之巧⑥，韩非著博喻之富；《吕氏》鉴远而体周，《淮南》泛采而文丽⑦。斯则得百氏之华采，而辞气之大略也。

【注释】

①列御寇：列子，道家学派的杰出代表人物，先秦天下十豪之一，著名的思想家、文学家，著有《列子》。

②随巢：随巢子，墨家学派创始人墨子的弟子。

③尉缭：战国时学者，有《尉缭子》二十九篇。

④鹖（hé）冠：战国时期楚国人，因为他平常总爱戴着一顶用鹖的羽毛装饰着的帽子，大家就给他取了一个别号叫鹖冠子。有《鹖冠子》一篇，属道家。

⑤文子：道家始祖老子的弟子、道家学派主要代表人物，与孔子同时，是《文子》一书的作者。

⑥慎到：尊称慎子，战国时赵国人，法家，著有《慎子》。

⑦淮南：《淮南子》，它是西汉皇族淮南王刘安及其门客集体编写的一部哲学著作，杂家作品。

【译文】

仔细研究《孟子》和《荀子》的论述，里面的理论非常精美，文辞极富雅丽；《管子》和《晏子》的文篇，叙述的事情信实可靠，语言表达十分精练；《列子》里面的论述，拥有无限宏伟的气魄，奇丽华彩的辞藻；《邹子》一书的内容，思想夸张大胆，文辞雄壮有力；《墨子》和《随巢子》这两部作品，有着非常深远的意义，同时语言也非常朴质；《尸子》和《尉缭子》这两部作品，虽然文辞稍显拙钝，但是道理十分通畅；《鹖冠子》内涵深邃，其中表达的言论往往蕴含深刻的道理；《鬼谷子》中包含的道理玄妙深远，几乎每一篇都围绕着深刻的意义进行详细阐述；情理明辨，文辞润泽，是专属于《文子》一书的特色；文辞简约而说理精当，《尹文子》掌握了这一要领；《慎子》分析理论，十分细密巧妙；《韩非子》的著作包含了丰富的寓言，内容多用比喻；《吕氏春秋》一书，鉴识非常深远，体例周密详备；《淮南子》一书，广泛地采集各种事例创作而成，文辞瑰丽多彩。上述这些作品既涵盖了诸子百家的精华，又充分体现出它们文辞风格的大致特色。

【原文】

若夫陆贾《新语》，贾谊《新书》①，扬雄《法言》，刘向《说苑》②，王符《潜夫》，崔寔《政论》③，仲长《昌言》，杜夷《幽求》④，或叙经典，或明政术，虽标"论"名，归乎诸子。何者？博明万事为子，适辨一理为论，彼皆蔓延杂说，故入诸子之流。夫自六国以前，去圣未远，故能越世高谈，自开户牖⑤。两汉以后，体势浸弱⑥，虽明乎坦途，而类多依采，此远近之渐变也。嗟夫！身与时舛⑦，志共道申，标心于万古之上，而送怀于千载之下，金石靡矣，声其销乎！

【注释】

①贾谊：西汉初年著名政论家、文学家，世称贾生。其《新书》讲秦汉政治，也崇仁义。

②刘向：西汉时期学者，著有《说苑》《新序》，记录可为借鉴的遗闻故事。

③崔寔（shí）：东汉后期政论家，《政论》是其评论当时政治的著作。

④杜夷：东晋初期学者，其先辈都尊崇儒学，本人崇尚道家，其《幽求子》讲述道家学说。

⑤户牖（yǒu）：门窗，比喻学术上的门户、流派。

⑥浸：逐渐。

⑦舛（chuǎn）：违背。

【译文】

像西汉陆贾创作的《新语》，贾谊创作的《新书》，扬雄创作的《法言》，刘向创作的《说苑》，东汉王符创作的《潜夫论》，崔寔创作的《政论》，仲长统创作的《昌言》，东晋杜夷创作的《幽求子》，有的叙述先圣的经典经书，有的阐明独到的政治见解，虽然这些著作有很多都在名称中标明了"论"，却也是属于诸子一类的书。为什么这么说呢？"诸子"就是将万事万物的道理广泛地阐明清楚，而"论"则是只辨析某一方面的道理，以上这些著作都牵涉到各种内容，杂议各种事情，所以将它们划归到诸子的范畴。在战国和战国之前的时代，那时候距离圣人的时代不算太远，所以诸子的眼光能够不被束缚，跳出当世的圈子，自由洒脱地高谈阔论，各立门户，自成一家。两汉及其以后，诸子文体的势头渐渐衰弱下去，作者们虽然都能看到儒家学说这一平坦的大路，但大多数人还是选择依傍儒学加以采选，这就是诸子著作从古代到近代的变化过程。唉！诸子百家的很多理想抱负虽然都跟所处的时代不相符合，但他们却能够在各自的著作中将自己的志向和理论加以申述和阐明，他们的思想理论高出万古之上，他们的胸怀梦想寄托在千载之后，即便金银石沙都消失毁灭了，他们的伟大声名也不会消亡！

【原文】

赞曰：丈夫处世，怀宝挺秀。辨雕万物，智周宇宙。立德何隐，含道必授①。条流殊述，若有区囿②。

【注释】

①含道：怀藏正道，抱有主张。

②区囿（yòu）：界限，范围。

【译文】

总而言之：堂堂的男子汉立身处世，满腹学问如同怀揣着宝玉，出色的才德便会在当世挺然秀出。他们拥有雄辩的才华，可以将世界万物加以论述，他们拥有周全的智慧，能够遍观古今之事加以分析。他们建立德行的时候并不去炫耀，一旦领悟到了道的精髓就一定会传授给世人。诸子百家各有自己的流派，各家学术都有自己的论述，如同各家有属于自己的区域范围。

论说第十八

【原文】

圣哲彝训曰经，述经叙理曰论。论者，伦也①。伦理无爽，则圣意不坠。昔仲尼微言，门人追记②，故抑其经目，称为《论语》。盖群论立名，始于兹矣。自《论语》已前，经无"论"字，《六韬》"二论"，后人追题乎！详观论体，条流多品：陈政，则与议说合契；释经，则与传注参体③；辨史，则与赞评齐行；诠文，则与叙引共纪④。故议者宜言，说者说语，传者转师⑤，注者主解，赞者明意，评者平理，序者次事，引者胤辞⑥。八名区分，一揆宗论⑦。

【注释】

①伦：理。有条理，有秩序。

②追记：补录前人的言论事迹。

③传：解释经典的文字，如《尚书传》《春秋左氏传》。

④叙：作"序"。序：一种文体，如《毛诗序》。引：引申原文的话，尤引言和前言，也指一种文体，大略如序而稍短简。

⑤转师：转述老师的话。

⑥胤（yìn）辞：就原作加以引申的文辞。

⑦一揆（kuí）：同一道理，一个模样。

【译文】

所谓"经"，就是圣人先哲们阐述常理，论述那些经久不变的教训；所谓"论"，就是阐述经典的经书的意义，叙说深刻深邃的道理。"论"的意思就是有条理。把道理讲得有条理有逻辑，内容没有什么差错，那么就不会丧失圣人创作经书的本意。从前，孔子就一些问题回答了他的学生，期间说了许多精妙深奥的话，他去世之后，学生们就把那些妙语追记下来，编纂在一起，但为表谦虚，因此不敢称经，而仅称它为《论语》。后来，各种论文之所以称之为"论"，就是从这里开始的。在《论语》以前，经书中还从来没有出现过用"论"字作为书名、篇名的先例。相传姜太公的兵法书《六韬》中有《霸典文论》与《文师武论》二论，这两个"论"字也许是后世人追题上去的吧！详细地观察研究"论"这种体裁，它的分支流派有诸多类型：用来讲论政事的，就同议和说这两种文体一致；用来解读经书意义的，就同传和注的体例参互配合；用来辨析历史的，就同赞和评这两种文体的意义一样；用来阐释文章的，就同序和引这两种文体相一致。所以，"议"就是将话讲得合适恰当；"说"就是说话要动听，让人听了舒服；"传"就是将老师的学说转述下来，编纂传给后世；"注"就是专注于解释经书的意义；"赞"就是为了彰显意义；"评"就是要公平公允地将道理阐述清楚；"序"就是按照一定的次第顺序申说叙事；"引"就是引申出来的话。上述所列举的这些文体虽然有八种不同的名称，但它们都是论述道理，所以都可归属于论。

【原文】

论也者，弥纶群言，而研精一理者也。是以庄周《齐物》，以论为名；不韦《春秋》，六论昭列①。至石渠论艺，白虎讲聚②，述圣通经，论家之正体也。及班彪《王命》，严尤《三将》③，敷述昭情，善入史体。魏之初霸，术兼名、法；傅嘏④、王粲，校练名理⑤。迄至正始⑥，务欲守文⑦；何晏之徒，始盛玄论。于是聃、周当路，与尼父争途矣⑧。详观兰石之《才性》，仲宣之《去伐》⑨，叔夜之《辨声》⑩，太初之《本无》，辅嗣之《两例》⑪，平叔之《二论》，并师心独见⑫，锋颖精密，盖论之英也。至如李康《运命》⑬，同《论衡》而过之；陆机《辨亡》⑭，效《过秦》而不及，然亦其美矣。

【注释】

①六论：《吕氏春秋》中有《开春论》《慎行论》《贵直论》《不苟论》《似顺论》《士容论》，故称"六论"。

②白虎：白虎观，汉代宫观名。汉章帝建初四年会学者于此，讲五经同异。

③严尤：西汉末王莽的将领，本姓庄，避汉明帝刘庄讳改姓严，著《三将军论》。三将：《三将军论》，内容是用历史事实讽谏王莽四方用兵，今不存。

④傅嘏（gǔ）：三国时曹魏后期重臣、文学家。

⑤校练：犹考核。

⑥正始：三国时魏齐王曹芳的年号。

⑦守文：原意是遵循先王法度，这里比喻写作文章时保守和继承前人的传统。

⑧尼父：一作"尼甫"，是孔子的尊称。孔子字仲尼，故称。

⑨仲宣：王粲的字。

⑩叔夜：嵇康的字。辨声：指《声无哀乐论》。

⑪辅嗣：王弼的字，三国曹魏经学家、哲学家，魏晋玄学的主要代表人物及创始人之一。《两例》：指王弼的《易略例》，分为上、下两篇。

⑫师心：以心为师，不拘泥于成法，犹言独出心裁。

⑬李康：三国时期魏文学家。其《运命论》讲国家的治乱、人的穷达、地位的贵贱是由运气、天命、时机等因素决定的。

⑭陆机：西晋著名文学家、书法家。其《辨亡论》主要论述了吴国灭亡的原因。

【译文】

论，就是概括归纳各家的说法，然后详细地研究一个道理，大概就是这类文章。所以，庄子的《齐物论》，篇名便直接用了"论"字；吕不韦的《吕氏春秋》，明白清楚地列出《开春论》《慎行论》《贵直论》《不苟论》《似顺论》《士容论》"六论"。至于汉宣帝召集诸多儒士在石渠阁内探讨经艺，汉章帝将儒家学者聚在一起在白虎观里讲论"五经"，这些全部都是在阐述圣人的道理，疏读贯彻经典的意义，是论文的正体。到班彪创作《王命论》，严尤创作《三将军论》，论述十分充分，能够将情理述说得通畅明白，很善于运用史实作为例子进行论证。到了曹魏时期，曹操初建霸业，政治统治兼用名家和法家的学说；翻阅一下当时作家的论文，如傅嘏、王粲，可以看出他们对名家的理论十分熟悉，一定是仔细考核研究过。到了魏国正始年间，曹芳主张沿承魏文帝、魏明帝文治统治，崇尚文章、学术；而在何晏这一批文人地引领倡导之下，关于玄学的论述开始兴盛起来。于是，老子和庄子的道家学说十分得势，开始与孔子的儒家学说争夺地位。仔细翻阅研读一下傅嘏的《才性论》，王粲的《去伐论》，嵇康的《声无哀乐论》，夏侯玄的《本无论》，王弼的《易略例》上下两篇，何晏的《道德论》等著作，这些作品都没有太多地效仿前人，各自有独到的见解，文辞文笔锋利，论点论述精密，均是阐发理论的"论"中杰作。至于李康的《运命论》，与王充的《论衡》中某些内容理论相同，但文采却比《论衡》要华丽一些；陆机的《辨亡论》，是模仿贾谊的《过秦论》而创作的，虽然形式很相似，但却远远不如《过秦论》经典，然而在"论"这种文体中，这篇文章也算得上是不错的作品。

【原文】

次及宋岱、郭象①，锐思于几神之区②；夷甫、裴頠③，交辨于有无之域：

并独步当时，流声后代。然滞有者，全系于形用；贵无者，专守于寂寥；徒锐偏解，莫诣正理；动极神源④，其般若之绝境乎？逮江左群谈⑤，惟玄是务；虽有日新，而多抽前绪矣⑥。至如张衡《讥世》，颇似俳说⑦；孔融《孝廉》，但谈嘲戏；曹植《辨道》，体同书抄。言不持正，论如其已。

论说第十八

【注释】

①宋岱：晋代学者。郭象：西晋玄学家。

②几神：精微神妙。

③夷甫：王衍的字，西晋时期著名清谈家，西晋末年重臣。裴頠（wěi）：西晋大臣、哲学家。反对王衍的观点，著有《崇有论》。

④神源：神理的源头，指最高最深的理论。

⑤江左：长江下游一带，指东晋。

⑥前绪：前人的事业。

⑦俳（pái）说：戏笑嘲谑的言辞。

【译文】

其次，说到晋代的宋岱创作了《周易论》，郭象创作了《庄子注》，他们的作品包含的机敏思想几乎可以预见，已经深入到了极为精深玄妙的境界；西晋的王衍和裴頠，在"尚无"和"崇有"的问题上展开了激烈的交锋和辩论：这些人都称得上是当时独一无二的杰出人物，他们的名声流传于后世。然而在这些辩论之中，拘泥于"有"的"崇有"论者，把注意力完全放在了外在形象和物体的作用方面；而关注"无"的"尚无"论者，又只把目光放在无形无象的空虚主张上；这两种持论者虽然都做了精辟的解释，但却是徒然的，因为没有人能够将正确的理论全面地论述出来；能够探索到极致神妙的真理之本源，恐怕只有最高境界的佛法吧？到东晋时代，众多文人都热衷于玄学，也就是清静无为的玄虚空谈；虽然新的观点常常涌现出来，不过大多数观点还是从前人论述过的内容中抽出并加以引用。至于东汉张衡创作的《讥世论》，内容非常像倡优戏子的玩笑滑稽之语；三国时期孔融创作的《孝廉论》，不过都是些玩笑戏语罢了；曹植的《辨道论》，文章写得同抄书一样。如果写论文不能坚守正确的道路，持有正确的态度和观点，这种论文还不如不写。

【原文】

原夫论之为体，所以辨正然否；穷于有数，究于无形，钻坚求通，钩深取极，乃百虑之筌蹄①，万事之权衡也。故其义贵圆通，辞忌枝碎，必使心与理合，弥缝莫见其隙；辞共心密，敌人不知所乘，斯其要也。是以论如析薪②，贵能破理。斤利者，越理而横断；辞辨者，反义而取通；览文虽巧，而检迹知妄。唯君子能通天下之志，安可以曲论哉？

若夫注释为词，解散论体，杂文虽异，总会是同。若秦延君之注《尧典》③，十余万字；朱普之解《尚书》，三十万言。所以通人恶烦④，羞学章句。若毛公之训《诗》⑤，安国之传《书》⑥，郑君之释《礼》，王弼之解《易》，要约明畅，可为式矣。

【注释】

①筌（quán）：捕鱼的竹器。蹄：拦兔的器具。这里指用来取得鱼兔的手段。

②析薪：劈柴。

③秦延君：秦恭，西汉学者。

④通人：学识渊博，贯通古今的人。

⑤毛公：大毛公毛亨或小毛公毛苌的代称，相传是《诗经》注释专家。训：解释文字意义。

⑥安国：指孔安国，著有《古文尚书》《古文孝经传》《论语训解》等作品。

【译文】

之所以考究论文这种体制，是为了明辨是非；深入研究具体的事物，彻底探索抽象、无形的道理，要攻破困难让道理明白贯通，要深入探索以求得最终的结论，论文是求得各种理论的手段，就如同筌是捕鱼的工具和蹄是捕兔的工具一样，论文也是评价衡量万事万物的天平，就像秤砣和秤杆是衡量轻重的标准一样。所以论文在讲述道理的时候最重要的是周全通达，言辞绝对不要啰唆细碎，一定要让心中思考的问题与事物的客观道理完全一致，这两者需要紧密配合，不能让内心思想和客观规律之间产生哪怕一点点的缝隙；还必须通过用辞将所表达的思想完全呈现出来，使二者紧密相扣，从而保证与人辩论之时，让论敌毫无可乘之机，这些便是作论的大致要点。因此，作论文就好比劈木柴，最好是顺着木柴的纹理把它劈开。但是有人偏偏不按道理行事，那些能言善辩的人，哪怕是违反事物原理也一定要强硬地自圆其说；就如同那些觉得自己斧头锋利之人，根本不管木柴的纹理而随意横劈一样；这样的论文写出来，看似文字语言精巧，但只要细细推究，考察实际就知道里面运用的是错误的道理。有德行和才华的君子能够通晓天下人的思想，最看重以理服人，哪里能凭借诡辩论述而将事理歪曲呢？

至于那些有关经书注释的文辞，相当于把论文分散在各个注里，注释的文字虽然繁杂而且互不相同，但是归结起来其实都是属于同一类。像汉代秦延君为《尚书·尧典》作注解，单单篇目的"尧典"二字，竟用了十余万字；朱普为《尚书》作注解，竟用了三十万字。因此，通达事理的人都厌烦他们将注释做得这么烦琐冗长，认为学习这样的章句注释是一种耻辱。像鲁人大毛公训解《诗经》，西汉孔安国给《尚书》作传解，东汉郑玄注释《礼记》，曹魏王弼注解《易经》，这些注解作品有一个共同的优点，就是文辞扼要，意义明确，可以算是为注释这类文体树立了不错的榜样。

【原文】

说者，悦也。兑为口舌，故言资悦怿①；过悦必伪，故舜惊谗说。说之善者，伊尹以论味隆殷，太公以辨钓兴周。及烛武行而纾郑②，端木出而存鲁，亦其美也。

暨战国争雄，辨士云踊，从横参谋③，长短角势④，《转丸》骋其巧辞⑤，《飞钳》伏其精术。一人之辨，重于九鼎之宝⑥，三寸之舌，强于百万之师。六印磊落以佩，五都隐赈而封⑦。

【注释】

①悦怿（yì）：欢乐，愉快。

②烛武：烛之武，春秋时郑国大夫。纾：缓和，解除。

③从横：即纵横，合纵连横的简称。合纵就是南北纵列的国家联合起来，共同对付强国，阻止齐、秦两国兼并弱国；连横就是秦或齐拉拢一些国家，共同进攻另外一些国家。

④角势：较量势力的强弱。

⑤《转丸》：《鬼谷子》中的一篇，已亡。辩说技巧圆滑如丸之转。

⑥九鼎：相传，夏朝初年，夏王大禹划分天下为九州，令九州州牧贡献青铜，铸造九鼎，象征九州，将全国九州的名山大川、奇异之物镌刻于九鼎之身，以一鼎象征一州，并将九鼎集中于夏王朝都城。

⑦五都：《史记·张仪列传》载，"秦惠王封仪五邑"。隐赈：众盛，富饶。隐，通"殷"。

【译文】

所谓"说"，就是喜悦的意思。"悦"字的右边是"兑"，"兑"在《周易·说卦》里是口舌的意思，因此，说话就应该让人感到愉悦高兴；但是过于讨好人的话肯定有虚假的成分，所以阿谀谗言一旦多了，连舜都会感到无比震惊。论起那些善于说话的，像商汤的大臣伊尹，用烹饪调味的道理来说明执政的要领，而使得殷代兴盛起来；姜太公用钓鱼的道理向周文王阐明治国之道，而使得周朝兴旺起来。到了春秋时，烛之武劝退秦军，帮助郑国脱离危机；孔子的学生子贡出使齐国，说服他们释鲁攻吴，因而使鲁国的社稷得以保全，以上这些事例都是好的说辞达成了好的效果。

到了战国时代，七个国家相互争雄，善于辩论游说的士人像云彩一样不断涌现出来。有的合纵，有的连横，参与各国谋划，辩士们既帮助各个势力一争强弱，又彼此较量实力一争高下，《鬼谷子》的《转丸》篇里记载着如何讲出巧辩流利的辞令，而《飞钳》篇里则讲述了如何运用说辞钳制对方，诸如此类的精巧辩术。因此，一位辩士的辩论，重要性胜过九鼎国宝，而辩士的三寸不烂之舌，甚至比百万大军还要厉害。就像主张连横的苏秦，曾身佩六国相印；而主张合纵的张仪，秦惠王封给了他五座城邑。

【原文】

至汉定秦、楚，辨士弭节①，郦君既毙于齐镬，蒯子几入乎汉鼎②；虽复陆贾籍甚，张释傅会③，杜钦文辨，楼护唇舌④，颉颃万乘之阶⑤，抵戏公卿之席；并顺风以托势，莫能逆波而溯洄矣。

夫说贵抚会⑥，弛张相随，不专缓颊⑦，亦在刀笔⑧。范雎之言事⑨，李斯之止逐客，并顺情入机，动言中务，虽批逆鳞⑩，而功成计合，此上书之善说也。至于邹阳之说吴、梁，喻巧而理至，故虽危而无咎矣。敬通之说鲍、邓⑪，事缓而文繁，所以历骋而罕遇也。

【注释】

①弭（mǐ）节：停车，停止活动，指不得势。

②蒯（kuǎi）子：蒯通，汉初的辩士。辩才无双，善于陈说利害，曾为韩信谋士，先后献灭齐之策和三分天下之计。他曾劝韩信造反，被刘邦捕获后，靠了他的辩解才获救。

③张释：即张释之，西汉法学家，法官。傅会：论古事而结合时事发议论。

④楼护：西汉末辩士。

⑤颉颃（xié háng）：鸟飞上下貌，指往来游说。万乘：指天子。

⑥抚会：犹切合。

⑦缓颊：婉言劝解或代人讲情。

⑧刀笔：古代书写工具。古时书写于竹简，有误则用刀削去重写。这里借

指文章。

⑨范雎（jū）之言事：范雎提醒昭王，秦国的王权太弱，需要加强王权，于是写信向昭王献策。范雎：著名政治家、军事谋略家，秦国宰相，因封地在应城，所以又称为"应侯"。

⑩批逆鳞：触犯了龙喉下的逆鳞。比喻臣下直言劝谏，触犯君主。

⑪敬通：冯衍的字，东汉辞赋家。鲍：鲍永，活动于西汉末年与东汉初年，曾为绿林军的重要将领，刘秀即皇帝位后，他又成为东汉初期敢于抗击强梁的地方官。邓：邓禹，东汉初年军事家，云台二十八将第一位。

【译文】

等到汉代平定秦、楚之后，辩士说客便不再像以前那么得势了，刘邦的辩士郦食其，因劝齐归汉之事而被齐王田广烹杀于热锅中，韩信的谋士蒯通，因劝韩信叛汉差点被投入汉高祖的烹鼎之中；此后虽然还有善于言说的陆贾，他在当世享有很大的声名；张释之跟汉文帝交谈时，很善于结合当前的形势进行论说；杜钦对于文辞辩论很有一套；楼护的唇枪舌剑也相当厉害，他们这些人，要么整日摇唇鼓舌，在皇帝的殿阶前面高谈阔论；要么卖弄计策，在公卿大臣的坐席之前戏谑豪言；然而这些人大多还是看风向来决定说什么话，没有谁敢于违背情势、得罪权贵、逆流而上。

言说之事关键在于审时度势，抓住重要时机，根据具体情况来决定辩说手段的张弛，或从容应对，或紧迫上前，而且辩说劝言这种事，不单单要靠婉言陈说，有时候还要写成文字传达。如范雎的《上秦昭王书》，言说的是治国之疑难，实际暗示自己可为昭王出谋划策；再如李斯的《上始皇书》，劝谏秦王停止驱逐客卿，废除逐客令，他们二人都用笔墨将话说得顺应情理、投合机宜，而且言辞动听、切中要害，尽管他们触犯了君王的威严，却最终劝说成功并且受到君王的信任，这些事例是讲善于动用笔墨上书劝说的。至于西汉的邹阳，上书劝说吴王刘濞和梁王刘武，运用十分巧妙的比喻并且理由非常充足，所以尽管陷入了危险的处境却死里逃生。而东汉的冯衍，向将军鲍永和邓禹献言，引证事例迂回啰唆，文辞又十分繁冗，所以游说了好几次也很少得志。

【原文】

凡说之枢要，必使时利而义贞，进有契于成务，退无阻于荣身。自非谲敌，则唯忠与信。披肝胆以献主，飞文敏以济辞，此说之本也。而陆氏直称"说炜晔以谲诳"①，何哉？

【注释】

①炜晔：光明。谲诳：欺诈诳骗。

【译文】

"说"这种文体，关键是必须要确保时机有利，而且要保证说辞的意义正确；需要达到的效果是，进则有助于将劝说之事完美解决，退则不妨碍宣扬自己的荣耀。只要不是为了欺骗诱导敌人，那么论说就一定要讲究忠诚与信实了。将自己的内心打开，献给君主的是肺腑之言，说的时候运用巧妙的文采，由此加强语言的说服力，这些就是"说"这种文体的基本要求。陆机却在《文赋》里声称："'说'其实就是把话说得天花乱坠，并运用好狡诈欺骗的手段。"他为什么要这么讲呢？

【原文】

赞曰：理形于言，叙理成论。词深人天，致远方寸①。阴阳莫忒②，鬼神靡遁。说尔飞钳，呼吸沮劝③。

【注释】

①方寸：心神。

②忒（tè）：差错。

③沮劝：谓阻止恶行，勉励善事。

【译文】

总而言之：想让道理表达清楚就要依靠语言，将道理详细地论述一番便成了论文。作论文是为了详细研究自然与人的奥秘，将思维深入到遥不可及的领域，以便将那些道理理解得更加透彻。在论述的时候，要像阴阳变化、自然规律那样没有差错，要使得鬼神万物都无处逃遁。游说的说辞要像飞钳制人的技术一样，一下子就抓住人的要害，让对方在一呼一吸之间就能心服口服，如此快速地产生鼓动和阻止的效用。

诏策第十九

【原文】

皇帝御宇，其言也神。渊嘿黼扆①，而响盈四表，唯诏策乎！昔轩辕、唐、虞，同称为"命"。"命"之为义，制性之本也。其在三代，事兼诰誓②。誓以训戎③，诰以敷政④。命喻自天，故授官锡胤。《易》之《姤象》："后以施命诰四方"。诰命动民，若天下之有风矣。降及七国，并称曰命。命者，使也。秦并天下，改命曰制。汉初定仪则，则命有四品：一曰策书，二曰制书，三曰诏书，四曰戒敕。敕戒州部，诏诰百官，制施赦命，策封王侯。策者，简也。制者，裁也。诏者，告也。敕者，正也。

《诗》云"畏此简书"，《易》称"君子以制数度"，《礼》称"明神之诏"，《书》称"敕天之命"，并本经典以立名目。远诏近命，习秦制也。《记》称"丝纶"，所以应接群后。虞重纳言⑤，周贵喉舌⑥，故两汉诏诰，职在尚书。王言之大，动入史策，其出如绋⑦，不反若汗。是以淮南有英才，武帝使相如视草；陇右多文士，光武加意于书辞。岂直取美当时，亦敬慎来叶矣。

【注释】

①渊嘿：即渊默，沉默不言。黼扆（fǔ yǐ）：古代帝王座后的屏风，上画斧形花纹。

②诰：发布施政命令。誓：起兵讨伐宣言。

③训戎：训诫军旅。

④敷政：布政，施行教化。

⑤纳言：古官名，主出纳王命。

⑥喉舌：比喻掌握机要、出纳王命的重臣。后亦指尚书等重要官员。

⑦绋（fú）：绳索。

【译文】

天子统治天下，他讲的话自然是神圣的。他只是静静地坐在龙椅御座之上，但发出的声音、说出的话却可以传遍八方四海，这是因为诏书、策书在起作用吧！从前轩辕黄帝和唐尧虞舜的时代，用"命"这个字来指代天子的话。"命"

本来的意义，就是根据天命来制定人性的根本，助善去恶。到了夏、商、周三代的时候，"命"还兼有"诰"和"誓"的作用。誓命的作用是训诫士兵、起誓宣言，诰命的作用是施行政令、辅佐政治。命，象征着天命，代表了上天的旨意，所以帝王下达"命"给有功之人，用来授予他们官职爵位，给他们的后代赐福。《周易》的《姤卦·象辞》中说："天子凭借颁布命令来告诫训示四方臣民。"用诰命来发动臣民，就如同大风吹起一样，只要诰命这股风一吹，如草一般的臣民便会随风而动。而到了战国时代，就统统都称为"命"了。所谓"命"，就是使的意思。秦始皇并吞六国，统一天下，然后把"命"的说法改成了"制"。汉代初年定立法制，把"命"分为四类：一类叫策书，二类叫制书，三类叫诏书，四类叫戒敕或敕书。其中，告诫州郡的地方长官用敕书，昭示百官用诏书，施行赦免罪行的命令用制书，赐封王侯用策书。策，意思是简策。制，意思是裁断。诏，意思是告诉。敕，意思是改正。

《诗经·小雅·出车》中说，"害怕这告急的简书"；《易经》的《节》卦中说，"君子本着节制的原则来制定礼的等级"；《周礼·秋官·司盟》中说，"向北方诏告明察事理之神"，《尚书·益稷》中说，"敕正奉行上天的命令"，由此可以看出，策、制、诏、敕都是来源于经典经书。发令到远处的话就用诏书，在近处发令的话就用命令，这个规定是沿袭秦朝的制度。《礼记·缁衣》中说："君王的话语纵使寥寥数语，像丝一样轻细，但一经

传出去，就会像粗丝带一样，影响非常明显。"所以君王在面对群臣的时候，说话务必要谨慎。舜非常重视纳言官一职，因为这个职位掌管着发布帝命的纳言工作，周朝也特别看重纳言官员，并把他们比喻成君王的喉舌。因此，两汉的时候，便由尚书省来主管起草诏书文诰的工作。君王的话影响很大，一旦说了就要记载进史册中去。其影响体现在两个方面，其一是倘若君王讲出的话只有钓鱼线那么细，但传播出去的时候也像引棺的大绳那么粗；其二是君王的号令一发布，就会像汗水一样，淌出来就没办法流回去。所以帝王与臣子交流的时候才格外谨慎，因为，面对像淮南王刘安这样有英才有文采的臣子，汉武帝每次给他回信或赐书，都要让司马相如先审定草稿；陇西隗嚣的门下有很多会作文章的幕僚，汉光武帝和他们书信往来的时候，都特别注意诏书的文辞修饰。这些事情不仅仅在当时传为佳话，也警示了后世之人，让他们更加谨慎了。

【原文】

观文、景以前，诏体浮杂；武帝崇儒，选言弘奥。策封三王①，文同训典；劝戒渊雅，垂范后代。及制诏严助②，即云厌承明庐，盖宠才之恩也。孝宣玺书③，责博于陈遂④，亦故旧之厚也。

逮光武拨乱，留意斯文，而造次喜怒，时或偏滥。诏赐邓禹⑤，称司徒为尧；敕责侯霸，称"黄钺一下"。若斯之类，实乖宪章。暨明、章崇学⑥，雅诏间出。和、安政弛，礼阁鲜才⑦，每为诏敕，假手外请。建安之末，文理代兴，潘勖《九锡》⑧，典雅逸群；卫觊禅诰，符命炳耀，弗可加已。自魏晋诰策，职在中书，刘放、张华，并管斯任，施令发号，洋洋盈耳。魏文帝下诏，辞义多伟，至于作威作福⑨，其万虑之一弊乎！晋氏中兴，唯明帝崇才⑩，以温峤文清，故引入中书。自斯以后，体宪风流矣⑪。

【注释】

①三王：指汉武帝的三个儿子齐王刘闳、燕王刘旦、广陵王刘胥。

②严助：汉武帝的宠臣，著名辞赋家。

③孝宣：汉宣帝刘询。

④责博于陈遂：《汉书·游侠传》记载，汉宣帝流落在民间的时候，常和陈遂一起赌博，并多次借陈遂钱。宣帝即位后，起用陈遂为太原太守，并写信开玩笑说："你做了大官，有了厚禄，可以还钱了。"陈遂：西汉游侠。

⑤邓禹：东汉初年军事家，云台二十八将第一位。

⑥明章：东汉明帝刘庄，东汉章帝刘炟。

⑦礼阁：指尚书省。

⑧九锡：古代天子赐给诸侯、大臣的九种器物，是一种最高礼遇。

⑨作威作福：《三国志·魏书·蒋济传》上说，曹丕给征南将军夏侯尚下达诏书，说他可以"作威作福，杀人活人"。他的臣下蒋济批评了这一行为，曹丕派人追回诏书。

⑩明帝：东晋明帝司马绍。

⑪风流：风行，流传。

【译文】

看看西汉文帝、景帝以前的情况，诏书的内容通常浮泛杂乱；到了汉武帝的时候，因为尊崇儒家学术，所以撰写诏书的语言，才渐渐博大深奥起来。他为刘闳、刘旦、刘胥三个儿子封王的时候，写了《策封三王文》，运用的语言文辞十分规范严谨，就像《尚书》中的训、典一样；它的劝告警示意义既深刻又温文尔雅，为后世树立了一个不错的榜样。他爱惜严助之才，就在给严助的诏书中写道：如果你厌倦了在朝为官，就回自己的故乡会稽去做太守吧！这表现出他对自己所宠爱的人才能够施与极大的恩典。汉宣帝赐盖有皇帝玺印的书信给陈遂，问他索要以前的赌债，开起了玩笑，这体现了老朋友之间的深厚情谊。

到了东汉光武帝的时候，他平定世乱，注重文化和文字方面的事，但是他写诏策的时候经常按照自己的心情而定，由于他是一个喜怒无常的人，所以很多时候比较偏激，容易滥用文辞，造成语言失当。例如，在他赐给司徒邓禹的诏书中，竟然把邓禹称为尧；在他责备侯霸的敕书中，居然写道："我的黄钺一砍下来，你便死无葬身之地了。"像这一类的诏书、敕书，实在是不符合体制规定的要求。后来东汉明帝和章帝的时期，都非常崇尚学术，诏书中经常采用典雅的文辞。到汉和帝、汉安帝的时代，政治事务衰败松弛，尚书省连负责起草诏书、敕书的人才都没有，每次为皇帝起草诏书、敕书，还得专门请外面的人来代笔书写。到东汉建安末年，文理内涵皆备的诏书、策书不断被当世才能之士撰写出来，如潘勖的《册魏公九锡文》，文辞典雅正统，超出当世之人；卫觊代汉献帝起草的《为汉帝禅位魏王诏》，称述天命的预兆再彰显不过，已经无法再增加了。自从魏晋时，撰写诏书、策书的职责，都由中书省掌管，魏代的刘放、西晋的张华都担任过这个职务，他们为皇帝起草诏书、策书，等到发号施令的时候，人们的耳目之中便满是洋洋洒洒的文字。魏文帝曹丕下达的诏书，大多采用极其宏伟的言辞，意义也很深远，至于他给夏侯尚下的诏书中，允许其可以"作威作福，杀人活人"这种有失妥当的话，恐怕是智者千虑中的一失吧！东晋元帝中兴以后，就只有晋明帝重视文才，他看中温峤，觉得其文辞清丽雅正，所以下诏令任命温峤为中书令。从此以后，中书省的体制有了法度，诏策文注重文辞的风气便流传下去。

【原文】

夫王言崇秘，大观在上，所以百辟其刑，万邦作孚。故授官选贤，则义炳重离之辉；优文封策①，则气含风雨之润；敕戒恒诰，则笔吐星汉之华；治戎燮伐②，则声有洊雷之威③；眚灾肆赦，则文有春露之滋；明罚敕法，则辞有秋霜之烈。此诏策之大略也。

戒敕为文，实诏之切者，周穆命郊父受敕宪④，此其事也。魏武称，作敕戒当指事而语，勿得依违⑤，晓治要矣。及晋武敕戒⑥，备告百官：敕都督以兵要，戒州牧以董司，警郡守以恤隐，勒牙门以御卫，有训典焉。

【注释】

①优文：褒奖的文告。
②燮（xiè）：协同、谐和。
③洊（jiàn）雷：相继而作的雷。
④郊父：周穆王的大臣。
⑤依违：谓模棱两可。
⑥晋武：晋武帝司马炎。

【译文】

帝王的一言一语都崇高而且神秘，他们高高在上，处在下面的臣民们非常敬畏地仰望着他们，所以诸侯都来效法，万邦都信服顺从。因此，在授命官职、选任贤能的时候，一定要彰显出诏书的意义，让人觉得它像日月普照大地一样明亮耀眼；在优待褒扬、策封王侯的时候，策书中列出所施与的恩惠，那些文辞要像和风细雨一般温柔滋润；用来戒诚他人的敕书，常常起到教导的效果，因此它的文辞笔墨要精彩得能散发出银河的光彩；在治理军队，出兵讨伐的时候，那些出征的誓词就要显示出霹雳雷霆般的声威；原谅他人的过错，宽赦他人的罪过，这一类的赦文就要写得有如春天的朝露一样滋润；在明确宣布惩罚之事的时候，如果想达到以正法纪的目的，那文语就要写得有如秋天的霜冻一样寒冷凛冽。以上这些就是撰写诏策敕书的大致要求了。

其实，戒正的敕书，告诚的文字，在诏书这类文体当中是更为实用的，像周穆王命令郊父接受敕书，这便是告戒文。魏武帝曹操曾说，倘若作告戒文去诫正臣民，应当依据事实说话，内容要有明确的指向，千万不要犹豫不决，更不能模棱两可，曹操是真正懂得政治的人啊。到了晋武帝司马炎的时候，他作告戒文用来训诫百官：例如《敕都督》一文，告诫都督将帅等军政长官务必要通晓军事要领；《太康初省州牧诏》一文，告诫州牧地方长官要监督好部下，管理好政务；《泰始五年戒郡国计吏》一文，告诫郡守官员们务必要关心悯恤黎民百姓的疾苦；《勒牙门》一文，告诫部队将领、兵士们要众志成城、抵敌卫国，以上的这些敕书、诏书，无不体现了古代训诫和典法的意义，颇有《尚书》训典的风采。

【原文】

戒者，慎也。禹称"戒之用休。"君父至尊，在三罔极①。汉高祖之敕太子，东方朔之戒子，亦顾命之作也②。及马援已下③，各贻家戒。班姬《女戒》④，足称母师也。教者，效也。出言而民效也。契敷五教⑤，故王侯称教。昔郑弘之守南阳，条教为后所述，乃事绪明也。孔融之守北海，文教丽而罕施，乃治体乖也。若诸葛孔明之详约，庾稚恭之明断⑥，并理得而辞中，教之善也。自教以下，则又有命。《诗》云"有命自天"，明命为重也。《周礼》曰"师氏诏王"，明诏为轻也。今诏重而命轻者，古今之变也。

【注释】

①在三：《国语·晋语一》："父生之，师教之，君食之。"称为在三。罔极：无穷尽。

②顾命：临终之命。

③马援：西汉末至东汉初年著名军事家，东汉开国功臣之一，有《戒兄子严敦书》，反对他们好议论人长短，乱批评法制。

④班姬：班昭，班固之妹，东汉女史学家、文学家，史学家班彪之女、班固之妹，有《女戒》七篇。

⑤契：传说中舜的臣子，管教化。五教：即五常之教。父义，母慈，兄友，弟恭，子孝。

⑥庾稚恭：东晋中期将领、外戚、书法家。

【译文】

所谓"戒"，就是谨慎的意思。夏禹说："要用美好的话来警戒一个人。"说起地位，君王和父亲最为尊贵，君王、父亲、老师这三者带给人的是无穷无尽的恩德。汉高祖刘邦作《手敕太子》一文，东方朔作《诫子》一诗，这些作品都属于临终之作。到东汉马援的《戒兄子严敦书》以后，许多人都遗留下自己的家戒。像班昭作《女戒》，她完全可以称得上是女子们的辅母和老师了。所谓"教"，就是效法的意思。也就是说出话来让老百姓照着去做。舜的臣子契公布了五种教诲，所以往后的王侯大臣们倘若对老百姓有所训示，便称为"教"。从前，西汉的郑弘做南阳太守，他发布的一条条教令被后世的人广为称赞，这是因为他能将政事讲得富有条理、明白清楚。汉末的孔融任北海太守，他将教令写得文采非凡，但是却很难推行下去，因为他制定的教令根本不符合政治体制。如诸葛亮写的教令，内容详细，思虑周到，文辞简明；东晋庾翼写的教令，清楚明白而且决断非常，他们的教令都有共同的优点，就是道理表达得正确，文辞描写得恰当，都是非常不错的教令。而在教令这种文体之外，还有一种文体就是"命"。《诗经·大雅·大明》中说"从天神那里发出了命令，授命文王取代殷商做天子"，这说明"命"是上对下，它是相当重要的。而《周礼·地官·师氏》中说"教育官师氏诏告天子周王"，这说明"诏"是臣下向天子报告情况的文体，所以它并没有"命"那么重要。可是现在，"诏"却成为帝王专用的文体，已经变得比"命"重要了，这是古代和当代文体的变化发展。

【原文】

赞曰：皇王施令，寅严宗诰①。我有丝言②，兆民伊好。辉音峻举③，鸿风远蹈。腾义飞辞，涣其大号。

【注释】

①寅严：恭敬庄重。

②丝言：《礼记·缁衣》："王言如丝，其出如纶。"后因称帝王之言为"丝言"，并用作诏书的代称。

③辉音：犹德音，指令闻美誉。

【译文】

总而言之：帝王天子发号施令，臣民应当恭敬而严肃地接受命令。天子的话哪怕只有寥寥数语，万民也会心甘情愿地领受。诏诰高高扬起，放出无限光辉，宏大的教化一直传播到远处。诏策命令的文辞和意义飞扬散播，化作伟大的号令影响着天下民心。

檄移第二十

【原文】

震雷始于曜电，出师先乎威声。故观电而惧雷壮，听声而惧兵威。兵先乎声，其来已久。昔有虞始戒于国，夏后初誓于军，殷誓军门之外，周将交刃而誓之。故知帝世戒兵，三王誓师，宣训我众，未及敌人也。至周穆西征，祭公谋父称"古有威让之令①，有文告之辞"，即檄之本源也。及春秋征伐，自诸侯出，惧敌弗服，故兵出须名，振此威风，暴彼昏乱。刘献公之所谓"告之以文辞②，董之以武师"者也③。齐桓征楚，诘包茅之阙；晋厉伐秦，责箕、郜之焚：管仲、吕相，奉辞先路。详其意义，即今之檄文。暨乎战国，始称为檄。檄者，皦也④，宣露于外，皦然明白也。张仪《檄楚》⑤，书以尺二。明白之文，或称露布⑥。露布者，盖露板不封，播诸视听也。

【注释】

①祭公谋父：周穆王的卿士，姓祭，字谋父。祭谋父曾劝谏周穆王，远方不服，先加斥责，发去文告，即檄。威让：严厉谴责。

②刘献公：周景王的卿士。

③董：监督，督察。

④皦（jiǎo）：分明，清晰。

⑤张仪：战国时期秦国丞相，著名的纵横家、外交家和谋略家，主张连横。著有《为文檄告楚相》。

⑥露布：不缄封的文书，亦谓公布文书。

【译文】

打雷的时候，先看到耀眼的闪电再听到雷霆的震响，因此，出动军队之前一定要先将赫赫的声威传播出去。所以，人们看到闪电的亮光就会惧怕伴随而来的震耳雷鸣，听到了兵马的声势就会害怕即将而来的军队的威力。出兵之前一定要先有声威，这个传统从很久之前便有了。从前有虞氏开始警戒国内的战士臣民，夏后氏最初在军队里面宣誓，商汤与百姓在军营门外誓师，周武王与敌军交锋前同军队宣誓。所以，从上面讲述的这些事中，我们可以了解到：虞舜警诫军队臣民，夏、商、周三王与部队大军誓师，这些都是为了向士兵发出宣言，训示自己的军队，还没有出现那种发到敌方阵营的言辞文书。到了周穆王向西方征伐犬戎国，大臣祭公谋父对他说："古代出兵之前，都会先有命令发出，用以威严地谴责敌方，或者拟出告诫对方的文辞"，这便是"檄"这种文体的起源。到了春秋时期，周王朝国势衰微，天下混乱无道，那个时候基本都由诸侯发出出征讨伐行动，他们担心对方不服，所以讨伐之前一定要有出兵的名义，如此一来便可以振奋自己的声威，将敌人的昏乱无道暴露出来。就像刘献公提到的"用文辞来告诫他，用军队来督责他"，差不多讲的就是这个意思。齐桓公讨伐楚国之前，先派管仲质问楚国的过失，问他们为什么不向周天子进贡包茅，以至于周王室没有包茅祭祖；晋厉公讨伐秦国之前，先派吕相责问秦国的罪行，斥责秦军为什么要焚烧晋国的箕和郜两地。齐国的管仲，晋国的吕相，都是先发出斥敌的宣言责备敌人之后再进军。仔细考察一下它的意义，其实就是今天的檄文了。到了战国时代，"檄文"这个叫法才开始使用。所谓檄，就是清楚明白的意思，也就是将事情揭露出来，公之于众，让人非常地明白。比如，张仪在长一尺二寸的竹简上写了《檄告楚相》，这种檄文明白昭著，有的叫作露布。所谓露布，就是把写有文辞的竹简木板公布出来，不加封盖，故意让它传播出去，让世人看到、听到。

【原文】

夫兵以定乱，莫敢自专，天子亲戎，则称"恭行天罚"；诸侯御师，则云"肃将王诛"①。故分阃推毂②，奉辞伐罪，非唯致果为毅，亦且厉辞为武。使声如冲风所击，气似欃枪所扫③，奋其武怒，总其罪人；征其恶稔之时④，显其贯盈之数；摇奸宄之胆⑤，订信慎之心；使百尺之冲，摧折于咫书⑥，万雉之城，颠坠于一檄者也。观隗嚣之《檄亡新》⑦，布其三逆，文不雕饰，而辞切事明，陇右文士，得檄之体矣。陈琳之《檄豫州》⑧，壮有骨鲠⑨，虽奸阉携养，章实太甚，发丘摸金，诬过其虐；然抗辞书衅，皭然露骨；敢指曹公之锋，幸哉，免袁党之戮也。钟会《檄蜀》⑩，征验甚明；桓温《檄胡》，观衅尤切，并壮笔也。

【注释】

①肃将：犹敬奉或敬献。王诛：帝王诛伐之意。

②分阃（kǔn）推毂（gǔ）：《史记·冯唐列传》："臣闻上古王者之遣将也，跪而推毂，曰阃以内者，寡人制之；阃以外者，将军制之。"意思是，大将出征，天子要亲自为其推车送行，并且双方约定，都城之外的事，由大将全权负责。阃：城郭的门槛。毂：车轮中心，有洞可以插轴的部分，借指车轮或车。

③欃（chán）枪：彗星的别名。

④恶稔：犹言恶贯满盈。

⑤奸宄（guǐ）：犯法作乱的坏人寇贼奸宄。

⑥咫书：咫尺之书。咫，周代八寸为咫。

⑦隗（kuí）嚣：东汉初将领。

⑧陈琳：东汉末年著名文学家，"建安七子"之一。

⑨骨鲠（gěng）：指刚直之气。

⑩钟会：三国后期魏国重要的策臣与谋士，制订伐蜀计划并参与灭蜀之战的智将。

【译文】

发兵这种军事行动的作用是平定祸乱，任谁都不敢独断专行、私自决定，因此，倘若是天子亲自带兵出征，凭借的名义是恭敬地执行上天给予罪人的惩罚；而诸侯出兵征伐，凭借的名义是严格地奉行天子的命令进行讨伐。所以，古代帝王派遣将领出兵，将征战的重任委托给将领，不仅要将处理都城外事务的大权分给将领，还要亲自推车为将领和军队送行。将领率军队奉天子的命令讨伐有罪之人，不光要凭借果敢坚毅的意志奋勇杀敌，还要懂得用文辞犀利的檄文对敌方构成威胁。一定要让军事行动的声威像强风袭击一样狂暴有力，让军队行进的气魄犹如彗星扫荡划过天空一样无可阻挡，要振奋我军的军心，激发将士们的愤怒，将这些怒火统统指向将要讨伐的罪人身上；列举事实证明敌人的罪行已经达到极致，宣告严惩敌人罪恶的时刻已经来临，昭示敌人恶贯满盈的罪状，指出其气数将尽；动摇那些为奸作恶者的胆量，巩固那些顺从降服者的决心；使敌人百尺长的大战车，被咫尺的小小檄书所摧毁，让敌方万丈长的坚固城墙，被一纸短短的檄文所推倒。看一看东汉隗嚣写的《移檄告郡国》，用檄文声讨王莽的新朝，揭示他"逆天""逆地""逆人"的三大罪状，尽管文辞没有雕饰华丽，但话讲得非常确切，分析事理十分清楚明白，这说明陇西地区的文人士人，已经掌握了檄文的体制了。陈琳创作《为袁绍檄豫州》，是为了声讨曹操而写，整篇文章的气势恢弘豪迈，很有骨力劲气，虽然他揭露曹家隐私，骂曹操的父亲曹嵩是奸恶太监的养子，这个举动稍显过分；又指控曹操设立发丘中郎将和摸金校尉两个官职，专门从事挖坟盗金等见不得人的事，诬骂的话已经超过了曹操实际的罪行程度，但是他能以直率激荡的言辞记录下曹操的罪过，写得明白露骨；他敢于正面碰撞曹操的锋芒，却没有被视为袁绍党羽而被处死，这是他的幸运之处。钟会写的《移檄蜀将吏士民》，举例说明为什么蜀国无法战胜魏国，事理讲得十分明白；桓温写的《檄胡文》，看到敌人的内乱迹象，并十分确切地揭露敌人的罪恶，这些都是笔力十分厉害的檄文。

【原文】

凡檄之大体，或述此休明①，或叙彼苛虐；指天时，审人事，算强弱，角权势，标蓍龟于前验②，悬鞶鉴于已然③；虽本国信，实参兵诈。谲诡以驰旨，炜晔以腾说，凡此众条，莫之或违者也。故其植义扬辞，务在刚健。插羽以示迅④，不可使辞缓；露板以宣众，不可使义隐。必事昭而理辨，气盛而辞断，此其要也。若曲趣密巧，无所取才矣。又州郡征吏，亦称为檄，固明举之义也。

【注释】

①休明：用以赞美明君或盛世。

②蓍（shī）龟：古人以蓍草与龟甲占卜凶吉，以此指占卜。

③鞶（pán）鉴：古代用铜镜作装饰的革带。

④插羽：古代军书插羽毛以示迅急。

【译文】

但凡是檄文，它的主要体式和特点是：或者叙述赞美一下我方美好清明的善行，或者揭露批评对方苛暴残虐的行径；一定要指明行动是天意所示，并且要审察人事，比较敌我强弱，衡量权势情况，用以前的经验教训作为凭证来预测吉凶，用过去的事例作为借鉴；虽说创作檄文是基于国家的信用，但实际上是加入了兵法的计策在里面。檄文就是用狡猾欺诈的手法来宣扬自己征伐的意图，用冠冕堂皇的言辞来修饰自己出兵的主张，上面列举的这几条原则，一般来说创作檄文的人都会去遵循。所以，写作檄文的时候，要想确立意义，使文辞得以发扬彰显，务必保证将文章写得刚健有力。如果在檄书上插根羽毛，就表明当前的事情非常紧急，需要火速处理好，所以檄文绝对不能写得舒缓迟慢；不加密封、公开阐明的檄书，就是为了将事情公布于众，所以檄书绝对不能表达隐晦的意思。叙述事情的时候一定要把道理讲得明白清晰，要有旺盛的气势和干脆的言辞，这些就是写作檄文的大致要点了。倘若将檄文写得内涵隐晦曲折，文辞细致婉转，那么这种文章也没有什么可取之处了。再者，州郡征召官吏的文书，也被称为檄书，意思是公开举拔人才。

【原文】

移者，易也。移风易俗，令往而民随者也。相如之《难蜀老》，文晓而喻博，有移檄之骨焉。及刘歆之《移太常》，辞刚而义辨，文移之首也；陆机之《移百官》，言约而事显，武移之要者也。故檄移为用，事兼文武。其在金革①，则逆党用檄，顺命资移；所以洗濯民心，坚同符契。意用小异，而体义大同，与檄参伍②，故不重论也。

【注释】

①金革：借指战争。

②参伍：交互错杂。

【译文】

所谓"移"，就是改变的意思。具体来说就是转移风气，改变习俗，发出号令之后老百姓跟着执行。西汉的时候，司马相如创作《难蜀父老》，里面的文辞讲得十分清楚明白，内容广博，用了很多事例作比喻，已经具备移书檄文的骨力和框架了；而刘歆创作《移太常博士书》，文辞写得十分刚健，辨析义理的时候也明白清晰，是关于文教政治方面的第一篇移文；而到了西晋，陆机创作《移百官》，言辞简约，叙事清楚，是有关军事战事方面的重要移文。由此可以看出，檄文和移文这一类文体，在文教和军事两方面都可以应用。它用在军事战事上，那么对叛逆的乱党可以用檄文，对顺从的百姓可以用移文；要靠移文来洗濯民众的思想，调整民众的思维，让他们同执政者的思想牢固结合在一起，如同兵符契约一样相互吻合。总的来说，移文和檄文的意义作用虽然有一些差异，但体制要求大体是相同的，二者的写作方式错综相近，所以这里就不再重复论述了。

【原文】

赞曰：三驱弛网，九伐先话①。肇鉴吉凶，蓍龟成败。摧压鲸鲵，抵落蜂虿②。移实易俗，草偃风迈。

【注释】

①九伐：古代指对九种罪恶的讨伐。《周礼·夏官·大司马》："以九伐之灋（fǎ）正邦国：冯弱犯寡则眚之；贼贤害民则伐之；暴内陵外则坛之；野荒民散则削之；负固不服则侵之；贼杀其亲则正之；放弑其君则残之；犯令陵政则杜之；外内乱、鸟兽行则灭之。"

②虿（chài）：古书上说的蝎子一类的毒虫。

【译文】

总而言之：好像驱赶禽兽时，网要放开三面只留一面一样，对各种罪行实施讨伐一定要先进行警告，对讨伐目的加以说明。檄文像明亮的镜子一样可以照清吉凶，像占卜的文字一样可以预言成败。它可以摧毁、惩罚像鲸鲵一样的恶人，也可以打击、扫除那成群的毒虫蜂蝎。移文确实能够用来移风易俗，它能让人自觉地按照规则去遵守执行，就好像风吹过草地一样，众草皆伏拜。

封禅第二十一

【原文】

夫正位北辰，向明南面①，所以运天枢，毓黎献者②，何尝不经道纬德，以勒皇迹者哉！《绿图》曰："弻弻呺呺③，劳劳雉雉④，万物尽化。"言至德所被也。《丹书》曰："义胜欲则从，欲胜义则凶。"戒慎之至也。则戒慎以崇其德，至德以凝其化，七十有二君，所以封禅矣。

【注释】

①向明：天将亮时。

②毓（yù）：同"育"，养育。

③弻（shàn）弻：婉转貌。呺（huī）呺：交错混杂。

④劳（fén）劳：众多貌。雉雉：杂陈貌。

【译文】

帝王效法天帝居于北极星辰的正位，在天快亮的时候面朝着南方听取政事，帝王掌握着国家政权，就像北极星一样掌握着北斗的天枢之星，抚育供养着数以万计的老百姓和贤能人士，这何尝不是按照道德来办事，帝王的这些功德应该用刻石去记录啊！《绿图》说："婉转庞杂，纷纷扰扰，丰茂繁盛，万事万物都得到化育而自发生长。"意思就是说，万物生长是受到了最高道德的恩惠。《丹书》说："如果义理胜过私欲，就预示着吉祥；若是私欲胜过义理，那么就很危险了。"这意味着诚惧谨慎至极。诚惧谨慎可以用来提高德行，极高的德行则可以用来化育万物，然后将这份化育的功绩凝聚起来，古代的七十二位帝王要把自己的功德禀告给神明知道，因此他们都到泰山举行封禅仪式。

【原文】

昔黄帝神灵，克膺鸿瑞，勒功乔岳，铸鼎荆山。大舜巡岳，显乎《虞典》。成、康封禅①，闻之《乐纬》。及齐桓之霸，爰窥王迹②，夷吾谲陈③，拒以怪物。固知玉牒金镂，专在帝皇也。然则西鹣东鲽④，南茅北黍，空谈非征，勋德而已。是以史迁八书，明述封禅者，固禋祀之殊礼⑤，铭号之秘祝，祀天之壮观矣。

【注释】

①成、康：西周成王、康王。

②王迹：帝王之功业。

③夷吾：管仲的字。

④西鹣（jiān）东鲽（dié）：泛指四海珍异之物。鹣：古代传说中的比翼鸟。鲽：比目鱼。

⑤禋（yīn）祀：古代祭天的一种礼仪。先燔柴升烟，再加牲体或玉帛于柴上焚烧。

【译文】

从前，轩辕黄帝拥有神奇灵异的力量，能够承当得了鸿大的祥瑞披身，他的功绩铭刻在泰山之巅，他还在荆山之下铸造象征荣耀的巨鼎。而舜帝巡视泰山这件事，则被明明白白地记载到《尚书·舜典》一篇里。周成王、周康王在泰山封禅，其大致情况也可以在《乐纬》这篇作品里见到。到了春秋时期，齐桓公称霸，于是想效法帝王举行封禅典礼，管仲用婉转谲诈的言辞来谏阻他，说齐国并没有祥瑞出现，因此并不适合举行封禅仪式，从而打消了齐桓公封禅的念头。因为管仲清楚地知道，用玉牒金缕进行封禅告天，只有帝王才有资格这么做。那么管仲所说封禅需要出现的祥瑞之物，像西方的比翼鸟，东海的比目鱼，南方一叶三道筋的茅草，北方特异的黄米，这些纯粹是凭空虚谈，没有任何考证，其实封禅只需要有圣王贤君那样的功德就行了。所以，司马迁《史记》八书中的《封禅书》，清楚明白地讲述了封禅这件事，封禅确实是特别隆重的祭祀典礼，是在玉牒上铭刻功绩的一项神圣秘密的祷祝，是一项伟大壮观的祭天活动。

【原文】

秦皇铭岱，文自李斯①，法家辞气，体乏弘润。然疏而能壮，亦彼时之绝采也。铺观两汉隆盛，孝武禅号于肃然；光武巡封于梁父②，诵德铭勋，乃鸿笔耳。观相如《封禅》，蔚为唱首③。尔其表权舆④，序皇王，炳玄符，镜鸿业，驱前古于当今之下，腾休明于列圣之上，歌之以祯瑞⑤，赞之以介丘，绝笔兹文，固维新之作也。及光武勒碑，则文自张纯。首胤典谟，末同祝辞，引钩谶，叙离乱，计武功，述文德，事核理举，华不足而实有余矣。凡此二家，并岱宗实迹也。

【注释】

①李斯：秦始皇的丞相，秦代著名的政治家、文学家和书法家。

②光武：东汉光武帝。

③唱首：犹创始，领头。

④权舆：起始。

⑤祯瑞：犹祥瑞，吉祥之事。

【译文】

秦始皇封禅的时候，在泰山的石头上刻下功勋，封禅的文章出自李斯的手笔，全文充斥着法家的风格和语调，语言文采上尽管缺乏宏大润泽的修饰。但是文辞叙述清朗有力，也算得上是那个时代最好的作品了。纵观两汉繁盛兴隆的时代，汉武帝在泰山封禅，在泰山下的肃然山祭地；汉光武帝巡守封禅于泰山，在梁父山祭地，有关这两位帝王的封禅书，都是歌诵丰功德行，在石头上刻录下功绩，是封禅的大手笔。看一看司马相如创作的《封禅文》，十分富有文采，成为首创之作。他首先叙述了古代封禅仪式的起始和源头，然后叙述古代帝王的事业，再讲述汉朝的祥瑞预示，彰显当朝伟大的功业，他把古代帝王的功业排在当今帝王之下，把当今帝王汉武帝的功德抬高到列朝圣君之上，歌颂当世的祥瑞吉兆，用泰山、梁父山期盼帝王临幸封禅来作赞美，司马相如创作的这篇绝笔文，确实是一篇创新的作品。到了东汉光武帝在泰山封禅，在石碑上刻了一篇《泰山刻石文》，出自张纯之手。那篇作品开头的写法模仿《尚书·舜典》，结尾的形式又和祝辞类似，中间多引用《河图赤伏符》这类纬书的内容，里面叙述了当时的战乱，列举光武帝平定天下的功勋，论述光武中兴的文治德教，事实论证确切，道理辨析明确，文采虽然稍显欠缺但内容足够丰富了，甚至富而有余。这两篇封禅文，都是有关泰山封禅的明确记录。

【原文】

及扬雄《剧秦》，班固《典引》，事非镂石，而体因纪禅。观《剧秦》为文，影写长卿①，诡言遁辞，故兼包神怪；然骨制靡密，辞贯圆通，自称极思，无遗力矣。《典引》所叙，雅有懿采。历鉴前作，能执厥中，其致义会文，斐然余巧②。故称《封禅》靡而不典，《剧秦》典而不实，岂非追观易为明，循势易为力欤！至于邯郸《受命》，攀响前声，风末力寡③，辑韵成颂，虽文理顺序，而不能奋飞。陈思《魏德》，假论客主，问答迂缓，且已千言，劳深绩寡，飙焰缺焉④。

【注释】

①影写：用薄纸覆在图画、文字的原样上照着描，也就是模仿。

②斐然：有文采的样子。

③风末：阵风的末尾，有风力渐微之意。

④飙焰：指雄壮的气势。

【译文】

到扬雄创作《剧秦美新》，班固创作《典引》，这两篇文章虽然都没有刻在石头上，但是写作文体却是仿效封禅文。首先看看《剧秦美新》，这篇作品是仿照司马相如的《封禅文》而创作的，里面用了不少诡奇婉转、怪异隐约的文辞，写了众多神奇古怪的内容；然而它也是有可取之处的，比如文章的体制结构细致严密，文辞圆转流畅，脉络贯通清晰，扬雄自称写作时用尽了思虑精力，连一点剩余的力量也没有了。班固《典引》的叙述，文辞典雅而富有文采。这是因为他在写作的时候借鉴了不少前人的作品，所以能把文辞控制得恰到好处，这部作品无论在确立命意方面还是组织文辞方面，都体现出文采斐然的一面并且技巧有余。所以他评论司马相如的《封禅文》，说它虽然细致而不够典雅；评价扬雄的《剧秦美新》，说它虽然典雅却不够确实。这难道不是后人看前人的作品容易看得透彻，学习前人的优点、顺着前人的脚步作文更容易获得成功啊！至于像邯郸淳写的《受命述》，虽然这篇作品极力模仿前人的创作风格，但风格和气势都很衰弱，将韵语编辑撰写构成歌颂，虽然行文有条理有顺序，却是平庸无奇，缺少能够奋翅高飞的风骨力量。还有陈思王曹植的《魏德论》，假借客人和主人之间对话议论的形式来创作，问答的过程、文章的结构迂回缓慢，完全不紧凑，而且篇幅长达千言，下的功夫、费的力气很深，收到的成效却少得可怜，全文无论风骨还是华采均是丝毫没有。

【原文】

兹文为用，盖一代之典章也。构位之始①，宜明大体，树骨于训典之区；选言于宏富之路，使意古而不晦于深，文今而不坠于浅；义吐光芒，辞成廉锷②，则为伟矣。虽复道极数殚，终然相袭，而日新其采者，必超前辙焉③。

【注释】

①构位：谓构思为文。

②廉锷（è）：喻锐利的文辞或谈吐。

③前辙：喻指前人的作品。

【译文】

谈起封禅文这种文体的作用，可以认为是一个时代的典制章程。在创作之初，构思布局的时候，应当首先弄清楚它总的体制，建立骨架，要在《尚书》等经典经书的范围内去找根据；选择文辞，要从宏大富丽的作品中去寻找借鉴，保证作品的内容古典却又不会因为文辞深奥而晦涩难懂，虽然使用的是当下流行的文辞但却不会让人觉得浅薄；保证作品的意义深远，内容富有光辉，文辞语言有棱角、有骨力，倘若以上这些都能做到的话，那么便可以创作出伟大的作品了。有的作者写封禅文，虽然口口声声说道路和方法都已经用尽了，终究是沿袭古人的创作方法，倘若能够在文采等方面加以创新，必定能对前人之作有所超越。

【原文】

赞曰：封勒帝绩，对越天休①。遏听高岳②，声英克彪。树石九旻③，泥金八幽④。鸿笔蟠采，如龙如虬。

【注释】

①天休：天赐福佑。

②遏（tì）听：犹遏闻，在远处听到，表示恭敬。

③九旻（mín）：九天，天的最高处，形容极高。传说古代天有九重，也作九重天、九霄。

④八幽：八方幽远之地。

【译文】

总而言之：封禅大典的时候，要在泰山的石头上刻录下帝王的功绩伟业，报答并宣扬上天赐予的美好命令。远远地听到来自于泰山之巅的象征着天命的封禅文，声美辞采，无不光辉照耀。在高入九天的泰山之顶竖立石碑，用金泥封住写上秘文的玉牒文书，然后深埋八方幽远之地。大手笔挥洒而就的封禅文洋溢着华美的辞采，好像在天空中飞腾翱翔的龙和虬。

章表第二十二

【原文】

夫设官分职，高卑联事。天子垂珠以听，诸侯鸣玉以朝。敷奏以言，明试以功。故尧咨四岳，舜命八元①，固辞再让之请，"俞往钦哉"之授，并陈辞帝庭，匪假书翰。然则敷奏以言，则章表之义也；明试以功，即授爵之典也。至太甲既立，伊尹书诫；思庸归亳，又作书以赞。文翰献替②，事斯见矣。周监二代，文理弥盛。再拜稽首，对扬休命，承文受册，敢当丕显③。虽言笔未分，而陈谢可见。

【注释】

①八元：古代传说中的八个才子。《左传·文公十八年》："高辛氏有才子八人：伯奋、仲堪、叔献、季仲、伯虎、仲熊、叔豹、季狸，忠肃共懿，宣慈惠和，天下之民，谓之'八元'。"

②献替："献可替否"，省作"献替""献可"。进献可行者，废去不可行者。

③丕显：大显。

【译文】

国家设立各种官职，不同的官职分别承担不同的职责，位置有高有低，事务相互关联。天子头戴垂系明珠的龙冠听理政务，诸侯百官身着朝服、挂着鸣响的玉饰面见天子。臣子向天子口头陈述禀奏治理朝政的各种意见，君主采纳试行，并凭借具体达到的功效来验证其意见是否有用。因此，尧帝向四方诸侯的长者咨询意见，舜帝任命八位有才德的贤人，臣子坚决推辞和再三推辞某件事情，君主委任臣子一些任务并叮嘱其谨慎行事，这些事情都可以在朝廷上口头进行陈说，不需要进行书面表达。那么陈述自己的各种政见主张并靠口头语言来进行，就是章表这种文体的意义了；采纳试行并明白考察臣子意见的功效，就是赐授爵位的典法仪式了。到了殷商时期，太甲即位为君，大臣伊尹便作《伊训》来劝诫提醒他；后来太甲因不贤被流放，在流放途中幡然悔悟，悟到了作为君王的道义，伊尹又请他回到亳京重新掌管朝政，然后作了《太甲》三篇来赞扬他。所以，用文书来帮助和辅佐君主，进献好的意见，发扬君王的优点，摒弃君王的缺点，从这些事情中可以明显体现出来。周代向夏商两代借鉴经验，礼仪更加隆重了。臣子讲究再三拜谢、叩头及地的礼节，对答宣扬美好的王命，颂扬天子的美德，接受天子的册封诏命，敢于担当重大荣显的授命。虽然这些都是口头应命，还没有划分口头、书面的区别，但是我们可以清楚地看到臣子陈述并对君王表示感谢的内容。

【原文】

降及七国，未变古式，言事于王，皆称上书。秦初定制，改书曰奏。汉定礼仪，则有四品：一曰章，二曰奏，三曰表，四曰议。章以谢恩，奏以按劾，表以陈请，议以执异。章者，明也。诗云"为章于天"，谓文明也。其在文物，赤白曰章。表者，标也。《礼》有《表记》，谓德见于仪。其在器式，揆景曰表①。章表之目，盖取诸此也。按《七略》《艺文》，谣咏必录。章表奏议，经国之枢机，然阙而不纂者，乃各有故事，布在职司也。

【注释】

①揆（kuí）景：测量日影，以定时间或方位。

【译文】

到了战国时期，古代的相关陈奏仪式并没有被改变，这时候向君主陈说事情仍旧使用文辞，类似的陈说都称为上书。到了秦朝初年的时候，重新设定制度，改上书为"奏"。到了汉朝的时候，再次重新制定礼仪制度，把群臣进给天子的上书划分为四种类型：一叫章，二叫奏，三叫表，四叫议。其中，"章"是用来答谢圣恩的，"奏"是用来指控弹劾罪状的，"表"是用来陈述事由情理、表达自身请求的，"议"是用来提出对某件事情的异议的。所谓"章"，就是彰显明白的意思。《诗经·大雅·棫朴》中说："银河章明在天上"，这里的"章"说的就是光彩明亮。而对于有文采纹理的物品而言，赤和白相交错落的样子就叫章。所谓"表"，就是标明的意思。《礼记》有《表记篇》，讲的是可以从一个人的仪表看出他的品德来。如果用器物的样式来表示，那么测量日影以计算时间的仪器就叫表。关于"章"和"表"的称呼，大概就是来源于这里。根据刘歆的《七略》和班固的《汉书·艺文志》里面的说法，连歌谣咏文等民间诗篇一类都必须收录成册，而像章、表、奏、议这些文字，均是国家重要的文件，却为何遗缺了它们而不加以记载，这是它们分散在了各个主管部门，并由每个部门各自保存的缘故。

【原文】

前汉表谢，遗篇寡存。及后汉察举①，必试章奏。左雄表议，台阁为式②；

胡广章奏，"天下第一"，并当时之杰笔也。观伯始谒陵之章③，足见其典文之美焉。昔晋文受册，三辞从命。是以汉末让表，以三为断。曹公称为表不必三让，又勿得浮华。所以魏初表章，指事造实，求其靡丽，则未足美矣。至于文举之《荐祢衡》，气扬采飞；孔明之辞后主④，志尽文畅。虽华实异旨，并表之英也。琳、瑀章表⑤，有誉当时。孔璋称健，则其标也。陈思之表，独冠群才。观其体赡而律调，辞清而志显，应物制巧，随变生趣，执辔有余，故能缓急应节矣。

逮晋初笔札，则张华为俊。其三让公封，理周辞要，引义比事，必得其偶。世珍《鹪鹩》⑥，莫顾章表。及羊公之《辞开府》⑦，有誉于前谈；庾公之《让中书》⑧，信美于往载。序志联类，有文雅焉。刘琨《劝进》⑨，张骏《自序》⑩，文致耿介，并陈事之美表也。

【注释】

①察举：中国古代选拔官吏的制度，由官吏荐举，经过考核，任以官职。

②台阁：汉时指尚书台。

③伯始：胡广的字。

④后主：蜀后主刘禅，刘备之子，刘备为先主。

⑤琳：陈琳，东汉末年著名文学家，"建安七子"之一。瑀（yǔ）：阮瑀，汉魏文学家，"建安七子"之一。

⑥鹪鹩（jiāo liáo）：鸟名，形小，体长约三寸。此处指张华的《鹪鹩赋》。

⑦羊公：羊祜（hù），西晋著名战略家、政治家和文学家。

⑧庾公：庾亮，东晋时期外戚、名士。

⑨刘琨：晋朝政治家、文学家、音乐家和军事家。

⑩张骏：西晋末大都督、大将军、凉州牧。

【译文】

西汉的那些章表，很少流传到后世。到了东汉的时候，实行考察选举孝廉的制度，人才由地方推举选出，被推举的人必须接受考试，通过考察他们撰写的章、表、奏、议等文章来评判。东汉左雄撰写的章表奏议，尚书台认为是"章表"中的典范标准；胡广到京应试撰写的章和奏，被汉安帝称赞为"天下第一"，这二人创作的章、表、奏、议，都称得上是当时非常杰出的作品。仅仅翻阅一下胡广关于谒陵的那篇"章"，就完全可以看到他那些典雅之作的美好一面了。从前周天子册封晋文公，晋文公正式接受之前总共推辞了三次。所以汉末的时候，天子授予臣子官爵，臣子上表书辞让，以三次为限。然而曹操却说，臣子上表辞让不一定非要达到三次，他还认为表文的内容不能过于浮华，文辞要尽量朴素。因此，魏国初期的表章，内容都要求实在，对于事件只要如实禀报就行了，倘若用是否绮靡华丽来评价这些表文，那么这些作品自然称不上完美。至于孔融为举荐祢衡而创作的《荐祢衡表》，气势豪放昂扬，文采飞腾华丽；诸葛亮辞别后主刘禅北伐魏国而创作的《出师表》，鞠躬尽瘁的思想意志表达充分，文辞极为流畅自然。虽然这两篇作品在风格上不太一样，或质朴、或华彩，而且写作的用意和目的也各不相同，但都属于非常杰出的表文。陈琳、阮瑀的章表，在那个时代享有很高的声誉；魏文帝曹丕很欣赏陈琳写的章表，认为很是刚健，是章表之中比较突出的榜样。陈思王曹植创作的章表，可以称为那个时代群才中的佼佼者。翻阅一下他的作品，体式完备，内容丰富，声律协调，文辞清新，情志突显，他能通过感应不同的事物而在心里构成不同的巧思，能随着事物的变化而在文章中生成不同的旨趣，这是因为他写作文章像熟练策马一样，驾驭文字游刃有余，能够随心所欲地遣词造句，所以，不论是缓慢行走还是急速奔驰，他都能控制文章的节奏，让每一个字应声合拍。

到了西晋初年，那时候创作的章表作者当中，张华是最为杰出的。朝廷晋封他为壮武郡公，被他多次上表辞让。这篇表文，情理讲得十分充分，文辞简练扼要，引述古义，列举事实，比譬事理，而且一定要讲求对偶。当世和后世的人们都把目光放在他的《鹪鹩赋》上了，很少有人知道他的章表也写得很不错。到羊祜创作《让开府表》，但凡谈论这部作品的人都对它评价很高；东晋庾亮创作的《让中书令表》，内容美好，确实胜过以前的章表。纵观他们的这些章表，各自叙述自己的情志，联系不同的事类，雅致的文采满溢于文章之中。再如刘琨写的《劝进表》，张骏写的《自序》表文，文辞精致漂亮，义理光明正大，写得很有骨气，这两篇章表都是陈述国家大事的优秀作品。

【原文】

原夫章表之为用也，所以对扬王庭，昭明心曲。既其身文，且亦国华。章以造阙①，风矩应明；表以致策，骨采宜耀。循名课实，以文为本者也。是以章式炳贲②，志在典谟，使要而非略，明而不浅。表体多包，情伪屡迁，必雅义以扇其风，清文以驰其丽。然恳恻者辞为心使，浮侈者情为文屈。必使繁约得正，华实相胜，唇吻不滞，则中律矣。子贡云"心以制之""言以结之"，盖一辞意也。荀卿以为"观人美辞，丽于黼黻文章③"，亦可以喻于斯乎！

【注释】

①造阙：到达宫门，朝见皇帝。

②炳贲（bēn）：文采炳焕。

③黼黻（fǔ fú）：泛指礼服上所绣的华美花纹。

【译文】

    谈起章和表的作用，是报答和宣扬君王和朝廷的恩德，将内心的情意表达出来。这类文章既能充分体现作者自身的文采，又彰显了国家的荣耀。章是用来送上朝廷答谢恩典的，文章的写作风格和文辞规范应该明朗通畅，让人一目了然；表是用来陈述策略的，文章的骨力和文辞的华彩应当昭著显示，让人眼前一亮。按照章、表的名称要求考察它的实质，以是否富有文采作为根本。所以，如果想使章的体制明显光耀，就要将意志放在学习《尚书》等经书经典上，让文章内容扼要而不至于太过简略，让内涵明显而不会让人觉得肤浅。表这种体制包含了非常多的内容，里面的情感变化是丰富多样的，如果想宣扬它的风格和笔力，就要靠典雅正确的意义；如果想显示它的华美流彩，就要靠清新的文辞。但是，写作真诚恳切的作者，他的文辞往往受到内心感情的支配；写作浮华奢丽的作者，他的思想感情都被华丽的辞藻所掩盖了。所以，写作的文辞一定要繁简配合恰当，该详细的地方详细，该简略的地方简略，既要有华丽的形式，又要有真实的内容，二者相当，行文的音调节奏流美，那样就算是合乎做章、表的规则了。子贡说："根据心意来构设言辞""凭借言辞来表达心意。"就是说文章的文辞和内容意义要相互统一。荀子认为："看一个人，如果他的言辞十分善意美好，这种美就远远胜过他礼服上绣的花纹"，这个说法也可以用来说明文章的辞意要达成一致吧！

【原文】

    赞曰：敷表绛阙①，献替黼扆②。言必贞明，义则弘伟。肃恭节文，条理首尾。君子秉文，辞令有斐。

【注释】

①绛阙：宫殿寺观前的朱色门阙，亦借指朝廷、寺庙、仙宫等。

②黼扆（fǔ yǐ）：古代帝王王座后的屏风，上画斧形花纹。借指帝王。

【译文】

    总而言之：送上朝廷的章表，用来陈述进言，向帝王贡献善意的劝说，规谏帝王的过错。言辞上的表达必须正确清晰，意义上要论述得宏大博伟。写作的态度要严肃恭敬，使用的文辞要符合礼节的要求，保证文章从头到尾都有条有理。文人君子拿起笔杆作文，文辞言令一定要保证华美。

奏启第二十三

【原文】

昔唐虞之臣，敷奏以言；秦汉之辅，上书称奏。陈政事，献典仪，上急变，劾愆谬①，总谓之奏。奏者，进也。言敷于下，情进于上也。

秦始立奏，而法家少文。观王绾之奏勋德②，辞质而义近；李斯之奏骊山，事略而意诬。政无膏润，形于篇章矣。自汉以来，奏事或称上疏。儒雅继踵，殊采可观。若夫贾谊之务农，晁错之兵事③，匡衡之定郊，王吉之劝礼，温舒之缓狱④，谷永之谏仙，理既切至，辞亦通畅，可谓识大体矣。后汉群贤，嘉言罔伏，杨秉耿介于灾异，陈蕃愤懑于尺一⑤，骨鲠得焉；张衡指摘于史职，蔡邕铨列于朝仪，博雅明焉。魏代名臣，文理迭兴。若高堂天文，黄观教学，王朗节省，甄毅考课，亦尽节而知治矣。晋氏多难，灾屯流移。刘颂殷勤于时务⑥，温峤恳恻于费役，并体国之忠规矣。

夫奏之为笔，固以明允笃诚为本，辨析疏通为首。强志足以成务，博见足以穷理，酌古御今，治繁总要，此其体也。

【注释】

①愆（qiān）谬：错误，过失。

②王绾（wǎn）：秦国的丞相。

③晁错：西汉政治家、文学家。

④温舒：路温舒，西汉著名的司法官。

⑤陈蕃：东汉时期名臣，与窦武、刘淑合称"三君"。尺一：亦称"尺一牍""尺一板"。古时诏板长一尺一寸，故称天子的诏书为"尺一"。

⑥刘颂：西晋时期律法学家、官员。

【译文】

从前尧舜时代的臣子，用口头的话语来陈述政事、进奏意见；秦汉两朝的辅佐大臣，给天子的上书称为"奏"。像陈述如何治理国家，进献礼仪制度规范，上禀发生的紧急事变，弹劾其他官员的罪过错误，这些上书的文字言辞统统都叫作"奏"。所谓"奏"，就是进的意思。臣子在下面陈述进奏事情，把下情进奏给在上的天子。

秦朝的时候开始将这类文章称为奏书，但是当时的朝堂法家学派当道，他们这派的文人普遍缺少文采。看看丞相王绾等人的上书，内容为歌颂秦始皇的功德，文辞质朴而意义浅近；李斯的《治骊山陵上书》，叙事简略，内容虚假。由此可见，秦代的统治是多么残暴，对百姓根本不施恩泽，这些情况从文章中都能表现出来。自从汉代以来，向皇帝进奏事情又被称为上疏。这个时期，文辞典雅的奏疏不断涌现，这些奏疏大都文采突出，很值得欣赏翻阅。比如贾谊创作《论积贮疏》，向汉文帝上疏陈述农业的重要性；晁错创作《言兵事疏》，向汉文帝上疏对匈奴用兵及巩固边防之类的事；匡衡创作《奏徙南北郊》，向汉成帝上疏建议在长安附近举行祭天典礼；王吉创作《上宣帝疏言得失》，向汉宣帝上疏说明礼制的重要性；路温舒创作《尚德缓刑书》，向汉宣帝上疏建议施行德政，为犯人缓减刑狱之罪；谷永创作《说成帝拒绝祭祀方术》，向汉成帝上疏劝谏他不要迷信神仙方术之事，上述列举的这些奏疏，说理既肯切周到，文辞也通畅明白，可以说对奏章的写作体制已经研究明白了。到了东汉的时候，涌现出了一大批贤臣，他们从不遮掩自己好的建议。杨秉向汉桓帝上疏，认为天降灾异是由于君王私访臣子、出入无常造成的；陈蕃向汉桓帝上疏，愤怒地指出天子不应任意封赏、违反制度，奏疏敢于直谏，文辞很有骨力劲气；张衡向汉安帝上疏，指责史官的失职，并指出《史记》和《汉书》中的失误所在；蔡邕向汉灵帝上疏，列出了朝廷制度典章中不合适的地方：这些贤臣名士个个学识渊博，见识正确，拥有典雅风范。魏代的名臣中，能够使奏文的文采和理论兼备的，也陆续出现。如高堂隆上疏魏明帝，借异常的天象来谏说修建宫室不要越过制度、过于豪华；黄观上疏奏禀，谈论有关教学的事宜；王朗上疏魏明帝，建议国库开支需要节省；甄毅上疏奏禀，说明人才选拔一定要实行考核制度：上述列举的奏书，无不表明这些臣子们在尽应尽的职责，他们是懂得国家

政治的。到了晋代，国家多灾多难，祸乱不断。西晋的刘颂殷勤恳切地关心国家大事，不断上疏，陈述自己的意见；东晋的温峤上疏劝谏太子修建西池楼观一事，认为太子此举劳民伤财，作为臣子深感不安：这些奏疏劝诫都是体察国事和百姓的忠心之文。

因此，创作奏这种文体，最根本的是要保证内容上的明确可信和文辞上的忠厚诚实，而把辨别分析和通达事理摆在首位。向君王奏禀事情，唯有意志坚强才能完成任务，有广博的见识才有助于参透道理，反复斟酌吸取古代的经验教训来处理当今的事务，面对繁杂混乱的情况而能够准确抓住要害，这些就是奏疏写作的总体要求。

【原文】

若乃按劾之奏，所以明宪清国。昔周之太仆，绳愆纠谬；秦之御史，职主文法；汉置中丞，总司按劾。故位在鸷击，砥砺其气①，必使笔端振风，简上凝霜者也。观孔光之奏董贤②，则实其奸回；路粹之奏孔融③，则诬其衅恶。名儒之与险士，固殊心焉。若夫傅咸劲直，而按辞坚深④；刘隗切正⑤，而劾文阔略，各其志也。后之弹事，迭相斟酌，惟新日用，而旧准弗差。

然函人欲全⑥，矢人欲伤⑦，术在纠恶，势必深峭。《诗》刺谗人，投畀豺虎⑧；《礼》疾无礼，方之鹦猩；墨翟非儒，目以羊、彘⑨；孟轲讥墨，比诸禽兽。《诗》《礼》儒、墨，既其如兹，奏劾严文，孰云能免！是以世人为文，竞于诋诃⑩，吹毛取瑕，次骨为戾，复似善骂，多失折衷。若能辟礼门以悬规，标义路以植矩，然后逾垣者折肱，捷径者灭趾，何必躁言丑句，诟病为切哉！是以立范运衡，宜明体要。必使理有典刑，辞有风轨，总法家之裁，秉儒家之文，不畏强御，气流墨中，无纵诡随⑪，声动简外，乃称绝席之雄⑫，直方之举耳。

【注释】

①砥砺（dǐ lì）：磨刀石，指磨炼、锻炼。

②孔光：西汉后期大臣，孔子的十四世孙，官至大将军、丞相、太傅、太师。

③路粹：东汉末文学家。孔融有过，曹操使粹为奏，承指数致融罪。融诛，人无不畏其笔。

④按辞：检举之辞。

⑤刘隗（wěi）：东晋大臣。

⑥函人：造铠甲的工匠。

⑦矢人：造箭的工匠。

⑧畀（bì）：给予。

⑨彘（zhì）：猪。

⑩诋诃（hē）：诋毁，呵责，指责。

⑪诡随：谓不顾是非而妄随人意。

⑫绝席：与他人不同席。独坐一席，以示尊贵显赫。

【译文】

　　至于察明弹劾他人罪行过失的奏书，作用是严明朝堂法纪，清除国家弊政。从前周代设有太仆官一职，专门负责纠正君王和大臣的过失错误；秦代设立御史大夫一职，执掌管理弹劾、纠察的法令和条文；汉代设立御史中丞一职，总管监察弹劾等事。他们身居掌管弹劾的重要位置，要像鹰鸷搏击众鸟一样勇猛地打击不正之风，所以务必要磨砺气势，让自己的笔下生风，将弹劾的奏书写得犹如纸上结霜那般肃杀。看一看孔光弹劾董贤的奏本，通过列举事实来证明其奸邪行径；路粹弹劾孔融的奏本，就是通过捏造事实、罗织罪名来诬陷他的罪恶。著名的儒士与阴险的小人，原本的用心就有所不同。至于西晋的傅咸为人刚劲正直，他按察奏劾的言辞陈列事实、确凿深刻；东晋的刘隗为人严厉公正，但他弹劾的文奏却疏简粗略，这些奏疏反映了他们的用意各有不同。后来的弹劾奏书，不断地互相斟酌取舍，在日常运用的范围上有所扩大，表现上有所革新，却并不与旧有的准则相违背。

　　然而弹劾这种手段的目的在于纠正邪恶罪行，所以它的势头一定要深刻严厉，就像制造铠甲的人目的是想保护人的躯体，制造箭矢的人目的是想取走人的性命一样。《诗经》中有诗句讽刺进献谗言的人，说要把他们丢喂给豺狼虎豹；《礼记》对不讲究礼仪的人痛恨至极，把他们比喻成会说话却不懂礼的鹦鹉和猩猩；墨子批判儒家，把他们看成羊和猪；孟轲讥讽墨家，认为墨派的思想无父无君，认为他们是禽兽。《诗经》《礼记》、儒家、墨家，这些经典和著名学派都像这样，将弹劾的文辞写得如此尖锐犀利，又有谁能够避免得了这种语言攻击呢！所以，近世的文人墨客创作弹劾文字，彼此争相斥责羞辱，个个吹毛求疵，尖刻得深入骨髓，动不动就发怒，好像把善于谩骂当成了一件了不起的事情，大多不能折其中而取其正，公平公正地去看待他人。如果能开辟礼仪的大门来标明规则，推举正义的道路来树立规矩，对于不走正门、跳墙而入诸如此类违反规矩的人，就折断他的手臂，对于不走正路而乱抄捷径诸如此类违背约法的人，就砍掉他的脚趾，又何必再写那些污秽不堪的话语，以及那些丑陋难听的言辞，把羞辱别人的缺点当作合情合理之事呢！因此，应该将体制要求明确下来，然后树立规范，确立标准。一定要保证理论有依据，文辞有法度，掌握法家不别亲疏贵贱善于裁断的长处，秉承儒家文辞典雅正统的风格，不畏强权霸势的人，要在笔墨之中灌输以正气，绝对不要纵容那些伪善从恶的人，在文章之外要掀起足够大的声势，让世人震动，这样的弹劾奏书才算是御史大夫专席的雄文，这样的弹劾才能称为正义的壮举。

【原文】

启者，开也。高宗云："启乃心，沃朕心。"取其义也。孝景讳启，故两汉无称。至魏国笺记，始云"启闻"。奏事之末，或云"谨启"。自晋来盛启，用兼表奏。陈政言事，既奏之异条；让爵谢恩，亦表之别干。必敛饬入规①，促其音节，辨要轻清②，文而不侈，亦启之大略也。

又表奏确切，号为谠言③。谠者，正偏也。王道有偏，乖乎荡荡，矫正其偏，故曰"谠言"也。孝成称班伯之谠言④，言贵直也。自汉置八能，密奏阴阳，皂囊封板，故曰"封事"。晁错受《书》，还上便宜。后代便宜，多附封事，慎机密也。夫王臣匪躬，必吐謇谔⑤，事举人存，故无待泛说也。

【注释】

①敛饬（chì）：犹整饬。

②轻清：谓风格简明轻快。

③谠（dǎng）言：正直之言。

④孝成：汉成帝刘骜，西汉第十二位皇帝。

⑤謇谔（jiǎn è）：正直敢言。

【译文】

所谓"启"，就是开的意思。商王武丁曾对大臣傅说讲道："敞开你的心扉，灌溉我的心田。"借用的就是这个意义。汉景帝的名字是刘启，为了避讳，所以两汉时期大臣的奏章都没有敢用"启"这个字的。到了三国时，魏国的书信中，才开始用"启闻"二字。在奏事末尾，有的用"谨启"二字。自从晋代以来，启这种文体就变得非常流行了，它的作用同时囊括表和奏。作为奏这种文体的分支，"启"用以陈述自己的政见，讲明事实的因由；作为表这种文体的分支，"启"用以辞让帝王的封爵赏赐，感谢朝廷的恩典。写作的时候，文字要注意收敛谨饬，符合规矩，尽量保证语句的音节短促一些，辩论道理的话简明扼要，文辞节奏轻快，讲究文采是必要的，但是又不会过于浮华，这些大概就是写作"启"这种文体的要求了。

此外，还有一种说法，因为"表""奏"这类文体非常看重内容的准确切实，所以此文体又被称为"谠言"。所谓"谠"，就是纠正偏差的意思。王道有了偏私，便不再公允，身为臣子，这个时候就要去矫正这种偏差，所以称为"谠言"。汉成帝称赞班伯的话是"谠言"，就是因为班伯的话正直无偏。自从汉代设置了会奏音乐的八能士，根据乐律探索阴阳变化、人事得失，记录在简板上，然后秘密上奏，由于他们的简板奏文要用黑色的囊袋密封起来，所以这类奏书叫作"封事"。西汉的晁错被奉派到伏生那里学习《尚书》，回来后向汉文帝建议办一些便利适宜的事，称为"便宜"。后代"便宜"一类的奏书，都统一加了密封，为的是将政事机密谨慎地保护起来。身为臣子不要一味考虑自身的安危，一定要坚持讲正直的话，有关的贤臣和事例前面都一一提到了，所以这里就不用再泛泛而谈了。

【原文】

赞曰：皂饰司直，肃清风禁①。笔锐干将②，墨含淳酖③。虽有次骨，无或肤浸④。献政陈宜，事必胜任。

【注释】

①风禁：犹风纪。

②干将：古代传说的剑，十大名剑之一。

③淳酖（dān）：剧毒的鸩酒。酖，同"鸩"。

④肤浸：肤受，犹言谗言中伤。

【译文】

总而言之：身着黑色朝服、掌管弹劾一事的司直之官，朝廷要靠他们来肃清歪风邪气，维护风化政教。他们的笔锋比名剑干将的锋芒还要锐利，他们的文墨比那剧毒的鸩酒还要厉害。虽然他们秉持着那些深刻彻骨的耿直之言去揭发恶行，却不乱讲虚假的谗言诽谤他人。他们进献对国家有用的政见，陈述合乎时宜的意见，一定是能够胜任的。

议对第二十四

【原文】

周爰谘谋，是谓为议。议之言宜，审事宜也。《易》之《节卦》："君子以制度数，议德行。"《周书》曰："议事以制，政乃弗迷。"议贵节制，经典之体也。

昔管仲称轩辕有明台之议，则其来远矣。洪水之难，尧谘四岳①；宅揆之举，舜畴五人；三代所兴，询及刍荛②；《春秋》释宋，鲁僖预议。及赵灵胡服，而季父争论；商鞅变法，而甘龙交辨：虽宪章无算，而同异足观。迄至有汉，始立驳议。驳者，杂也。杂议不纯，故曰驳也。自两汉文明，楷式昭备，蔼蔼多士③，发言盈庭；若贾谊之遍代诸生，可谓捷于议也。至如吾丘之驳挟弓，安国之辨匈奴；贾捐之陈于珠崖④，刘歆之辨于祖宗：虽质文不同，得事要矣。若乃张敏之断轻侮⑤，郭躬之议擅诛⑥；程晓之驳校事⑦，司马芝之议货钱⑧；何曾蠲出女之科⑨，秦秀定贾充之谥⑩：事实允当，可谓达议体矣。

汉世善驳，则应劭为首⑪；晋代能议，则傅咸为宗⑫。然仲瑗博古，而铨贯有叙⑬；长虞识治，而属辞枝繁；及陆机断议，亦有锋颖，而腴辞弗剪，颇累文骨：亦各有美，风格存焉。

【注释】

①四岳：相传为唐尧臣、羲和四子，分管四方的诸侯，所以叫四岳。

②刍荛（chú ráo）：割草采薪之人，指草野百姓。

③蔼蔼：众多的样子。

④贾捐之：西汉著名政治家、文学家。

⑤张敏：东汉大臣。

⑥郭躬：东汉官吏。

⑦程晓：三国魏学者。

⑧司马芝：三国时期曹魏大臣。

⑨何曾：西晋大臣，开国元勋。蠲（juān）：除去，免除。

⑩秦秀：西晋大臣。贾充：三国曹魏末期至西晋初期重臣。

⑪应劭（shào）：东汉学者，字仲瑗。

⑫傅咸：西晋文学家，字长虞。

⑬铨贯：编排连缀。

【译文】

大范围地访问谋划一件事情，就叫作"议"。议就是说话要合理合适，考察事情合理合适。《易经》的《节卦》中说："君子制定礼仪规范是秉着节制的原则，谈论评议一个人的德行，以便合理合适地去任用。"《尚书·周官》中说："按照法规制度的要求谈论政事，政治事务才不会混乱失误。"议论的时候，节制非常重要，这是经典正统的要求。

从前管仲说轩辕黄帝曾在明台之上与大臣议论国家大事，如此看来，"议"很早就已经出现了。尧帝曾经询问四方诸侯之长，有谁能够治理洪水灾害；舜帝也曾询问过有谁能担负起总领百官的大任，最后谋划任用了五个人；夏、商、周三代听从古人的老话，有解决不了的事情要向打柴的人请教；《春秋》记载，各诸侯国会盟议论商讨，要求楚国释放宋襄公，鲁僖公参与了；到了战国时代，赵武灵王要将国内服饰改成胡人服饰，以方便骑射，他的叔父公子成和他进行了争论；商鞅要施行变法革新，甘龙等老臣反对，两派进行了激烈的论辩：纵观以上这些辩论，虽然大多数都不足以成为典范形式，但是各种各样观点之间的碰撞还是很精彩的。到了汉朝的时候，驳议制度开始确立下来。所谓驳，就是杂的意思。杂乱缤纷的意见不相一致，所以称为驳。自从两汉以来，典章礼制昌盛明朗，已经明显完备了驳议的规范和形式，那个时候人才济济，整个朝廷之上都是发言议论的声音；如汉文帝时候的贾谊，他能代表所有的朝臣发表意见，可以算得上是擅长议论、反应敏捷、应对自如的能士了。至于丞相禁止百姓挟带弓弩，吾丘寿王极力反对；在对匈奴是攻打还是和亲这一问题上，韩安国辩论为什么不宜进攻而宜和亲；珠崖郡屡屡反叛，贾捐之提出放弃珠崖郡，不必发兵征讨的建议；对于汉武帝庙是否应毁的问题，刘歆认为武帝功大，不宜毁去：这些辩论虽然各有各的质朴和文采，但是都能准确抓住辩驳的要点和叙述的要领。至于东汉时期，张敏请求废弃"轻侮法"，认为这会让百姓自相残杀；副将秦彭犯越权斩人之罪，郭躬为他辩护；程晓认为校事官多依仗权势横行，建议废除这一官职；针对谷帛交易的弊病，司马芝建议恢复货币交易的制度；对于父母有罪，出嫁女儿是否应受株连的问题，何曾提出免除株连出嫁之女的条文；因贾充生前昏乱纲纪，秦秀建议将他的谥号定为"荒"：以上列举的这些事例，贤臣们都能公允议事，如实反映情况，可以说他们已经通达了"议"这种体制。

在汉朝善于写驳议的众文人中，当把应劭放在首位；在晋朝善于写驳议的能手之中，则当把傅咸推举为宗师。应劭非常通晓古事古例，所以他的辩驳议论通达贯畅，很有条理；傅咸很懂得处理国朝政事，然而他作议文却显得文辞啰唆，重复繁杂；到陆机议论编写《晋书》所载历史的断限，文笔锋芒耀人，但是文章的辞采太多，丝毫不删减，显得非常累赘，使得文章的骨力受损：以上这些议文虽然都有缺点，但也各有自己的优点，保持了各自的风格。

【原文】

夫动先拟议，明用稽疑，所以敬慎群务，弛张治术。故其大体所资，必枢纽经典；采故实于前代，观通变于当今；理不谬摇其枝，字不妄舒其藻。又郊祀必洞于礼①，戎事必练于兵，佃谷先晓于农，断讼务精于律。然后标以显义，约以正辞。文以辨洁为能，不以繁缛为巧；事以明核为美，不以环隐为奇：此纲领之大要也。若不达政体，而舞笔弄文，支离构辞，穿凿会巧；空骋其华，固为事实所摈；设得其理，亦为游辞所埋矣。昔秦女嫁晋，从文衣之媵②，晋人贵媵而贱女；楚珠鬻郑③，为薰桂之椟，郑人买椟而还珠。若文浮于理，末胜其本，则秦女楚珠，复在于兹矣。

【注释】

①郊祀：古代在郊外祭祀天地，南郊祭天，北郊祭地。郊谓大祀，祀为群祀。

②媵（yìng）：古代指随嫁，亦指随嫁的人。

③鬻（yù）：卖。

【译文】

在发起行动之前先要对比和斟酌一下相关的议论，弄清楚那些可疑的事，这是为了小心谨慎地处理各种事务，从而使得统治国家、管理政治的方法张弛有度。所以，谈起写"议"的主要依据，一定引用经典经书的正统内容，这是关键；采取前代的典故史实，还要观察这些典故在当今都有怎样的继承、发展；说理的时候，哪怕只是一个细枝末节的问题也不能荒谬乱讲，在用字用词上不要无目的地铺陈辞藻。另外，想要从事祭天祭神就务必先熟悉礼仪，讨论军事行动之前应当先去熟悉兵法，谈论田谷耕作相关的事一定要先对农业很精通，判断审理官司就一定要精通法律。然后，在动笔的时候，要将论点突出出来让文章的意义彰显，用严正准确的语言加以概括。保证文辞上的明辨简洁最为恰当，不要把繁冗缛丽的文字当作妙笔；叙事述理应当侧重明确核实，不把曲折隐晦的内容看作是奇特的妙思：以上这些大致就是写作"议"这种文体的纲要。倘若不通晓政治就动笔写议文，不把解决国家政务中的问题作为重点进行论述，而只是一味地玩弄笔墨，文辞东拼西凑、支离破碎，内容牵强附会只为讨巧；徒然浪费辞藻作文，终究会被现实情况所抛弃；即使有些话说得有道理，也会被不切实际的浮华文辞所埋没。从前秦国的国君把女儿嫁给晋国公子，随从陪嫁的婢妾们都身着彩衣，打扮得很漂亮，结果晋人看上了陪嫁的女子，而不把君王的女儿当一回事；楚国人在郑国贩卖宝珠，特意把装珠的盒子做得很精致，还用香料去熏，结果郑国人只买匣子而把宝珠退了回来。这些事例告诉我们，如果写议文只追求文辞华丽，以至于文辞掩盖了所想表达的道理，让旁枝胜过了主干，那么秦人嫁女、楚人卖珠的笑话，又会在这里出现了。

【原文】

又对策者，应诏而陈政也；射策者①，探事而献说也。言中理准，譬射侯中的②。二名虽殊，即议之别体也。古者造士，选事考言。汉文中年，始举贤良，晁错对策，蔚为举首；及孝武益明，旁求俊乂③，对策者以第一登庸，射策者以甲科入仕④，斯固选贤要术也。观晁氏之对，验古明今，辞裁以辨，事通而赡，超升高第，信有征矣。仲舒之对，祖述《春秋》，本阴阳之化，究列代之变，烦而不愿者⑤，事理明也。公孙之对，简而未博，然总要以约文，事切而情举，所以太常居下，而天子擢上也。杜钦之对⑥，略而指事，辞以治宣，不为文作。及后汉鲁丕⑦，辞气质素，以儒雅中策，独入高第。凡此五家，并前代之明范也。魏晋以来，稍务文丽，以文纪实，所失已多。及其来选，又称疾不会，虽欲求文，弗可得也。是以汉饮博士，而雉集乎堂；晋策秀才，而麏兴于前：无他怪也，选失之异耳。

【注释】

①射策：一种以经术为内容的考试方法。主试者提出问题，书之于策，覆置案头，受试人拈取其一，叫作"射"。按所射的策上的题目作答。

②射侯：用箭射靶。

③俊乂（yì）：亦作"俊艾"，才德出众的人。

④甲科：古代考试科目名，汉时课士分甲乙丙三科。

⑤愿（hùn）：杂乱。

⑥杜钦：西汉文人。

⑦鲁丕：东汉文人。

【译文】

此外还有两种关于考试取士的方式：一为对策，是针对简策诏书上所提的政事问题进行回答，从而向天子陈述自己的政见；二为射策，就是随便探取一个简策上的问题，然后根据抽到的问题向天子呈献自己的意见。倘若言辞说得中肯，合乎题目要旨，事理又说得准确清楚，这就好像射箭射中了靶心一样，定能受到赏识。对策和射策这两种文体的名称虽然不一样，但都属于"议"的范畴，是"议"的另一种体裁形式。古代选拔人才，选拔能办事的官员，要通过考试选取那些善于辞令的人。汉文帝中期，开始命令王侯公卿和地方官员举荐有德行的贤才，晁错回答汉文帝关于政事的提问，他的对策文最好，被认定为第一名；到了汉武帝的时候，对策的考察作用更为显著，朝廷大范围招揽人才，对策夺得第一的人受到重用而被提拔，射策若是中了甲科便能步入仕途，入朝为官，对策和射策确实是选拔贤才的重要方法。看看晁错写的对策文，以古代的事例来解释说明当今的问题，文辞有裁断而且事理分辨得很清楚，论事通达贯畅而且内容丰富，他能够脱颖而出、夺得榜首，确实是有理有据。董仲舒写的对策文，秉承了《春秋》的大义，以阴阳两气相生相克的变化为根本，研究历朝历代的兴衰变化规律，叙述的文辞虽然繁多却丝毫不杂乱，这是因为他早已通晓了事理。公孙弘写的对策文，文辞稍显简单，没有旁征博引的内容，但是他能够很好地将事情的要点总结概括出来，使语言简约扼要，事情切合而且情理彰显，虽然太常官把它定为下等文章，但是汉武帝却赏识这篇文章，把它擢升为上等。杜钦写的对策文，虽然回答得十分简单，却肯切地指出很多具体的事实，他的文章完全是为了政治国事而创作，丝毫不为炫耀辞藻而写作。到东汉鲁丕的对策文，语言非常质朴，凭借儒家的正论来探讨问题，说到了点子上，因此他独自被评为高等。以上列举出的这五家的对策文，都是以前公认的典范佳品。自从魏晋以来，写作文章渐渐把着眼点放在文辞的华丽上，对策文这种讲求实际的文章一旦开始讲究文辞华丽，不足之处也就随之而来了。等到这些人被推举前去应选的时候，他们便假称有病不参加对策，即便想求得这些人的对策文，也是没办法了。所以，汉成帝命令博士行饮酒礼，有野鸡飞来停在堂上；晋成帝在乐贤堂召集秀才孝廉，有麿出现在堂前：这些怪异的现象表明的问题不是别的，正是选举失当的怪异罢了。

【原文】

夫驳议偏辨，各执异见；对策揄扬，大明治道。使事深于政术，理密于时务；酌三五以熔世，而非迂缓之高谈；驭权变以拯俗，而非刻薄之伪论；风恢恢而能远①，流洋洋而不溢，王庭之美对也。难矣哉，士之为才也！或练治而寡文，或工文而疏治。对策所选，实属通才，志足文远，不其鲜欤！

【注释】

①恢恢：宽阔广大貌。

【译文】

　　驳议这种文体，着眼点在辩论事理上，辩论双方各自执有不同的见解；对策这种文体主要是为了宣扬自己的理论，尽量把治理天下的道理阐明清楚。对策就是让所叙述的事与治国之道完全符合，让所论辩的道理和当下的时事政务密切结合；能斟酌采取三皇五帝质朴的清明治世之道来陶冶世俗的观点，而不是用迂缓的言辞阐述一些不切实际的高谈阔论；运用驾驭好权宜机变来拯救世俗，而不是依靠那些刻薄的谬论；如果发表论议对策能像凶猛的狂风那样吹到很远的地方，像浩荡的流水滋润万物而不泛滥成灾，那就可以算是朝堂上的优秀对策文了。真是不容易啊，那些有才的士人们！有的人精通治理国家政务却没什么文才，有的人精通做文章却又不善于治理国家政务。通过对策所选拔出的人才，确实属于既会治理国家又有文采的全能通才，志气满满，思想丰富，文采远达，这样的人才不是很少吗！

【原文】

　　赞曰：议惟畴政①，名实相课。断理必刚，摛辞无懦。对策王庭，同时酌和。治体高秉，雅谟远播②。

【注释】

①畴：同"筹"，谋划。

②雅谟：雅正的谋议。

【译文】

　　总而言之："议"是用来筹谋政治的，考核名称和实际情况，要保证其相互一致。论断事理的时候语言务必要刚健果断，选用文辞千万不要太过软弱无力。在朝廷上、君王面前当面对策，众人同时斟酌应和。论治的体裁要牢牢掌握在心，这样一来，雅正而且符合典范的议谋才会在天下广为传播。

书记第二十五

【原文】

大舜云："书用识哉！"所以记时事也。盖圣贤言辞，总为之书，书之为体，主言者也。扬雄曰："言，心声也；书，心画也。声画形，君子小人见矣。"故书者，舒也。舒布其言，陈之简牍，取象于夬，贵在明决而已。

三代政暇，文翰颇疏。春秋聘繁，书介弥盛①。绕朝赠士会以策，子家与赵宣以书，巫臣之遗子反，子产之谏范宣，详观四书，辞若对面。又子叔敬叔，进吊书于滕君，固知行人挈辞，多被翰墨矣。及七国献书，诡丽辐辏②；汉来笔札，辞气纷纭。观史迁之《报任安》，东方之《谒公孙》，杨恽之《酬会宗》③，子云之《答刘歆》，志气槃桓，各含殊采；并杼轴乎尺素，抑扬乎寸心。逮后汉书记，则崔瑗尤善④。魏之元瑜，号称翩翩；文举属章，半简必录；休琏好事⑤，留意词翰，抑其次也。嵇康《绝交》，实志高而文伟矣；赵至《叙离》，乃少年之激昂也。至如陈遵占辞，百封各意；祢衡代书，亲疏得宜：斯又尺牍之偏才也。

详总书体，本在尽言，言以散郁陶⑥，托风采，故宜条畅以任气，优柔以怿怀；文明从容，亦心声之献酬也。

【注释】

①书介：传达书信的使人。

②辐辏（còu）：形容人或物聚集像车辐集中于车毂一样，也作辐凑。

③杨恽（yùn）：西汉政治家，司马迁的外孙。

④崔瑗：东汉著名书法家、文学家、学者。

⑤休琏：应璩（qú）的字，三国时曹魏文学家。博学好作文，善于书记。

⑥郁陶：忧思积聚貌。

【译文】

舜帝说："书写是用来记录的啊！"所以，人们记录时事便书写下来。大概因为圣人贤人说了什么话，世人都要在竹简、帛绸上将之记录下来，所以"书"作为一种文体，主要是记录言语的。扬雄说："语言，是来自心底的声音；书写出来的文字，源自于内心的想法；声音和文字一旦表露在外，君子的贤心和小人的歪心就都能看出来了。"因此，所谓"书"，就是发布的意思。一个人的言语吐露出来，记录在竹简木板之上，那是借取《易经》里央卦的卦象含义，关键在于明白决断。

夏、商、周三代的政务比较清闲，很少会使用书记之类的文体。到了春秋时代，各个国家之间相互聘会访问的情况很多，负责传达书信的使者便越来越多。秦国的大夫绕朝把策书送给晋国的大夫士会，郑国的大夫子家派人给晋国的大夫赵宣送去书信，逃到晋国的楚国大夫巫臣送书信谴责楚国的子反，郑国的大夫子产写谏书给晋国的大夫范宣。把这四封书信仔细读一读，会发现它们的文辞就好像写信人和收信人面对面交谈一样。还有鲁国的子叔敬叔带着自己国君的吊书前去吊唁去世的滕国成公，从这里我们知道，那个时候，但凡是外交的使者带到他国的言辞书信，基本都被记录下来了。到了战国时代，各个国家递呈传送的书信，汇集充斥了众多诡诈华丽的文辞。汉代以来的笔札书信，文辞语言多彩繁杂，语气风格千变万化。看一看司马迁写的《报任安书》，东方朔写的《与公孙弘借车书》，杨恽写的《报孙会宗书》，扬雄写的《答刘歆书》，他们的心志和意气在文章中猛烈激荡，各自具有独特的文采；他们通过组织语言写成书信，凭借文字把内心的情感起伏都尽量展现出来了。到了东汉的时候，书记这种文体的写作，崔瑗是最为擅长的。三国时魏国的阮瑀，写作书信被曹丕称赞为风度美好。孔融写作的篇章，受到曹丕的大力推崇，就是半篇文章也会被人记录下来。应璩爱好写作书信，在研究相关的文辞笔墨上还是下了一番工夫的，可还是属于次等的。嵇康创作的《与山巨源绝交书》，里面包含的志气确实十分高洁，而且文辞表达非常宏伟；西晋的赵至为表达离别之情而写的《与嵇茂齐书》，充分体现了年轻人慷慨激昂的情感。至于东汉的陈遵，口授上百封书信，每一封都包含了不同的用意；汉末的祢衡为黄祖代笔写信，根据关系的亲疏远近来拟措辞，内容非常恰当：以上列举的这些文人，都具有撰写书信的一技之长。

对书信的体制进行详细的总结，关键是要把满肚子的话说完，说完了就能够排解心头的郁闷愁苦，寄托各自的文采风度。所以写作书信的时候，应当保证条理清晰，贯通舒畅，从而显示出文字的气势，能够无拘无束地述说自己的情怀；倘若往来的书信能够写得文辞明白、从容自然，便也是书写者和读信者之间心声的交流。

【原文】

若夫尊贵差序，则肃以节文。战国以前，君臣同书，秦汉立仪，始有表奏；

王公国内，亦称奏书，张敞奏书于胶后，其义美矣。迄至后汉，稍有名品，公府奏记，而郡将奏笺①。记之言志，进己志也。笺者，表也，表识其情也。崔寔奏记于公府②，则崇让之德音矣；黄香奏笺于江夏③，亦肃恭之遗式矣。公幹笺记④，丽而规益，子桓弗论，故世所共遗；若略名取实，则有美于为诗矣。刘廙谢恩⑤，喻切以至；陆机自理，情周而巧：笺之为善者也。原笺记之为式，既上窥乎表，亦下睨乎书，使敬而不慑，简而无傲，清美以惠其才，彪蔚以文其响⑥，盖笺记之分也。

【注释】

①郡将：郡守，郡守兼领武事，故称。

②崔寔（shí）：东汉后期政论家。

③黄香：东汉时期官员、孝子，是"二十四孝"中"扇枕温衾"故事的主角。

④公幹：徐桢的字，东汉末作家。

⑤刘廙（yì）：汉末魏初名士。

⑥彪蔚：美丽荟萃。

【译文】

至于面对地位有所差别的情况，不同的等级就要用不同的礼节来表示尊敬、肃穆。在战国以前，君王写信给臣子，臣子写信给君王，都称作"书"。秦代和汉代，各种体制确立下来，臣子给君王的书开始称为"奏""表"。在诸侯王公国内部，也称为"奏书"。西汉的张敞给胶东王太后的劝谏奏书，文辞很美好，意义很深远。到了东汉的时候，好作品陆续呈现，而且"书记"这类的文体开始出现分支，不同的分支有不同的作用。上书三公府称"奏记"，而上书郡守则称为"奏笺"。"记"是记录下言语，目的是向上级表达自己的意志。笺，就是表明的意思，通过文字来表明自己的情志。东汉崔寔上奏记给三公府，那篇杰出佳作里表达的是谦让的美好德行；黄香上奏给江夏太守的笺文，同样给后世人树立了严肃恭敬的典范。三国时期，魏国刘桢的笺记，文辞雅丽而且有规劝的作用，但因曹丕在《典论·论文》中并没有提到这篇作品，所以逐渐被当世和后世遗忘抛却了；倘若抛开无谓的虚名，只客观评价文字的本质，那么刘桢写的笺记比他作的诗要美妙得多。三国魏的刘廙因被赦免而向曹操谢恩的奏笺，里面所用的比喻十分贴切；西晋的陆机向吴王申述被怀疑的事情，他用来辩白的那篇奏笺情理辨析周到，而且文辞语言十分工巧：以上列举的这些作品都是非常优秀的奏笺。考察探究"笺"和"记"的体裁形式可以看出，它既向上观察、吸取了"表"的一些特点，也向下睨视、采纳了"书"的一些特点。这样一来，"笺""记"既具备了恭敬谨慎的特性，舍弃了"表"中诚惶诚恐的畏惧心情，又具备了简易扼要的特性，剔除了"书"中任性使气的傲慢的风格来展示文字的才华，凭借华丽的辞藻来使它的影响力得以扩大，这大概就是"笺""记"本身的作用。

【原文】

夫书记广大，衣被事体，笔札杂名，古今多品。是以总领黎庶，则有谱籍簿录；医历星筮，则有方术占式；申宪述兵①，则有律令法制；朝市征信，则有符契券疏；百官询事，则有关刺解牒；万民达志，则有状列辞谚：并述理于心，著言于翰，虽艺文之末品，而政事之先务也。

【注释】

①申宪：申述法令。

【译文】

"书"和"记"包括的范围非常广泛，各种记事的体裁基本都涵盖了，像笔记、札记之类，名称非常繁杂，从古到今出现了各种各样的名目。比如，用来综合管理民间百姓事情登记的，分别有"谱""籍""簿""录"；记载医药、历法、星象、卜筮的，分别有"方""术""占""式"；申明列举法令、讲述阐释兵法的，分别有"律""令""法""制"；在朝廷或者商业集市事务中用作信用证明的，分别有"符""契""券""疏"；用于各个官府之间询问事情的，分别有"关""刺""解""牒"；普通老百姓用来表达情志的，分别有"状""列""辞""谚"。以上列举的这些，都是人们为了表述心中的想法而创作出来，然后在笔札上记录下来的，虽然它们属于文章文字一类的下品，但在治理政事方面却是首先要处理的事务。

【原文】

故谓谱者，普也。注序世统①，事资周普；郑氏谱《诗》，盖取乎此。

籍者，借也。岁借民力，条之于版；《春秋》司籍，即其事也。

簿者，圃也。草木区别，文书类聚；张汤、李广，为吏所簿，别情伪也②。

录者，领也。古史《世本》，编以简策，领其名数，故曰录也。

方者，隅也。医药攻病，各有所主，专精一隅，故药术称方。

术者，路也。算历极数，见路乃明，《九章》积微，故以为术；淮南《万毕》，皆其类也。

占者，觇也。星辰飞伏③，伺候乃见，登观书云，故曰占也。

式者，则也。阴阳盈虚，五行消息，变虽不常，而稽之有则也。

律者，中也。黄钟调起，五音以正，法律驭民，八刑克平，以律为名，取中正也。

令者，命也。出命申禁，有若自天。管仲下令如流水，使民从也。

法者，象也。兵谋无方，而奇正有象，故曰法也。

制者，裁也。上行于下，如匠之制器也。

符者，孚也④。征召防伪，事资中孚；三代玉瑞，汉世金竹⑤，末代从省，易以书翰矣。

契者，结也。上古纯质，结绳执契；今羌胡征数，负贩记缗，其遗风欤！

券者，束也。明白约束，以备情伪，字形半分，故周称"判书"⑥。古有铁券⑦，以坚信誓；王褒《髯奴》，则券之谐也。

疏者，布也。布置物类，撮题近意，故小券短书，号为疏也。

关者，闭也。出入由门，关闭当审；庶务在政，通塞应详。韩非云："孙亶回，圣相也，而关于州部。"盖谓此也。

刺者，达也。《诗》人讽刺，《周礼》三刺，事叙相达，若针之通结矣。

解者，释也。解释结滞，征事以对也。

牒者，叶也。短简编牒，如叶在枝。温舒截蒲⑧，即其事也。议政未定，故短牒咨谋。牒之尤密，谓之为签。签者，纤密者也。

状者，貌也。体貌本原，取其事实，先贤表谥，并有行状⑨，状之大者也。

列者，陈也。陈列事情，昭然可见也。

辞者，舌端之文，通己于人；子产有辞，诸侯所赖，不可已也。

谚者，直语也。丧言亦不及文，故吊亦称谚。廛路浅言⑩，有实无华。邹穆公云："囊漏储中"，皆其类也。《牧誓》曰："古人有言：'牝鸡无晨。'"大雅云："人亦有言：'惟忧用老。'"并上古遗谚，《诗》《书》所引者也。至于陈琳谏辞，称"掩目捕雀"；潘岳哀辞，称"掌珠""伉俪"，并引俗说而为文辞者也。夫文辞鄙俚，莫过于谚，而圣贤《诗》《书》，采以为谈，况逾于此，岂可忽哉！

【注释】

①世统：一姓世代相承的系统，即世系。

②情伪：真假，真诚与虚伪。

③飞伏：流动隐伏。

④孚：信用。

⑤金竹：指铜虎符与竹使符。

⑥判书：契约，合同。

⑦铁券：外形如筒瓦状的铁制品，它在中国古代是皇帝分封功臣爵位时颁赏赐给臣子的信物和凭证。"铁券"上的信词最初时用丹砂填字，合称"丹书铁契"。

⑧温舒：路温舒，西汉著名的司法官。

⑨行状：文体名。专指记述死者世系、籍贯、生卒年月和生平概略的文章。也称状、行述。

⑩廛（chán）路：集市与道路。

【译文】

所谓"谱"，就是普遍、全面的意思。编排列举时代传承下来的体系，事情的依据和内容周全普遍；东汉郑玄编著《诗谱》，是按照《诗经》篇章国家地区的分类和诸侯的世系编成，大概就是从这里来的。

所谓"籍"，就是借的意思。朝廷一年从老百姓那里征用借使多少人力、物力，这些情况都要逐条记录在书籍简册上；根据《左传》记载，春秋时期设立了相关官员专门主管户籍，就是指的这件事情。

所谓"簿"，就是园圃的意思。在园圃中种植作物，各类蔬菜花木要分开种，用在文书上指的就是文书要进行分类编辑；西汉的张汤和李广，官吏拿着罪状文簿对二人一一进行责问审讯，目的是为了辨别二人所述事情的真伪。

所谓"录"，就是总括、总领的意思。古代的史书《世本》，是用简策编连起来的，总括黄帝以来帝王、诸侯、卿大夫的世系名次，所以叫作录。

所谓"方"，就是角隅的意思。用药品治疗疾病，每一张药方有各自主治的病，各自守着一处疾病领域，专门精于一个方面，所以医人治病的药方叫作方。

所谓"术"，就是路的意思。推算历法、研究数术，想要达到极致，只有掌握运算的方法才能够实现。古代的算经《九章算术》这部作品，作者从细微处进行研究，使精妙的算法得以积累，所以把它叫作术。再如《淮南万毕经》，就是这一类书籍。

所谓"占"，就是观察的意思。星辰的出现、流动和隐藏，这些天象等阴阳自然的变化，想要见到需要等待特定的时机观察才行。登上观察台进行观察，把云雾、雨雪等气象灾异的变化记下来，甚至能够从这些变化中占测判断出吉凶，所以叫作"占"。

所谓"式"，就是法则的意思。阴阳的不断变化，五行的盛衰消长，这些东西的变化虽然没有什么定数，但仍旧有一定的法则能去稽查探究的。

所谓"律"，就是中正的意思。乐律从黄钟的宫调开始，只有黄钟的音调整好了，宫、商、角、徵、羽五音才能够得到调整订正。法律来管理庶民百姓，处理好不孝、不睦等八种罪过的刑法，其他法律便也能公平执行了。之所以用"律"来作为名称，就是取其中正的意思。

所谓"令"，就是命令的意思。天子发出命令，无论是申明一件事还是禁止一件事，都像天帝下达的命令一样，威严不可抗拒。管仲曾说，下达命令并去执行要像流水一样，令一旦下了就不能收回，还因他的命令顺应民心，所以很容易使百姓信服。

所谓"法"，就是效法、法式的意思。兵法虽然没有十分固定的路数，但无论是出奇制胜还是正统规范，都有其特定的道理和法式可以去仿效遵循，所以兵书叫作兵法。

所谓"制"，就是制造的意思。国家、朝廷制定出的典章制度，里面包含着统治者的意图，从上面施行到下面，就好像匠人制作器物会本着自己的想法，按照一定的制裁规矩进行制作一样。

所谓"符"，就是诚信的意思。召集、聘请或者征用的时候，要防止伪乱造假，一定要确保相关的事情真实可信。在尧、舜、禹三代时，信符是玉制品一类，到了汉朝的时候，改用铜、竹制的"铜虎符"或者"竹使符"作为信符，后代的信符便越来越简化了，改用书信。

所谓"契"，就是结约的意思。上古时代，民间风气单纯朴质，靠给绳子打结来约定事情，例如大事打大结，小事打小结；现如今的羌人、胡人验证数字，商贩们用线将钱串起来记数，大概就是上古流传下来的风俗吧！

所谓"券"，就是约束的意思。明明白白地作出约定，来防止造假。"券"这个字，是由"半"和"分"两部分构成的，意思就是将券上文字一分为二，所以它在周代被称为"判书"。古代有把盟誓刻在金属上的"铁券"，之所以这么做是为了保证所定下的誓言一定要坚定。西汉王褒为了捉弄奴仆，在券约上记下《僮约》，作为文字游戏，这其实是诙谐的券书。

所谓"疏"，就是分布的意思。按照类别安排好事物，每个类别都摘出其中的要点，撰写出切合简要的意思，所以短小的约券或者文字就叫作疏。

所谓"关"，就是关闭的意思。出来进去都要经过门，关门的时候应当谨慎一些；同样的，行政长官在处理政事的时候，是通过还是阻止都应该考虑再三。韩非说："丞相公孙亶回非常圣明，而他的出身却是地方官，那样一步步升上来的。"大概说的就是这些。

所谓"刺"，就是通达的意思。《诗经》里的嘲讽之语，《周礼》中说要通过三次探问来审断诉讼，事情的经过要按照次序进行讯问才能通达明了，就像反复用针刺来疏解阻塞之处一样。

所谓"解"，就是解释的意思。解释疑难的地方，解决受阻碍、有障碍之处，然后通过核对来验证事实。

所谓"牒"，就是叶的意思。将短的竹简汇集编成牒，就好像树枝上长着树叶一样。西汉的路温舒采摘蒲叶，然后截剪整齐，编串成牒用来写字，大概就是这种事情。倘若议谈政事还没有一个定论，就会用短小的牒文来商量。牒文中还有一种更简小的，叫作"签"。所谓"签"，就是细密的意思。

所谓"状"，就是状貌的意思。本来是描绘一个人的形态体貌，后来演变为采取事实，例如采取一个人一生的言行事实并进行追叙；贤人死后通常要定谥号，并且还要有"行状"，用来描述他的生平经历，这类状文非常重要。

所谓"列"，就是陈列的意思。也就是说要把事情原原本本陈述出来，叙述明白到让人几乎能够亲眼所见。

所谓"辞"，就是口头话语的意思。通过说话让他人明白自己的思想。春秋时期，郑国的子产非常善于说话，各国诸侯都依赖他。由此可见，"辞"的作用是相当大的，绝不能离开它。

所谓"谚"，就是质朴直接的话。比方说父母丧亡或者去别家吊丧，丧礼上说的话通常是不讲文采的，所以吊慰的文辞也称为"谚"。街头巷尾，老百姓互相交流尽是些浅言陋语，非常朴实无华。邹穆公曾说："粮袋即使漏了，粮食也只会漏到储粮器里罢了。"谚语基本就是这类的话。《尚书·牧誓》里说："古人有句话，'母鸡不在早晨啼叫报晓。'"《诗经·大雅》说："人们也曾说过：'忧愁得多了人老得快'。"这些谚语其实都是源自于上古，只不过被《尚书》和《诗经》拿来引用罢了。至于陈琳规劝何进时所说的话，称"蒙住眼睛捉鸟雀"；潘岳的哀辞中有引用俗谚，例如"掌上明珠""伉俪夫妇"等，这都是引用通俗的谚语来说话作文。论起文辞的浅显通俗，没有能比谚语的文字更通俗的了，但圣人贤者创作的《诗经》《尚书》等经典经书，仍采摘俗谚来作为文辞用语，何况还有不少谚语比这些还要好，怎么能够忽略它们啊！

【原文】

观此众条，并书记所总：或事本相通，而文意各异；或全任质素，或杂用

174

文绮，随事立体，贵乎精要。意少一字则义阙，句长一言则辞妨，并有司之实务①，而浮藻之所忽也。然才冠鸿笔，多疏尺牍，譬九方堙之识骏足②，而不知毛色牝牡也。言既身文，信亦邦瑞。翰林之士，思理实焉。

【注释】

①有司：官吏，古代设官分职，各有专司，故称。

②九方堙（yīn）：九方皋（gāo），九方皋曾受伯乐推荐，为秦穆公相马三个月。他相马看重内在精华，不求表面；注重它的本质，去掉它的现象；只注意那应该审察研究的方面，抛弃那不必审察的方面。

【译文】

仔细看看这上面所列举的众多条目，都囊括在"书""记"所包含的范围里：有的内容上是相通的，可是用意却各有差异；有的完全采用朴素的语言，有的偶尔夹杂着绮丽的文辞，写的时候要根据具体情况确定选用哪一种体制，内容重在精练扼要；表达意思的时候，哪怕只少一个字都会让意义有所缺漏，行文造句的时候，哪怕只多一个字都会让文辞有所阻碍。这些都是主管官府处理具体事务的时候必须切实用到的，同时也是被那些追求辞藻浮华的作者所忽略的。然而，那些才华出众的超一流人物，大多都不看重短小的书札，就好像相马高手九方堙，能识别好马的实质却忽略了马的毛色和雌雄这类小事一样。一个人的言语既然能够代表自身的文采，一个国家的信用也是此国珍贵的宝物。那么文人们，自然也应该把事物最真实的一面呈现、记录下来。

【原文】

赞曰：文藻条流，托在笔札。既驰金相①，亦运木讷②。万古声荐，千里应拔。庶务纷纶，因书乃察。

【注释】

①金相：金玉般的质地，指有华藻，比喻完美的形式。

②木讷（nè）：泛指质朴，无文饰。

【译文】

总而言之：纷纭文章之中，那些最细小的枝条流派，基本都归属在"书""记"之类的笔札上。其中既可以拥有驰骋金玉般的文辞藻饰，又可以包含朴质无华的语言。它既能宣扬万古以来的伟大声名，又能影响千里之外的众呼响应。官府部门的政务实在是繁杂众多，只有靠"书""记"去整理，才能够得到明察。

神思第二十六

【原文】

古人云："形在江海之上，心存魏阙之下①。"神思之谓也。文之思也，其神远矣。故寂然凝虑，思接千载；悄焉动容，视通万里；吟咏之间，吐纳珠玉之声；眉睫之前，卷舒风云之色：其思理之致乎？故思理为妙，神与物游。神居胸臆，而志气统其关键；物沿耳目，而辞令管其枢机。枢机方通，则物无隐貌；关键将塞，则神有遁心。

是以陶钧文思，贵在虚静，疏瀹五藏②，澡雪精神③；积学以储宝，酌理以富才，研阅以穷照，驯致以怿辞，然后使元解之宰，寻声律而定墨；独照之匠，窥意象而运斤④：此盖驭文之首术，谋篇之大端。

【注释】

①魏阙：官门上巍然高出的观楼。其下常悬挂法令，后用作朝廷的代称。

②疏瀹（yuè）：洗涤，沐浴。

③澡雪精神：以雪洗身，清净神志。比喻清除意念中的杂质，使神志、思想保持纯正。

④运斤：挥动斧头砍削。运斤成风为一个成语，用来比喻技术极为熟练高超。出自《庄子·徐无鬼》："匠石运斤成风，听而斫之，尽垩（è）而鼻不伤，郢人立不失容。"

【译文】

古人曾说："虽然身在江海的边上，心情思绪却早已飞到朝堂中去了。"这里说的"神思"就是想象的方法。构思一篇文章的时候，作者可以无限发挥自己神奇的想象力，不受任何限制，让思绪飞翔得十分遥远。只要在心里默默地仔细思考一番，思想便可以和千年之前的事情相互接通；只需稍稍地动一动表情，目光便好像能够跨越距离，窥探到万里之外的地方。在吟语咏唱的时候，如珠似玉般的悦耳声音从口中发出；在凝神静思的时候，一派风云变幻的景色便呈现在眼前：以上列举的这些，难道不都是作文构思的时候，发挥无限想象力所达成的吗？所以说构思这种东西十分奇妙，它可以让内心的思绪同客观外物相互交融在一起。神思产生于作者的内心之中，它的一动一静都由人的意志和体气支配；作者的眼睛和耳朵接触外界事物，然后通过语言来作为枢纽去表达展示。当一个人的表达机构灵活通畅的时候，事物的外貌形态自然能很容易地描绘出来，很难隐蔽得起来；倘若掌管想象的枢纽受到阻塞，那么神奇的思绪便不会出现，也就相当于精神涣散了，想象力也就消失不见了。

所以，文人在酝酿文思的时候，一定要保证内心处于虚空和静默状态，消除心里的杂念，洗涤思想的污垢。这就需要作者们努力学习，积累学识然后将精华储存起来，斟酌辨析各种事理来使自己的才学更加丰富；研究各种阅历经历，进行彻底的观察和反思；要顺着已有的文思去寻求最恰当的文辞进行表达，然后才能驱使深通玄妙道理的内心，按照一定节奏来铺设文辞；这样一来，就能任凭想象自由自在地进行创作了，正像有着独到看法的工匠能依照心思想法自如挥斧一样：这些就是写作文章的时候，驾驭文思的首要方法，也是开始谋篇文章的关键步骤。

【原文】

夫神思方运，万涂竞萌，规矩虚位，刻镂无形。登山则情满于山，观海则意溢于海，我才之多少，将与风云而并驱矣。方其搦翰①，气倍辞前，暨乎篇成，半折心始。何则？意翻空而易奇②，言征实而难巧也。是以意授于思，言授于意，密则无际，疏则千里。或理在方寸而求之域表，或义在咫尺而思隔山河。是以秉心养术，无务苦虑；含章司契，不必劳情也。

【注释】

①搦（nuò）翰：犹执笔。
②翻空：形容作文构思时奇想联翩。

【译文】

构思的活动刚刚开始进行，想象的思绪也才正要活动，脑中便涌现出各种各样的思路和物象，这个时候想要孕育内容，但写作方法还没有定下来，想要描摹形象，但文章思路还没有定型。登上高山的时候，整座山的美景便充斥在了情思之中；看到大海的时候，波涛翻腾的风光就出现在了思想之中。作者想象的才能，就好像和风云一起在天空中并驾齐驱地游行而没办法计量。作者刚刚拿起笔的时候，比在正式写作之前的气势要充足得多；可是等到写成篇章后，起初想象的那些巧妙构思却已经打了一半折扣。为什么会是这种情况呢？想象凭空生成，想得奇特其实并不困难，但语言文字是比较实在的东西，很难巧妙地驾驭起来，将作者的想象完美呈现给读者。所以，由作者的感情、精神而衍生了文章的思想内容，然后作者根据构思好的文章内容来组织言辞。倘若文章的思想内容、作者的感情精神和文章的言辞文字，这三者紧密结合，那么文章就可以写得天衣无缝，反之，如果哪里出现了疏漏，那么原本构思的与实际作品就会相差千里。有的道理明明就摆在心里，却还要到很远的地方去寻求；有的意思明明就放在眼前，却像隔着高山大河那样无法触及。所以，要秉持一颗宁静之心，加强内心的修养，而用不着冥思苦想，要用心感悟外界事物的美好，不必那么劳心劳神。

【原文】

人之禀才，迟速异分，文之制体，大小殊功。相如含笔而腐毫，扬雄辍翰而惊梦，桓谭疾感于苦思①，王充气竭于思虑，张衡研《京》以十年，左思练《都》以一纪②：虽有巨文，亦思之缓也。淮南崇朝而赋《骚》③，枚皋应诏而成赋④，子建援牍如口诵⑤，仲宣举笔似宿构，阮瑀据案而制书，祢衡当食而草奏：虽有短篇，亦思之速也。

【注释】

①桓谭：东汉哲学家、经学家、琴师、天文学家。

②左思：西晋著名文学家，其《三都赋》颇被当时称颂，造成"洛阳纸贵"。

③崇朝：终朝，从天亮到早饭时。有时喻时间短暂，犹言一个早晨。

④枚皋：枚乘的庶子，西汉文学家、汉赋家。

⑤援牍：执简，谓写作。

【译文】

每个人都有不同的才能禀赋，文思也自然有迟缓与迅速的差异，这是由天赋而定的；文章也是有着多种多样的体制，有长篇幅也有短篇幅，每篇文章的功力也各不相同。司马相如作文的时候，嘴里含着笔，等文章写出来的时候，笔上的毫毛都烂了；扬雄写文章太过用功，放下笔睡觉立马就做了噩梦；桓谭因为常常冥思苦想，以致生了重病；王充写文章因为考虑了太多东西，最终耗尽了自己的精力；张衡精心创作《二京赋》，总共花了十年时间；左思创作锤炼《三都赋》，则花了十二年时间：以上列举的这些文人名家，虽然创作的是长篇巨作，但也说明了他们的文思太过迟缓。汉文帝下诏命令淮南王刘安作《离骚传》，刘安只用了一个早晨就写好了；汉武帝下诏命令枚皋作赋，他总是能很快地写完；曹植作文章，一旦铺开了纸，下笔不停就像在默写背诵好的文章；王粲拿起笔便能创作，好像在写以前就写好的文章；阮瑀靠着马鞍就起草好了曹操吩咐的书信；祢衡在宴席之上就把奏章完成了：上述这些作家虽说创作的都是短篇，但是也充分表现了他们的才思敏捷。

【原文】

若夫骏发之士，心总要术，敏在虑前，应机立断；覃思之人①，情饶歧路，鉴在疑后，研虑方定。机敏故造次而成功②，虑疑故愈久而致绩。难易虽殊，并资博练。若学浅而空迟，才疏而徒速，以斯成器，未之前闻。是以临篇缀虑，必有二患：理郁者苦贫，辞溺者伤乱。然则博见为馈贫之粮，贯一为拯乱之药③，博而能一，亦有助乎心力矣。

【注释】

①覃（tán）思：深思。

②造次：须臾，片刻。

③贯一：统贯于某一个基本观念。

【译文】

像那些文思敏捷的人，创作的相关方法要领早已烂熟于心，在深思熟虑之前就已经敏锐地把握住要点，所以能够当机立断。而一些文思迟缓的人，思想混乱的时候容易左右摇摆不定，反复怀疑之后才能渐渐弄清事理，所以这类作者要仔细地研究考虑后才能决定如何创作：文思敏捷，所以文章能在仓促中完成；疑虑太多，所以文章写完需要很久的时间。创作文章的快和慢、难和易，虽然各有不同，但是都离不开渊博的文化知识和娴熟的创作技巧。倘若学识浅薄，即便慢慢写也是白费工夫；才疏学浅，哪怕写得快也是徒劳一场，像这样还想写出好的文章，听都没听说过。所以，一个人在创作的时候酝酿文思，一定会遇到两种困难：一种是文思抑郁阻塞的人，他们为自己想象力的贫乏而困扰；一种是文辞泛滥庞杂的人，他们因为无法厘清顺当的文辞而烦恼。那么，让自己的见识广博起来，就能为原本贫乏的想象力补充食粮，培养自己贯通全局的能力，就能为自己的紊乱思绪开一方好药。倘若自己的见识广博了，而且又擅长把握中心、统领全局，那么创作构思的能力便能得到大大提升。

【原文】

若情数诡杂，体变迁贸①，拙辞或孕于巧义，庸事或萌于新意，视布于麻，虽云未贵，杼轴献功②，焕然乃珍。至于思表纤旨，文外曲致，言所不追，笔固知止。至精而后阐其妙，至变而后通其数，伊挚不能言鼎，轮扁不能语斤③，其微矣乎！

【注释】

①迁贸：变迁，变革。

②杼（zhù）轴：织布机上的两个部件，亦代指织机。

③轮扁不能语斤：《庄子·天道》："轮扁曰：'臣也以臣之事观之。斫轮，徐则甘而不固，疾则苦而不入，不徐不疾，得之于手而应于心，口不能言，有数存焉于其间。'"轮扁：春秋时齐国有名的的造车工人。

【译文】

　　一部作品的情思其实是相当复杂混乱的，风格体裁也是变化多端的。拙劣的文辞有时也可能包含精巧的义理，平庸的事物中偶尔也会透露出新颖的意思。就好像麻布一样，作为原料的麻虽然质地普通，并不贵重，但只要经过织布机的精细加工，织出的麻布便可以焕发出光彩，价值自然就攀升了。至于超越文思的那些细微奥妙的内涵，隐藏在文辞之外的那些幽深情趣，这些部分都是语言所表达不出的，笔墨所不能描绘的。只有达到最深层的境界才能将它的奥妙阐释清楚，必须要掌握相关的一切微妙变化之后才能将它的规律精确总结出来。这就好比厨师伊挚说不出鼎中调味的妙处所在，巧匠轮扁也说不出挥斧削木的技巧所在，这里面蕴含的道理实在是微妙啊！

【原文】

　　赞曰：神用象通，情变所孕。物以貌求，心以理应。刻镂声律，萌芽比兴。结虑司契，垂帷制胜①。

【注释】

①垂帷：放下室内悬挂的帷幕，借指专心读书或写作。

【译文】

　　总而言之：神奇的想象和构思要凭借物象来贯通，这些是经由人的思想感情变化一点点孕育出来的。外物展现出自己的形貌，让作家对其有所触动，于是在内心产生了情理思路。然后雕刻描绘出各种事物形象、声律，逐步产生了比和兴的写作手法。精心地思虑，把握一定的规则来形成文思，这样在垂下帷幕构思创作的时候才能成功。

体性第二十七

【原文】

夫情动而言形，理发而文见，盖沿隐以至显，因内而符外者也。然才有庸俊，气有刚柔，学有浅深，习有雅郑；并情性所铄，陶染所凝，是以笔区云谲，文苑波诡者矣。故辞理庸俊，莫能翻其才；风趣刚柔，宁或改其气；事义浅深，未闻乖其学；体式雅郑①，鲜有反其习：各师成心，其异如面。

若总其归涂，则数穷八体：一曰典雅，二曰远奥，三曰精约，四曰显附，五曰繁缛，六曰壮丽，七曰新奇，八曰轻靡。典雅者，熔式经诰，方轨儒门者也②；远奥者，馥采典文，经理玄宗者也；精约者，核字省句，剖析毫厘者也；显附者，辞直义畅，切理厌心者也；繁缛者，博喻酿采③，炜烨枝派者也；壮丽者，高论宏裁，卓烁异采者也；新奇者，摈古竞今，危侧趣诡者也；轻靡者，浮文弱植，缥缈附俗者也。故雅与奇反，奥与显殊，繁与约舛④，壮与轻乖，文辞根叶，苑囿其中矣。

【注释】

①雅郑：正声和淫雅之声。雅，雅乐，宫廷音乐。郑，郑声，郑地音乐，儒家认为淫雅之音。

②方轨：取法，比肩。

③酿采：富于文采。

④舛（chuǎn）：违背。

【译文】

一个人的内心情感有所触动，自然而然就化为语言吐露出来，如果想要把道理完完整整表达出来，就要用文章去展现。这是把隐藏在心中的情和理，用显而易见的文字去表现，是一个由内在发展到外在的过程。不过，一个人的才华有平凡和杰出之分，气质有刚强和柔弱之别，一个人的学识有浅显和广博之异，习惯有优雅和歪邪之差。造成这些差异的根源是人的情性，然后经过后天的熏陶浸染，便成了这个样子；因此，在笔墨的领域，文字的创作千变万化，像天上的流云一样神奇。在文学的园地，情思的变化无穷无尽，像海上的波涛

181

一样神秘。由此能知道，对于一篇文章而言，里面包含的文辞和道理究竟是平凡还是杰出，跟这位作者的才华是分不开的；那么一部作品的风格和趣味究竟是刚健还是柔弱，则取决于作者的气质，它们相互关联，没有差别；那么作品所叙述的事情，以及文辞间体现的意义究竟是浅显还是深奥，也自然不会和作者的学识相差甚远；那么一部作品的体制究竟是雅正还是歪邪，基本上会和作者的习惯挂钩。不同的作者按照自己的本性来写作，所创作的作品风格，就像人都有自己独特的面貌一样，各不相同。

　　归结一下所有的作品类型，可以概括为八种不同的风格：一为典雅，二为远奥，三为精约，四为显附，五为繁缛，六为壮丽，七为新奇，八为轻靡。所谓典雅，就是学习经书的精髓，跟随儒家经典的脚步前行；所谓远奥，就是文采相对含蓄，文辞有法度，采用道家学说作为说理的基础；所谓精约，就是字句简练，非常精深细致地辨析事理；所谓显附，就是文辞朴实直接，明白畅晓地表达作品的意义，语言符合事物的真实一面，合情合理使人满意；所谓繁缛，就是采用广博的比喻，包含丰富的文采，善于铺陈辞藻，内容繁多宏大，光彩四溢；所谓壮丽，就是具有高超的议论手法，具备宏大的体裁，文采不凡；所谓新奇，就是抛弃旧的传统，追求新的思路，表达的意思诡奇怪异；所谓轻靡，就是只着眼于浮华的辞藻，表达的情志软弱无力，内容泛泛空谈，旨趣庸俗不堪。以上列举的这八种风格中，典雅和新奇相反，远奥和显附不同，繁缛和精约有异，壮丽和轻靡相别。哪怕文章的表现再不一样，文辞不管如何抽枝发芽，向何处蔓延，都跳不出这个范围。

【原文】

　　若夫八体屡迁，功以学成；才力居中，肇自血气；气以实志，志以定言，吐纳英华①，莫非情性。是以贾生俊发②，故文洁而体清；长卿傲诞，故理侈而辞溢；子云沈寂，故志隐而味深；子政简易③，故趣昭而事博；孟坚雅懿④，故裁密而思靡；平子淹通，故虑周而藻密；仲宣躁锐，故颖出而才果；公幹气褊，故言壮而情骇；嗣宗俶傥⑤，故响逸而调远；叔夜俊侠⑥，故兴高而采烈；安仁轻敏⑦，故锋发而韵流⑧；士衡矜重，故情繁而辞隐。触类以推，表里必符。岂非自然之恒资⑨，才气之大略哉！

【注释】

　　①吐纳：表达的意思。
　　②贾生：贾谊，西汉初年著名政论家、文学家，世称贾生。俊发：犹英发。

谓才识、情性、文采等充分表现出来。

③子政：刘向的字，西汉末年文学家。

④孟坚：班固的字。

⑤嗣宗：阮籍的字，三国时期魏诗人，竹林七贤之一。俶傥（tì tǎng）：豪爽洒脱，亦作"倜傥"。

⑥叔夜：嵇康的字，三国时期曹魏思想家、音乐家、文学家。

⑦安仁：潘岳的字，西晋著名文学家、政治家。

⑧锋发：锋芒外露，才华横溢。韵流：音韵流畅。

⑨恒资：犹天资。

【译文】

要想熟练地掌握这八种风格的变化，关键要靠自身的学问；每个人内在的不同才华，来自于每个人先天的气质。气质培养好了，人的情志就能跟着充实起来，有什么样的情志就能写出什么样的语言，一篇文章能否写得精彩绝伦，与人的情性紧密关联。因此，贾谊拥有过人的才智和豪迈的秉性，所以他的文辞简洁而风格清新；司马相如的性格放荡不羁，所以辨理的时候非常夸张，而且铺设的辞藻太多；扬雄的性格沉静，所以他创作的文章含蓄深沉，意味深长，余韵无穷；刘向的性格坦率平易，所以他创作的文章志趣鲜明，而且广泛地运用事例进行说明；班固的性格雅正深邃，所以他创作的文章论断非常精密，而且文思细腻；张衡的学识广博，性格深沉通达，所以他创作的文章往往考虑得十分周到，而且辞采相当细密；王粲的性子急躁直锐，所以他创作的文章往往锋芒显露，而且才识果断；刘桢的性格狭隘急遽，所以他创作的文章文辞富有力量，常常让人惊骇不已；阮籍的性格洒脱不羁，所以他创作的文章，音调飘逸，意义悠远，不同凡响；嵇康的性格豪爽，所以他创作的文章兴趣四溢，而且辞采热烈非凡；潘岳的性格轻率而敏捷，所以他创作的文章锋芒尽显，而且音节流畅；陆机的性格庄重，所以他创作的文章情理繁杂，而且文辞隐晦。从上述列举的这些作家文人的事例可以知道，一个人内在的性格特点和他所创作出来的文章风格是一致的。这难道不是作者写作的天赋资质和才气深深影响了他的作品风格吗？

【原文】

夫才由天资，学慎始习。斫梓染丝①，功在初化，器成彩定，难可翻移。故童子雕琢，必先雅制，沿根讨叶，思转自圆。八体虽殊，会通合数，得其环中②，则辐辏相成。故宜摹体以定习，因性以练才。文之司南，用此道也。

【注释】

①斫（zhuó）：用刀、斧等砍劈。

②环中：轴心。

【译文】

一位作者的才华虽然有一部分是由天赋决定的，但像学习这种事情，一开始就必须慎重对待。这就好像制作木器或者为丝绸染色，开始干活的时候就决定了它的功效；如果等到器物做好了，颜色也染好了，就很难再更改了。因此，在孩童时期学习写作的时候，应当先从学习模仿雅正的作品开始，确保起步的体制端正；从根本出发，再去寻究枝叶，这样在转变思路的时候便能更加圆润成功。前面所叙述八种风格虽然各不一样，但它们彼此之间是能够融会贯通的，因为它们都合乎一定的法则；就好像车轮都有自己的轴心，那么辐条再多也能够自然聚合然后运转起来。所以，作者应该学习正确的风格，然后培养自己的特定风格，根据自己的性格和气质来进行写作，逐步培养创作的才华。所谓指导创作的指南针，所指向的就是这条道路。

【原文】

赞曰：才性异区，文辞繁诡。辞为肌肤，志实骨髓。雅丽黼黻①，淫巧朱紫。习亦凝真，功沿渐靡。

【注释】

①黼黻（fǔ fú）：泛指礼服上所绣的华美花纹。

【译文】

总而言之：根据作者不同的才气和性格，他们作品的风格也是丰富多样的。其实，文辞只是相对比较次要的肌肤，而作者的情志才是最为重要的骨干部分。那些华丽而雅正的文章，就像古代礼服上绣着的美丽花纹，倘若过分追求文辞的奇巧，就会让杂色搅乱了正色的表达。在写作上，一个人的才华和气质是可以通过后天的陶冶而慢慢形成的，不过这需要经过长期学习慢慢熏陶出来，一步步磨炼，才能见效。

风骨第二十八

【原文】

《诗》总六义，"风"冠其首，斯乃化感之本源，志气之符契也。是以怊怅述情①，必始乎风，沉吟铺辞，莫先于骨。故辞之待骨，如体之树骸，情之含风，犹形之包气。结言端直，则文骨成焉；意气骏爽②，则文风清焉。若丰藻克赡，风骨不飞，则振采失鲜，负声无力。是以缀虑裁篇，务盈守气，刚健既实，辉光乃新，其为文用，譬征鸟之使翼也。

【注释】

①怊（chāo）怅：惆怅，形容人失意时感伤惆怅的情绪。

②骏爽：秀拔清朗。骏，通"俊"。

【译文】

《诗经》的"六义"包括风、雅、颂三种体裁和赋、比、兴三种表现手法，其中，"风"排在第一位。之所以这样安排，是因为风是感染人内心的根本力量，它体现了一个人的志气。所以，想要在叙述情志的时候表现得感人至深，必须从风开始，因为它具备感化的力量；反复推敲如何铺陈一篇文章的文辞，最关键的是注意骨的作用。所以，撰写文辞需要有骨力，就好像人只有竖起了骨架才塑造出形体一样；表达感情需要有风力，就好像人只有充满了生气，形体才能圆满一样。一部作品的措辞端庄正直、正确有力，那是因为在创作的时候很好地构造了文章的骨力；表现思想感情的时候明快爽朗、有力感人，那是因为在创作的时候文风保持清新。如果文辞丰富，而没有动感飞扬的风骨，那么纵使辞采再丰富多样，这样的文章也是暗淡无光的，也谈不上什么声韵之美。所以行文的时候，构思全篇，一定要让胸怀中充满气概，以保证文字中气韵十足，书写刚健的文辞，让文章思想感情的表达更加充实，这样文章能绽放出新的光辉。文章的"风""骨"作用之大，就像飞翔的鸟儿用力挥动自己的双翼一样。

【原文】

故练于骨者，析辞必精；深乎风者，述情必显。捶字坚而难移，结响凝而不滞，此风骨之力也。若瘠义肥辞，繁杂失统，则无骨之征也；思不环周，牵课乏气①，则无风之验也。昔潘勖《锡魏》②，思摹经典，群才韬笔，乃其骨髓峻也；相如赋《仙》，气号凌云，蔚为辞宗，乃其风力遒也。能鉴斯要，可以定文；兹术或违，无务繁采。

【注释】

①牵课：犹勉强，强作。

②潘勖（xù）：东汉末期作家。

【译文】

所以，能够熟练把握文章骨力的人，他们一定能够精准恰当地辨析文辞；能够神通文风的人，他们一定能够清晰地表述情志。看一篇文章是否有风骨力量，要看里面的字是否经过千锤百炼，直到准确得难以更换，看里面的声韵是否恰当地凝聚在一起，却不让人觉得黏滞拥挤。倘若一篇文章主题的意义太过浅显，充斥浮华的辞藻，文辞杂乱，一点条理都没有，那便说明这篇文章是缺乏骨力的。倘若一篇文章在创作之前不能考虑清楚，硬着头皮勉强创作，这种文章是缺乏生气的，也充分说明了文章是没有风力的。从前潘勖创作《策魏公九锡文》，在构词上效仿经典文诰，他的这篇文章一写出来，众多有才华的文人统统放下笔而不敢再写类似的文章了，就是因为他的这篇文章骨力峻峭，非常出众；司马相如创作的《大人赋》，被称为有飘逸的凌云之气，文采繁盛，被高举为辞赋界的典范，就是因为这部作品里蕴含的风劲非常富有力量。如果能够好好总结一下这些写作要点并加以借鉴，那么写出好的文章就不用愁了；倘若不遵守这些原则，一味地追求文采罗列，那是一点益处也没有的。

【原文】

故魏文称："文以气为主，气之清浊有体，不可力强而致。"故其论孔融，则云"体气高妙"；论徐幹，则云"时有齐气"；论刘桢，则云"有逸气"。公幹亦云："孔氏卓卓，信含异气，笔墨之性，殆不可胜。"并重气之旨也。夫翚翟备色①，而翾翥百步②，肌丰而力沉也；鹰隼乏采③，而翰飞戾天，骨劲而气猛也。文章才力，有似于此。若风骨乏采，则鸷集翰林④，采乏风骨，则雉窜文囿，唯藻耀而高翔，固文笔之鸣凤也。

【注释】

①翚（huī）翟：泛指雉科鸟类。

②翾翥（xuān zhù）：飞翔。

③鹰隼（sǔn）：两种猛禽，泛指凶猛的鸟。

④鸷（zhì）：凶猛的鸟，如鹰、雕、枭等。

【译文】

因此，魏文帝曹丕在《典论·论文》中说："一篇文章，最主要的是作者的气质体现和文字本身的气韵，气这种东西是有清浊之分的，是自然形成的，没办法勉强拥有。"所以，他评论孔融，说这个人"风格气质都非常高明绝妙"；评论徐干，说这个人"具备齐地的文风特色，经常有舒缓的风格气质"；评论刘桢，说这个人"气质风格非常超脱飘逸"。刘桢也曾评价说："孔融是一位很杰出的作者，他的作品里确实具备非凡的气貌风格，他的笔墨中所流淌出来的妙处，几乎没有人能超越。"以上这些评论，都说明作者的气质和文章的气韵是非常重要的。野鸡羽毛斑斓，飞的距离却只能达到百步，那是因为它们的肌肉过于丰满，却没有什么力量；鹰隼没有华美的羽毛却能在苍穹云端翱翔，那是因为它们拥有强劲的骨力和凶猛的气势。一篇文章，文才和力量的关系，也差不多是这样的。如果一篇文章只有风骨力量而文采匮乏，那就像文坛中聚集的满是鹰隼之类的凶猛大鸟；如果一篇文章只有文采而没有风骨，就好像五彩的野鸡在文坛中上下乱飞，只有那些身披华丽耀眼的羽毛同时又能在天空中肆意遨翔的，才有资格称得上是文中之凤。

【原文】

若夫熔铸经典之范，翔集子史之术，洞晓情变，曲昭文体，然后能孚甲新意①，雕画奇辞。昭体，故意新而不乱，晓变，故辞奇而不黩②。若骨采未圆，风辞未练，而跨略旧规，驰骛新作，虽获巧意，危败亦多，岂空结奇字，纰缪而成经矣③？《周书》云："辞尚体要，弗惟好异。"盖防文滥也。然文术多门，各适所好，明者弗授，学者弗师。于是习华随侈，流遁忘反④。若能确乎正式，使文明以健，则风清骨峻，篇体光华。能研诸虑，何远之有哉！

【注释】

①孚甲：指草木种子分裂发芽，引申为萌发、萌生。

②黩：轻慢、不严肃。

③纰（pī）缪：差错、谬误。

④流遁：耽乐放纵。

【译文】

　　至于创作这种事，文辞要按照经典经书的规范提炼出来，从诸子百家相关史传的创作中吸取经验，透彻地明白文章情势的变化，充分了解文章的体制，然后就能像春天草木发芽一样，萌生出新颖的文思，修饰创作出非凡的文辞。只有熟练地掌握各种体制，才能将文意推陈出新，而不会错用文体；只有清楚地了解写作上的变化，才能充分展示奇巧的文辞而不会乱用修辞手法，致使文辞失去严正的法度。倘若作者还没有把文章创作的骨力和文采磨炼圆熟，也没有成功提炼出驾驭言辞风力的方法，却扬言要超越旧有的规范体制，一味抬高眼光去追逐新的创作，即便有可能创作出奇巧的文意，然而最终失败的事例也数不胜数，难道就因为费心力造出一些奇特的字句，就能把犯的错误一笔勾销，当作正常现象吗？《尚书·毕命》里说："文章的言辞关键在于体察主题的要领，单单爱好奇异是绝对不行的。"这句话是为了警告文人们，一定不要滥用文辞。然而，写作方法有千百种，每个人都有自己钟爱并且擅长的方法，所以，懂写的人不必把自己的写作喜好硬教给他人，想要学习写作的人也不用去特意向人请教写作方法。于是，有的人便不知道从哪沾染了华艳的习气，学习他人侈丽淫靡的文风，而且在这种轻浮的文风道路上越走越远，不愿回头。如果一开始就能确立正确的体式，写出的文辞鲜明而又刚健，那么磨炼出的笔力自然富有风韵，风格清新爽朗，骨力高超峻拔，整篇文章光彩照人。只要能深入研究一下上面列举的各种问题，那么达到那种绝妙的境界就不会遥远啊！

【原文】

　　赞曰：情与气偕，辞共体并。文明以健，珪璋乃聘①。蔚彼风力，严此骨鲠。才锋峻立，符采克炳。

【注释】

　　①珪璋：玉制的礼器，古代用于朝聘、祭祀。

【译文】

　　总而言之：作者一定要让自己的情思和气质相互融合，让文章的文辞和风格并驾齐驱。文章要写得鲜明强劲，才能像诸侯国家之间互相聘问时持圭璋那样通达。创作的时候，要让文章富有强盛的风劲，保证语言文辞的骨力严峻挺拔。这样才能使作者优秀的文才高峻卓立，让创作出来的文章闪烁着美丽的华彩。

通变第二十九

【原文】

夫设文之体有常，变文之数无方，何以明其然耶？凡诗赋书记，名理相因，此有常之体也；文辞气力，通变则久，此无方之数也。名理有常，体必资于故实；通变无方，数必酌于新声；故能骋无穷之路，饮不竭之源。然绠短者衔渴①，足疲者辍途，非文理之数尽，乃通变之术疏耳。故论文之方，譬诸草木，根干丽土而同性②，臭味晞阳而异品矣③。

【注释】

①绠（gěng）：汲水用的绳子。

②丽土：依附于土地。

③晞（xī）阳：沐浴于阳光下，晒太阳。

【译文】

文章的体裁、体制处于一定的常规法度之内，但文章创作的方法却是变化多端的，且不受固定的标准限制。这个结论是如何得到的呢？像诗、赋、书、记等各式各样的文体，它们的名称和创作模式是从古至今继承延续下来的，这就表明了体裁有着固定的规范；文章的气势和骨力，务必要经历不断的革新，往好的方面变通才能一直流传下去，由此说明，写作的方法其实并没有固定的框架。各类文体的名称和创作模式具备一定的常规，因此，体裁、体制的要求一定要以旧有的经典作品为榜样进行借鉴；而对于文章写作的风格气力，其变化革新是没有固定框架的，所以一旦讲求变化务必要多多参考阅读当下的新作。这样一来，作者才能在无穷无尽的创作道路上奔跑不停歇，在文学之井中汲取永不枯竭的创作源泉。如果打水的绳子太短，汲水的人便会因为够不着水而口渴，走路走到双脚疲软的人，往往会在半路中停步。这些比喻说明，作者若是写不出好文章，不是因为他掌握的创作方法有限，只是因为他不善于对文章的风格气韵进行变化革新罢了。因此，谈论起创作文章的方法，作品好比草木，草木的根和干都埋于土里，这是作为植物所共同具备的性质；但是不一样的植物会因为吸取阳光的多少，最终成长为不同的品类。

【原文】

是以九代咏歌，志合文则。黄歌"断竹"，质之至也；唐歌《在昔》，则广于黄世；虞歌《卿云》，则文于唐时；夏歌"雕墙"，缛于虞代；商周篇什，丽于夏年。至于序志述时，其揆一也①。暨楚之骚文，矩式周人②；汉之赋颂，影写楚世；魏之篇制，顾慕汉风；晋之辞章，瞻望魏采。榷而论之③，则黄唐淳而质，虞夏质而辨，商周丽而雅，楚汉侈而艳，魏晋浅而绮，宋初讹而新④。从质及讹，弥近弥淡。何则？竞今疏古，风昧气衰也。

【注释】

①揆（kuí）：准则，原则。

②矩式：法式，亦指以此为法式。

③榷：同"榷"，大略。

④宋：指南朝刘宋朝代。

【译文】

因此，黄帝、尧、舜、夏、商、周、汉、魏、晋这九个时代所咏唱的诗歌，在情志的表现上都顺应文章创作的法式。黄帝时代吟唱的《弹歌》，唱着"断竹"之类的歌词，算是极其质朴的；尧帝时代吟唱的《在昔歌》，就比黄帝时代的歌谣要发展丰富了一些；舜帝时代吟唱的《卿云歌》，就比唐尧时代的歌谣要多了一些文采在里面；夏代吟唱的《五子之歌》，唱着"雕墙"之类的歌词，里面的辞采比起舜帝时代的歌谣又丰富了；商、周两朝吟唱的诗歌，其华丽程度比起夏代的歌谣便又进了一步。虽然历朝历代的歌谣辞采华丽程度各有不同，但在表达思想感情、叙述当下时事方面，它们的原则却是一致的。到了战国时代，楚国发展起来骚体诗，是仿效周代的一些诗歌创作的；汉代的赋颂，是模仿楚国一些作品创作的；魏代的作品，追逐汉代的文风；晋代的篇章，是仰慕魏时作品的文采而创作的。简单来说，黄帝、尧帝时代的作品淳厚而质朴，舜帝、夏代的作品质朴而明晰，商周时代的作品华丽而典雅，楚、汉时代的作品夸张而艳丽，魏、晋时代的作品浅薄而绮丽，刘宋初期的作品讹诞而新奇。从质朴到讹诞，时代越发展，年代距离现在越近，作品的滋味却越淡。这是为什么呢？因为大家都把注意力放在近代那些新奇的作品上了，争先去模仿，反而不愿从古代的作品中吸取精华，这是造成后世的文风越来越暗淡，文章的气势衰弱下去的重要原因。

【原文】

今才颖之士，刻意学文，多略汉篇，师范宋集，虽古今备阅，然近附而远疏矣。夫青生于蓝，绛生于蒨①，虽逾本色，不能复化。桓君山云②："予见新进丽文，美而无采；及见刘、扬言辞，常辄有得。"此其验也。故练青濯绛，必归蓝蒨，矫讹翻浅，还宗经诰。斯斟酌乎质文之间，而櫽括乎雅俗之际③，可与言通变矣。

【注释】

①蒨（qiàn）：同"茜"。茜草，根红色，可做染料，也可入药。

②桓君山：桓谭，字君山，东汉哲学家、经学家、琴师、天文学家。

③櫽（yǐn）括：矫正木材弯曲的器具。

【译文】

现如今，满腹才华的文人们，都下苦功夫学习作文章，可是，大多数文人却都不重视汉代的篇章，而去模仿刘宋时代的文章，虽说他们在学习的时候，无论古代、现代的作品都会涉猎，但在实际写作的时候，却并不参照古代那些华丽典雅的作品，而是模仿近代那些浅薄奇异的作品。这就好比青色是源自蓝草，赤色源自茜草，青色和赤色这两种颜色虽然就艳丽程度都超过了蓝草和茜草，却是再也无法有什么大的变化了。桓谭说："我翻看了一下那些新进作家的所谓华美之作，尽管文辞艳丽非凡，却没有什么可以借鉴的东西；而等到去翻阅刘向和扬雄作品的时候，却往往受益匪浅。"桓谭的话便是印证了上面所提到的青色、赤色的比喻。因此，煮青和染赤，一定要老老实实使用蓝草和茜草；同样的，想要矫正那些伪体乱制，改变当下轻浮浅陋的文风，还是要以经书经典为基础。这样，在质朴的文风与华美的文采之间斟酌取舍，在典雅的语言与通俗的文辞之间求取得当，才能有资格谈论继承和革新的问题。

文心雕龙全鉴 珍藏版

【原文】

夫夸张声貌，则汉初已极，自兹厥后，循环相因，虽轩翥出辙①，而终入笼内。枚乘《七发》云②："通望兮东海，虹洞兮苍天。"相如《上林》云："视之无端，察之无涯，日出东沼，入乎西陂③。"马融《广成》云④："天地虹洞，固无端涯，大明出东⑤，月生西陂。"扬雄《校猎》云："出入日月，天与地沓⑥。"张衡《西京》云："日月于是乎出入，象扶桑于濛汜⑦。"此并广寓极状，而五家如一。诸如此类，莫不相循，参伍因革，通变之数也。

【注释】

①轩翥（zhù）：飞举。

②枚乘：西汉辞赋家。

③陂（bēi）：山坡，斜坡。

④马融：东汉时期著名经学家。

⑤大明：指太阳。

⑥沓（tà）：合。

⑦扶桑：神话中的树木名，后用来称东方极远处或太阳出来的地方。濛汜（sì）：古代神话中所指日入之处。

【译文】

论起大肆夸张地去描摹声音和形貌，那么在汉代初期的时候，辞赋就已经做到极致了。从此以后，作家的文风便相互借鉴沿袭，如此循环往复，纵使有人想要跳出这个圈子，摆脱旧的套路，最终还是会绕回这个圈子里。枚乘创作的《七发》说："我远望东海啊，真是广阔无边啊，它与苍天连接到了一起。"司马相如创作的《上林赋》说："怎么遥望也望不到尽头，怎么细看也看不到边际，太阳从东边的池子升起，在西边的山坡落下。"马融创作的《广成颂》说："天空和大地十分广阔，无边无际，太阳从东方出来，在西边的山坡落下。"扬雄创作的《羽猎赋》说："太阳和月亮在这里升起来、降下去，天地就像合在一起一样。"张衡创作的《西京赋》说："太阳和月亮总是在这里升起来又降下去，就像从神树扶桑出来又从濛汜进去一样。"这些描写都是非常夸张的，五位作家描写的基本差不多。像这种情况，没有不是相互借鉴承袭的。想要有所变化，就得将继承和创新结合起来，这才是变通之道。

【原文】

是以规略文统，宜宏大体。先博览以精阅，总纲纪而摄契①；然后拓衢路②，置关键，长辔远驭，从容按节，凭情以会通，负气以适变；采如宛虹之奋鬐③，光若长离之振翼④，乃颖脱之文矣。若乃龊龉于偏解，矜激乎一致，此庭间之回骤，岂万里之逸步哉！

【注释】

①摄契：掌握要领。

②衢（qú）路：四通八达的大路。

③鬐（qí）：古通"鳍"。

④长离：朱鸟星，南方七个星宿的总称。

【译文】

所以，要想将文章的纲领规划统领起来，应当将注意力放在大的方面。首先，要广博地阅览书籍资料，精心研读分析，总结出那些经典之作的纲领，摄取里面的精华部分。然后开拓出一条适合自己的创作道路，掌握写作的关键，这就好比手持长长的缰绳一样，将关键部分握牢了，才能驾驭着骏马向远方飞驰，前进的时候还能保持态度从容，依照节拍行动，作者要凭借着自己的情志来使文章贯通顺畅，可以依托旺盛的气势来使自己适应文坛的变革潮流；让文采绚丽美好，就像弯而长的彩虹一样，在天空中弓起脊背，让作品的光芒照耀四方，好似南方的朱鸟振动着翅膀，能达到这些标准才可称得上是卓越的作品。倘若一味地坚持片面的见解，自大偏激地夸耀自己的狭隘见识，故步自封，这就好比在庭院中来回绕圈子跑马，怎么能比得上在万里征途上纵横驰骋啊！

【原文】

赞曰：文律运周①，日新其业。变则可久，通则不乏。趋时必果，乘机无怯。望今制奇，参古定法。

【注释】

①运周：犹言回环运转。

【译文】

总而言之：写作的规律和法则被作家牢牢掌握住，天天运转不停，日日时时都有新的文学成就被创造出来。作者必须坚持不断地变化创新，其创作之路才能持久，要善于恰当地变通，创作才思才不会匮乏。适应时代的要求千万要果断，抓住时机不要胆怯。看清当前的趋势而创作出新颖杰出的作品，确定创作的法则，请务必参考古代的经典。

定势第三十

【原文】

夫情致异区，文变殊术，莫不因情立体，即体成势也。势者，乘利而为制也。如机发矢直，涧曲湍回，自然之趣也。圆者规体，其势也自转；方者矩形，其势也自安：文章体势，如斯而已。是以模经为式者，自入典雅之懿；效《骚》命篇者①，必归艳逸之华；综意浅切者，类乏酝藉②；断辞辨约者，率乖繁缛。譬激水不漪，槁木无阴，自然之势也。

【注释】

①命篇：指写作诗文。

②酝藉（jiè）：含蓄。

【译文】

由于作者都有不同的思想情趣，因而创作手法也各有变化，但是无论怎么变化，都必须依照作者的情思来确定文章的体裁，体裁确定了，然后慢慢形成一种文势。所谓势，是顺着有利的时候自然形成的。好似机弩一样，一经发射，矢箭就立即笔直地向前疾飞出去。又如同曲折的山涧，湍急的溪流之所以回旋涌动，都是自然的趋势所引导的。圆的体积合乎规范的圆形，它自然会按照体势去转动；方的体态合乎正规的矩形，它自然就会依照体势安定自若：文章的体裁及其风格，其实也是如此。所以，一部作品但凡是通过模仿经典创作出来的，自然具备典雅的优点；一部作品如果仿照《离骚》而创作出来，必然要被划归到文采华丽、文辞卓越之类；文章主题浅显切实的作品，一般都没有含蓄的内容；文章的用词倘若明白简练，基本上就和丰富多彩没什么关系了。归结一下这些情况，就像湍急的水流中不会出现微波，枯萎的树木下永远不会有浓荫遮蔽一样，都是自然的趋势和现象。

【原文】

是以绘事图色，文辞尽情，色糅而犬马殊形，情交而雅俗异势。熔范所拟，各有司匠，虽无严郛①，难得逾越。然渊乎文者，并总群势；奇正虽反，必兼解以俱通；刚柔虽殊，必随时而适用。若爱典而恶华，则兼通之理偏，似夏人争弓矢，执一不可以独射也；若雅郑而共篇，则总一之势离，是楚人鬻矛誉楯[2]，两难得而俱售也。

【注释】

①郛（fú）：古代城外面围着的大城。

②鬻（yù）矛誉楯（dùn）：指自相矛盾，不能两立。语出《韩非子·难一》："楚人有鬻楯与矛者，誉之曰：'吾楯之坚，物莫能陷也。'又誉其矛曰：'吾矛之利，於物无不陷也。'或曰：'以子之矛陷子之楯何如？'其人弗能应也。"

【译文】

所以，就像绘画要讲究如何上色一样，创作文章一定要尽力将思想感情表达出来。调配好了颜色，画出的狗和马才更容易看出形象上的区别；将思想感情进行交错融合，文章便能体现出或雅或俗的不同态势。作者写作所打算模仿的范本，都有各自的师承和风格；虽然不同的模式和风格之间没有非常严格的界限，却也是难以轻易跨越的。然而，那些很擅长写文章的人，其实都会综合掌握各种风格类型，将各种文章的不同体势归总起来。新奇和雅正的风格体势虽然截然不同，却能融会贯通；刚健和婉柔的风格体势虽然不同，却能够根据时机需要和写作状况进行灵活运用。倘若仅仅爱好典雅的体势，而将华丽的体势摒弃在一旁，那么就离兼容贯通的道路很远了；这就像夏朝的两个人争论究竟是弓比较重要还是箭比较重要一样，他们谁都不去想，只拿着其中一样都是没办法射箭的。如果一部作品里既有典雅的体势，又有淫靡的体势，那么文章的体势就会四分五裂，风格就不能统一；这就像楚人卖矛和盾，既炫耀自己的矛好又炫耀

自己的盾好，两种说辞相互冲突，以至于两样货物都卖不出去。

【原文】

是以括囊杂体，功在铨别①，宫商朱紫，随势各配。章表奏议，则准的乎典雅②；赋颂歌诗，则羽仪乎清丽③；符檄书移，则楷式于明断；史论序注，则师范于核要；箴铭碑诔，则体制于宏深；连珠七辞，则从事于巧艳：此循体而成势，随变而立功者也。虽复契会相参，节文互杂，譬五色之锦，各以本采为地矣。

【注释】

①铨（quán）别：衡量鉴别。

②准的：作为准则，以为标准。

③羽仪：比喻居高位而有才德，被人尊重或堪为楷模。

【译文】

所以，之所以总结各种文章体势，目的是为了对各种体势风格进行权衡辨别，以方便运用自如。就像乐曲有宫商角徵羽五音，色彩有朱紫等各色一样，文章的风格、音节、辞采等，都要随着体势的变化进行调配。比如章、表、奏、议这一类文体，所要遵循的标准就是典雅；赋、颂、诗、歌这一类文体，所要适用的规范就是清丽；符、檄、书、移这一类文体，所要仿效的风格就是明确果断；史、论、序、注这一类文体，就要学习简明扼要；箴、铭、碑、诔这一类文体，就离不开广大深刻的特色；连珠、七辞这一类文体，就必定要达到巧妙华艳的程度。上述这些都是因为不同的体裁有不同的要求，于是便构成了不同的文势，适当地进行相应的变化而达到了好的效果。尽管各种风格可以融汇，创作的原则也可以相互关联，音韵的节拍和文辞的色彩可以杂配在一起，然而，就像五色的锦缎一样，再怎么多变还是得用各自的本色来打底。

【原文】

桓谭称："文家各有所慕，或好浮华而不知实核①，或美众多而不见要约。"陈思亦云："世之作者，或好烦文博采，深沉其旨者；或好离言辨白，分毫析厘者；所习不同，所务各异。"言势殊也。刘桢云："文之体势，实有强弱，使其辞已尽而势有余，天下一人耳，不可得也。"公幹所谈，颇亦兼气。然文之任势，势有刚柔，不必壮言慷慨，乃称势也。又陆云自称："往日论文，先辞而后情，尚势而不取悦泽②；及张公论文③，则欲宗其言。"夫情固先辞，势实须泽，可谓先迷后能从善矣。

【注释】

①实核：核实。

②悦泽：文采。

③张公：指西晋作家张华。

【译文】

桓谭说："每个作家都有自己独特的爱好，有的一味追求虚浮华丽却不懂得质朴核实的重要性，有的一味追求繁冗却不知道精要简约的重要性。"曹植也说："这世上的作者多种多样，有的人喜欢博取文采、繁述文字，让文章的内涵不轻易表露；有的人喜欢一字一词，逐语逐句地分析，哪怕细微之处也要推敲一番。因为每个人的喜好各不相同，所以他们所想要达到的效果也各不一样。"这些说明文章的体势风格有种种差异。刘桢说："文章的体势风格的确有强弱之分，如果文章已经结束了，还能让人感觉到文势的余力在发挥作用，那就相当于天下第一了，这是很难达到的境界啊！"刘桢所谈论的这些，也包括文体气势在内。然而，行文的走向任随文势，文势有刚强的，也有柔和的，不一定非要写一些豪言壮语，文辞也不一定非要慷慨激昂，才算有势。再者，陆云自称："从前谈论文章就要先提到文辞，然后再谈论文章的感情，在崇尚文章的体势方面，却又不讲究文辞的润色了。直到后来听完张华议论作文，才按照他的话去做。"其实，文章的情感本来就比语言要重要，而体势其实也是需要润饰的，可以说，陆云一开始是迷失了方向的，幸亏后来他接受了好的意见。

【原文】

自近代辞人，率好诡巧，原其为体，讹势所变。厌黩旧式①，故穿凿取新，察其讹意，似难而实无他术也，反正而已。故文反"正"为"乏"，辞反正为奇。效奇之法，必颠倒文句，上字而抑下，中辞而出外，回互不常②，则新色耳。夫通衢夷坦，而多行捷径者，趋近故也；正文明白，而常务反言者，适俗故也。然密会者以意新得巧，苟异者以失体成怪。旧练之才，则执正以驭奇；新学之锐，则逐奇而失正：势流不反，则文体遂弊。秉兹情术，可无思耶？

【注释】

①黩（dú）：轻慢不敬。

②回互：曲折宛转，这里为颠倒。

【译文】

自从近代以来，很多作者都偏好奇巧的文章，仔细考究一下他们作品的体制就会发现，这种糟糕的情况是被错误的风气所误导的。这些作者厌弃传统的雅正文体，所以只顾追求新奇，哪怕牵强附会也无所谓。倘若想要探究他们偏好这种错误方法的原因，看起来似乎不太容易，其实并无奥妙，他们只是单纯不喜欢走正常的道路而已。所以，就好像篆文的"正"字，反过来写的话就变成了"乏"字，倘若故意不遵守文辞的正常用法，自然就成了新奇的东西。仿效新奇，一般方法是颠倒字句的顺序，上面的字挪到下面，中间的词放到外面，像这样颠倒语序，不按正常的方法来，就算是添上了新奇的色彩。宽阔的大道纵使非常平坦，但很多人却偏偏不喜欢走大道，而去抄那小路捷径，那是因为他们嫌大路遥远，贪图路近省力；雅正的文章、正常的语句明明能清楚地说明文意，但人们却喜欢追求猎奇的言辞，那是因为他们想迎合当下的潮流。然而，那些擅长写作的人能够用新颖的文意写出精巧的文章，而那些一味追求奇异的人，最终会因为与规范文体背离而写出怪诞荒谬的文字。通晓传统体制的作者能够依照正常的写法来驾驭新奇的文意；而那些一味迎合新风气的作者，喜欢追逐新奇却与正常的写作规范背道而驰。倘若放任这种的风气发展下去而不加以纠正，那么文章的正常体统就会被那些人败坏尽了。要想将这些写作中的情况和方法掌握透彻，不经过深思熟虑能行吗？

【原文】

赞曰：形生势成，始末相承。湍回似规①，矢激如绳。因利骋节，情采自凝。枉辔学步②，力止寿陵。

【注释】

①湍回：水急而回旋。

②枉辔（pèi）：谓走弯路。

【译文】

总而言之：文章的形体产生了，态势也随之生成。形体和态势，始终紧密相关。回旋的激流，自我绕圈的轨迹就好像圆形的规一样圆；疾飞的箭矢，射出去的轨迹就好像工匠的墨绳一样直。创作的时候，顺着当下有利的趋势依照节拍行文，情志和辞采自然而然地凝结在笔端。倘若不走正道，只一味模仿那些奇异体式，乱学邯郸步法，当精力、力气用尽的时候，只会落得个一事无成。

情采第三十一

【原文】

圣贤书辞，总称"文章"，非采而何？夫水性虚而沦漪结①，木体实而花萼振：文附质也。虎豹无文，则鞹同犬羊②；犀兕有皮③，而色资丹漆：质待文也。若乃综述性灵，敷写器象，镂心鸟迹之中④，织辞鱼网之上，其为彪炳，缛采名矣。故立文之道，其理有三：一曰形文，五色是也；二曰声文，五音是也；三曰情文，五性是也。五色杂而成黼黻，五音比而成韶夏，五情发而为辞章，神理之数也。

【注释】

①沦漪（yī）：即涟漪，水的波纹。

②鞹（kuò）：去毛的兽皮。

③犀兕（sì）：犀牛和兕。兕，雌犀牛。

④镂心：比喻苦心钻研、构思。

【译文】

圣人贤人的著作，都被称为"文章"，这难道不是说文章要具备文采吗？河水潺潺流动，呈现虚柔的性质，所以柔和的波纹才会荡漾而起；树干粗壮，拥有充实的质体，所以鲜艳的花朵才会绽放开来：由此可见，纹理和色彩务必要依附于一定的形体和质地上。倘若虎豹没有艳丽的花纹色彩，那么它们的皮毛和狗、羊等就没什么区别了；犀和兕的皮虽然足够坚硬，可以用来制作战斗的甲胄，但还要靠涂上红色的漆，让它们拥有美丽的色彩：由此可见，光有质地是不够的，文采也不可或缺。至于文人创作，抒写灵感性情，描摹万物的形象，用尽心思认真雕琢文字，组织好文辞然后呈现到纸上，那些美好的作品之所以光彩照人，就是因为它们具有丰富而显著的文采。总结一下构成文采的方法，大致有三种：一是形象的文采，体现在颜色上，也就是红、黄、蓝、白、黑五色；二是声音的文采，体现在音律上，也就是宫、商、角、徵、羽五音；三是情感的文采，体现在情绪上，也就是喜、怒、哀、乐、怨五性。五种颜色混杂糅和，掺在一起，绣在礼服上便成为彩色的花纹；五种音律排列组合，编在一

199

起，谱成曲子就变成动听的音乐；五种性情由心而发，化为文思，写在纸上就变成华美的辞章。这些复杂事物和作品的最终形成，都是由自然神理的法则所掌管的。

【原文】

《孝经》垂典，丧言不文；故知君子常言，未尝质也。老子疾伪，故称"美言不信"；而五千精妙，则非弃美矣。庄周云"辩雕万物"，谓藻饰也。韩非云"艳乎辩说"，谓绮丽也。绮丽以艳说，藻饰以辩雕，文辞之变，于斯极矣。研味《孝》《老》，则知文质附乎性情；详览庄、韩，则见华实过乎淫侈。若择源于泾渭之流，按辔于邪正之路①，亦可以驭文采矣。夫铅黛所以饰容，而盼倩生于淑姿②；文采所以饰言，而辩丽本于情性。故情者文之经，辞者理之纬；经正而后纬成，理定而后辞畅：此立文之本源也。

【注释】

①按辔（pèi）：谓扣紧马缰使马缓行或停止。

②淑姿：优美的体态，美好的姿容。

【译文】

《孝经》中传下来了这样一则训示，居丧期间，言辞里不需要文采；因此，从这条训示里我们可以知道，士大夫平日的语言并不是质朴无华的。老子曾说"漂亮的话不可靠"，可见他很反感虚伪的话语，但是他创作的长五千余言的《道德经》，里面的文辞非常巧妙，由此可见，其实他并不是真正厌弃文采；庄子曾说"细致地刻画万事万物需要依靠巧妙的语言"，这是告诉我们，作文要用辞藻来修饰；韩非子曾说"辩论述说在于文辞艳丽"，指的是作文一定要讲究辞藻的华丽。用绮丽的文辞来修饰辩说的语言，用巧妙的辞藻来描绘万物的形貌，文章辞采的变化在这里就已经达到极致了。仔细研究体味《孝经》《老子》等作品，我们可以知道，文辞是华美还是质朴主要依附于人的性情；详细阅览品读《庄子》《韩非子》等作品，我们可以看见，文辞的藻饰太多，一旦超过内容便显得浮夸了。因此，如果在源头就能分清泾水和渭水哪个清哪个浊，握住马缰的时候能分辨清楚哪个是错误的歪路，哪个是正确的道路，这样就可以随心所欲地驾驭文采了。纵使铅粉和黛墨能够将容颜修饰得美丽，可是顾盼倩美并非出自妆容，而是来自一个人绝美的风姿；纵使辞藻能将语言修饰得漂亮，但是绝妙文章并非因为辞藻，而是来源于一个人性情的真挚。因此，情理可以看作是文章的经线，文辞可以看作是文章的纬线，只有先确保经线端直，纬线才能正确地一针针织上去，同样的道理，必须先要确保情理明晰清楚，这样组织出来的文辞才能畅达通顺：这就是写作的根本法则。

【原文】

昔《诗》人什篇，为情而造文；辞人赋颂，为文而造情。何以明其然？盖《风》《雅》之兴，志思蓄愤，而吟咏情性，以讽其上，此为情而造文也；诸子之徒，心非郁陶，苟驰夸饰，鬻声钓世①，此为文而造情也。故为情者要约而写真，为文者淫丽而烦滥。而后之作者，采滥忽真，远弃《风》《雅》，近师辞赋，故体情之制日疏，逐文之篇愈盛。故有志深轩冕②，而泛咏皋壤③，心缠几务④，而虚述人外⑤。真宰弗存⑥，翻其反矣。夫桃李不言而成蹊，有实存也；男子树兰而不芳，无其情也。夫以草木之微，依情待实，况乎文章，述志为本，言与志反，文岂足征？

【注释】

①鬻（yù）声钓世：犹言沽名钓誉。

②轩冕：古时大夫以上官员的车乘和冕服，借指官位爵禄。

③皋壤：泽边之地。

④几务：机要的事务，多指军国大事。

⑤人外：犹世外。

⑥真宰：指自然之性。

【译文】

从前，《诗经》作者创作诗篇，其目的是抒情；辞赋家写作赋颂，纯粹是为了创作，因此他们虚构感情。这些结论是如何知道的呢？我们知道，《诗经》这部作品中，国风、大雅以及小雅在创作的时候，诗人情志高昂，怨愤突显，于是借助诗歌文字把心中的感情吟唱出来，用来讽刺那些高高在上的人，这种有感而发的创作纯粹是为了抒情。到了后世，那些汉代辞赋的作者，情绪和精神并不郁结忧愁，也没有激烈的感情要抒发，仅仅是随意铺设一些夸张的言辞，沽名钓誉，为了创作文章而特意虚构出来那些感情。因此我们能发现，那些为抒发感情而创作出来的作品，语言文辞简练自然，表达出来的都是真实的思想感情；那些为了创作而虚构感情的作品，语言文辞浮华做作，文章内容杂乱不已，夸夸而谈。而后来那些浅薄的作者，却争相去学习那些浮夸讹滥的文风，并不重视描写真情实感，他们不继承远古时代国风、大雅以及小雅的优秀传统，偏偏去效法近代的辞赋，所以，认真抒写真情实感的作品越来越少，一味追求辞藻的作品却越来越泛滥。因此，有的人明明非常热衷高官厚禄，却又虚伪地去歌颂山林水畔的隐居避世生活；有的人明明一心扑到繁忙的政务上，却又虚假地去叙述人情世故之外的闲情逸趣。在这些作品中，读者根本看不到任何真实的思想感情，里面充斥的完全是和作者内心相反的东西。桃树和李树虽然不会说话，但它们的树下却自然形成了一条小路，那是因为它们的枝头结着香甜的果实；男子虽然天天种植兰草，兰花虽美却并不芳香，那是因为它缺少和花相应的性情和趣味。哪怕是一草一木这样渺小的事物，也要依靠美好真诚的感情，凭借香甜的果实来吸引他人，更何况是以抒发情感、言说志趣为目的的文章呢？如果说出的话、写出的字和自己的情志背道而驰，这样的文章有什么可信度呢？

【原文】

是以联辞结采，将欲明理；采滥辞诡，则心理愈翳①。固知翠纶桂饵，反所以失鱼。"言隐荣华"，殆谓此也。是以"衣锦褧衣"②，恶文太章；《贲》象穷白③，贵乎反本。夫能设模以位理，拟地以置心，心定而后结音，理正而后摛藻；使文不灭质，博不溺心，正采耀乎朱蓝④，间色屏于红紫⑤，乃可谓雕琢其章，彬彬君子矣。

【注释】

①翳（yì）：遮蔽，障蔽。

②衣锦褧（jiǒng）衣：锦衣外面再加上麻纱单罩衣，以掩盖其华丽。比喻不炫耀于人。出自《诗经·卫风·硕人》："硕人其颀，衣锦褧衣。"

③《贲》象穷白：《易·贲》："上九，白贲，无咎。象曰：白贲无咎，上得志也。"贲：文饰，上九处贲卦之极点，文饰发展到顶点，又返归素白之色，质素不劳文饰，不会受到伤害，此为居上得志之象。

④正采：正色。古代以青、赤、黄、白、黑为正色。朱：大红，属赤色。蓝：属青色。

⑤间色：杂色，蓝黄赤白黑五种正色之外的颜色。

【译文】

所以，作者之所以组织文辞，铺织藻采，目的是想要阐明深奥的道理，抒发内心的感情；倘若文采泛滥无度，一味追求奇异的文辞，那么文章的感情和道理就会被文辞完全掩盖。这就好比钓鱼的时候，倘若用美丽的翡翠去装饰钓绳，用鲜美的肉桂做诱鱼的饵料，这样反而钓不到鱼。庄子在《齐物论》中说："言语的真实含意容易被华丽的辞采掩盖。"指的大概就是这种情况。因此，《诗经》中说"穿着漂亮的锦缎衣服，外面再罩上件麻布衫"，这是担心文采过于耀眼；《易经·贲卦》的卦象中，"贲"虽是文饰之意，但之后一爻却归于白色，这说明如果能保持最初的本色，这是非常难能可贵的。倘若能够单独为表达思想和道理建立一种规格、划定一个范围，就像选择体裁那样；倘若为抒发内心的感情而特意空出位置，拟定一种基本的格调；在思想感情确定下来之后再考虑音律是否配合得当，在思想文路端正之后再花心思研究辞藻铺设得合理与否；确保文章既富有文采又不埋没掉内容，引用的材料和使用的文辞虽然很广博但并没有将作者的真情实感淹没，这样创作出来的文章才会焕发出真正的光彩，将一切多余的修饰抛却剔除，就好像让朱、蓝等正色闪耀发光，而把红、紫等杂色清除掉一样，这样才称得上是善于修饰文辞的作者，可以成为文质彬彬的君子。

【原文】

赞曰：言以文远，诚哉斯验。心术既形，英华乃赡。吴锦好渝①，舜英徒艳②。繁采寡情，味之必厌。

【注释】

①渝：改变。

②舜英：木槿花，朝开暮谢，有花无实，不长久。

【译文】

总而言之：只有依靠文采，语言才能久远地流传下去，这句话确实是经过验证的。但只有文章中的真情实感清楚地凸显出来，作品中的文采才会显得丰富鲜艳。吴地的锦绣纵使华美却容易变色，朝开暮谢的木槿花纵使美丽却不能长久。同样的道理，倘若一篇作品的文辞华丽非凡，却缺少实质内容，读起来肯定是让人讨厌的。

镕裁第三十二

【原文】

情理设位，文采行乎其中。刚柔以立本，变通以趋时。立本有体，意或偏长；趋时无方，辞或繁杂。蹊要所司，职在镕裁；櫽括情理[1]，矫揉文采也[2]。规范本体谓之镕，剪截浮词谓之裁。裁则芜秽不生，镕则纲领昭畅，譬绳墨之审分，斧斤之斫削矣。骈拇枝指，由侈于性，附赘悬疣，实侈于形[3]。一意两出，义之骈枝也；同辞重句，文之肬赘也。

【注释】

①櫽（yǐn）括：矫正木材弯曲的器具。

②矫揉：矫正，整饬。矫，使曲的变直；揉，使直的变曲。

③骈拇枝指，由侈于性，附赘悬疣（yóu），实侈于形："骈拇枝指"和"附赘悬疣"都比喻多余的、无用的东西。骈拇：脚上的拇指与第二趾合成一趾。枝指：手上大拇指帝多生一指。附赘：附生于皮肤上的肉瘤。悬疣：皮肤上突起的瘊子。出自《庄子·骈拇篇》："骈拇枝指，出乎性哉，而侈于德；附赘悬疣，出乎形哉，而侈于性。"

【译文】

根据情志和理趣来谋篇布局安排内容，文采也就自然而然地显现在其中。按照行文的风格是刚健还是柔婉来确立创作的根本要求，然后通过寻求变通来适应时代的演变。想要确立文章的根本内容，就要有一定的体制要求，但有的时候，文意难免会走向偏颇片面的歪路，显得多余啰唆；文辞语言适应时代演变并没有固定的规范，于是导致文章的文辞有时候繁芜、有时候杂乱。因此在创作文章的时候，做好镕意裁辞的工作就显得非常关键了，也就是将一篇文章的情理内容上的缺点纠正过来，对语言文采上的毛病加以矫正。所谓镕，就是规范好文章的体裁，使内容符合要求；所谓裁，就是将文章中那些浮夸的、多余的文辞全部剪裁掉。一篇文章的文辞经过精心地裁断修剪，便不再具有拖沓冗长的毛病；一篇文章的体裁经过仔细地镕模规范，便能明白清楚地掌握全篇的纲领框架了。这就好比在削好的木材上用墨线来审量对比，看看笔直的程度是否合乎标准；好比为了使木料端正，而用斧头来砍削多余的部分一样。脚指粘连在一起，手拇指旁边多生了一指，这些都属于天生多余的部分；而身体上生的赘肉和肉瘤，则属于形体上多余的部分。同样的道理，在一篇文章中，倘若一个意思翻来覆去地讲，就像多出的手指一样，相当于意义上的多余；同一句话若是重复了两次以上，就像多出的肉瘤一样，相当于文辞上的多余。

【原文】

凡思绪初发，辞采苦杂，心非权衡，势必轻重。是以草创鸿笔，先标三准：履端于始，则设情以位体；举正于中，则酌事以取类；归余于终，则撮辞以举要。然后舒华布实，献替节文；绳墨以外，美材既斫，故能首尾圆合，条贯统序。若术不素定①，而委心逐辞②，异端丛至，骈赘必多③。

【注释】

①素定：犹宿定，预先确定。

②委心：随心之自然。

③骈赘：骈枝赘疣，比喻多余无用的东西。

【译文】

在一篇文章的构思之始，文章的辞采苦于繁杂，心中缺乏一杆天平来准确地对比衡量，在择选的问题上，势必会出现轻重不定、有所偏向的问题。所以，对于一篇好文章而言，一定要先明确好三个准则：第一，确定体制务必要以文章的情理为根据；第二，选取材料务必要根据文章的内容；第三，行文拟词一定要突出文章的主旨。然后可以尽情地铺设辞彩，表达文章的思想内容，采纳好的，去除不好的，调节文辞构成。就像一块上好的木材，墨线以外的多余部分已经全部削去，所以一篇文章才能够实现首尾对照呼应，圆通贴切相合，条理顺畅连贯，系统完备有序。倘若准则并没有事先确定下来，随随便便地想一出写一出，涌现出来的全都是杂乱的念头，那么不符合正统的奇异内容一定会充斥在文章中，很多地方一定会出现多余的情况。

【原文】

故三准既定，次讨字句。句有可削，足见其疏；字不得减，乃知其密。精论要语，极略之体；游心窜句①，极繁之体。谓繁与略，随分所好。引而申之，则两句敷为一章；约以贯之，则一章删成两句。思赡者善敷；才核者善删，善删者字去而意留，善敷者辞殊而意显。字删而意缺，则短乏而非核；辞敷而言重，则芜秽而非赡。

【注释】
①游心：浮想骋思。窜句：铺张词句，组织文辞。

【译文】
　　所以，既然已经确定好了"镕"的三条准则，下面再讲一下如何斟酌字句，对文章进行合理的剪裁。如果一篇文章中，句子里尚有可以删削的字词，那么文辞便显得粗疏松散；如果一字一句都无法再增减，这种文章的文辞才算是严密的。如果一篇文章的议论非常精准得当，语言简约扼要，这种风格属于简略一类的；如果一篇文章的思想奔放激昂，字句铺张华丽，这种风格属于繁复一类的。作者在创作中究竟是选择简略的还是繁复的风格，要根据每个人不同的个性和爱好来确定。如果把话引申铺展而开，那么即便只有两句话也可以扩展成一章；如果把话进行总结，那么纵使是满满一章文字也可以删减成两句。文思丰富的人善于将语句扩充，文才简练的人善于将内容简化。对于善于删减的作者，一篇文章虽然删去了不少文字，但文章的意思却没有改变；对于善于扩写的作者，一篇文章虽然用辞与之前不同，但是文章的用意却更加凸显。如果语句简化了，留下的文意却残缺不全，那就是单纯的内容有缺口而并非简明扼要；如果文辞扩充了，语言变得重复啰唆，那就是单纯的内容杂乱而并非丰富。

【原文】
　　昔谢艾、王济①，西河文士，张骏以为艾繁而不可删，济略而不可益。若二子者，可谓练镕裁而晓繁略矣。至如士衡才优②，而缀辞尤繁；士龙思劣③，而雅好清省④。及云之论机，亟恨其多，而称清新相接，不以为病：盖崇友于耳。夫美锦制衣，修短有度，虽玩其采，不倍领袖，巧犹难繁，况在乎拙？而《文赋》以为榛楛勿剪，庸音足曲，其识非不鉴，乃情苦芟繁也⑤。夫百节成体⑥，共资荣卫⑦，万趣会文，不离辞情。若情周而不繁，辞运而不滥，非夫镕裁，何以行之乎？

【注释】
①谢艾：东晋文人。王济：东晋文人。
②士衡：西晋著名文学家、书法家陆机的字，与其弟陆云合称"二陆"。
③士龙：陆云的字。
④清省：简省，简练。
⑤芟（shān）：除去。

⑥百节：指人体各个关节。

⑦荣卫：泛指气血、身体。

【译文】

从前，西河地方有两位文士，分别是谢艾和王济。张骏认为：谢艾的文章虽然繁复，却是一字也不可删削；王济的文章虽然简约要略，却是一言也无法增加。像这两位文人，可以说是精通了镕意裁辞的方法，他们创作文章，知道什么地方该繁什么地方该简。至于像陆机，虽然文才优秀、文思敏捷，但写起文章来却太过繁杂富丽；陆云虽然文思较差不如哥哥陆机，但写文章却爱好文辞简约，清新干净。等到陆云评论陆机文章的时候，虽然屡次提到陆机的文辞太过繁复，却又称他的文辞有的清新，前后衔接紧密，所以尽管文辞繁多却也算不上什么大毛病，这可能是看在兄弟情分上，特意把话说得委婉吧。这就好比用美丽的锦缎裁制衣服，长短大小一定要合身，即便非常喜欢上面的花纹色彩，也不能把衣领和衣袖的尺寸加长加宽。精致巧妙的文辞都很难写得繁多富丽，何况是那些拙劣的文辞呢？然而陆机在《文赋》里说，杂乱丛生的矮树可以不必修整，平庸普通的音调也可以凑成曲调。凭借他的见识，不会看不到这其中的弊端，只是因为他舍不得忍痛割爱，将好不容易写成的文辞删掉罢了。要知道上百的骨节构成人体，靠的是血脉流通；各种各样的文思汇集成文章，离不开文辞组织和思想感情。如果想情思丰富细密却不让人觉得繁乱，文辞运用得恰当却不让人觉得辞藻轻浮泛滥，不仔细研究镕裁的方法，又怎么能做得到呢？

【原文】

赞曰：篇章户牖①，左右相瞰。辞如川流，溢则泛滥。权衡损益，斟酌浓淡。芟繁剪秽，弛于负担。

【注释】

①户牖（yǒu）：门窗。

【译文】

总而言之：篇章就好像房屋的门窗一样，左右两边应该互相配合恰当。文辞就好像河川的水流，河水一旦满溢了就会造成洪涝灾害。对于文章的内容，作者一定要知道如何仔细权衡选择，删减增加；对于文辞的运用，一定要懂得用心斟酌，仔细推敲详略，清楚哪里的文采要浓重，哪里的文辞要平淡。只有删去多余的内容和杂乱的部分，才能为文章清除没用的累赘。

声律第三十三

【原文】

夫音律所始，本于人声者也。声含宫商，肇自血气①，先王因之，以制乐歌。故知器写人声，声非学器者也。故言语者，文章关键，神明枢机②；吐纳律吕，唇吻而已。古之教歌，先揆以法，使疾呼中宫，徐呼中徵。夫宫商响高，徵羽声下；抗喉矫舌之差，攒唇激齿之异③，廉肉相准④，皎然可分。今操琴不调，必知改张⑤，摛文乖张，而不识所调。响在彼弦，乃得克谐，声萌我心，更失和律，其故何哉？良由外听易为察，内听难为聪也。故外听之易，弦以手定，内听之难，声与心纷：可以数求，难以辞逐。

【注释】

①肇（zhào）：开始，初始。

②神明：指人的精神和智慧。

③攒唇：蹙唇，发声之状。激齿：发齿音。

④廉肉：指乐声的高亢激越与婉转圆润。

⑤改张：改弦更张，改换、调整乐器上的弦，使声音和谐。

【译文】

之所以产生了音律，最初是根据人发出的声音来确定的。人的声音包含宫、商、角、徵、羽五音，这是由于人的气血运行等生理活动引起的，古代的君王创作出音乐歌曲，就是仿照这些。由此我们可以知道，是乐器去模仿人的声音，而并不是人的声音去模仿乐器。因此，构成一篇文章，关键在于语言，用来表达情思；吐字发音想要符合音律规范，只要调节口吻、嘴唇等发音机关就行了。古代的人教唱歌的时候，一定会先树立一个标准来测试发音是否准确，也就是让强音符合宫调，让弱音符合徵调。在音调方面，宫调商调的音强，徵音羽音的音弱；在发音方面，发高亢的喉音和卷曲的舌音时，有喉头和舌头活动的差异，发聚合的唇音和急切的齿音时，有嘴唇和牙齿位置的不同，所以声音的窄宽、瘦肥、细洪，发音是饱满还是尖锐，二者相互对比，音的强弱可以明显地区分出来。假使有人弹琴弹得不协调，弹琴者可以把琴重新改装；可是一个人的文章若是节奏不协调，却是束手无策了，不知道该怎么去协调。对于琴弦上的声响，人能够将其调得非常和谐的；而心声发自一个人的内心里，人不能让它的声律和谐的，这是为什么呢？其实是因为流动在外的曲调有音符可寻，容易辨别得明白，而内心的声调是没有具体音符来表达的，这种难以描摹之音是很难听得明白的。因此，身外的琴音和谐与否很容易听得出来，琴弦可以在试弹之后用手来调定；而内在的心声究竟为何很难听得出来，因为声韵与内心的情思未必相一致，二者之间的关系非常复杂：曲子可以根据乐律衡量明白，而心声却很难根据文辞探究清楚。

【原文】

凡声有飞沉，响有双叠。双声隔字而每舛，叠韵杂句而必睽[1]；沉则响发而断，飞则声飚不还，并辘轳交往[2]，逆鳞相比；迕其际会[3]，则往蹇来连[4]，其为疾病，亦文家之吃也。夫吃文为患，生于好诡，逐新趣异，故喉唇纠纷；将欲解结，务在刚断。左碍而寻右，末滞而讨前，则声转于吻，玲玲如振玉[5]；辞靡于耳，累累如贯珠矣。是以声画妍蚩，寄在吟咏，滋味流于下句，气力穷于和韵。异音相从谓之和，同声相应谓之韵。韵气一定，则余声易遣；和体抑扬，故遗响难契。属笔易巧，选和至难；缀文难精，而作韵甚易。虽纤意曲变，非可缕言[6]，然振其大纲，不出兹论。

【注释】

①睽（kuí）：不顺，乖离。

②辘轳（lù lu）：安在井上绞起汲水斗的器具。

③迕（wǔ）：违背，相抵触。

④往蹇（jiǎn）来连：指往来皆难，进退皆难。

⑤玲玲：形容玉相击的声音。

⑥缕言：细说。

【译文】

所有的声音，都会有飞扬和下沉两种感觉，字词的音响都会有双声和叠韵两种区分。要是把两个双声字从中间隔断，那么读起来就不会顺口，要是把两个叠韵字分开，那么念起来一定非常别扭；一个句子如果全部由低沉压抑的仄声字组成，读起来一定很不方便，发出的声响一直下沉，就像要中断了一样；一个句子如果全部由飞扬激昂的平声字组成，读起来也一定不会顺口，发出的声调一直高扬，就好像飞扬出去收不回来一样。倘若将这二者有序搭配在一起，就会像辘轳一样上下来回旋转，像鱼的鳞片一样紧密排列在一起；倘若字与音调的搭配违反了声律的规律，念起来就会拗口，语句中要是犯了这种毛病，就像作家患了口吃

209

一样麻烦。文章之所以会犯类似于口吃的毛病，是因为作家一味追求诡奇，不走正路造成的，他们把文辞弄得过于新奇，甚至开始追求怪异，所以才将声韵弄得纠纷杂乱。想要解开这个疙瘩，改正这个毛病，关键在于坚决果断地放弃自己的癖好。左边有了障碍，可以尝试从右边去寻找，末尾不通顺，也可以到文章的前面去调整。这样的话，声调就可以在唇齿间流转往复，念起来通顺畅达，清脆得像是宝玉轻碰发出的声响；那词语听起来便非常的悦耳动人，圆转得像贯连起来的串串珍珠一样。因此，一篇文章的声韵究竟是美妙还是糟糕，可以在吟咏里面体会出来，韵味从句子的安排上表现出来，风气和骨力全体现在文辞是否和谐和押韵上。一个句子里的音调搭配得协调叫作和谐，句子末尾都采用相同的声韵前后呼应叫作押韵。押韵的规则相对比较固定，所以使得收声的音相同，安排起来是比较容易的；而声调要想和谐，就得注意抑扬平仄的变化，所以音调很难安排得协调恰当。作者拿起笔写文章，组词成句很容易达到工巧，然而合理搭配声调让之协调却是非常困难的；连缀词语构成文章很难在整体上达到精致，然而仅仅做到押韵却是非常容易的。尽管很难讲清楚里面细微曲折的变化，然而它们大致的情况，基本都包含在这些论述的范围之内。

【原文】

若夫宫商大和，譬诸吹籥①；翻回取均，颇似调瑟。瑟资移柱，故有时而乖贰②；籥含定管，故无往而不壹。陈思、潘岳，吹籥之调也；陆机、左思，瑟柱之和也。概举而推，可以类见。又《诗》人综韵，率多清切，《楚辞》辞楚，故讹韵实繁。及张华论韵，谓士衡多楚，《文赋》亦称取足不易，可谓衔灵均之声余③，失黄钟之正响也。凡切韵之动，势若转圆④，讹音之作，甚于枘方⑤，免乎枘方，则无大过矣。练才洞鉴，剖字钻响，识疏阔略，随音所遇，若长风之过籁，南郭之吹竽耳。古之佩玉，左宫右徵，以节其步，声不失序，音以律文，其可忽哉！

【注释】

①籥（yuè）：假借为"龠"，古代管乐器。

②乖贰（èr）：不和谐。

③灵均：屈原的字。

④转圆（huán）：转动圆形器物。

⑤枘（ruì）方："枘凿方圆"的省语，比喻不协调。

【译文】

至于像音位固定，并且宫、商、角、徵、羽五音谐和，就可以将之比成吹籥；

为了让声律协调而反复地调音，就如同调瑟一样。调整瑟弦要靠转动瑟的弦柱，如果调不准的话，音调就会不协调；而籥管上的孔，位置是固定的，所以无论怎么吹，音调肯定是和谐自然的。曹植和潘岳的作品，里面的声韵就像是吹籥的调子；而陆机和左思的作品，里面的声韵像是反复调节瑟柱才出来的调子。简单举出这两类四位作家的例子，详细加以推求，那么别的作家的作品自然也可以类推出来了。再者，创作《诗经》的诗人运用声韵，大部分都清楚明确；《楚辞》这部作品中，楚国的方言混杂其中，所以里面的音韵有些杂乱不清，而且这种情况实在太多。到了西晋的张华论述用韵，他说陆机写作多用楚音，陆机在《文赋》中也提到用韵不容易，可惜的是，陆机继承了屈原的用韵方式，却失去了像《诗经》那种正确的音韵了。但凡是运用音韵正确贴切的文章，文势基本上都圆转自如而顺畅无碍；倘若胡乱用韵，以致弄乱了文章的音律，这种不协调比把方木榫插进圆孔还要严重。倘若能避免这种不协调的现象，那么用韵就没有大毛病了。那些才学精深的作家懂得如何剖析字句，他们钻研声韵，知道如何让声律协调；如果一位作家才疏学浅，用韵就像偶然瞎碰，好比长风吹过箫管孔洞，一定会发出杂音，我们联想一下南郭先生吹竽，因为不懂只好滥竽充数了。古代的人身上佩戴玉制饰品，走路时，挂在左边的玉器碰击发出宫、羽的音调，挂在右边的玉器碰击发出徵、角的音调，佩戴的人根据声音来调节走路的步子，确保声音依照秩序作响。别的事情尚且遵守音律规范，何况是写作呢，写作的时候音调构成文章的和谐声律，怎么可以忽视啊！

【原文】

赞曰：标情务远，比音则近①；吹律胸臆，调钟唇吻。声得盐梅，响滑榆槿②。割弃支离，宫商难隐。

【注释】

①比音：配合各种声音，使其谐和，出自《礼记·乐记》："比音而乐之，及干戚羽旄，谓之乐。"

②榆槿：榆，树名，果实可食。槿，木槿，花可食。这两种植物的皮含有滑汁，用作调味品，可以起到让食物柔滑细嫩的作用。

【译文】

总而言之：表明情志的时候一定要让感情高远深邃，调配音韵的时候则要注意细密、贴近。胸腔吐气发出声音节律，再通过唇喉的发音歌唱调和音调。文章有了声律，作品便有滋有味，就像烹调的时候加入了调味的盐梅，而其中的节奏音响润滑得就像煮菜时放入了榆槿一样。只要清除掉那些一味追逐新奇的不正之音，那么文章原本的正音、和谐的声律就不会被掩盖，字里行间的音律令就会更加动听。

章句第三十四

【原文】

夫设情有宅，置言有位；宅情曰章，位言曰句。故章者，明也；句者，局也。局言者，联字以分疆；明情者，总义以包体，区畛相异①，而衢路交通矣。夫人之立言，因字而生句，积句而成章，积章而成篇。篇之彪炳，章无疵也；章之明靡，句无玷也；句之清英，字不妄也。振本而末从，知一而万毕矣②。

【注释】

①区畛（zhěn）：区域范围。

②知一而万毕：《庄子·天地篇》："记曰：'通于一而万事毕。'"

【译文】

作者在创作的时候，一定要在合适的地方安排情志，在适当的地方安置语言。把同一类的情意内容归结在一起，不同类的分列别处，这样安排到一定的地方叫作分章；把语言、文字的位置进行精心调配放置，让每个字都有自己的位置，这叫作造句。因此，所谓"章"，就是明白的意思；所谓"句"，就是分界的意思。谈起"句"的分界，就是把语言分界，即把能表达某种意思的一个个字词联缀起来，分别构成各自的单位；谈起"章"的明白，就是把想要表达的情志内容叙述明白，将想要描述的思想总括归纳，用选定的体裁把它们凝聚到一起，形成一个比较系统的整体。这样看来，句和章的区域界限虽然不同，可是二者之间却像有内在的道理连接在一起一样，犹如中间有道路彼此相通。文人们创作文章，排列文字构造句子，有序地安排句子结成，将一个个章节积累起来成为完整的一篇。整篇文章之所以焕发着明显的光彩，是由于每章都写得很精彩，几乎没有什么瑕疵；之所以每章都能写得明白而细致，是因为几乎每个句子都找不到毛病；遣词造句之所以显得清新挺拔，是由于每个字词都经过了仔细推敲。这就如同摇晃树木的根茎主干，每条枝每片叶都会跟着颤动一样，明白了事物最根本的道理，各种各样事物的道理都逃不过这个范围，也都可以看得清楚了。

【原文】

夫裁文匠笔，篇有大小；离章合句，调有缓急：随变适会，莫见定准。句司数字，待相接以为用；章总一义，须意穷而成体。其控引情理，送迎际会，譬舞容回环，而有缀兆之位①；歌声靡曼②，而有抗坠之节也③。寻诗人拟喻，虽断章取义，然章句在篇，如茧之抽绪，原始要终④，体必鳞次。启行之辞，逆萌中篇之意⑤；绝笔之言，追媵前句之旨⑥；故能外文绮交，内义脉注⑦，跗萼相衔⑧，首尾一体。若辞失其朋，则羁旅无友；事乖其次，则飘寓而不安⑨。是以搜句忌于颠倒，裁章贵于顺序，斯固情趣之指归，文笔之同致也。

【注释】

①缀兆：谓古代乐舞中舞者的行列位置。

②靡曼：细致而拉长，指美妙的声色。

③抗坠：指音调的高低清浊。

④原始要终：见于《周易·系辞下》。本来的意思是探讨一件事情的始末，这里指写作从头到尾的过程。

⑤逆萌：预先萌生、披露。

⑥追媵（yìng）：谓承接。

⑦脉注：如脉贯注，这里为文章的条理和逻辑。

⑧跗（fū）：花萼。

⑨飘寓：飘泊寄居。

【译文】

无论是创作有韵的文章还是无韵的文章，文章的篇幅都有长短大小之分；作品的章节句子有分离合一之分，声调节奏有轻重缓急之分；这些都要根据具体情况，跟随文章内容的变化而进行调整，并没有特定的法则。一个句子不管包含多少个字词，只有每个字词相互搭配连接才能成为完整的句子，发挥出相应的作用；作品的每一章都包含一个完整的意

思，只有将一个意思完整表达出来才能构成一个段落。写作的时候要好好控制所表达的情意，时而放开，时而抓住，一收一放都要符合题意。这就好比跳舞时舞姬们有规律地回旋环绕，每个步法都有一定的路数和位置；又好比歌者想要唱出柔婉美妙的歌曲，就必须要掌握好忽高忽低的节奏。考查研究某位诗人作者，摘出一句或者几句诗来作比喻，虽然是一种断章取义的做法，但是一章一句都属于全篇的一部分，摘取出来就好像从蚕茧里抽出丝一样。一篇完整的诗文从开始到结束，在体制上一定会像鱼鳞一样排列紧密，每一章每一句都秩序井然。从文章开始，铺设言辞就要为中篇的写作埋下伏笔；到了结尾，言辞一定要与前文表达的意思相照应；做到了这些，就能够实现这样一种效果，即文字的外在像织绮的花纹那样交错相接，然而其内在的意义却是一脉贯通，好像一朵花的花房和花萼一样内部相连，首尾构成一个整体。如果词语句子之间搭配不当，上下脱节，就好像漂泊在他乡的旅人一样孤独无伴；叙述行文一旦违反了顺序，就好像独居在外的游子一样内心无法安定。所以作文章的时候，遣词造句一定不要颠倒，裁断分章要注意按照一定的顺序，在表达情志的时候，这原本就是最基本的要求，无论是创作有韵的文章还是无韵的文章，都必须遵守。

【原文】

若夫笔句无常，而字有条数：四字密而不促，六字格而非缓，或变之以三五，盖应机之权节也。至于《诗》《颂》大体，以四言为正，唯《祈父》"肇禋"①，以二言为句。寻二言肇于黄世，《竹弹》之谣是也②；三言兴于虞时，《元首》之诗是也③；四言广于夏年，《洛汭》之歌是也④；五言见于周代，《行露》之章是也。六言七言，杂出《诗》《骚》；两体之篇，成于两汉。情数运周，随时代用矣。

【注释】

①《祈父》：《诗经·小雅》中的一篇。诗的第一句是"祈父，予王之爪牙"。祈父即圻父，官名，镇守封圻（边疆）军队的大臣。肇禋（yīn）：开始祭祀。《诗经·周颂·维清》中有"肇禋，迄用有成，维周之桢"一句。

②《竹弹》：指传说中黄帝时的《弹歌》，即《断竹》歌。

③《元首》：指《元首歌》，《尚书·虞书》有载："股肱喜哉！元首起哉！百工熙哉！"一句其中，"喜""起""熙"押韵，所以说是三言。元首，指舜。

④《洛汭》之歌：即《五子歌》，共五首，基本是四言，夏时国君太康的弟

弟在洛水边上唱的歌。

【译文】

至于说到章、句的变化，虽然没有固定的规范，但每句包含多少字，不同的字数分别起到的作用，这些都是可以分别说明的：只有四个字的句子短小，虽然文字紧凑，但在念的时候音律节拍并不急促；包含六个字的句子略长，虽然文字宽裕，但在念的时候音律节拍并不迂缓。有时候，一句里的文字会变成三言或五言，这种节拍的变化大概是为了适应不同的情势而运用的权宜之法。像《诗经》中《雅》《颂》这一类庄严郑重的体裁，四言诗占了主导位置，只有《小雅·祈父》和《周颂·维清》中的"肇禋"句，运用了二言的句子。考查研究二言诗，发现它源于黄帝时代，《竹弹》歌谣便是这种二言之谣；三言诗是从虞舜时代兴起的，《元首》一诗便是三言的诗歌；四言诗在夏朝时候多用，《洛汭之歌》便是四言的诗歌；五言诗在周代兴起，《行露》便是五言诗歌。六言诗和七言诗，散落分布在《诗经》和《楚辞》这两部作品之中，而到了西汉的时候，才完整地运用六言句式和七言句式，发展成为完整的诗篇。随着时代的发展，社会百态变化，外物的情势越来越复杂，这便要求作者要在作品中将情感表达得更为周详，于是，简单的短句逐渐被复杂的长句所取代。

【原文】

若乃改韵从调，所以节文辞气。贾谊、枚乘，两韵辄易；刘歆、桓谭①，百句不迁：亦各有其志也。昔魏武论赋，嫌于积韵，而善于资代。陆云亦称："四言转句，以四句为佳。"观彼制韵，志同枚、贾。然两韵辄易，则声韵微躁；百句不迁，则唇吻告劳；妙才激扬，虽触思利贞②，曷若折之中和，庶保无咎③。

【注释】

①刘歆（xīn）：西汉作家。桓谭：东汉哲学家、经学家、琴师、天文学家。

②利贞：和谐贞正。

③庶：将近，差不多。

【译文】

至于像辞赋为了更好地配合情调而改换了音韵，目的是为了调节文辞，以便更好地配合和衬托气势。贾谊和枚乘的作品，喜欢用完两韵脚之后接着转韵；刘歆和桓谭的作品，即便写了一百句也绝不换韵：这是因为他们各自有不同的用意。从前，魏武帝曹操论赋，他认为同一个韵的字不能用得太多，因此大力主张行文的时候不断改换韵脚。陆云也曾说："四言诗在转韵上，最好是四句一转。"可以看出，他在对用韵的看法方面，跟枚乘和贾谊差不多。但是，用了两个韵脚之后立即改韵，这种声韵念起来就难免有些急躁了；假如写了一百句都不换一个韵又显得太过单调，也会让嘴巴觉得疲劳。才华横溢的作家能通过音韵的激荡抑扬表达各种感情，这样用韵，尽管能够成功地触动思想，充分表达出真情实感，但不如加以折中，依照不同情况对韵脚加以改变，这样基本保证了在用韵上没有大毛病。

【原文】

又《诗》人以"兮"字入于句限①，《楚辞》用之，字出句外。寻"兮"字成句，乃语助余声。舜咏《南风》②，用之久矣，而魏武弗好，岂不以无益文义耶！至于夫惟盖故者，发端之首唱；之而于以者，乃劄句之旧体③；乎哉矣也者，亦送末之常科④。据事似闲，在用实切。巧者回运⑤，弥缝文体，将令数句之外，得一字之助矣。外字难谬，况章句欤！

【注释】

①句限：谓句子之内。

②南风：指《南风》歌，《尚书·虞书》中记载有："南风之熏兮，可以解吾民之愠兮；南风之时兮，可以阜吾民之财兮。"

③劄（zhā）句：助词，这种词常嵌在句子里。

④常科：常规的形式。

⑤回运：回环运用。

216

【译文】

再者,《诗经》的作者在遣词造句时经常使用"兮"字,《楚辞》这部作品中大量出现"兮"字,而且这个字已经开始出现在句子之外,也就是用在韵脚之后。研究一下"兮"字的用法,它在句子中是作为承接语气的成分而存在的,是一种语气助词,作用是延缓句子的语气。早在舜帝吟唱的《南风歌》里,就已经出现了"兮"字,然而魏武帝曹操却不喜欢在作品里用"兮"字,难道不是因为,他觉得"兮"这个字在表达文义上没有什么实质性的帮助吗!至于像夫、惟、盖、故这些虚词,是用在句子开头的发语词;像之、而、于、以这些虚词,是遣词造句中经常用到的;像乎、哉、矣、也这些虚词,是用在句末的常用助词。从文章叙议的事理来看,这些虚词好像显得很多余,但是论起作用的话,它们还是有各自的实在功用的。文思巧妙的作者善于将这些虚词回环婉转地加以运用,从而使得文章的文辞更加严密,在布陈实词构成几个句子的时候,是需要一个虚词来帮助句子之间紧密连贯的。如此看来,就连实字之外的虚字都不允许运用偏差,更何况是由实字组成的那些具有实际意义的章句呢!

【原文】

赞曰:断章有检[1],积句不恒。理资配主,辞忌失朋。环情草调,宛转相腾。离合同异,以尽厥能。

【注释】

①检:法式,法度。

【译文】

总而言之:给文章断分章节是有一定的法度的,然而组句成章却没有固定的规范。各个章节的内容都务必配合文章主题的要旨,遣词造句的时候千万不要将字与字、句与句之间的关系抛弃,让字句变得孤立。围绕着思想感情来撰写词句、安排韵调,使文辞和感情相互配合,让音调抑扬婉转、腾跃飞扬。分章遣句的时候一定要从实际情况出发,要么合,要么离,要么同,要么异,尽可能将章句的功能最大程度地展现出来。

丽辞第三十五

【原文】

造化赋形，支体必双①，神理为用，事不孤立。夫心生文辞，运裁百虑，高下相须②，自然成对。唐虞之世，辞未极文，而皋陶赞云③："罪疑惟轻，功疑惟重。"益陈谟云："满招损，谦受益④。"岂营丽辞，率然对尔。《易》之《文》《系》⑤，圣人之妙思也。序《乾》四德，则句句相衔；龙虎类感，则字字相俪⑥；乾坤易简，则宛转相承；日月往来，则隔行悬合：虽句字或殊，而偶意一也。至于《诗》人偶章，大夫联辞，奇偶适变，不劳经营。自扬马张蔡，崇盛丽辞，如宋画吴冶，刻形镂法，丽句与深采并流，偶意共逸韵俱发。至魏晋群才，析句弥密，联字合趣，剖毫析厘。然契机者入巧，浮假者无功。

【注释】

①支体：指整个身体，亦仅指四肢。

②相须：亦作"相需"，互相依存，互相配合。

③皋陶：上古时期政治家、思想家、教育家，被史学界和司法界公认为中国司法鼻祖。被舜任命为掌管刑法的"理官"。

④益：舜的大臣。他和皋陶的话均出自《尚书·伪大禹谟》。

⑤《文》《系》：指解说《周易》的《文言》和《系辞》，相传都是孔子所作。

⑥龙虎类感，则字字相俪：《周易·乾卦·文言》中有"水流湿，火就燥，云从龙，风从虎"的话，这些话都字字相对。

【译文】

大自然赋予人类、动物等万事万物形体，上下肢体一定都是成双成对的，这是自然规律造化的作用，这个道理印证了万事万物都不是孤立存在的。创作文章是因为人的思想感情需要表达，所以文思变成了文辞，创作文辞的时候，深思熟虑，从各个方面进行裁剪，高低上下互相搭配，自然而然地组成了对偶的形式。尧帝和舜帝的时代，还并不注重用文采去修饰文辞，大臣皋陶曾经向舜帝提意见说："犯了罪的人，如果他的罪行不能确定的话，就从轻处理；有功劳的人，如果他的功劳不能确定的话，就从重奖赏。"大臣益也向夏禹提供意见说："一个人若是自满了，最终一定会招致损失；一个人若是很谦虚，最终一定会从中受益。"这些贤臣在讲话的时候，难道是故意按对偶句的形式去发言吗？这些句子只是无意中、自然而然地前后对应罢了。《易经》中的《文言》和《系辞》，充分展示了圣人的精妙思想。《文言》为《乾卦》的元、亨、利、贞这"四德"作出解释，用词上字字相对；《文言》为《乾卦》作阐释时又提到同类相互感应，例如"同声相应，同气相求。水流湿，火就燥；云从龙，风从虎"，前后每一个字都相配对；《系辞上》讲到天地的道理简要平易，前后文字非常婉转地相互承接对照；《系辞下》中提到"日往则月来，月往则日来"，就是隔行跨句遥相对仗。尽管上述提到的这些句子，有长有短，字数都不一样，可是想要构成对偶的用意却是基本一样的。至于像《诗经》的作者在作品中用对偶的诗句，春秋时期的士大夫在发言时所运用的联偶辞句，都是根据具体情况拟词造句，有的用单句、有的用偶句，根本不用费心劳神去特意追求对偶。自从扬雄、司马相如、张衡、蔡邕推崇华丽对偶的文辞以来，对偶这种形式便广泛地被运用，就像宋人非常讲究画画，吴人非常讲究铸剑一样，当世的文人十分看重文辞的雕饰，所以在他们的作品中，既有骈俪的句子，又有华丽的辞藻，二者一起发扬光大；既有对偶的意思，又有超逸的声韵，二者一起显耀后世。到了魏晋时代，许多作者在遣词造句方面更加讲究精密，联缀字词讲求配合情志趣味，不仅讲究对仗，而且在辨析事理的时候毫厘都要争上一争。但是，对偶只有在适当的时机用得合适，才能称为巧妙，用词浮夸、意思做作，是不会有任何效果的。

【原文】

故丽辞之体，凡有四对：言对为易[1]，事对为难，反对为优[2]，正对为劣。言对者，双比空辞者也[3]；事对者，并举人验者也；反对者，理殊趣合者也；正对者，事异义同者也。长卿《上林赋》云："修容乎礼园[4]，翱翔乎书圃。"此言对之类也；宋玉《神女赋》云："毛嫱障袂[5]，不足程式；西施掩面，比之无色。"此事对之类也；仲宣《登楼》云："钟仪幽而楚奏，庄舄显而越吟。[6]"此反对之类也；孟阳《七哀》云："汉祖想枌榆[7]，光武思白水。"此正对之类也。凡偶辞胸臆，言对所以为易也；征人之学，事对所以为难也；幽显同志，反对所以为优也；并贵共心，正对所以为劣也。又以事对，各有反正，指类而求，万条自昭然矣。

【注释】

①言对：纯文字上的对偶，不用典故的对偶句。

②反对：意义相反的对偶。

③空辞：不尚典实但求辞藻的句子。

④礼园：修习礼仪之处。《礼》是用调整威仪的，即可以修容。

⑤毛嫱（qiáng）：中国春秋时期越国的美女之一，大体与西施同时，相传为越王勾践的爱姬。障袂（mèi）：扬袖遮日。

⑥庄舄（xì）：亦称越舄，越国人，战国时期著名的楚国大臣。

⑦枌（fén）榆：汉高祖故乡丰县的里社名，汉高祖故乡为江苏省徐州市丰县。

【译文】

仔细探究一下骈俪对偶的体例，总的来看大概可分为四种类型：比较容易的是言对，比较困难的是事对，反对是优等，正对是差等。言对的对偶，即两句只是言辞相互对仗而不引用具体事例；事对的对偶，就是两句都要列举出前人的事例典故来证明事实；反对的对偶，就是两句说明的事理虽然相反而最终要表达的旨趣却能合到一处；正对的对偶，就是虽然列举的事实不同，但是表达的意义相同或相近。司马相如在《上林赋》中说："在礼仪的殿堂上修饰外在，在书籍的园地中翱翔飞舞。"言对的对偶说的就是这一类。宋玉在《神女赋》中说："美女毛嫱用袖子遮着脸蛋，自愧不如神女美貌；美人西施以手掩着面庞，自羞不及神女照人。"事对的对偶说的就是这一类。王粲在《登楼赋》中说："楚人钟仪被晋国幽禁，却仍然弹奏楚国的音乐；越人庄舄在楚国做官，却还是吟咏越国的歌曲。"反对的对偶说的就是这一类。张载在《七哀诗》中说："汉高祖怀念家乡的枌榆社，光武帝思念故乡的白水县。"正对的对偶说的就是这一类。言对之所以容易，是因为作者只需要用对偶表达出心中所想就行了；事对之所以比较困难，是因为这是对一个人才学的考验；钟仪和庄舄尽管一个遭囚禁一个遇显达，但他们难以忘怀故国的情志是一样的，所以这里用反对是极好的；汉高祖和光武帝同为君王，他们思念家乡的感情没有什么不一样，所以说正对显得水平不高。当然，事对也有正对和反对的区别，分门别类来进行考求，对于各种各样的对偶很容易就能看得清楚了。

【原文】

张华诗称："游雁比翼翔，归鸿知接翮①。"刘琨诗言："宣尼悲获麟②，西狩泣孔丘。"若斯重出，即对句之骈枝也。是以言对为美，贵在精巧；事对所先，务在允当。若两事相配，而优劣不均，是骥在左骖，驽为右服也③。若夫事或孤立，莫与相偶，是夔之一足④，踦踦而行也⑤。若气无奇类，文乏异采，碌碌丽辞，则昏睡耳目。必使理圆事密，联璧其章。迭用奇偶，节以杂佩⑥，乃其贵耳。类此而思，理自见也。

【注释】

①接翮（hé）：翅膀挨着翅膀。

②宣尼：西汉平帝元始元年追谥孔子为褒成宣尼公，后因称孔子为宣尼。

③驽（nú）：劣马，走不快的马。

④夔（kuí）：古代中国神话传说中的一条腿的怪物。

⑤趻踔（chěn chuō）：跳，跳跃。

⑥杂佩：总称连缀在一起的各种佩玉，这里指文章的变化句式。

【译文】

西晋作家张华在《杂诗》中说："远游的大雁比翼飞翔，归去的鸿雁连翅飞翔。"西晋作家刘琨在《重赠卢谌诗》中说："孔子听晓鲁人捕获到麒麟很悲伤，孔子听说西郊狩猎到麒麟很沉痛。"像这类句子，意思前后重复，其实就是对句中非常多余的。所以，言对如果对得十分美妙，就是妙在了文辞工巧；事对如果对得十分杰出，就是好在列举事例公允恰当。如果列举出两个事例，配在一起作对偶之句，但是一个好一个差，优劣极不相称，就好比驾车，套在马车的外面作为骖马的是千里马，套在马车里面作为服马的是劣等马。至于对偶句中只用一件事例的情况，那就太过孤零零了，连能跟它相配的事件都没有，就像只有一只脚的夔兽一样，只能跳着走路了。如果一篇文章的文意气势一点创新的意思都看不到，文辞没有奇异的华采，所用的对偶语句非常平庸，这样的句子读了就只能让人昏昏欲睡罢了。由此可见，创作对偶句的时候，一定要让句子的事理圆通，事义周密，像成双成对的璧玉一样文采照人，共同放在一篇文章里。然后再用奇句和偶句交错相叠运用其中，就像再另外佩戴各种玉石来调节节奏、衬托对偶，这才算是难能可贵的。倘若像这样去思考造句的话，自然就明白如何运用对偶了。

【原文】

赞曰：体植必两，辞动有配。左提右挈，精味兼载。炳烁联华，镜静含态。玉润双流，如彼珩珮①。

【注释】

①珩（héng）：古代一组玉佩上端的佩件名。

【译文】

总而言之：肢体成双成对，万事万物都成双成对，文辞的写作也往往运用对偶。创作中运用对偶能做到上下左右都兼顾到，这样的对偶句既具备了精义，又体现出了韵味。像并蒂花朵一样，光彩照人；如明镜照物一样，对影成双；像成双成对的玉璧一样，温润的光泽和相击的声韵双双流传，佩戴在身上美妙无比。

比兴第三十六

【原文】

《诗》文宏奥，包韫六义；毛公述《传》，独标"兴"体，岂不以"风"通而"赋"同，"比"显而"兴"隐哉？故"比"者，附也；"兴"者，起也。附理者，切类以指事，起情者，依微以拟议。起情故"兴"体以立，附理故"比"例以生。"比"则畜愤以斥言①，"兴"则环譬以托讽②。盖随时之义不一，故《诗》人之志有二也。

【注释】

①畜愤：指积聚怨愤。斥言：谓直言指责过失。

②托讽：谓托物以寄讽谕之意。

【译文】

《诗经》的内容深奥广博，包含着风、雅、颂、赋、比、兴这"六义"。可是毛公给《诗经》作注，只在遇到某篇作品用"兴"这个手法的时候才标明出来，难道不是因为通贯全书按照"风""雅""颂"来分类，是人人都明白的事，而"赋"是直接铺陈，所用手法前后都差不多，"比"的运用也极容易看出来，只有托物起兴这种手法是比较隐晦的吗？因此，所谓"比"，就是比附的意思；所谓"兴"，就是起兴的意思。比附事理，就是用与所述事物相贴切的类比方法来说明；因物起兴，就是根据事物所包含的微隐之意引发情意。由于感触物起了情思，起兴的手法因此而成立；由于比附事理，事理得以阐述清楚，比喻的手法因此而产生。比喻的时候，作者是怀着蓄积的愤懑之情，通过列举相切合的另一件事情来加以斥责；起兴的时候，作者不直接表明意思，而要通过委婉的方式，将真正的用意融入叙述之物中。随着时间的推移，《诗经》作者的情思大概都是不一样的，所以表明志趣的方法便形成了比喻和起兴这两种类型。

【原文】

观夫"兴"之托谕，婉而成章，称名也小，取类也大。关雎有别，故后妃方德；尸鸠贞一①，故夫人象义。义取其贞，无疑于夷禽②；德贵其别，不嫌于鸷鸟；明而未融，故发注而后见也。且何谓为"比"，盖写物以附意，飏言以切事者也。故金锡以喻明德，珪璋以譬秀民，螟蛉以类教诲③，蜩螗以写号呼④，浣衣以拟心忧⑤，席卷以方志固⑥：凡斯切象，皆"比"义也。至如"麻衣如雪""两骖如舞"，若斯之类，皆"比"类者也。楚襄信谗，而三闾忠烈，依《诗》制《骚》，讽兼"比""兴"。炎汉虽盛，而辞人夸毗⑦，诗刺道丧，故"兴"义销亡。于是赋颂先鸣，故"比"体云构，纷纭杂遝⑧，倍旧章矣。

【注释】

①尸鸠：即鸤鸠，布谷鸟。

②夷禽：常禽。

③螟蛉（míng líng）：《诗经·小雅·小宛》："螟蛉有子，蜾蠃（guǒ luǒ）负之。"螟蛉是一种绿色小虫，蜾蠃是一种寄生蜂。蜾蠃常捕捉螟蛉存放在窝里，产卵在它们身体里，卵孵化后就拿螟蛉作食物。古人误认为蜾蠃不产子，喂养螟蛉为子，因此用"螟蛉"比喻义子。

④蜩螗（tiáo táng）：亦作"蜩螳"，蝉的别名。

⑤浣衣以拟心忧：《诗经·邶风·柏舟》："心之忧矣，如匪浣衣。"

⑥席卷以方志固：《诗经·邶风·柏舟》："我心匪席，不可卷也。"

⑦夸毗（pí）：以谄谀、卑屈取媚于人。

⑧杂遝（tà）：众多杂乱的样子。

【译文】

仔细研究起兴的寄托讽喻这一作用，所用的措辞十分委婉，篇章自然而成，它所列举的名物尽管不起眼，但通过描述相类似的方面来寄托的含义却十分深远。雎鸠鸟雌雄相配各自有别，所以诗人以此来比喻后妃的德行；尸鸠鸟守巢坚贞专一，所以诗人以此来比喻诸侯夫人的德行。诗人在比喻的时候，意思上只提取尸鸠鸟坚贞专一这一点，至于这种鸟类是否平凡则无所谓；而在德行的表现上只看重雎鸠鸟雌雄有别这一点，至于这种鸟类是否凶猛则不去管。上述这类诗句虽然字义上简单明了，但它们深层的含意却不够明白，所以读者要看了注解之后才理解其中的内涵。再说一说什么叫作比喻，比喻就是用一定的事物来打比方，让想表达的意思更加明白而确切。所以《诗经》的作者用金和锡来比喻君子美好的德行，用象征贤士的珪和璋来比喻教导臣民，用细腰蜂养育螟蛉幼虫来比喻教诲子女，用扰人的蝉噪来比喻饮酒呼号作乐的靡靡之声，用脏衣服不洗来比喻内心烦忧不已，用我的心不是可以卷起来的席子来比喻内心坚定顽强：上述这些与原义相互贴切的形象，都是采用的比喻手法。至于还有诗人说"麻布衣就像雪一样洁白""驾车时两边的马奔跑起来非常协调，像跳舞一样符合节拍"，这些例子也都在比喻的范畴之内。到了战国时代，楚国日渐衰败，楚顷襄王听信谗言，将忠臣屈原流放，屈原心怀幽怨，于是继承和发展了《诗经》的精华，创作了《离骚》，这部作品中所运用的讽喻兼用比喻和起兴两种手法。到了汉代，虽然非常流行创作文章，但是辞赋的作者毫无节操，大都喜欢阿谀奉承，他们将《诗经》和《离骚》中关于讽刺现实的传统抛却了，起兴的手法逐渐消亡。这时候，赋、颂首先得到大力发展，作者争相运用比喻的手法，这种浪潮如风如云，繁多而复杂，完全背离了传统的比兴手法运用的法则。

【原文】

夫"比"之为义，取类不常：或喻于声，或方于貌，或拟于心，或譬于事。宋玉《高唐》云："纤条悲鸣，声似竽籁。"此比声之类也；枚乘《菟园》云："焱焱纷纷①，若尘埃之间白云。"此则比貌之类也；贾生《鵩赋》云②："祸之与福，何异纠缠③。"此以物比理者也；王褒《洞箫》云："优柔温润，如慈父之畜子也。"此以声比心者也；马融《长笛》云："繁缛络绎，范、蔡之说也④。"此以响比辩者也；张衡《南都》云："起郑舞，茧曳绪。"此以容比物者也。若斯之类，辞赋所先，日用乎"比"，月忘乎"兴"，习小而弃大，所以文谢于周人也。至于扬、班之伦⑤，曹、刘以下⑥，图状山川，影写云物，莫不织综"比"义，以敷其华，惊听回视，资此效绩。又安仁《萤赋》云⑦："流金在沙。"季鹰《杂诗》云⑧："青条若总翠。"皆其义者也。故"比"类虽繁，以切至为贵，若刻鹄类鹜⑨，则无所取焉。

【注释】

①猋（biāo）猋：迅速。

②《鵩（fú）赋》：《鵩鸟赋》，汉代文学家贾谊的赋作，为贾谊谪居长沙时所作。此赋借与鵩鸟问答，以抒发自己忧愤不平的情绪，并以老庄的齐生死、等祸福的思想以自我解脱。

③纠缪（jiū mò）：亦作"纠墨"，绳索。

④范、蔡：范雎和蔡泽。范雎，著名政治家、军事谋略家，秦国宰相。蔡泽，经范雎推荐，被秦昭王任为相。

⑤扬、班：扬雄、班固。

⑥曹、刘：曹植、刘桢。

⑦安仁：潘岳的字，西晋著名文学家、政治家。

⑧季鹰：张翰的字，西晋文学家，留侯张良后裔，吴国大鸿胪张俨之子。

⑨刻鹄（hú）类鹜（wù）：画天鹅不成，仍有些像鸭子。鹄：天鹅。鹜：鸭子。

【译文】

谈起比喻这种手法，它在用作比喻的事物上没有固定的范围：有的比喻某种声音，有的比喻具体形貌，有的比喻情绪心思，有的比喻客观事物。宋玉在他的《高唐赋》中说："纤细的枝条摇曳，发出的声音十分悲切，如同听到吹竽的声音。"这个例子讲的是比喻某种声音；枚乘在他的《菟园赋》中说："数不清的鸟儿在天空中振翅疾飞，如同一粒粒尘埃散布在白云里。"这个例子讲的是比喻具体的形象。贾谊在他的《鵩鸟赋》中说："祸殃与福气相依相化，紧密联系，跟细线纠缠环绕在一起结成一股绳索没什么不一样。"以上这些事例都是用事物来比喻某个深奥的道理。王褒在他的《洞箫赋》中说："箫声优雅柔和，给人的感觉就像慈爱的父亲关爱子女一样。"这个例子是用箫的声音来比喻人的心灵。马融在他的《长笛赋》里说："笛声繁富不绝，接连不断，听起来就像同为秦相的范雎和蔡泽的辩说之辞一样。"这个例子是用曲子来比喻辩论之语的。张衡在他的《南都赋》中说："跳郑国舞蹈的时候，就像在蚕茧上抽丝一样。"这个例子是用舞蹈的姿态来比喻某件事情。像上述这一类事例，辞赋作者都在自己的文章中争相使用。他们太过注重使用比喻，将起兴的手法慢慢淡忘，费尽心思去练熟不太重要的比喻手法，而把意义重大的起兴手法完全抛弃，所以这些人的作品远远不如周代的作品了。至于像扬雄、班固这一批作家，以及曹植、刘桢以下的作家，他们在描绘山川的形貌，刻画云物的形影的时候，没有一个人不把各种比喻修饰精心编织在一起，像织布一样纵横交错，用来彰显自己的文采，目的是为了大力吸引人的耳目视听，因此全靠华丽的比喻来达到这一效果。再者，潘岳在他的《萤火赋》中说："飘飘忽忽的萤火在沙中一闪一闪，就像流动的金子在闪烁一样。"张翰在他的《杂诗》中说："青青的枝条拢在一起，如同聚合成一束的翠鸟的羽毛一样。"这些例子都运用了比喻的手法。由此可见，运用比喻的方法纵然多种多样，但最重要的原则是要用得贴切，如果把天鹅描绘成鸭子，这种粗陋的比喻就完全没有可取之处了。

【原文】

赞曰：《诗》人比兴，触物圆览①。物虽胡越②，合则肝胆。拟容取心，断辞必敢。攒杂咏歌，如川之澹③。

【注释】

①圆览：周密地观察。

②胡越：胡在北，越在南，比喻疏远隔绝。

③澹（dàn）：水波摇动的样子。

【译文】

总而言之：《诗经》的作者在创作的时候会同时运用比喻和起兴两种手法，他们遇到事物会进行周密而全面的观察，从而引发感触。两种不同的事物即便像北方的胡人和南方的越人一样毫无关联，但凡二者中有一处细微的共同点，便可像肝胆一样亲密。比拟事物形象的时候一定要抓住事物的内在实质，判断采用哪种词语的时候一定要果敢坚决。杂用比兴，将各色各样的事物融入进去，谱成诗篇，那么文章的辞采就会像滔滔奔流的河水一样活力永驻。

夸饰第三十七

【原文】

夫形而上者谓之道，形而下者谓之器。神道难摹，精言不能追其极；形器易写，壮辞可得喻其真；才非短长，理自难易耳。故自天地以降，豫入声貌，文辞所被，夸饰恒存。虽《诗》《书》雅言，风俗训世，事必宜广，文亦过焉。是以言峻则嵩高极天，论狭则河不容舠，说多则子孙千亿，称少则民靡孑遗①，襄陵举滔天之目，倒戈立漂杵之论；辞虽已甚，其义无害也。且夫鸮音之丑，岂有泮林而变好②？荼味之苦，宁以周原而成饴③？并意深褒赞，故义成矫饰④。大圣所录，以垂宪章，孟轲所云，"说《诗》者不以文害辞，不以辞害意"也。

【注释】

①民靡孑（jié）遗：《诗经·大雅·云汉》："周馀黎民，靡有孑遗。"孑遗：遗留，残存。

②且夫鸮（xiāo）音之丑，岂有泮（pàn）林而变好：《诗经·鲁颂·泮水》："翩彼飞鸮，集于泮林。食我桑黮（shèn），怀我好音。"意思是，翩翩而飞猫头鹰，泮水边上栖树林。吃了我们的桑椹，回报我们好声音。鸮：我国古代对猫头鹰一类鸟的统称。泮林：泮水边的林木。泮水是古代学宫前的水池，形状如半月。

③荼味之苦，宁以周原而成饴：《诗经·大雅·绵》："周原膴（wǔ）膴，堇荼如饴。"意思是，周原土地真肥美，堇菜、苦菜都像糖一样甜。荼：古书上说的一种苦菜。

④矫饰：造作夸饰，掩盖真相。

【译文】

超乎形象，在具体形象之上的那种抽象之物被称为道理；具备形象，并且形貌体态都非常具体的被称为器物。人很难描摹清楚那些神妙的道理，它们奇妙之极，即便用再精深的语言也不能写尽；而描绘具体的器物却十分容易，只凭借一些壮丽的文辞就能够将它们的真实样貌展示在读者面前。这与一位作者才能的高低没什么直接关系，只是按照道理来讲，表达的话语本身有困难和容易的分别。因此，自从开天辟地以来，有关于事物声音形貌的描述，凭借文辞去表现的，有一种修饰手法经常被运用，那就是夸张。即便是作为典雅之言的《诗经》和《尚书》也不例外，二者是用来教化世俗、训导世人的，因此，应当广泛地说明事理，叙述的文辞上也要用到夸大的修饰语。所以形容山势高峻就说"高耸得几乎能够顶到天"，评论河流狭窄就说"连一条小船都放不下"，说到子孙众多就说"有成千上亿那么多"，说到老百姓少就说"没有一个人留下来"，描述洪水围上山陵这种情况就提出了"水势大得将天空淹没"的说法，讲敌人前军倒戈杀得血流成河就说"血流得到处都是，都能让杵棒漂浮起来了"。这些言辞叙述得纵然十分夸张，但并不影响读者去理解文章的意思。况且，猫头鹰的叫声非常难听，怎么会因为它落在学宫水池旁的树上，鸣叫声就能变得好听呢？苦菜的味道苦得难以下咽，怎么会因为它生长在周国肥沃的平原上而变成甘甜的饴糖呢？再说，那些话其实都是为了进行大力的赞美，所以放到客观义理上去评判，就变成了违反常理的夸张修饰。这些都是被伟大的圣人所记录下来的，可以作为典范流传下去。就像孟子所说的："解说《诗经》的时候，不要拘泥于文字而让言辞的意义有所残缺，也不要拘泥于辞义而使作者的用意被歪曲。"

【原文】

自宋玉、景差①，夸饰始盛，相如凭风，诡滥愈其。故《上林》之馆，奔星与宛虹入轩；从禽之盛②，飞廉与鹪明俱获③。及扬雄《甘泉》，酌其余波，语瑰奇则假珍于玉树，言峻极则颠坠于鬼神。至《西都》之比目，《西京》之海若④，验理则理无可验，穷饰则饰犹未穷矣。又子云《羽猎》，鞭宓妃以饟屈原⑤；张衡《羽猎》，困玄冥于朔野⑥。变彼洛神⑦，既非罔两⑧，惟此水师⑨，亦非魑魅；而虚用滥形，不其疏乎？此欲夸其威而饰其事，义睽剌也⑩。

【注释】

①景差：战国楚辞赋家，与宋玉同时代，后于屈原，主要成就有楚辞《大招》。
②从禽：追逐禽兽，谓田猎。
③飞廉：亦作蜚廉，是中国古代神话中的神兽，文献称飞廉是鸟身鹿头或者鸟头鹿身。鹪（jiāo）明：传说中的神鸟，凤凰之类。
④海若：古代中国传说中北海的海神。
⑤宓（fú）妃：中国古代神话传说中的洛水女神，溺死于洛水，遂成为神。饟（xiǎng）：同"饷"，送食物给人吃。

⑥玄冥：水神。朔野：北方荒野之地。

⑦娈（luán）：美好。

⑧罔两：水怪。

⑨水师：水神。魑（chī）魅：古谓能害人的山泽之神怪，亦泛指鬼怪。

⑩暌刺（kuí là）：违背。

【译文】

　　自战国时期楚国的辞赋家宋玉和景差以来，便开始广泛运用夸张这种修饰手法。到了西汉司马相如沿袭这种夸张的风气，并且架空立说，文章中类似诡异浮夸的描述就越来越猖獗了。所以，他在《上林赋》中描写上林苑的时候，为了赞美馆围的宏大，就形容说宫馆的栏杆和窗户里钻进了流星与长虹，足以显示出这篇作品的夸张；为了形容皇家猎取了大量飞禽，就说连神龙鸟雀和凤凰神鸟都捕获到了，实在是夸张至极。到了扬雄创作《甘泉赋》，他受司马相如的影响颇深，为了形容珍奇的树木，就借用珊瑚为枝、碧玉为叶的玉树作比喻；谈及高耸的宫殿，就形容说连鬼神也爬上不去，会从上面摔下来。至于班固写的《西都赋》里谈到比目鱼，张衡的《西京赋》里提到海神，这些事例是没有办法凭借常理去验证的，纵使描述得极度夸张，却也论不上夸张到了极点。再有扬雄创作的《羽猎赋》中提到，用鞭子抽打洛水之神宓妃，命她送饭给屈原吃；张衡在他写的《羽猎赋》中提到，把水神玄冥囚困在北方的原野。看看这两个事例，那位美丽的洛神宓妃，并不是妖精；这水神玄冥，也不是怪物，作者不考虑事实，只是一味地夸张叙述，不是太疏忽和随意了吗？他们只不过是想将所描写的事情夸大，从而增加其影响力，却严重违背事实。

【原文】

　　至如气貌山海，体势宫殿，嵯峨揭业①，熠耀焜煌之状②，光采炜炜而欲然，声貌岌岌其将动矣③。莫不因夸以成状，沿饰而得奇也。于是后进之才，奖气挟声，轩翥而欲奋飞④，腾掷而羞跼步⑤。辞入炜烨，春藻不能程其艳；言在萎绝，寒谷未足成其凋。谈欢则字与笑并，论戚则声共泣偕，信可以发蕴而飞滞，披瞽而骇聋矣⑥。

【注释】

①揭业：即揭蘖，极高貌。

②熠（yì）耀：光彩，鲜明。焜（kūn）煌：明亮，辉煌。

③岌岌：高貌。

④轩鹜（zhù）：飞举。

⑤跼（jú）步：小步。

⑥披瞽（gǔ）：使盲人复明。

【译文】

至于像有些作者描写山海的气势状貌，宫殿的格局气势，要么突兀高耸，要么富丽堂皇，形容光彩耀人的话，就描述成像要燃烧起来似的；形容气势巍峨雄壮的话，就描述成像要飞动起来一样。这些描述都是凭借言辞的夸张，让读者在脑海中想象出惊人的形状；通过增添各种各样的修辞来让被描述的事物显得更加奇特。于是，后世的有才之士纷纷沿袭这种风格，想凭借写作手法上的夸张一飞冲天，在青云之上翱翔，他们连跳跃奔腾的时候都以只能迈出局促的小步为羞耻。倘若他们用文辞去描写绚丽明艳的光彩，就连春天盛开的花朵也形容不出那种艳丽；倘若他们用语言去形容枯萎凄凉的景色，就连荒凉的山林、寒冷的溪谷也比拟不出那种萧条的感觉。凡是谈到欢乐，字里行间似乎都充斥着笑声；论到悲戚，文字中似乎都能听到哭泣的声音。夸张这种手法确实能够展露心中不易表达出来的奥秘，让停滞阻塞的文势变得灵动起来，充满活力，它光彩耀人，甚至能够让瞎子睁眼，它声音绝妙，甚至能够让聋子惊醒。

【原文】

然饰穷其要，则心声锋起，夸过其理，则名实两乖。若能酌《诗》《书》之旷旨，翦扬、马之甚泰①，使夸而有节，饰而不诬②，亦可谓之懿也。

【注释】

①翦：同"剪"，剔除。

②诬：无中生有，捏造事实害人。

【译文】

因此，倘若运用夸张这种手法的时候，能够理解透彻事理的关键，准确抓住要点，并将夸张程度控制得恰到好处，那么作品自然就流畅，读者内心的共鸣之感蜂拥而至；倘若写作手法夸张到极点，以至于跟事物的常理背道而驰，那么内容就会跟实际不符。如果能够斟酌摘取《诗经》《尚书》等这些经典经书中深远的意旨，剔除扬雄、司马相如这些辞赋家们华丽过度、虚空无用的描写习惯，让夸张的程度控制在一定范围内，将文辞修饰得绝妙而不虚假做作，那便可以称得上是美好了。

【原文】

赞曰：夸饰在用，文岂循检①？言必鹏运②，气靡鸿渐③。倒海探珠，倾昆取琰④。旷而不溢，奢而无玷。

【注释】

①循检：遵照规矩。

②鹏运：《庄子·逍遥游》："（鲲）化而为鸟，其名为鹏……海运则将徙于南冥。"后即以"鹏运"谓大鹏之奋然高飞远行。

③鸿渐：鸿鹄飞翔从低到高，循序渐进。

④昆：昆仑山。琰：美玉名。

【译文】

总而言之：想要将夸张修饰的作用发挥出来，全在于是否能够灵活恰当的运用，文辞这种东西哪有什么可以依循的条款？语言务必像大鹏展翅飞翔一样宏大雄壮，气势千万不要像鸿雁逐渐升腾那样迂缓迟钝。要像将海水倒干去探寻明珠一样，要像将昆仑山颠覆去寻觅宝玉一样。让内容的含义深远广博却并不会满溢过分，让语言的修饰夸张奇妙但并没有任何瑕疵和缺点。

事类第三十八

【原文】

事类者，盖文章之外，据事以类义，援古以证今者也①。昔文王繇《易》②，剖判爻位③，《既济》九三，远引高宗之伐，《明夷》六五，近书箕子之贞④：斯略举人事，以征义者也。至若胤征羲和，陈《政典》之训；盘庚诰民⑤，叙迟任之言：此全引成辞，以明理者也。然则明理引乎成辞，征义举乎人事，乃圣贤之鸿谟⑥，经籍之通矩也。《大畜》之象⑦，"君子以多识前言往行"，亦有包于文矣。

【注释】

①援古：引述古事。

②繇（yóu）：引申为阐释。

③剖判：辨别，判断。爻（yáo）位：《周易》每卦中六爻的位置。

④箕子：商末贵族，商纣王的叔父，与微子、比干齐名，并称"殷末三仁"。

⑤盘庚：商朝第二十位君主，很有作为，他为了改变当时社会不安定的局面，决心再一次迁都，搬迁到殷。

⑥鸿谟：远大的谋略，这里指大文章、大用意。

⑦《大畜》：《周易》六十四卦中的一卦名。

【译文】

所谓"事类"，就是一篇文章在表达清楚含意、抒发情感之外，还要通过引用典故事例来类比说明义理，引用古事、古语将现在想要表达的意思论证清楚。从前，周文王解释《易经》的卦辞和爻辞，对每一卦六爻的位置分别进行剖析，例如，《既济》卦的倒数第三位阳爻，在爻辞里引用了古远的事例，即商王武丁征伐鬼方国，三年取得胜利的事；在《明夷》卦的倒数第五位阴爻，在爻辞里记载近时的事例，即箕子坚贞，谏商纣王无果，反受到纣王逼害的事：以上这些事例，都是简单地引用古人之事，用来印证想表达的意思。至于像胤侯奉夏王之命去征讨荒废职守的羲氏、和氏，誓师的时候引用了《政典》里的教训；商王盘庚告诫国民的时候，叙述了上古贤人迟任的言论：举的这些事例都是为了把道理表述清楚，而引用古人所说过的现成词语。像这样说明某一道理的时候，引用古人曾说过的现成词语，论证某一意义的时候，通过列举具体的古事来引出相关的道理，是圣人贤人的大文章、大用意，是经书经典里最为通用的法则规范。《易经·大畜》卦的象辞中说："君子要多留心古人的事迹和过去的言论，将它们记在心里。"这句话完全可以延伸到文章的写作上面。

【原文】

观乎屈、宋属篇，号依《诗》人，虽引古事，而莫取旧辞。唯贾谊《鵩赋》，始用鹖冠之说①；相如《上林》，撮引李斯之书②，此万分之一会也。及扬雄《百官箴》，颇酌于《诗》《书》；刘歆《遂初赋》，历叙于纪传，渐渐综采矣。至于崔、班、张、蔡③，遂捃摭经史④，华实布濩⑤，因书立功，皆后人之范式也。

【注释】

①鹖（hé）冠：《鹖冠子》，先秦道家著作，其说大抵本于黄老而杂以刑名。

②撮引：摘取引用。

③崔、班、张、蔡：崔骃、班固、张衡、蔡邕，均为东汉时期作家。

④捃摭（jùn zhí）：摘取，搜集，采集。

⑤布濩（hù）：遍布，散布。

【译文】

翻阅一下屈原和宋玉的作品，据说二人写作仿照的是《诗经》所运用的手法，虽然他们引用了一些古代的事例，却并不直接采用原文的诗句。只有到了西汉时期，贾谊创作的《鵩鸟赋》，才开始引用《鹖冠子》里的原文说法；司马相如创作的《上林赋》，直接摘引了李斯的《谏逐客书》中的话：这些情况还只是作品中偶然会有与前人相合的地方。等到扬雄创作《百官箴》，便开始广泛地引用《诗经》《尚书》中的话；刘歆创作的《遂初赋》，则按照顺序叙述了史书中的纪传，渐渐综合、借鉴各种古籍，并大量引用古籍中的事例。至于像崔骃、班固、张衡、蔡邕这些作家，便广泛地摘取经书经典里的事例和话语，使自己的作品繁盛不已，就像树上结满了花果一样。他们写的那些成功之作都是借鉴古籍、摘取精华而收获功效的，后人写作的时候便以他们为榜样而纷纷效仿。

【原文】

夫姜桂因地，辛在本性；文章由学，能在天资。才自内发，学以外成，有

事类第三十八

233

学饱而才馁①，有才富而学贫。学贫者，迍邅于事义②，才馁者，劬劳于辞情③，此内外之殊分也。是以属意立文，心与笔谋，才为盟主，学为辅佐，主佐合德④，文采必霸，才学褊狭，虽美少功。夫以子云之才，而自奏不学，及观书石室，乃成鸿采。表里相资，古今一也。故魏武称张子之文为拙，以学问肤浅，所见不博，专拾掇崔、杜小文，所作不可悉难，难便不知所出，斯则寡闻之病也。

【注释】

①馁（něi）：饥饿，这里指才弱。

②迍邅（zhūn zhān）：难行貌。

③劬（qú）劳：劳累、劳苦。

④合德：同心一德。

【译文】

姜和桂依靠土地生长，它们的辛辣味道源自本身的性味；写作文章确实需要广博的学问，然而作者的才能却取决于天生的资质。才能源自于本性，学问从外界获取，有的人尽管学识渊博但缺少才能，有的人虽然才能杰出却学识不足。缺少学问的人，在写作中会觉得很难通过列举事例去阐明道理；缺少才能的人，在写作中会觉得很难通过遣词造句来准确表达情志：这就是内在的才能和外在的学识之间的区别。因此，在确立好意旨准备作文的时候，花费心思来驱使文笔，才能是最重要的，学识扮演辅佐的角色，如果二者同时具备相互配合，这样写出来的作品一定是文采繁富，必定能够在当世称雄；倘若才能和学问都有些欠缺，那么写出来的文辞即便再美也很难获得成功。像扬雄，他拥有那样杰出的才华，却仍上奏自称没有学问，等到后来在皇家石渠阁里博览大量书籍之后，终于写出了文采丰富的作品。从外界获取的学问和天生拥有的才能是相辅相成、互为补充的，这个道理从古代一直延续到现在都不曾改变。因此，魏武帝曹操觉得张子的文章拙劣不堪，因为他认为张子才疏学浅，见识狭隘，专门从崔骃、杜笃两个人写的短篇文章中拾取素材，写出来的东西压根经不起逐句推敲，详细追究也根本不知道出处，这是文人常有的浅见寡闻的毛病。

【原文】

夫经典沉深，载籍浩瀚，实群言之奥区①，而才思之神皋也②。扬、班以下，莫不取资，任力耕耨③，纵意渔猎，操刀能割，必裂膏腴；是以将赡才力，务在博见，狐腋非一皮能温，鸡蹠必数千而饱矣④。是以综学在博，取事贵约，校练务精，捃理须核⑤，众美辐辏，表里发挥。刘劭《赵都赋》云⑥："公子之客，叱劲楚令歃盟⑦；管库隶臣，呵强秦使鼓缶⑧。"用事如斯，可称理得而义要矣。故事得其要，虽小成绩，譬寸辖制轮，尺枢运关也。或微言美事，置于闲散，是缀金翠于足胫，靓粉黛于胸臆也⑨。

【注释】

①奥区：深奥之处。

②神皋（gāo）：引申为神圣的土地。

③耕耨（nòu）：耕耘，比喻辛勤钩稽探索。

④鸡蹠（zhí）：亦作"鸡跖"，鸡足踵，古人视为美味。《吕氏春秋·用众》："善学者若齐王之食鸡也，必食其跖数千而后足。"

⑤捃（jùn）：拾取、摘取。

⑥刘劭（shào）：三国时期曹魏思想家。

⑦歃（shà）盟：歃血为盟。

⑧鼓缶（fǒu）：敲奏一种瓦质乐器。

⑨靓：妆饰。

【译文】

经书典籍里的内容深渊广博，而且数量又很多，它们确实是将各种言论汇聚在一处的深奥宝库，是一个任凭作者驾驭才智文思神奇的世界。扬雄、班固以后的作者，几乎没有不从中吸取对自己有用的精华的，在这里，文人们可以像农民一样努力耕耘，以求取丰收，或者像渔人猎户一样尽情地捕鱼打猎，以求取收获；倘若握着刀子去割肉的话，就一定会割下最肥最好的部分。因此，作家要想让自己的才学丰富，就一定要博览群书、增广见闻，想做出最保暖的狐腋裘，只用一只狐狸腋下的毛是远远不够的；想吃鸡脚掌上的肉吃到饱，必须要吃数千只鸡掌才行。所以，将学问汇聚起来一定要广博，择取事例成辞造句则重在精确简约，考核事实、提炼重点务求精准恰当，采摘义理必须抓住核心、符合事实，只有把以上这些要点理解透彻、认真贯彻，才能让已经拥有的外在学问和内在才能发挥出应有的光彩。三国时魏刘劭创作的《赵都赋》中说："平原君的门客毛遂，叱责强大的楚国国君，以武力胁迫他和赵国歃血结盟；宦官缪贤家中的舍人蔺相如，以死要挟强大的秦国国君，让他为赵王击缶奏乐。"像这样列举事例采用典故，可以说既合道理又能抓住要点。所以，引用事例只要懂得抓住要点，即便是微不足道的小事也能达到理想的效果，这就好比车轴头上寸许长的键能够掌控车轮，门上尺许长的枢轴可以控制大门转动。有的作者把精妙的用语和绝妙的典故，安排在一篇文章中无关紧要的地方，这就像是把金玉翡翠缀挂在脚踝上，把脂粉铅黛涂抹在胸脯上。

【原文】

凡用旧合机，不啻自其口出①；引事乖谬②，虽千载而为瑕。陈思，群才之英也，《报孔璋书》云："葛天氏之乐，千人唱，万人和，听者因以蔑韶、夏矣。③"此引事之实谬也。按葛天之歌，唱和三人而已④。相如《上林》云："奏陶唐之舞⑤，听葛天之歌，千人唱，万人和。"唱和千万人，乃相如推之；然而滥侈葛天，推三成万者，信赋妄书，致斯谬也。陆机《园葵》诗云："庇足同一智，生理合异端。"夫"葵能卫足"，事讥鲍庄；"葛藟庇根"⑥，辞自乐豫⑦；若譬"葛"为"葵"，则引事为谬，若谓"庇"胜"卫"，则改事失真：斯又不精之患。夫以子建明练，士衡沉密⑧，而不免于谬。曹洪之谬高唐，又曷足以嘲哉⑨！夫山木为良匠所度，经书为文士所择，木美而定于斧斤，事美而制于刀笔，研思之士，无惭匠石矣⑩。

【注释】

①不啻（chì）：无异于，如同。

②乖谬：荒谬背理。

③韶：舜乐。夏：禹乐。

④葛天之歌，唱和三人而已：出自《吕氏春秋·古乐篇》："昔葛天氏之乐，三人操牛尾投足以歌八阕。"

⑤陶唐：古帝名，即唐尧。

⑥葛藟（lěi）：藤类蔓生植物，即野葡萄。

⑦乐豫：宋国大夫。

⑧士衡：陆机的字。

⑨曷（hé）：何，什么。

⑩匠石：名为石的巧匠，出自春秋《庄子·徐无鬼》，后亦用以泛称能工巧匠或擅长写作的人。

【译文】

写文章的时候，但凡是引用典故或旧例恰到好处的，就跟那些话从作者的口中亲自讲出来一样；倘若典故事例引用不合适，那么即便这篇文章流传了千百年，里面瑕疵缺点也不会消失。陈思王曹植，是无数人才中的翘楚，但他创作的《报孔璋书》中却有这样的说法："古代葛天氏的音乐，千人唱，万人和，听的人甚至都开始嫌弃舜时的《韶》乐和禹时的《夏》乐了。"他引用的这个事例，实际上是错误的。考查求证葛天氏的歌，歌唱与附和的其实只有三人而已。司马相如在他的《上林赋》中说："演奏陶唐氏的舞乐，听着葛天氏的歌曲，千人唱，万人和。"唱与和的人有成千上万之多，这是司马相如推测猜想出来的，但是他把葛天氏的音乐夸大成这个样子，明明是三个人非要说成千人万人，是因为他相信了这种说法，然后胡乱作赋，所以才导致了这样的错误。陆机在他写的《园葵》诗中说："每种生物保护自己的脚跟时拥有同样的智慧，但它们各自的生存方式却并不一样。"孔子说"葵尚且能够用叶子保护自己的脚跟"，他用这个例子来讥讽鲍庄子被齐灵公斩断双脚的事；乐豫说"葛藟能够庇护自己的本根"，他用这句话来谏讽宋昭公，让他千万不要赶走公族。倘若把葛藟比为向日葵，那么就属于事例引用错误；如果说用"庇"字比"卫"字好，那就相当于篡改事实，就不真实了：这种毛病就是引用典故不精准。像曹植那样高明老练的作家，像陆机那样沉稳细密的作家，还免不了犯下引事用典偏差的错误；那么曹洪在给曹丕的信里，把高唐的歌者绵驹和河西的歌者王豹弄混，又哪里值得嘲笑呢？优秀的木匠丈量山林中的树木，文人作家摘取经书里的精华；但是判断一块木料美不美，最终要取决于匠人手中的斧子；判断一则事理妙不妙，最终要取决于文人手中的笔杆。构思行文精巧的作者，站在技巧高超的工匠面前，可以完全不觉得惭愧。

【原文】

赞曰：经籍深富，辞理遐亘①。皓如江海，郁若昆邓②。文梓共采，琼珠交赠。用人若己，古来无懵。

【注释】

①遐亘：深远。

②昆：神话中的昆仑山。邓：神话中的邓林。《山海经·海外北经》记载夸父追赶太阳，渴死后他的手杖化为邓林。

【译文】

总而言之：经典经书的内容深奥富饶，里面的文辞情理可以永远流传下去。那些典籍十分浩远宽阔，就像长江大海一样；那些典籍十分郁郁繁盛，就像昆仑、邓林一样。它们还像纹理细密的优质梓木，可供文人共同采伐；或者像美丽的玉器珠宝，可以相互赠送交换。引用别人话语的时候，就像从自己口中说出来，古往今来的文人都十分明白这个道理，用起来绝不含糊。

练字第三十九

文心雕龙全鉴珍藏版

【原文】

夫文象列而结绳移，鸟迹明而书契作①，斯乃言语之体貌，而文章之宅宇也。苍颉造之，鬼哭粟飞；黄帝用之，官治民察。先王声教，书必同文，轺轩之使②，纪言殊俗，所以一字体，总异音。《周礼》保氏③，掌教六书④。秦灭旧章，以吏为师。及李斯删籀而秦篆兴⑤，程邈造隶而古文废。

【注释】

①鸟迹：相传黄帝的史官仓颉根据兽蹄鸟迹的形状创造象形文字。书契：指文字。

②轺（yóu）轩之使：出使的大臣。轺轩，轻车，多由使臣乘坐。

③保氏：官名，出自《周礼·地官·大司徒》，主要负责对君主、天子的规谏，类似于后代的谏议大夫、光禄大夫等。

④六书：古人解说汉字的结构和使用方法而归纳出来的六种条例。"六书"之名，最早见于《周礼·地官·保氏》，后世学者定名为象形、指事、会意、形声、转注、假借。

⑤籀（zhòu）：籀文，周朝文字，中国春秋战国时流行于秦国，亦称"大篆"，笔画比较复杂，秦统一六国后，李斯主张统一文字，于是就将它加以简化，称为小篆。

【译文】

自从象形文字出现之后，渐渐取代了上古时期的结绳记事的方式，仓颉辨认鸟兽的足迹，从中受到启发然后创造了文字。文字是语言的形态符号，是构成文章意义的载体。据说仓颉创造出文字的时候，鬼怪在夜里啼哭，天上下起粟米来；后来，黄帝使用仓颉造的文字，帮助百官处理好各项事务，帮助百姓分清各种事物。先代的君王传播教化、改善风气，书写政令的时候一定要使用统一的文字；使臣受君王之命外出寻访，他们坐着轻车，需要到各地去记录不同方言的发音和形态不同的文字，他们做这些工作是为了统一全国的文字字体，将各地不同的方言汇总起来，以便统一。根据《周礼》记载，周代的保氏一官，是专门教授贵族子弟书写文字的官吏。秦统一六国后，将各国旧有的规章全部焚毁，下令想学法的人要请官吏为师。到李斯删改简化籀文字体，秦朝的小篆便得以兴起，成为通用文字；后来，等到程邈创造了隶书字体，秦代以前的古文字便被彻底废除了。

【原文】

汉初草律，明著厥法：太史学童，教试六体①；又吏民上书，字谬辄劾。是以马字缺画，而石建惧死②，虽云性慎，亦时重文也。至孝武之世，则相如撰篇。及宣、平二帝③，征集小学④，张敞以正读传业，扬雄以奇字纂训，并贯练《雅》《颂》，总阅音义，鸿笔之徒⑤，莫不洞晓。且多赋京苑，假借形声；是以前汉小学，率多玮字，非独制异，乃共晓难也。暨乎后汉，小学转疏，复文隐训⑥，臧否大半⑦。

【注释】

①六体：指古文（籀文）、奇字（古文的异体）、篆书（小篆）、隶书、缪篆（刻印字体）、虫书（写幡字体）。

②石建惧死：石建为郎中令，管理宫内事务。一日写奏章呈上去，又将自己奏章复看一遍，忽然看到"马"字写错，十分惊恐。石建：汉武帝时期大臣。

③宣：汉宣帝。平：汉平帝。

④小学：文字学。

⑤鸿笔：大手笔。

⑥复文：指异体字。隐训：诡僻的训释。

⑦臧否（zāng pǐ）：善恶，得失，正误。

【译文】

到了汉朝初年，萧何草拟创制法律，文字的相关法令清清楚楚写在了上面：太史考试学童的时候要背诵字书，还要用六种文体来检验；另外还规定，官吏或者百姓上书，书奏里出现错字就要受到检举弹劾。所以，郎中令石建因为上奏的书文中的"马"字缺了一处笔画，就害怕得要命，虽然这是因为他太过小心谨慎，也充分说明了当时朝廷上下都非常看重文字。到了汉武帝的时候，司马相如编著了《凡将篇》这本字书，里面没有一个重复的字。等到了汉宣帝和汉平帝的时候，广泛征召专门研究文字训诂的学者，张敞跟着他们学习正音释义以便传给后世，扬雄从讲文字的学者那里采集各种奇字创作了《训纂篇》来解释字义。他们都非常精通《尔雅》和《苍颉篇》这些文字学的典籍，广泛阅读书籍，全面掌握各种字音字义。那个时代，但凡是创作出鸿篇巨制的作家，没有一个不深通文字学的。再者，他们的作品基本上都歌颂京都宫殿、皇家园林，经常用假借字来刻画形象和声音；因此，西汉的文字训诂学，很多书籍文章都包含很多奇异的怪字，这并不是因为作家喜欢制造奇异的字体，而是当时大多数文人都认识这些奇文怪字。到了东汉，对文字的研究以及训诂之学越来越不受重视，反而注重异体字的研究，专注于怪癖的解说，其中正确和不正确的基本上各占一半。

【原文】

及魏代缀藻，则字有常检①，追观汉作，翻成阻奥②。故陈思称："扬、马之作，趣幽旨深，读者非师传不能析其辞，非博学不能综其理。"岂直才悬，抑亦字隐。自晋来用字，率从简易；时并习易，人谁取难？今一字诡异，则群句震惊；三人弗识，则将成字妖矣。后世所同晓者，虽难斯易；时所共废，虽易斯难；趣舍之间③，不可不察。

【注释】

①常检：寻常的约束。

②阻奥：深奥难通。

③趣舍：亦作"趣捨"，取舍。趣，通"取"。

【译文】

到了曹魏时期，那个时候写作文章，运用文字便产生了一定的规格，倘若用这种规格回过头去阅读汉代的作品，便会觉得汉代的作品晦涩难懂。因此，陈思王曹植说："扬雄和司马相如的著作，文意旨趣深奥，阅读的人倘若没有老师在一旁讲解的话，是很难辨析清楚里面的辞义的，如果学识不够渊博的话，就不能很好地理解里面的道理。"之所以这样，难道仅仅是读者和扬雄、司马相如这些人之间的才学相差悬殊的缘故吗？其实还因为他们使用的文字太过艰深诡僻。自晋代以来，文人在用字的时候，大都遵循简单平易的原则，既然当时都流行使用容易认识的字，谁还会去用难字和僻字呢？现在，一篇文章里面只要用了一个怪异的字，就会影响前后多个句子，让人难以理解；如果一个字，三个人都不认识它，那它就成为字中的妖孽了，能让后世人共同都能明白理解的字，即便是难写的字也是容易明白的；为时代所淘汰，被世人所共同抛弃的字，即便易写也会被归为难字一类。文人在写作的的时候，斟酌取舍文字，不能不注意这些。

【原文】

夫《尔雅》者，孔徒之所纂，而《诗》《书》之襟带也①；《苍颉》者，李斯之所辑，而史籀之遗体也。《雅》以渊源诂训②，《颉》以苑囿奇文，异体相资，如左右肩股，该旧而知新，亦可以属文。若夫义训古今，兴废殊用，字形单复③，妍媸异体④。心既托声于言，言亦寄形于字；讽诵则绩在宫商，临文则能归字形矣。

【注释】

①襟带：衣襟和腰带。

②诂（gǔ）训：解释古语。

③单复：简单和繁复，指字的笔画少和多。

④妍媸（chī）：表示美和丑。

【译文】

《尔雅》这部作品，是由孔子的学生们编纂创作的，它就像衣服的衣领和衣带一样，是用来帮助读者阅读并理解《诗经》和《尚书》的；《苍颉篇》是由秦国丞相李斯编辑的，保留着周代籀文等流传下来的古字体。《尔雅》是用来解释古语的初始作品，《苍颉篇》将奇异文字汇集在了一起，成为奇字之囿。这两部文字工具书虽然体裁不同，但是互相配合，就像一个人的左右肩膀和左右大腿一样，通过研究这些典籍来掌握、了解古旧的文字，有助于理解其新意，那么在文字写作上也有用处。至于一些文字分别有古代和现在的不同解释，有的刚刚兴起发展，有的已经衰旧废亡，它们的作用是不同的，务必区别运用。字的形体有简单和复杂的区别，书写起来或者排列到一起也有好看和难看之分，用字造句时一定要注意不同文字的不同形体。作者的思想既然已经凭借发声用语言表达出来，说出的语言又通过文字记录下来；但如果想要朗诵吟读得动听，就要靠文字的声律节奏和谐巧妙，如果想要整篇文章看起来美观，就要看字形漂不漂亮，排列得匀不匀称。

【原文】

是以缀字属篇，必须练择：一避诡异，二省联边，三权重出①，四调单复。诡异者，字体瑰怪者也。曹摅诗称②："岂不愿斯游，褊心恶呦呶。"两字诡异，大疵美篇，况乃过此，其可观乎？联边者，半字同文者也。状貌山川，古今咸用，施于常文，则龃龉为瑕③，如不获免，可至三接，三接之外，其字林乎④？重出者，同字相犯者也。《诗》《骚》适会，而近世忌同，若两字俱要，则宁在相犯。故善为文者，富于万篇，贫于一字，一字非少，相避为难也。单复者，字形肥瘠者也⑤。瘠字累句，则纤疏而行劣；肥字积文，则黯黕而篇暗⑥；善酌字者，参伍单复，磊落如珠矣。凡此四条，虽文不必有，而体例不无。若值而莫悟，则非精解。

【注释】

①重出：重复出现。

②曹摅：西晋官员、文学家。

③龃龉（jǔ yǔ）：上下齿不相对应。不协调，差失，多用于文辞。

④字林：古代字书，是一部按汉字形体分部编排的字书。

⑤肥瘠：特指字的形体复杂和简单。

⑥黯黕（àn dǎn）：晦涩，不鲜明。

【译文】

因此，将文字串联在一起进行写作的时候，选择文字一定要仔细斟酌，注意以下几点：一要避免"诡异"，二要减少"联边"，三要权衡"重出"，四要调配"单复"。所谓"诡异"，就是字形怪异的意思。西晋曹摅在他的诗中写道："难道我是真的不愿意参加游玩吗？只不过是因为我的心胸褊狭，不喜欢那里吵吵嚷嚷的气氛罢了。"诗里因为用了"呦哎"这两个古怪的字，大大折损了整首诗的美观性和可读性，更何况，怪字远远不止这两个，这种作品还有什么看头呢？所谓"联边"，就是偏旁相同的字联在一起用的意思。古往今来刻画山水形貌，山字旁和水字旁的"联边"字经常出现，若是在普通的文章里这样用的话，看起来就非常不舒服，而且会成为这篇文章的弊病，倘若真的不得不使用"联边"字，那么同一偏旁的字联用最多不超过三个，联用三个字以上的"联边"，恐怕要被称为"字书"了吧？所谓"重出"，就是在句中重复使用同一个字的意思。《诗经》和《离骚》这两部作品中，在使用重复字的时候都能做到恰到好处，可是到了近代，一句话中出现相同的字便成为忌讳；如果"重出"的两个字都是不可或缺的，那么宁肯重复也一定要用。所以，很多才华横溢的作者，他们即便心中藏有千万篇好文章，也经常因为思考如何换一个重复的字而痛苦不已，他们并不是找不到具体的某一个字，而是他们觉得要避免用字重复这件事真的很困难。所谓"单复"，就是笔画字形的多或者少的意思。如果一个句子里全是笔画简单的字，整个篇幅的排列看起来也会单薄，这样就不美观；如果一个句子里全是笔画复杂的字，整个篇章的排列便臃肿不堪，这样同样不美观。写文章善于挑选用字的作者，他们会注意同时搭配使用简单的字和复杂的字，这样一来，文章的外观便显得错落有致，字形的变幻圆转得好像连贯的珠子。以上叙述的这四种情况，虽然文章里不一定能同时碰到，可是就文字体例的应用上可能出现。万一碰到了这些情况却不知道怎么处理，那肯定不能称为精通练字了。

【原文】

至于经典隐暧①，方册纷纶②；简蠹帛裂③，三写易字④，或以音讹，或以文变。子思弟子⑤，"於穆不似"，音讹之异也。晋之史记，"三豕渡河⑥"，文变之谬也。《尚书大传》有"别风淮雨"，《帝王世纪》云"列风淫雨"⑦。别、列、淮、淫，字似潜移，淫、列义当而不奇，淮、别理乖而新异。傅毅制诔⑧，已用"淮雨"，元长作序⑨，亦用"别风"。固知爱奇之心，古今一也。史之阙文⑩，圣人所慎，若依义弃奇，则可与正文字矣。

【注释】

①隐暧（ài）：指文义隐晦。

②方册：简牍，典籍。

③蠹（dù）：蛀蚀。

④三写易字：指古书多次传写易致差错。

⑤子思：孔伋（jí），孔子的嫡孙，孔子之子孔鲤的儿子。

⑥三豕（shǐ）渡河：《吕氏春秋·察传》中记载，子夏到晋国去，经过卫国，听到有人在读史记道："晋师三豕渡河。"子夏说："不对，是己亥渡河。"到晋国一问，果然是"己亥渡河"。因为"己"与"三""亥""豕"长得很像，所以容易弄错。

⑦《帝王世纪》：西晋皇甫谧著，专述帝王世系、年代及事迹的一部史书，上叙三皇，下迄汉魏。列风：暴风。列，通"烈"。淫雨：连续不停的过量的雨。

⑧傅毅：东汉辞赋家。

⑨元长：王融的字，南朝齐文学家，"竟陵八友"之一。

⑩阙文：原指有疑暂缺的字，后亦指有意存疑而未写出的文句。

【译文】

至于谈及很多经典经书里的文字隐晦不明，书籍简册中的文字繁多杂乱，简册容易被蛀虫咬得破破烂烂，帛书也容易被弄破毁坏，传抄得多了就避免不了抄错，要么因为字音相近而出现失误，要么因为字形相近而抄成别的字。子思的学生孟仲子把"於穆不已"错念作"於穆不似"，就是因为"已"和"似"的字音相近，便产生了失误；晋国的史书里，把晋军"己亥渡河"错记作"三豕渡河"，就是因为"己"和"三"字形相近，"豕"与"亥"的字形相近，便产生了谬误；《尚书大传》有"别风淮雨"的说法，但《帝王世纪》则改"别"为"列"，改"淮"为"淫"，写成"列风淫雨"。这是因为"别"和"列"，"淮"和"淫"的字形相似，抄书的人不小心失误了。其实比较一下，"列风淫雨"中"淫"字和"列"字，尽管字的意思十分恰当，却毫无新意；而"别风淮雨"中"别"字与"淮"字虽然字的意思很难理解，却十分新鲜。东汉的傅毅在创作《北海靖王兴诔》的时候，用的就是"淮雨"二字；齐梁的王融写作序文，同样将"别风"二字拿来使用。由此可见，文人喜欢追求新奇事物，这个特点古往今来都没有变。其实，史书上倘若缺了文字，圣人对于这些缺字是非常谨慎的，搞不清的宁可空着，如果用字能够遵从文字原本的意义而不去追求奇异，这样的文人便可以跟他一起订正文字了。

【原文】

赞曰：篆隶相熔，《苍》《雅》品训①。古今殊迹，妍媸异分。字靡易流，文阻难运。声画昭精，墨采腾奋。

【注释】

①品训：分别训诂解释。

【译文】

总而言之：文字演变发展，大篆熔入小篆，小篆熔入隶书；《苍颉》《尔雅》两部工具书对字形进行区分，对字义进行解释。古代和现在的文字，其字体字迹是完全不同的，如何运用也有不同的好坏标准。那些用起来顺当，被世人所广泛知道的字有利于流传下去，而那些用起来艰深被世人所抛弃的字便很难流传。语言、文字都明白精准地表达出来，那么笔墨的华彩一定会洋洋洒洒。

隐秀第四十

【原文】

夫心术之动远矣，文情之变深矣，源奥而派生，根盛而颖峻①，是以文之英蕤，有秀有隐。隐也者，文外之重旨者也②；秀也者，篇中之独拔者也。隐以复意为工③，秀以卓绝为巧：斯乃旧章之懿绩，才情之嘉会也。

夫隐之为体，义生文外，秘响傍通，伏采潜发，譬爻象之变互体，川渎之韫珠玉也④。故互体变爻，而化成四象；珠玉潜水⑤，而澜表方圆。始正而末奇⑥，内明而外润，使玩之者无穷，味之者不厌矣。

彼波起辞间，是谓之秀。纤手丽音，宛乎逸态，若远山之浮烟霭，娈女之靓容华⑦。然烟霭天成，不劳于妆点；容华格定，无待于裁熔；深浅而各奇，秾纤而俱妙⑧，若挥之则有余，而揽之则不足矣。

【注释】

①颖：禾的末端，这里为植物的末端。

②重旨：指文中隐含的丰富意旨。

③复意：指字面以外的又一层含意。

④川渎（dú）：泛指河流。

⑤珠玉潜水，而澜表方圆：《淮南子·地形训》中说水中蕴藏着玉，水纹方而曲折；水中蕴含着珠，水纹圆而曲折。

⑥始正而末奇：文中加点字均为原文所缺，后人所补，下面都是这种情况。

⑦娈（luán）女：相貌美的女子。

⑧秾纤（nóng xiān）：肥瘦。

【译文】

写文章的时候，心思意念的转动可以延伸到非常遥远广阔的地方，文章情思的变化也可以显得非常深刻。只有源头非常深远的河流，才能产生支流，只有树木的根茎长得壮实粗大，才能枝叶繁茂；所以，一篇文章的精华所在，必定是既有"秀"又有"隐"的。所谓"隐"，就是表面文字之外所包含的深一层意思，即言外之意；所谓"秀"，就是一篇文章中最独特最引人注目的语句。论起隐语的工巧，就是要让文辞包含更深层次的意思；论起秀句的巧妙，就是要让文辞独特超群：这些是前代文人们在文章中就已经呈现过的美好成就，可以充分体现出一位作者的才情。

说起"隐"的主要特点，就是在文字之外还有更深层的意思。就好像有神秘的声音从旁边传出来，又像埋藏起来的文采在黑暗之中闪闪发光，就好像爻象的变化包含在互体之中，又好像河流里埋藏着珠宝玉石一样。因此，互体变化爻象，就会演化成《易经》六十四卦每卦的四种象；珠宝玉石埋藏在河流里，水纹就会产生不同的形状。像这样的文章，篇首端庄正统，篇末新奇有趣，就好像文章里面藏着明珠，从外面看光亮润泽，让赏玩者感到余味无穷，品味的人怎么也不会厌倦。

像那种在文辞之间涌起的波澜，被称为"秀"。这就好比纤纤巧手拨奏出美妙的音符，展现在读者眼前的是一种飘逸的姿态，又好比远山之间的烟云雾霭一样，飘来飘去，又好比美人那绝美艳丽的容姿。然而，烟霭是大自然的产物，不需要人为去装点；容貌是天生带来的，也不用人为去修饰。烟霭要么浓重，要么浅薄，无论哪种都各自显现奇妙的景象；外貌要么肥胖，要么纤瘦，无论哪种都各自显现独特的妙处。如果顺其自然展示本来面貌便是相当美好，并且有余味了；倘若加以人为修饰，便显得不够自然了。

【原文】

夫立意之士，务欲造奇，每驰心于玄默之表；工辞之人，必欲臻美①，恒匿思于佳丽之乡。呕心吐胆②，不足语穷；煅岁炼年，奚能喻苦？故能藏颖词间，昏迷于庸目；露锋文外，惊绝乎妙心。使酝藉者蓄隐而意愉，英锐者抱秀而心悦。譬诸裁云制霞，不让乎天工；斫卉刻葩，有同乎神匠矣。若篇中乏隐，等宿儒之无学，或一叩而语穷；句间鲜秀，如巨室之少珍，若百诘而色沮：斯并不足于才思，而亦有愧于文辞矣。

【注释】

①臻美：意思是完美，达到更好的地步，更趋完善。

②呕心吐胆：形容费尽心血，历尽艰辛。

【译文】

写文章擅长确立命意的作者，一定想要创设出一个新奇的意境，他们经常把自己的思想放置到深微玄妙的世界；专注于文字修饰的作者，他们认为一定要将最美妙的言辞创造出来，所以经常把自己的思想放置到华词丽藻的世界。

即便是呕尽心血，哪怕到了吐出胆汁的地步，也不足说明他们的用心良苦；即便是对一块钢铁进行常年累月地锻造加工，又怎么能和反复推敲文字的辛苦相提并论呢？正因为如此，他们才能够在字里行间中铺设精彩而隐晦的文思，让眼光平庸的人感到迷惑不已；又能够让文辞的锋芒尽显在读者眼前，让能读懂的人大为震惊。这样一来，那些爱好含蓄的读者在品味含蓄之处的时候，一定会兴奋不已；那些爱好警句的读者在品读秀立卓句的时候，一定会百般喜悦。这种文章就好比裁剪织制云霞，一点也不比天工造物逊色；又好比雕刻描绘花草，跟自然造物没有什么不同。倘若一篇文章中连一点含蓄的内容都没有，就跟老朽的儒生一样，看似有文化其实胸无点墨，一提问就露馅了；倘若一篇文章里连警句妙句都没有，就好像明明是名门大户，家里却连颗珍珠都没有，而且只要多嘴问一句，主人的神情就会沮丧不悦。以上列举的这些缺点，都是由于作者的才学文思缺乏，因此在构设文辞上肯定会有众多不足。

【原文】

将欲征隐，聊可指篇：《古诗》之《离别》①，乐府之《长城》，词怨旨深，而复兼乎比兴；陈思之《黄雀》②，公幹之《青松》，格刚才劲，而并长于讽谕；叔夜之《赠行》，嗣宗之《咏怀》③，境玄思澹，而独得乎优闲；士衡之疏放④，彭泽之豪逸⑤，心密语澄，而俱适乎壮采。

如欲辨秀，亦惟摘句："常恐秋节至，凉飙夺炎热"⑥，意凄而词婉，此匹妇之无聊也；"临河濯长缨，念子怅悠悠"⑦，志高而言壮，此丈夫之不遂也；"东西安所之，徘徊以旁皇"⑧，心孤而情惧，此闺房之悲极也；"朔风动秋草，边马有归心"⑨，气寒而事伤，此羁旅之怨曲也。

【注释】

①古诗：《古诗十九首》，中国古代文人五言诗选辑，由南朝萧统从传世无名氏古诗中选录十九首编入《文选》而成。离别：指的是《古诗十九首》中的《行行重行行》一诗。

②黄雀：指曹植的《野田黄雀行》，此诗通过黄雀投罗的比喻，抒发朋友遭难而无力援救的愤慨，塑造了一个解救受难者的少年侠士的形象，寄寓诗人的个人理想和反抗情绪。

③嗣宗：阮籍的字。

④士衡：陆机的字。

⑤彭泽：指陶潜，字渊明，东晋著名诗人，他曾做过彭泽县令。

⑥常恐秋节至，凉飙（biāo）夺炎热：班婕妤《怨歌行》中的诗句。凉飙：秋风。

⑦临河濯（zhuó）长缨，念子怅悠悠：传为西汉李陵《与苏武诗》中的话。长缨：古时系帽的长丝带。

⑧东西安所之，徘徊以旁皇：出自汉乐府叙事诗《伤歌行》。诗写闺情，以女主人公的感情冲动为线索，采用情景相间的艺术手法层层展开、步步升华，表现婚姻不能自主的痛苦。

⑨朔风动秋草，边马有归心：西晋诗人王赞《杂诗》的头两句。北风吹动秋草，引起边塞战马产生回家的心思，借此引起战士思归之念。

【译文】

如果想要举出一些文辞含蓄的例子，尚且可以寻出一些篇章出来：比如《古诗十九首》中的《行行重行行》，以及汉乐府诗中的《饮马长城窟行》，这两首诗歌，文辞哀婉幽怨，意旨幽深绵长，而且诗歌中同时用了比喻和起兴两种修辞及表现手法；陈思王曹植的《野田黄雀行》，以及刘桢的《亭亭山上松》，这两首诗歌，风格刚健有力，才气遒劲逼人，而且都运用了讽谕的写作手法；嵇康的《赠秀才入军》，阮籍的《咏怀》，意境深远微妙，思想淡泊宁静，而且独具悠闲从容的情怀；陆机的作品疏放，陶潜的作品豪逸，他们写的诗文大都思想绵延缜密，语言清澈明朗，而且字里行间充斥着壮丽的文采。倘若想要辨析鉴赏一些绝妙的秀句，也只有从具体的篇目中摘录一些句子，仔细分析一下："我经常害怕迎来秋天，因为凉风会将夏天的炎热夺去。"诗句感情凄切，文辞哀婉，刻画了一种女子害怕失宠，担心自己会无可依靠的苦闷情绪。"我在河边清洗系帽的长丝带时，想到了你，唉，真是惆怅啊！"诗句突出了高洁的情志，语言豪气雄壮，表现出丈夫不得志的悲苦心境。"一会儿向东走，一会儿又向西走，到底上哪也不知道，一个人在原地徘徊又彷徨。"诗句传达出了一种孤独无依的心情，十分恐惧忧虑，充分表现出闺房少妇极度哀怨的内心世界。"寒冷的北风吹拂而过，秋草随风摇摆，此时此刻，就连边塞的战马都有想回家的心思了。"诗句描写塞外秋季寒冷的天气，自己的处境非常令人伤感，这是一首感人至深的怨歌，形象地刻画了出征边塞的将士心中无限的思乡之苦。

【原文】

凡文集胜篇，不盈十一①；篇章秀句，裁可百二：并思合而自逢，非研虑之所课也。或有晦塞为深，虽奥非隐，雕削取巧，虽美非秀矣。故自然会妙，譬卉木之耀英华；润色取美，譬缯帛之染朱绿。朱绿染缯②，深而繁鲜；英华曜树③，浅而炜烨④；隐篇所以照文苑，秀句所以侈翰林，盖以此也。

【注释】

①十一：十分之一。

②缯（zēng）：对丝绸的统称。

③曜（yào）：照耀，明亮。

④炜烨（wěi yè）：美盛貌。

【译文】

综合来看，大概在所有的文章中，杰出作品还不到总数的十分之一；在一篇文章里，卓越的警句妙句，一百句里也只有一两句。这些杰作和妙句，都是情思和文辞完全切合而自然形成的，是苦心经营所达不到的。可能有的人觉得，文章的用意只要隐晦难懂了，就是高深的文章，这种文章虽然具备了深奥的特点，却绝非真正意义上的"隐"；有的人觉得，将文辞精心雕琢刻画一番，就能达到工巧的效果，尽管这种文辞确实漂亮，却绝非真正意义上的"秀"。因此，"隐"和"秀"在文章中一定要表现得自然，合乎妙处，就好像草木的花朵一样，自然呈现出光彩；对文辞不断进行润色修饰，来达到美好的效果，就好像在丝绸上染饰朱红和绿色一样。在丝绸上染饰朱红和绿色，既有深艳的颜色，又有繁多的花纹；花朵在草木上尽情绽放，颜色虽浅但是光彩照人；含蓄的篇章之所以能够在文坛闪耀，卓越的秀句警句之所以能够在艺苑显耀，原因大概就是这样。

【原文】

赞曰：深文隐蔚，余味曲包。辞生互体，有似变爻。言之秀矣，万虑一交。动心惊耳，逸响笙匏①。

【注释】

①笙匏（páo）：即笙和匏，指笙竽一类的管乐器。

【译文】

总而言之：一篇文章如果言辞非常深刻，那么它通常是含蓄而精彩的，而且其中包含的言外之意婉转曲折。文辞一旦余味无穷，就好像卦中的互体，因爻象变化而产生了新的涵义。卓越峻拔的警言秀句，哪怕经过作者千辛万苦的思考，才可能得到一句。而那些让人一看就惊心动魄、耳目一新的句子，就像笙匏奏响嘹亮的乐曲一样。

指瑕第四十一

【原文】

管仲有言："无翼而飞者声也，无根而固者情也。"然则声不假翼，其飞甚易；情不待根，其固匪难；以之垂文①，可不慎欤？古来文才，异世争驱；或逸才以爽迅，或精思以纤密，而虑动难圆，鲜无瑕病。陈思之文，群才之俊也，而《武帝诔》云，"尊灵永蛰"②，《明帝颂》云，"圣体浮轻"③。浮轻有似于蝴蝶，永蛰颇疑于昆虫，施之尊极④，岂其当乎？左思《七讽》，说孝而不从，反道若斯，余不足观矣。潘岳为才，善于哀文，然悲内兄，则云感口泽⑤，伤弱子，则云心如疑⑥。礼文在尊极，而施之下流，辞虽足哀，义斯替矣。若夫君子拟人，必于其伦，而崔瑗之诔李公⑦，比行于黄、虞，向秀之赋嵇生⑧，方罪于李斯；与其失也，虽宁僭无滥，然高厚之诗，不类甚矣。凡巧言易标，拙辞难隐，斯言之玷，实深白圭。繁例难载，故略举四条。

【注释】

①垂文：留下文章，指写作传世。

②蛰（zhé）：动物冬眠，藏起来不吃不动。曹植以此喻去世的曹操蛰伏。

③浮轻：像仙人一样轻飘貌。

④尊极：犹至尊、帝王，或指父母长辈。

⑤口泽：谓口饮润泽。《礼记·玉藻》："母没而杯圈不能饮焉，口泽之气存焉尔。"孔颖达疏："谓母平生口饮润泽之气存在焉，故不忍用之。"

⑥如疑：潘岳的爱女金鹿夭折后，他写了《金鹿哀辞》，文中有"将反如疑，回首长顾"的话。

⑦崔瑗（yuàn）：东汉著名书法家、文学家、学者。

⑧向秀：西晋作家，竹林七贤之一。

【译文】

《管子·戒》这篇文章中提到："没有翅膀，却能飞向四面八方的，是语言；没有根茎，却能牢牢稳固难以转移的，是感情。"由此可见，语言的传播不必依靠翅膀，它飞往四面八方是非常容易的；结下一段感情也不需要有根茎，想让

250

它稳固不变也并不是那么困难的事。那么，用文字把它们记录下来，撰写成文章，让它们流传后世，就不用谨慎地去对待吗？自古以来，各个时代的作家都在自己的那个时代里争相角逐。他们之中，有的人才华杰出、超凡并且行文豪爽、迅速，有的人思想精细至纯而且纤巧周密；可是，思虑所及往往很难做到周密圆通，基本每个人都或多或少存在缺点。陈思王曹植的文章，是千万文人作品中的翘楚，但他在《武帝诔》中却说，"尊敬的英灵永远蛰伏"；他在《明帝颂》中也说，"圣明的帝王，他的身体轻轻地浮在空中"。轻轻浮在空中就像比喻为蝴蝶，永远蛰伏又很像在描述昆虫，用这两种比喻来指代尊贵的帝王，这样真的恰当吗？左思创作的《七讽》中，提到了孝道却又持不赞成，像他这样，违反圣人的训诫到了这种地步，那么这部作品其余的文字也就没有必要再看了。潘岳非常富有文才，他擅长创作哀悼的文章，但是他在悲悼妻兄的时候写文章说，非常感伤妻兄用的杯子上还残留着口泽之气；在哀伤自己那天折的儿子时写文章说，送丧回家时疑心儿子是不是还活着。按照《礼记》中的规定，"口泽""如疑"等说法都是用在父母等非常尊敬的人身上，而他却用在同辈或后辈人的身上。文辞尽管写得十分悲怆哀婉，但那些用词本来的含义却因此被抛弃了。至于君子之间的比拟运用，一定要确保两个人的类型相同、地位相当。但是东汉的崔瑗作诔文哀悼李公，将李公的德行和黄帝、舜帝相提并论；魏晋时期的向秀作《思旧赋》哀悼嵇康，把他的获罪受刑情况和李斯相提并论。虽然这两个事例里打比方都不是很恰当，与其像向秀那样往更坏的地方去打比方，不如像崔瑗那样往更好的地方去打比方。倘若都像高厚念的诗那样，就比拟得太不合适了。但凡是工巧的言辞，很容易被标立出来让人注意它们，而同样的，那些拙劣的词语也是很难隐藏得住的，这类语言上的毛病，实在比白玉上的瑕疵更加难以磨灭。由于这类例子太多，很难一一记载下来，所以这里只粗略地列举出了四条。

【原文】

若夫立文之道，惟字与义。字以训正，义以理宣。而晋末篇章，依稀其旨，始有"赏际奇至"之言①，终有"抚叩酬即"之语②，每单举一字，指以为情。夫"赏"训锡赉③，岂关心解？"抚"训执握，何预情理？《雅》《颂》未闻，汉魏莫用，悬领似如可辩④，课文了不成义，斯实情讹之所变，文浇之致弊⑤。而宋来才英，未之或改，旧染成俗，非一朝也。近代辞人，率多猜忌，至乃比语求蚩⑥，反音取瑕，虽不屑于古，而有择于今焉。又制同他文，理宜删革⑦，若掠人美辞，以为己力，宝玉大弓，终非其有。全写则揭箧⑧，傍采则探囊，然世远者太轻，时同者为尤矣。

【注释】

①赏际：欣赏的趣味相投合。

②酬酢（chóu zuò）：诗文唱和。

③锡赉（lài）：赏赐。

④悬领：抽象地领会。

⑤文浇：文风浮薄。

⑥蚩（chī）：无知，傻。

⑦删革：删改，革除。

⑧揭箧（qiè）：把箱笼扛走，比喻全部抄袭他人的文字。

【译文】

至于作文的方法，其实就在于如何运用文字和确立命意。文字的具体含义是通过解释确定下来的，这说明一篇文章的命意要依靠理论。但是，晋代末年的文章，确立意旨却非常模糊，先是有"赏际奇致"这样的言辞，后来又有"抚叩酬酢"这些用语，分析一下这类用法，其实就是单独举出一个字，用来表明情意。"赏"字的意思原本是赐赏，这难道能和内心的感情牵扯上吗？"抚"字的意思原本是执握，这跟文章的情理有什么关系呢？在《诗经》的《雅》《颂》里，这种不伦不类的用法根本就没有听说过，在汉代和魏代的文章里也没见哪位文人这么使用过。倘若没有根据，凭空去领会其中意思的话，好像还是可以辨识出一些含义的，但如果仔细考证一番的话，就会发现完全找不到这种字义，这实在是文章情理诡变歪邪所导致的坏现象，是文风衰微浮夸所带来的弊病。但是，刘宋以来的文人大家，几乎没有人去主动纠正这种不良的弊病，而且这种旧有的坏文风最终演变成为一种习俗，这也不是一朝一夕的事，而是长久以来埋下的恶果。近代的许多作家，都喜欢猜疑，而且有很多忌讳，他们甚至从一个字的谐音里去挑毛病，从文字字音的反切里去找缺点。对于古人来说，他们对这些事情都是不屑一顾的，但是对现在的文人来说却是值得去注意的。再者，倘若文章里的内容和他人的作品有相同或相似的地方，按照道理应该进行删减或改动，倘若摘取别人的好词好句用到自己的作品里，那就像春秋时阳虎偷了鲁国宫中的宝玉大弓一样，那些终究不是自己的东西。整篇文章都抄写别人的东西，就如同窃走别人的整个箱子；如果只是摘取了别人文章中的几句，那就如同偷摸别人口袋里的钱财。倘若抄袭的是时代久远的文章，那么或许还不会被发现，但如果抄的是同时代的文章，那就成罪状了。

【原文】

若夫注解为书，所以明正事理；然谬于研求，或率意而断。《西京赋》称中黄、育、获之畴①，而薛综谬注谓之阉尹②，是不闻执雕虎之人也。又《周礼》井赋，旧有匹马；而应劭释匹，或量首数蹄，斯岂辩物之要哉？原夫古之正名，车"两"而马"匹"，"匹""两"称目，以并耦为用③。盖车贰佐乘，马俪骖服，服乘不只，故名号必双，名号一正，则虽单为匹矣。匹夫匹妇，亦配义矣。夫车马小义，而历代莫悟；辞赋近事，而千里致差；况钻灼经典④，能不谬哉？夫辩匹而数首蹄，选勇而驱阉尹，失理太甚，故举以为戒。丹青初炳而后渝，文章岁久而弥光。若能隐括于一朝⑤，可以无惭于千载也。

【注释】

①中黄、育、获：中黄伯、夏育、乌获，他们都是古代的力士。畴：同类，类别，后作"俦"。

②薛综：三国时期吴作家。阉尹：管领太监的官。

③并耦（ǒu）：谓成双。

④钻灼：犹钻研。

⑤隐（yǐn）括：矫正竹木邪曲的工具，泛指矫正。

【译文】

至于书的注解，就是为了将事理说得准确、明白；但是很多文人在对文章进行研究的时候会有一些失误，作出错误的解释，要么非常轻率地仅根据个人理解作出判断。例如东汉张衡在他的《西京赋》写到中黄伯、夏育、乌获那样的勇力之士，而三国吴的薛综却错误地把"中黄之士"注释为"阉尹"，即宦官头领，这是因为他根本不知道中黄伯能够与雕虎搏斗。再有，《周礼》记载了按井田征收赋税的情况，十井三十家按旧例出马一匹，称作"通为匹马"；然而，东汉的应劭在对"匹"这个字进行解释时，说应该以计算马首或者数马蹄来解释"匹"字，这种谬论难道就是辨明事物的正确方法吗？考查一下古代端正名称的情况，把车称为"两"，把马称为"匹"，分别用"匹"和"两"作为马和车的计量名称，是由于车子和驾马都为偶数，两两相配。由于古代的车子都有"贰车""佐车"和正车搭配起来，拉车的马由外面的两匹骖马和中间的两匹服马搭配起来，正负车子以及服马骖马都不是单一的，所以用来称呼它们的名称必须含有双的意思。自从名称确定下来之后又有了新的变化，到后来，即便是单独的一只马也会被称为"匹"。其实，匹夫匹妇之类的名称，也含有跟这个差不多的意思，即相匹配。像车"两"马"匹"这种含义很小的词语，历代的文人都有些弄不明白；即便为辞赋中那些浅近的事情作注释，也经常差之毫厘谬以千里；更何况是去钻研经书，为经典作注解，怎么可能不出错呢？辨别"匹"字的意义却去计算马首和马蹄，挑选勇士却牵扯到太监，这实在是太荒谬了，因此，在这里举出这两个例子来，是为了让后人吸取教训。丹青的颜色只是在一开始绽放光彩，然后颜色慢慢暗淡下去，但文章却是历经的时间越长越能够绽放出光彩，如果能够在一朝内改正那些错误，那么这样的文章即便流传千年也没有丝毫愧疚了。

【原文】

赞曰：羿氏舛射①，东野败驾②。虽有俊才，谬则多谢③。斯言一玷，千载弗化。令章靡疚④，亦善之亚。

【注释】

①羿氏舛射：典出《太平御览·卷八二》引晋皇甫谧《帝王世纪》："帝羿有穷氏从吴贺北游。贺使羿射雀左目，误中右目。羿俯首而愧，终身不忘。"意思是，羿和吴贺一起出游，吴贺让羿射雀的左眼，结果却射中了右眼，羿感到十分惭愧，终身不忘。羿，即后羿，传说是中国夏代有穷国的君主，善于射箭。舛，错误。

②东野败驾：比喻自恃才高，弄巧成拙。《庄子·达生篇》说：春秋时善御者东野稷见重于鲁庄公。其御左右旋转，合规之圆；进退抑扬，中绳之直。自矜其能，驱马转百圈而不止，结果马力竭尽，以失败而告终。

③谢：惭愧。

④令章：好文章。

【译文】

总而言之：就算是善于射箭的神箭手后羿也会有射箭射偏的时候，哪怕是善于驾车的神御手东野稷也有失误的时候。他们虽然在某个领域拥有杰出的才能，但是出了错误也会吸取教训，不再犯错。一部作品中，哪怕只有一点小小的瑕疵，千年之后也不能改变。倘若能写出内容美好而且还没有毛病的文章，那便离完善很近了。

养气第四十二

【原文】

昔王充著述①，制养气之篇，验己而作，岂虚造哉！夫耳目鼻口，生之役也；心虑言辞，神之用也。率志委和，则理融而情畅；钻砺过分，则神疲而气衰：此性情之数也。夫三皇辞质，心绝于道华；帝世始文，言贵于敷奏②；三代、春秋，虽沿世弥缛，并适分胸臆，非牵课才外也③。战代枝诈，攻奇饰说；汉世迄今，辞务日新，争光鬻采④，虑亦竭矣。故淳言以比浇辞，文质悬乎千载；率志以方竭情，劳逸差于万里：古人所以余裕⑤，后进所以莫遑也。

【注释】

①王充：东汉哲学家。

②敷奏：陈奏，向君上报告。

③牵课：犹勉强，强作。

④鬻（yù）采：炫耀文采。

⑤余裕：宽绰有余，表示应对从容。

【译文】

从前，王充作养性之书十六篇，关于如何养气的文章写了不少。那些感悟完全是源于他的真实体验，难道还是凭空捏造吗！耳、目、鼻、口，全是为人的生理活动而服务；人的想法和话语，都列在精神活动的范畴。如果一个人的思想和情志都是自然生成，与外物相和谐，那么不仅事理处理起来会顺畅，自己的情志也会通畅和顺；如果钻研思考得太多，心思用得过度，那么精神一定会疲惫不堪，气力随之也会跟着衰竭：这是关于一个人体气性情方面的规律。三皇时代的文章，语言文辞十分质朴，人们的思想里从没有过作文要华靡。到了五帝时代，那个时候的文章开始添入了文采，尤其是进奏陈言的时候，把语言文辞看得很重。从夏商周三代到春秋时代，尽管随着朝代的推延，文采在文章里讲究得越来越多，但文思基本都是由心随性而发，其分量的多少由心决定，并不会逼着自己去寻求才华之外的力量。到了战国，各家各派思想有所分歧，文人在辩论之时喜好运用诡诈，很多人专门研究奇谲的道理，往自己游说的言辞里增添各种藻饰华彩。从汉代到现在，文章里的文辞每天都在更新，他们想追求更新奇的东西，互相竞争追逐华采，以至于心思都快挖空了。因此，淳厚质朴的言辞和华丽浮夸的文辞相比较，质朴和华丽之间相差了千年；随着心意自然创作和殚精竭虑艰苦写作相比较，随性和劳累之间相差了万里：这便是为什么古人能够悠闲自在地创作，而今人却只能冥思苦想写作的原因。

【原文】

凡童少鉴浅而志盛，长艾识坚而气衰[1]，志盛者思锐以胜劳，气衰者虑密以伤神，斯实中人之常资[2]，岁时之大较也。若夫器分有限[3]，智用无涯，或惭凫企鹤[4]，沥辞镌思；于是精气内销，有似尾闾之波[5]；神志外伤，同乎牛山之木；怛惕之盛疾[6]，亦可推矣。至如仲任置砚以综述[7]，叔通怀笔以专业[8]，既暄之以岁序，又煎之以日时，是以曹公惧为文之伤命，陆云叹用思之困神，非虚谈也。

【注释】

①长艾：指老年人。头发灰白为艾，古人五十岁为艾。

②中人：一般人，平常人。

③器分：谓人所具有的资质与才能。

④惭凫（fú）企鹤：比喻惭愧自己的短处，羡慕别人的长处。

⑤尾闾（lú）：古代传说中海水所归之处，语见《庄子·秋水》。

⑥怛（dá）惕：怵惕，惊惧。

⑦仲任：王充的字。

⑧叔通：曹褒的字，东汉明帝朝官吏。

【译文】

说起来，年轻人虽然没有什么阅历，但是情志和意气非常旺盛；年老的人虽然鉴识力非常厉害，但是体能和劲气已经非常衰弱了。情志和意气旺盛的年轻人，才思敏捷并且如何用脑也不觉得累；体能和劲气衰弱的年老的人，由于考虑事情太过周到而使精神受损伤。这些情况确实针对的是一般人的资质来说的，随着年龄的增长而必定会出现的大致情况。其实，每个人的才能和天分都是有限的，但是却可以无限地运用自己的智慧；有的人觉得自己的天分就像短腿的野鸭一样，只是一味美慕长腿的鹤，而不考虑自己的实际水平，苦心经营文辞思考文意，呕心沥血，于内严重损耗了精神力，就像即将倾泻而尽的水流；于外严重损伤了神志，就像齐国东南牛山上的树木被砍光、被牛羊吃尽一样；像这样整天耗神费力、辛劳不已，最后得了疾病也是正常现象。至于像王充创作《论衡》那样，将笔砚简牍放在宅子的各个地方，像曹褒一门心思研究礼仪那样，就连睡觉的时候也将纸笔抱在怀里，不但长年累月地消耗精力，甚至还每天每刻都煎熬不已，所以，曹操很担心写文章会短命，陆云对运用才思损伤精神也非常感叹，这些并不是空话。

【原文】

夫学业在勤，故有锥股自厉；志于文也，则申写郁滞，故宜从容率情，优柔适会。若销铄精胆①，蹙迫和气②，秉牍以驱龄③，洒翰以伐性④，岂圣贤之素心，会文之直理哉！且夫思有利钝，时有通塞，沐则心覆，且或反常，神之方昏，再三愈黩。是以吐纳文艺，务在节宣，清和其心，调畅其气，烦而即舍，勿使壅滞⑤，意得则舒怀以命笔，理伏则投笔以卷怀，逍遥以针劳，谈笑以药倦，常弄闲于才锋，贾余于文勇，使刃发如新，凑理无滞⑥，虽非胎息之万术，斯亦卫气之一方也。

【注释】

①销铄：熔化，消除，消耗。

②蹙迫：损伤。

③驱龄：催促寿命。

④伐性：危害身心。

⑤壅（yōng）滞：阻隔，堵塞。

⑥凑理：腠（còu）理，肌肉的纹理。凑，通"腠"。

【译文】

研究学问这项事业，勤奋是关键，所以古时候苏秦读书，为了让自己不打瞌睡而用锥子刺自己大腿；然而，写文章却不太一样，一定要先疏解心中的烦

闷，然后淡定从容地跟着感情走，不急不躁地去适应潮流、等待时机。如果写文章全靠耗损精神，让自身的体气无法和顺通畅，紧紧抓着简牍不惜玩命，持续挥洒笔墨不顾本性，这难道就是圣人贤人们本来的意思，正确创作文章的方式吗？而且，作者的文思必定有时候锐敏，有时候迟钝，写作时的文思，有时候通畅，有时候阻塞，这就好比一个人洗头需要弯着身子，此时心脏的位置是颠倒过来的，这个时候考虑问题很有可能会违背常理，而在头脑混沌的时候，还要再三思考创作文章，只会让精神更加错乱罢了。所以，作者在创作的时候，一定要注重调节疏导自己的情绪，让内心和大脑保持清明和顺，性情气志保持协调顺畅；倘若思想混乱了就要立即停止思考，千万不要在思路堵塞的时候思考，有了灵感的时候提笔就写，酝酿文思的时候就放下笔，然后再思索，让自己平日的生活逍遥自在一些，以便解除劳累，可以经常与人谈笑风生，以此来赶走疲倦。如此一来，便能时常有闲暇来培养才华上的锋芒，在写作文章上保持多出的精力，使自己的笔锋像刚刚磨过的刀刃一样，执笔作文没有阻碍，就像用刀宰牛时毫不迟疑地剖开了肌肉的纹理，这尽管不是养生气功的技术，却也是养气的一个方法。

【原文】

赞曰：纷哉万象，劳矣千想。玄神宜宝，素气资养。水停以鉴，火静而朗。无扰文虑，郁此精爽[1]。

【注释】

[1]精爽：神清气爽。

【译文】

总而言之：面对缤纷繁杂的世间万物，创作的时候必定会非常费心劳神。如果一个人拥有玄妙的思想，那么他应该好好珍惜，但平常的时候也要注意保养自己的精气神。只有水流静止不动了，才能清晰地照出影子；只有火苗平静下来，火光才能更加明亮。一定不要让外界扰乱自己创作的思绪，应当一直保持这种清爽的思想境界。

附会第四十三

【原文】

何谓"附会"①？谓总文理，统首尾，定与夺②，合涯际③，弥纶一篇④，使杂而不越者也。若筑室之须基构，裁衣之待缝缉矣。夫才童学文，宜正体制，必以情志为神明，事义为骨髓，辞采为肌肤，宫商为声气；然后品藻玄黄，擒振金玉，献可替否，以裁厥中：斯缀思之恒数也。

【注释】

①附会：犹言融会贯通。

②与夺：取舍。

③涯际：边际，喻指文章章节衔接处。

④弥纶：综括，贯通。

【译文】

"附会"是什么？附会就是统领文章的主旨义理，将文章的首尾段落贯彻统一起来，决定各种材料事例的选择和取舍，将文章章节有序地组合衔接在一起，让全篇文章成为一个有机的整体，内容丰富美丽却看不出散漫凌乱。这就好比想要建造房子就必须先把基础打好，想要做好衣服就必须一针针地去细密缝合。初学者在学习写文章的时候，一定要保证文体端正，一定要将自己的思想感情融入作品中，成为主导作品的精神力量，以内容和义理作为文章的骨骼，以文辞华采作为文章的肌肉皮肤，以语言的韵调节拍作为文章的声象和气象，然后品评并对各种辞藻加以注意，就好像作曲一定要注意声调和谐，选取那些好的来使用，将坏的去掉，让文章各方面的取舍裁剪都恰到好处。这些就是谋划文章、运用才思的常规法则。

【原文】

凡大体文章，类多枝派，整派者依源，理枝者循干。是以附辞会义，务总纲领，驱万涂于同归，贞百虑于一致；使众理虽繁，而无倒置之乖，群言虽多，而无棼丝之乱①。扶阳而出条，顺阴而藏迹，首尾周密，表里一体：此附会之术也。夫画者谨发而易貌，射者仪毫而失墙，锐精细巧，必疏体统。故宜诎寸以信尺②，枉尺以直寻③，弃偏善之巧，学具美之绩：此命篇之经略也。

【注释】

①棼（fén）丝：乱丝。

②诎（qū）寸以信尺：《尸子》卷下："孔子曰：诎寸而信尺，小枉而大直，吾弗为也。"屈折一寸可伸长一尺。比喻小处受点委曲，以求得较大的利益。

③枉尺以直寻：《孟子·滕（téng）文公下》："枉尺而直寻，宜若可为也。"屈折的只有一尺，伸直的却有一寻。比喻在小处委屈一些，以求得较大的好处。

【译文】

大体上来看，所有文章，都好像树木的众多分枝、江河的众多支流一样。想要治理支流就必须从河流的源头入手，想要修剪枝条就必须从树木主干的方向出发。所以，如果想把文章的言辞和主旨题意紧密结合在一起，就必须牢牢把握全篇的纲领，纵使有千万条思路都能让它们回归到一处，引领上百种念头的方向趋向一致，保证文章中阐述的诸多道理虽然繁复，却没有颠倒应有的顺序致使逻辑错乱，保证文章的语言虽然丰富，却不像没有头绪的乱丝线团那样纠缠不清。对于需要表达清楚的地方，就要明明白白地写清楚，如同树木抽枝一样，一切都向着太阳；对于应该含蓄委婉的地方，就要将语句的真实意图隐藏起来，如同顺着暗处一直走而隐藏行迹一样。保证文章的段首和段尾联系紧密，文辞的内在含义和外在表达一致：以上叙述的这些就是附会的方法。如果画师只在绘制毛发的时候谨慎小心，那么不被重视的相

貌就会画得走样；如果射箭的人只瞄准细微的地方发出箭矢，那么大的猎物就失去了。这是因为他们把全部精力都放在了细小的地方，就一定无法顾全大局。因此，在作文章的时候，宁可放弃一寸的瑕疵，也要先保证一尺的正确；宁可放弃一尺的瑕疵，也要先保证一寻的正确。总的来说，就是宁可放弃那些细小的枝节，也要先保证大局的完美：这便是谋篇布局的要领。

【原文】

夫文变无方①，意见浮杂，约则义孤，博则辞叛；率故多尤，需为事贼。且才分不同，思绪各异，或制首以通尾，或尺接以寸附；然通制者盖寡，接附者甚众。若统绪失宗，辞味必乱；义脉不流②，则偏枯文体③。夫能悬识凑理④，然后节文自会，如胶之粘木，石之合玉矣。是以骈牡异力，而六辔如琴；并驾齐驱，而一毂统辐：驭文之法，有似于此。去留随心，修短在手⑤，齐其步骤，总辔而已⑥。

【注释】

①无方：没有固定的方向、处所、范围。

②义脉：文辞的意义和脉络。

③偏枯：偏于一个方面，照顾不均，失去平衡。

④悬识：深切认识。

⑤修短：长短，指多写或少写。

⑥总辔（pèi）：控制缰绳，比喻掌握纲要。

【译文】

各类文章的行文变化没有一定规律法则，因为作者对文意的安排有繁杂各异的见解，喜好简约的作者，写出的文章就可能有文义单薄的缺点；喜好广博的作者，写出的文章就可能有文辞杂乱的弊端。写文章写得太快就会过于轻率，过程草率肯定会出现失误；写文章写得太慢又常常犹豫不决，这些都是作文章的时候出现的毛病。况且每位作者的天分各不相同，想法各种各样，有的作者能很好地把握住全篇节奏，使得篇首和篇尾连贯统一，有的作者把散落的篇章句子一尺尺一寸寸地拼接到一起。然而，写文章的时候，能够一下子就考虑好全篇的作者寥寥无几，反而一边写一边拼句子的作者却数不胜数。如果一篇文章的众多思路没有一个总领的主心骨，那么言辞的韵味一定是凌乱不堪的；倘若一篇文章义理的脉络不流畅贯通，那么这种文体就相当于瘫了半截，肯定会非常枯燥。如果能够清楚地了解怎么布置文章的肌肉纹理，那么章节段落安排自然而然就合理了，就像用胶汁去黏合木料，石料中嵌着玉石。所以，拉车的四匹马尽管使力各不相同，但是每条缰绳却能拉得像琴弦那样协调；同样的道理，驾驭文章也是如此。作者按照自己的心意增删文章的字词，凭借自己手中的笔杆裁剪文章的长短，这就跟调整四匹马的步调一样，只要握牢缰绳就行了。

【原文】

故善附者异旨如肝胆，拙会者同音如胡越。改章难于造篇，易字艰于代句，此已然之验也。昔张汤拟奏而再却①，虞松草表而屡谴②，并理事之不明，而词旨之失调也。及倪宽更草③，钟会易字④，而汉武叹奇，晋景称善者，乃理得而事明，心敏而辞当也。以此而观，则知附会巧拙，相去远哉！若夫绝笔断章⑤，譬乘舟之振楫；会词切理，如引辔以挥鞭。克终底绩⑥，寄深写远。若首唱荣华，而膝句憔悴，则遗势郁湮⑦，余风不畅。此《周易》所谓"臀无肤，其行次且"也。惟首尾相援，则附会之体，固亦无以加于此矣。

【注释】

①张汤：西汉时期官员、酷吏。

②虞松：三国时魏官吏。

③倪宽：西汉官员，精通经学和历法，且善文辞。

④钟会：三国时魏国谋士、将领。

⑤绝笔：停笔。断章：诗文的结尾。

⑥克终：谓善终，指全篇都写好。底绩：谓获得成功，取得成绩。

⑦郁湮（yān）：滞塞不通，郁抑不畅。

【译文】

所以，对于作文章来说，能掌握附会要领的人，可以把不同意思的素材串联起来，还能让它们结合得像肝胆一样密切；不懂得附会要领的人，哪怕是处理相同的素材，也会写得乱七八糟，像北胡和南越那样风马牛不相及。有时候，修改文章比写文章要困难得多，更换字词比更换句子要艰难得多，这是经过诸多作家所证实了的原理。从前，张汤草拟递交的奏书反复被汉武帝退回，虞松起草的表章屡次被晋景王批评，这是因为他们二人都没有阐述清楚文章的事实和道理，文辞和意旨也不协调。等到倪宽帮张汤重新起草奏书，钟会在虞松的章表上改动了几个字，便赢得了汉武帝的赞美、晋景王的赞叹。这是因为，文章经过修改之后，事理表达充分，叙事清楚明白，文才文思敏捷，措辞运用恰当。通过上述事例，我们可以知道，附会运用得巧妙还是拙劣，其结果相差十万八千里。因此，一篇文章或一个章节收尾的时候，务必比划船打桨更加有力；调整好文章中的语句，让每一句都切中情理，就像牵引缰绳随心所欲地挥扬马鞭一样。像这样开头结尾都被重视，有始有终才能获得成功，寄托深意在文章之中，其中蕴含的情味无穷无尽。如果一篇文章只有开头写得精彩纷呈，而结尾的时候却草草了事，就会使文章的气势显得阻碍不顺，就算有余味产生也不会顺畅。正如《周易》里所说的"假如屁股上没有皮肉，走路就会困难无比"。只要保证文章的开头末尾遥相呼应，安排好文辞和内容，就算是文章的最高水平了。

【原文】

赞曰：篇统间关①，情数稠迭②。原始要终，疏条布叶。道味相附，悬绪自接。如乐之和，心声克协。

【注释】

①篇统：谓整篇文章各种头绪统一安排。间关：形容旅途的艰辛、崎岖、辗转，比喻艰难。

②稠迭：稠密复杂。

【译文】

总而言之：写文章是很难做到结构全面统一的，因为一篇文章里所表达的各种情理非常复杂。从篇章的开头到结尾，要时刻注意梳理各个枝条，安排好各个叶片的位置。只要将文章的情理和内容紧密结合在一起，那么就算是相隔悬远，头绪也自然能够连贯在一起。就像乐曲的调子必须动听和谐一样，展示作者内心的文章，也要将节奏和内容协调控制。

总术第四十四

文心雕龙全鉴珍藏版

【原文】

今之常言，有"文"有"笔"，以为无韵者"笔"也，有韵者"文"也。夫文以足言，理兼《诗》《书》，别目两名，自近代耳①。颜延年以为②："笔"之为体，"言"之文也；经典则"言"而非"笔"，传记则"笔"而非"言"。请夺彼矛，还攻其楯矣。何者？《易》之《文言》，岂非"言"文？若"笔"为"言"文，不得云经典非"笔"矣。将以立论，未见其论立也。予以为：发口为"言"，属翰曰"笔"，常道曰经，述经曰传③。经传之体，出"言"入"笔"，"笔"为"言"使，可强可弱。六经以典奥为不刊，非以"言""笔"为优劣也。昔陆氏《文赋》④，号为曲尽，然泛论纤悉，而实体未该。故知九变之贯匪穷，知言之选难备矣。

【注释】

①近代：指晋以来。

②颜延年：颜延之，字延年，南朝宋文学家。

③常道曰经，述经曰传：张华《博物志·文籍考》："圣人制作曰经，贤者著述曰传。"

④陆氏：陆机。

【译文】

现在人们经常有这样一种说法：文章可以划分为"文"和"笔"两种类型，他们认为，无韵的只能称"笔"，有韵的才算是"文"。其实，文和笔都具备文采，文采的作用是装饰语言并对文章加以补充，按照道理应当包括有韵的《诗经》和无韵的《尚书》，至于按照有韵和无韵的标准把文章分为"文"和"笔"两种类型，是从晋代才开始的。颜延年认为："笔"这种文体，属于有文采的"言"；经书是"言"而不是"笔"，传记是"笔"而不是"言"。颜延年的这种说法其实是自相矛盾的，下面的阐述会通过他的矛，来攻击他的盾。为什么这样说呢？《易经》里的《文言》，难道不属于富有文采的"言"吗？如果说"笔"是有文采的"言"，那么经书当然可以算作"笔"了。颜延年想要用他提出的那个原则来建立论点，但那个论点怎么看也无法成立。我的观点是：凡是讲出来的叫作"言"，用笔写出来的文字叫作"笔"；阐述长久不变道理的是经书经典，将经书经典加以阐释的是传记。经和传这类文体，已经不属于"言"的范畴了，而归属于"笔"。由此可见，"笔"这类文体其实很大一部分受到"言"的影响，它的文采多点可以，少点自然也可以。"六经"这些经典著作，是因为它们叙述事理非常准确并且精深，里面的内容是不可更改的，并不是简单地用"言"和"笔"两种名称就能划分出优劣的。从前，陆机创作《文赋》，口口声声说对文章和文体的研究非常详细，其实他只是一般地论述一些庞杂的琐碎问题，实际上他对文章以及文体的相关论述并不周详。因此，认识到文体是变化多端的，而且能够掌握领悟这种变化规律的人，可谓非常难得。

【原文】

凡精虑造文，各竞新丽，多欲练辞，莫肯研术。落落之玉①，或乱乎石；碌碌之石，时似乎玉。精者要约，匮者亦鲜；博者该赡，芜者亦繁；辩者昭晰②，浅者亦露；奥者复隐③，诡者亦曲。或义华而声悴，或理拙而文泽。知夫调钟未易，张琴实难。伶人告和，不必尽窕槬之中④；动角挥羽，何必穷初终之韵；魏文比篇章于音乐，盖有征矣。夫不截盘根，无以验利器；不剖文奥，无以辨通才。才之能通，必资晓术，自非圆鉴区域⑤，大判条例，岂能控引情源，制胜文苑哉！

【注释】

①落落：粗劣貌。
②昭晰：清楚，明白。
③复隐：谓相互包蕴隐含。
④窕槬（tiǎo huà）：声音的细小与洪大。
⑤圆鉴：周密地审察。

【译文】

凡是精心创作文章的作者，各自拼力在文章文辞的新奇华丽上下功夫，大多一门心思训练文辞，而不肯花时间去钻研写作的方法。所以，许多粗劣的玉石，常常跟没有用的石子混杂在一起；而一些精致的石头，有时会被当作玉石。由这个道理可以知道，讲究精练的作者写文章通常简明扼要，而文思贫乏的作者写文章也非常简略短小；知识渊博的作者写文章都力求内容完备，而文思杂乱的作者写文章也能写出繁多的内容；精通辨析事理的作者写文章能够写得通畅明了，而思想浅薄的作者写文章也能把事情写清楚；善于思考的作者写文章层层递进、曲折回环，爱好诡奇怪异的作者写文章也能够把事情写得曲折离奇。有的文章虽然拥有华美的意义但是缺乏声韵情貌，有的文章虽然辨析事理非常拙劣但是文辞光鲜润泽。由此我们知道，创作文章其实和创作乐曲一样，想把钟声敲得协调，让琴弦奏出和谐的乐章，是非常困难的事情。乐师说，敲钟的声音协调，不必做到每一个音调的大小高低都准确无误；乐师还说，弹琴演奏出各种乐调，不可能从头到尾都完全符合音律标准；魏文帝曹丕在《典论·论文》里把写文章和演奏音乐作比较，原来是有根据的啊。不去砍伐盘在一起的树根，无法验证斧子的锋利程度；不去深入分析文章的奥妙，根本辨别不出这个作者是否具备写作的才能。想要具备创作的才能就必须懂得创作的方法，倘若不能对文章各类文体的区别和特色有一个全面的了解，尽力分析文章的各种体制条理和例证要求，怎么能磨炼出掌控情理的才能，在文坛中拔得头筹呢！

【原文】

　　是以执术驭篇，似善弈之穷数①；弃术任心，如博塞之邀遇②。故博塞之文，借巧傥来③，虽前驱有功，而后援难继；少既无以相接，多亦不知所删，乃多少之并惑，何妍蚩之能制乎？若夫善弈之文，则术有恒数，按部整伍，以待情会，因时顺机，动不失正。数逢其极，机入其巧，则义味腾跃而生，辞气丛杂而至。视之则锦绘，听之则丝簧，味之则甘腴，佩之则芬芳：断章之功，于斯盛矣。夫骥足虽骏，缰牵忌长④，以万分一累，且废千里。况文体多术，共相弥纶，一物携贰⑤，莫不解体。所以列在一篇，备总情变；譬三十之辐，共成一毂，虽未足观，亦鄙夫之见也。

【注释】

　　①弈：下围棋。

　　②博塞：六博、格五等博戏。邀遇：谓希求偶然获胜。

　　③傥（tǎng）来：意外得来。

　　④缰（mò）牵忌长：《战国策·韩策三》："马，千里之马也；服，千里之服也。而不能取千里，何也？曰：子缰牵长。"说的是王良的徒弟驾着千里马，却跑不了很长的路，造父的徒弟告诉他说："你的缰绳牵得过长。"缰绳长短看上去只是一个小问题，却妨碍马跑千里路。

　　⑤携贰：离心，二心。此处为不协调。

【译文】

　　所以，掌握创作的技巧去驾驭文字，就像下围棋厉害的人掌握了下棋的方法；倘若将技巧抛弃，只凭着主观想法随意创作，如同赌博碰运气一样，成不成功全凭巧合。因此，写文章如果全靠运气去赌，凭借巧合意外获得一点点成绩，尽管前面可能产生了功效，但写到后面的时候会发现很难继续下去。内容写少了不知道怎么补充，内容写多了也不知道应该怎么删减。如此一来，无论写多了还是写少了，作者都觉得很迷茫，那么，如何才能掌握写作好坏的要领呢？如果把写作和下围棋放在一起，那么具体的创作技巧就有一定的规律可循了，做好准备，一步步地等待情思酝酿成熟，根据时宜抓住机会，让写作不要偏离正轨。倘若能把写作技巧掌握好，又能把握住巧妙的时机，那么文章的义理韵味便会自然而然腾升涌现出来，文辞的气势气骨便会源源不断纷纷蜂拥而来。让文章的文采美妙绝伦，看起来就像美丽的织锦彩绘，听上去就像和谐的管弦音乐，尝起来就像美味的饭菜佳肴，戴在身上芬芳如同兰桂。一位作家写作文章，倘若能达到这些效果，已经算是相当厉害了。尽管千里马跑得快，但要注意控制它的缰绳切忌过长，而过长的缰绳也只不过是千里马万分之一的小缺点罢了，但这都会不利于马的奔跑。何况是创作一篇文章了，文章对于各种体裁有不同的要求，不管是讲创作理论还是其他方面都需要综合起来，相互密切配合，哪怕只有一个小小的方面不协调，也会破坏整个体系。所以，单独分出这一篇来讲讲创作的要领和原则，对文章情理的变化进行全面总结，归纳写成这篇《总术》。这就好比车轮的三十根辐条凑集在车轮中心毂上的直木，然后组成一个整体，尽管像这样讲述写作也算不得精彩的见解，却也属于浅陋者的个人见解。

【原文】

赞曰：文场笔苑①，有术有门。务先大体，鉴必穷源。乘一总万，举要治繁。思无定契，理有恒存。

【注释】

①文场笔苑：指文学界。苑：荟萃的地方。

【译文】

总而言之：放眼繁盛的文章圣坛，以及美好的笔墨之苑，文人们可以摸索出多种多样的创作技巧和路数。一定要先把目光放在全篇全局上，然后从根源出发，将最基础的原理和方法弄明白。要掌握住一定的方法和技巧，将文章各种各样的变化统领起来，要学会抓住关键的要点，然后懂得处理一切复杂纷繁的情况。尽管构设文章的思路并没有一定的规则让作家去遵守，但写作的原理却是有固定的规律可循。

时序第四十五

【原文】

时运交移，质文代变，古今情理，如可言乎！昔在陶唐，德盛化钧①，野老吐"何力"之谈，郊童含"不识"之歌②。有虞继作，政阜民暇，薰风咏于元后，"烂云"歌于列臣③。尽其美者何？乃心乐而声泰也。至大禹敷土，九序咏功，成汤圣敬，"猗欤"作颂④。逮姬文之德盛，《周南》勤而不怨；大王之化淳⑤，《邠风》乐而不淫。幽、厉昏而《板》《荡》怒，平王微而《黍离》哀。故知歌谣文理，与世推移，风动于上，而波震于下者也。

【注释】

①化钧：教化普及。

②郊童含"不识"之歌：《列子·仲尼篇》中记载，尧在大路上走，听到儿童唱童谣道："不识不知，顺帝之则。"

③烂云：指《尚书大传》记舜和臣子们唱和的《卿云歌》。舜首唱的歌辞为"卿云烂兮，糺缦缦兮。日月光华，旦复旦兮！"列臣相和的歌词为："明明上天，烂然星陈。日月光华，弘于一人。"

④猗欤：猗与，叹词。表示赞美。

⑤大王：太王，周文王的祖父公刘。

【译文】

时代不断地更替，风气也在不停地变化，每一个时代都有自己的文化风气，或崇尚文采或崇尚质朴，这些从古至今不断发展变化着的情理，应该能好好聊一聊吧！从前在尧帝时代，社会崇尚道德，广泛普及教化，田间的老农发出了"尧对我们有什么贡献"的感叹，村郊的小童们口里唱着"不识不知"的歌谣。舜帝紧跟着尧帝德政的脚步，政治清明无苛，百姓安居乐业，舜帝弹奏五弦琴，吟唱《南风歌》，唱出"南风之薰兮"这样的句子；诸位大臣们相互应和吟唱起《卿云歌》，唱出"卿云烂兮"这样的句子。为什么那个时代会出现这么美好的作品呢？那是因为政治清明，生活安定，所有人都十分快乐，发出的声音自然和谐顺畅。夏禹治理水土取得了很大的功绩，有九项利国利民的政事有条不紊地进行，受到老百姓的歌颂；商汤圣哲英明，崇尚贤德，《诗经·商颂·那》这篇作品发出了"美啊"的歌颂与感叹。到了周文王姬昌盛行仁德之政，《周南》中的民歌便反映了当时的时代气息，老百姓们都勤勤恳恳，并且心中没有怨恨；周文王之祖太王的教化广为传播，民间的风气十分淳厚，《邠风》里的民歌被欢乐的气氛包围，却又恰到好处，不会让人觉得夸张过分。西周末年的周幽王、周厉王昏庸无能，所以《诗经·大雅》里的《板》诗和《荡》诗纷纷对他们进行了辛辣的讽刺，其中蕴含着无比愤怒的情绪；西周被灭后，周平王东迁洛邑，周王室日渐衰微，《诗经·王风·黍离》便充分表现了这种无限哀怨的情绪。所以，从上述这些事例中我们知道，时代在不停变幻，歌谣的文采与情理也跟着变化，这就好比风和水的关系，每个朝代的政治教化像风一样在民间轻轻吹动，当时的歌谣诗篇就像水泛起波纹一样，跟着风的动向微微震荡。

【原文】

春秋以后，角战英雄①，六经泥蟠②，百家飙骇③。方是时也，韩、魏力政，燕、赵任权；五蠹六虱，严于秦令；唯齐、楚两国，颇有文学；齐开庄衢之第，楚广兰台之宫，孟轲宾馆，荀卿宰邑；故稷下扇其清风，兰陵郁其茂俗；邹子以谈天飞誉④，驺奭以雕龙驰响⑤；屈平联藻于日月，宋玉交彩于风云。观其艳说，则笼罩《雅》《颂》，故知炜烨之奇意，出乎纵横之诡俗也。

【注释】

①角战：争战，以战争一较胜负。

②泥蟠（pán）：蟠屈在泥污中，亦比喻处在困厄之中。

③飙骇：谓迅猛兴起。

④邹子：指邹衍，战国末期齐国人，阴阳家代表人物，五行创始人。因他"尽言天事"，当时人们称他"谈天衍"。

⑤驺奭（shì）：战国时期齐国稷下学宫黄老道家学者，采用邹衍学说入自己之文，他说话很讲究文采，像雕刻龙纹一样，人称"雕龙奭"。

【译文】

到了春秋之后，七个国家互相竞争实力，各自称雄一方，像六经这些传统经典被世人抛弃，诸子百家纷纷涌现，各家学说像狂风一样席卷那个时代，让人吃惊不已。那个时候，韩国、魏国主张发动武力征讨其他国家，从而扩张领土；燕国、赵国主张使用权谋对付其他国家；秦国崇尚法家，反对儒家，商鞅、韩非分别提出"五种蛀虫"和"六种虱子"的说法，讽刺儒者、仁义诗书礼乐等，秦国对儒家这些说法严加禁止；只有齐国和楚国这两个国家，非常重视文化学术的发展。齐宣王在四通八达的大街上开设豪华府第招揽天下饱学之士，楚国将兰台宫加以扩建，用来邀请收揽文人学士，孟子便被齐国视为贵宾住在客馆中，荀子被楚国的春申君封为兰陵县令。因此，齐国的稷门之下学子群集，掀起了一股股清新的学风；楚国的兰陵地区渐渐凝成了美好的文化学术之风；邹衍因为透析阴阳之事，能谈天说地而声名远扬，被齐国人称颂为"谈天衍"；驺奭的文采好似雕刻龙纹一样，被齐国人称颂为"雕龙奭"；屈原创作的文字有资格和日月竞逐光辉；宋玉创作的《风赋》以及《高唐赋》中写巫山神女"朝云暮雨"的句子，文采华丽，色彩相交。仔细翻阅一下这些明艳光彩的文辞，几乎就要将《诗经》中《雅》《颂》的光辉笼罩住了。由此我们可以知道，后世流行的那些文采华美照耀的瑰异文思，是源自战国时代纵横变化的诡异之风。

【原文】

爱至有汉，运接燔书①，高祖尚武，戏儒简学。虽礼、律草创，《诗》《书》未遑，然《大风》《鸿鹄》之歌，亦天纵之英作也②。施及孝惠，迄于文、景，经术颇兴，而辞人勿用；贾谊抑而邹、枚沉，亦可知已。逮孝武崇儒，润色鸿业，礼、乐争辉，辞藻竞骛：柏梁展朝宴之诗，金堤制恤民之咏，征枚乘以蒲轮③，申主父以鼎食④，擢公孙之对策⑤，叹倪宽之拟奏⑥，买臣负薪而衣锦⑦，相如涤器而被绣；于是史迁、寿王之徒⑧，严、终、枚皋之属⑨，应对固无方，篇章亦不匮，遗风余采，莫与比盛。

越昭及宣，实继武绩；驰骋石渠，暇豫文会⑩，集雕篆之轶材，发绮縠之高喻。于是王褒之伦，底禄待诏⑪。自元暨成⑫，降意图籍，美玉屑之谭，清金马之路。子云锐思于千首，子政雠校于六艺⑬，亦已美矣。爱自汉室，迄至成、哀，虽世渐百龄，辞人九变，而大抵所归，祖述《楚辞》⑭，灵均余影，于是乎在。

【注释】

①燔（fán）书：秦始皇焚毁典籍。

②天纵：天所放任，意为上天赋予。

③蒲轮：指用蒲草裹轮的车子，转动时震动较小。古时常用于封禅或迎接贤士，以示礼敬。

④主父：主父偃，汉武帝时大臣。

⑤公孙：公孙弘，汉武帝时期，先后两次被国人推荐，征为博士。

⑥叹倪宽之拟奏：出自《汉书·倪宽传》，倪宽在张汤门不被重用，碰到廷尉张汤有疑案未决，几次奏报，均被汉武帝驳回。主办奏报的人甚为恐慌，不知如何是好。倪宽知道了，便为他重新写了奏章，得到汉武帝的认可。倪宽：西汉官员。

270

⑦买臣：朱买臣，汉武帝时，为中大夫，累官至会稽太守、主爵都尉，位列九卿。

⑧寿王：吾丘寿王，西汉作家。

⑨严：严助，西汉辞赋家。终：终军，西汉著名的政治家、外交家。枚皋：西汉辞赋家。

⑩暇豫：悠闲逸乐。

⑪底禄：谓获得俸禄或官位。

⑫元：汉元帝刘奭，宣帝子。成：汉成帝刘骜，元帝子。

⑬子政：刘向的字。雠校：校对文字。

⑭祖述：效法遵循前人的学说或行为。

【译文】

到了汉朝，世间文化的命运仍处在秦始皇焚书的阴影里，汉高祖刘邦崇尚武功军事，非常不重视学术，因此经常戏弄儒生、怠慢学者。尽管朝廷已经开始一步步制定礼法和律法，但对于《诗经》《尚书》等这些经典经书，却还没来得及整理编订，纵使如此，刘邦的《大风歌》和《鸿鹄歌》，其实已经可以称得上是杰出的作品了。刘邦的影响一直延续到孝惠帝时代，直到汉文帝、汉景帝时，经学开始稍稍有一些起色，但文人仍旧是被轻视的群体，想了解这种情况，只要看看受到贬抑压制的贾谊，地位低下、郁郁不得志的邹阳和枚乘两个人，就能够大致明白了。到了汉武帝时，他非常尊崇儒家学说，因为他要依靠文人们的文采来粉饰自己的伟大功绩，因此修编礼仪制度，制作礼之雅乐，礼仪与雅乐争放光辉，文辞与华藻竞相飞驰。汉武帝在柏梁台上与群臣宴饮，联句创作了《柏梁台诗》；他在瓠子金堤上创作了忧民的《金堤咏》；他仰慕枚乘名声，但想到枚乘年事已高，便派人用蒲草裹着车轮，减少车子颠簸，让枚乘坐地安稳；他封赏主父偃以列鼎而食高官的待遇；他非常欣赏公孙弘的对策，就擢升公孙弘为第一，然后加以重用；他赞叹倪宽起草的奏书非同凡俗；他让先以卖柴为生后做了会稽太守的朱买臣身着锦绣官袍回乡一趟；他让虽开酒馆洗酒器但擅长作赋的司马相如披上锦绣官袍到西南家乡做使节；于是，像司马迁、吾丘寿王这些人，严助、终军、枚皋这一辈人，他们的回应对答确实非常灵活，他们写的文章也一点都不少，他们的风流文采一直流传到后世，论起文化，已经没有比那时更兴盛的朝代了。

越过汉昭帝时期，直到汉宣帝时，那时确实继承发展了汉武帝的事业，宣帝召集群儒在石渠阁讨论经学，展开激烈的辩论，大家研究学术和文章，文人们任意讨论、踊跃发言，这里不但聚集了辞赋领域的杰出人才，又发出了辞赋胜过女工织的有花纹的薄纱的高论和比喻。这个时候，那些有文才的人，比如王褒等人，便怀才等待着皇帝下诏赐予他们高官厚禄。汉元帝到汉成帝时期，朝廷对收集整理图书典籍非常看重，赞美像珠玉一样的美好辩论之辞，为了招揽才华之士，特地为文人们扫清了通向金马门的道路。所以，扬雄将全部精力用在阅读上千首赋上，刘向父子整理校订各种典籍，他们都做得很好。自从汉家王朝建立以来，一直到汉成帝、汉哀帝为止，尽管历时一百多年，文人在创作文章上改变了多种手法，然而，他们在大致方向上仍然沿袭了《楚辞》的传统，从那些作品里我们可以看到屈原文章的影子。

【原文】

自哀、平陵替①，光武中兴，深怀图谶，颇略文华。然杜笃献诔以免刑，班彪参奏以补令，虽非旁求，亦不遐弃②。及明、章叠耀，崇爱儒术，肄礼璧堂③，讲文虎观；孟坚珥笔于国史，贾逵给札于瑞颂，东平擅其懿文，沛王振其《通论》，帝则藩仪，辉光相照矣。自和、安以下④，迄至顺、桓，则有班、傅、三崔，王、马、张、蔡，磊落鸿儒，才不时乏，而文章之选，存而不论。然中兴之后，群才稍改前辙，华实所附，斟酌经辞，盖历政讲聚，故渐靡儒风者也。降及灵帝，时好辞制，造《皇羲》之书，开鸿都之赋⑤；而乐松之徒，招集浅陋，故杨赐号为驩兜⑥，蔡邕比之俳优⑦，其余风遗文，盖蔑如也⑧。

【注释】

①哀：汉哀帝刘欣。平：汉平帝刘衎，哀帝弟。陵替：衰落，衰败。
②遐弃：远相抛撇，远相离弃。
③肄（yì）：学习，练习。璧堂：辟雍与明堂的并称。辟雍，太学，环之以水，形似璧。明堂，宣明政教的厅堂。
④和：汉和帝刘肇。安：汉安帝刘祜。
⑤鸿都：鸿都门，东汉藏书和讲学的地方。
⑥驩（huān）兜：中国古代传说中的三苗族首领，传说因为与共工、鲧一起作乱，而被舜流放至崇山。
⑦俳（pái）优：指古代以乐舞谐戏为业的艺人。
⑧蔑如：微细，没有什么了不起。

【译文】

从西汉的哀帝、平帝开始，汉朝便一天天衰微下去，到了光武帝中兴，建立东汉，他非常喜欢符命占验之类的学说，却非常不重视文章和文辞。然而狱中的杜笃因为替大司马吴汉创作诔文，受到了光武帝的赞赏而被免去了刑罚；

班彪为窦融上奏给光武帝的奏章出谋划策，受到光武帝赏识，便被任命为徐县的县令。尽管汉光武帝没有特意去广泛搜罗人才，从上述这些事件中多少也能看到，汉光武帝并没有对文人抱有偏见。到了汉明帝和汉章帝时，十分重视文章和学术，可以说是东汉时期文字双耀的时代，他们对儒学、经学都非常推崇，明帝在璧雍、明堂里学习和宣扬礼仪教化，章帝在白虎观里讲论经书经典。班固在冠侧插上笔杆，撰写出汉代的国史《汉书》；贾逵接到皇帝赐予的笔和纸，创作了称赞祥瑞征兆的《神雀颂》；东平王刘苍饱读经典著作，撰写了各种各样的好文章，赋、颂、歌、诗都有；沛王刘辅舞动笔杆，创作了《沛王通论》。由此可见，皇帝立下了文章的准则，藩王们为天下文人做出表率，形成一定的规范，二者像两束光辉一样互相辉映。自从汉和帝、汉安帝以后，一直到汉顺帝、汉桓帝为止，此时的文坛上出现了许许多多的学者，像班固、傅毅、崔骃、崔瑗、崔寔、王延寿、马融、张衡和蔡邕等人，这些大学者在每个时代各自发挥自己的价值，这样每个时代都不缺乏有才之士，他们每个人具体的文章作品选录，我们就不在这里具体阐述了。然而，自从光武帝中兴之后，文人们在创作文章的过程中对前代的文路和文风稍稍进行了改变，他们将华丽的文采和实际的内容结合在一起，从经典经书的文辞藻饰中斟酌选取精华，这大概是由于好几代以来，帝王们不断召集学者儒生们讲评经学，所以文人渐渐地沾染上儒家的风气。到了汉灵帝时，灵帝非常喜欢写作辞赋，并在当时引领了写赋的潮流，他亲自创作了《皇羲篇》五十章，并开放藏书讲学的鸿都门来接待写作辞赋的文人。后来乐松、贾护等人，招揽了一些没有实际才学的趋势浅俗之徒，也在那里写辞作赋、装模作样，因此，杨赐上书灵帝，把那些人比作恶的驩兜，蔡邕上书灵帝，把他们比作演戏的小丑。那些粗陋浅俗之徒留下来的习气和文字，是根本不值一提的。

【原文】

自献帝播迁①，文学蓬转，建安之末，区宇方辑。魏武以相王之尊，雅爱诗章；文帝以副君之重②，妙善辞赋；陈思以公子之豪，下笔琳琅；并体貌英逸，故俊才云蒸。仲宣委质于汉南③，孔璋归命于河北④，伟长从宦于青土，公幹徇质于海隅，德琏综其斐然之思⑤，元瑜展其翩翩之乐。文蔚、休伯之俦，于叔德祖之侣，傲雅觞豆之前⑥，雍容衽席之上⑦；洒笔以成酣歌，和墨以藉谈笑。观其时文，雅好慷慨，良由世积乱离，风衰俗怨，并志深而笔长，故梗概而多气也⑧。至明帝纂戎，制诗度曲；征篇章之士，置崇文之观，何、刘群才，迭相照耀。少主相仍，唯高贵英雅⑨，顾盼含章，动言成论。于时正始余风，篇体轻淡，而嵇、阮、应、缪⑩，并驰文路矣。

【译文】

　　自从汉献帝刘协流离迁移，文人墨客们便像无根的蓬草一样，随风飘荡、辗转四方，直到建安末年，北方的局势才稍稍稳定下来。魏武帝曹操登上了丞相和魏王的崇高地位，他向来十分爱好诗歌辞章；魏文帝曹丕在那个时候享有太子的荣耀地位，非常擅长创作精妙的文辞诗赋；陈思王曹植拥有名门公子的豪气洒脱，风流的文采美好得就像宝珠玉石一般。他们都非常看重有才之士，礼遇人才，所以当时的文坛，文采非常繁盛。王粲从汉水之南的荆州归顺了魏，陈琳从黄河之北的冀州归附了魏，徐幹在青州做官为魏效力，刘桢从海边的东平前去投奔魏，应玚在魏创作文章，将自己的华美斐然的文思综合凝聚成辞采，阮瑀在魏尽力施展自己杰出的书记才能。除了上述这些杰出文人之外，还有路粹、繁钦这类文人，邯郸淳、杨修这些文友，他们经常在宴会上、酒桌前吟诗篇、歌风雅，在座席上、酒杯间从容随性地谈论文学艺术，任由情绪飞翔，挥毫泼墨便创作出了一首首酣畅淋漓的诗歌，顺着性子肆意调和墨汁、挥动毛笔，便可以通过文字去叙述言谈欢笑。翻阅一下那个时代的文章，文字间流露出来的情绪无不慷慨激昂，实在是因为当时战乱不停，风气教化败坏，百姓多怨，大多数作者都对时事变化感慨颇深，所以落笔的时候情绪格外沉重，由此一来，他们的作品读起来自然就慷慨激昂，非常富有气势。到了魏明帝时，便继承了祖父辈的文章大业，制作诗辞，编谱乐曲；招揽擅长作文章的才学人士，设置崇文观，为文士们提供讲学作文的场所，于是便出现了何晏、刘劭这一群有才华的文人，它们的文采互相照耀。魏明帝以后，年少的君主们相继即位，里面只有高贵乡公曹髦有极高的才华学问，他能在一顾一盼之间就在心中作出文章，一出口发言就成为有文采的议论。这个时期，受到正始年间文学风气的影响，文体轻浮平淡，只有嵇康、阮籍、应璩、缪袭这些作家别出心裁，跟其他文人不同，他们都在文学的大路上疾驰奔向前方。

【原文】

逮晋宣始基①，景、文克构；并迹沉儒雅，而务深方术。至武帝惟新，承平受命②，而胶序篇章③，弗简皇虑。降及怀、愍④，缀旒而已。然晋虽不文，人才实盛：茂先摇笔而散珠⑤，太冲动墨而横锦⑥，岳、湛曜联璧之华⑦，机、云标二俊之采⑧。应、傅、三张之徒⑨，孙、挚、成公之属⑩，并结藻清英，流韵绮靡。前史以为运涉季世，人未尽才，诚哉斯谈，可为叹息。

【注释】

①晋宣：晋宣帝司马懿，三国时期魏国杰出的政治家、军事家、战略家，西晋王朝的奠基人。

②承平：治平相承，太平。

③胶序：殷学名序，周学名胶，后用为学校的通称。

④怀愍（mǐn）：晋怀帝司马炽和晋愍帝司马邺（yè）。

⑤茂先：张华的字，西晋时期政治家、文学家、藏书家，西汉留侯张良的十六世孙、唐朝名相张九龄的十四世祖。

⑥太冲：左思的字，西晋著名文学家，其《三都赋》颇被当时称颂，造成"洛阳纸贵"。

⑦岳湛：潘岳和夏侯湛，二人都是西晋文学家。

⑧机云：陆机和陆云，二人是兄弟，而且都是西晋文学家。

⑨应傅：应贞和傅玄。应贞，三国曹魏侍中、文学家应璩的儿子。傅玄，西晋时期文学家、思想家。三张：张载、张协、张亢，三人都是西晋文学家。

⑩孙挚成公：孙楚、挚虞、成公绥。孙楚，西晋官员、文学家。挚虞，西晋著名谱学家。成公绥，西晋作家。

【译文】

到了晋宣帝司马懿开始为子孙打下开国的基础，晋景帝司马师和晋文帝司马昭便继承父业；他们平日所行之事大都把儒学和风雅撇到一旁，将精力放在研究如何篡夺皇位的阴谋权术之上。一直到晋武帝司马炎创立新王朝，在太平时代称帝，但是他仍旧不把注意力放在重视学校学子和文化辞章上。等皇位传到晋怀帝和晋愍帝的时候，皇帝完全成了大臣的傀儡、国家的摆设，哪里还有闲情逸趣去重视文章事业的发展！然而，晋代的皇帝虽然不重视文学事业，但在那个时代，却涌现出了许许多多有才之士：张华只要摇动笔杆，就像笔上会落下珍珠一样；左思只要挥洒墨汁，创作出的作品就像铺开了一幅华美的锦绣；潘岳、夏侯湛二人创作的文章光彩耀人，被当世人誉为"连璧"；陆机、陆云两兄弟显示出过人的杰出文采；至于像应贞、傅玄、张载、张协、张亢这些人，以及孙楚、挚虞、成公绥这些人，文章辞藻清新俊秀，声韵节奏华艳美好。从前的史学家认为，那个时代渐渐没落，这些人才都没能发挥出自己全部的才华，想想确实是这样啊，这个话说得很对，实在是有些遗憾，不免让人叹息。

【原文】

　　元皇中兴①，披文建学；刘、刁礼吏而宠荣②，景纯文敏而优擢③。逮明帝秉哲④，雅好文会，升储御极⑤，孳孳讲艺⑥，练情于诰策，振采于辞赋；庾以笔才逾亲⑦，温以文思益厚，揄扬风流，亦彼时之汉武也。及成、康促龄⑧，穆、哀短祚⑨；简文勃兴⑩，渊乎清峻，微言精理，函满玄席；淡思浓采，时洒文囿。至孝武不嗣⑪，安、恭已矣；其文史则有袁、殷之曹，孙、干之辈，虽才或浅深，珪璋足用⑫。自中朝贵玄，江左称盛，因谈余气，流成文体。是以世极迍邅⑬，而辞意夷泰⑭，诗必柱下之旨归，赋乃漆园之义疏。故知文变染乎世情，兴废系乎时序，原始以要终，虽百世可知也。

【注释】

　　①元皇：东晋元帝司马睿，东晋的开国皇帝。

　　②刘：刘隗（wěi），东晋大臣，司隶校尉刘讷之侄。刁：刁协，东晋大臣，曹魏齐郡太守刁恭之孙，西晋御史中丞刁攸之子。

　　③景纯：郭璞的字，两晋时期著名文学家、训诂学家。优擢（zhuó）：提升官职。

　　④明帝：晋明帝司马绍，晋元帝司马睿长子，东晋第二位皇帝。

　　⑤御极：登极，即位。

　　⑥孳（zī）孳：勤勉，孜孜。

　　⑦庾：庾亮，东晋时期外戚、名士，丞相军谘祭酒庾琛之子，明穆皇后庾文君之兄。

　　⑧成康：晋成帝司马衍和晋康帝司马岳。促龄：寿命短促。

　　⑨穆哀：晋穆帝司马聃（dān）和晋哀帝司马丕。短祚（zuò）：谓皇帝在位

的年限很短。

⑩简文：晋简文帝司马昱（yù），东晋第八位皇帝。

⑪孝武：晋孝武帝司马曜，东晋第九任皇帝。

⑫珪璋：比喻杰出的人才。

⑬迍邅（zhūn zhān）：难行貌。

⑭夷泰：平坦通畅。

【译文】

　　东晋元帝中兴，东晋王朝由此建立，元帝大力提倡文章写作，兴建太学。刘隗、刁协两位官吏因为精通礼法，从而受到皇帝的尊敬；郭璞因为文思敏捷而获得皇帝的赏识，从而得到提拔。晋明帝天资聪颖，平时非常爱好和文人雅士们聚在一起，从立为太子到继承皇位，他一直孜孜不懈地研究六经，从未间断过，十分用心钻研诰书以及策书的写作方法，在创作辞赋的时候尽情铺设文采。庾亮因为有写表奏一类文章的才华，明帝与他十分亲近，温峤因为文思敏捷，明帝非常欣赏并厚待他。晋明帝如此重视和爱护文学人才，的确可以称为是那个时代的汉武帝了。到了晋成帝、晋康帝时期，两位皇帝的寿命都非常短，晋穆帝和晋哀帝的在位时间也不是很长。到了晋简文帝的时候，文学事业得到蓬勃发展，纵观那个时期的作品，气度气势深沉深邃，风格气质清俊淡雅，文章中时常出现微妙的语言，包含精深的道理，这些文章中的高深内容和文采也经常出现在玄学的讲席之上；清雅淡泊的思想，浓厚华丽的文采，也经常在文学园地上扩散流传。到了晋孝武帝的时候，朝廷政权衰竭，没有好的皇位继承人，文化风雅也渐渐凋零，到晋安帝和晋恭帝的时候，东晋就完结了，东晋的文化也终止在这里。这段时期，文学和史学领域分别有袁宏、殷仲文等人，孙盛、干宝等辈，尽管他们的才学深浅不一，但在那时也像宝贵的玉器一样，服务朝廷绰绰有余了。自从晋朝开始看重文学清谈，这种风气到东晋迁至长江以南后就更为流行了，这种清谈玄学的风气蔓延到文学领域，逐渐形成了一种新的文风。因此，当时的世道虽然极度艰难，然而文辞却是表现出平静缓迁的心情，作诗一定要以老子、庄子的思想作为宗旨，辞赋基本都在为老子、庄子的著作解释道理。由此我们可以知道，随

着时代的不断变化，文章呈现出了各式各样的风貌，不同文体的兴衰和时代的兴衰紧密联系在一起，探究各种文学的起源，总归各种文学的终结，即便过了百世，文学的流变发展都完全可以推知。

【原文】

自宋武爱文①，文帝彬雅②，秉文之德，孝武多才③，英采云构。自明帝以下，文理替矣。尔其缙绅之林④，霞蔚而飙起；王、袁联宗以龙章，颜、谢重叶以凤采；何、范、张、沈之徒⑤，亦不可胜数也。盖闻之于世，故略举大较。

暨皇齐驭宝，运集休明：太祖以圣武膺箓⑥，世祖以睿文纂业⑦，文帝以贰离含章⑧，高宗以上哲兴运⑨，并文明自天，缉熙景祚⑩。今圣历方兴，文思光被，海岳降神，才英秀发。驭飞龙于天衢，驾骐骥于万里；经典礼章，跨周轹汉⑪，唐、虞之文，其鼎盛乎！鸿风懿采，短笔敢陈⑫？飏言赞时，请寄明哲。

【注释】

①宋武：宋武帝刘裕，南朝刘宋开国皇帝。

②文帝：宋文帝刘义隆，南北朝时期刘宋王朝的第三位皇帝。

③孝武：宋孝武帝刘骏，南朝刘宋第五位皇帝。

④缙（jìn）绅：插笏于绅带间，旧时官宦的装束，亦借指士大夫。

⑤何范张沈：何承天、范晔（yè）、张邵、沈约。何承天，南朝宋著名的思想家、天文学家和音乐家。范晔，南朝宋史学家、文学家。张邵，南北朝时期刘宋大臣。沈约，南朝（宋、齐、梁朝时期）文学家、史学家。

⑥太祖：齐高帝萧道成，南北朝时期南齐开国皇帝。膺箓（yīng lù）：谓帝王承受符命。

⑦世祖：齐武帝萧赜（zé），南北朝时期南朝齐第二任皇帝。纂业：继承大业。

⑧文帝：萧长懋（mào），南齐太子，谥号文惠太子，其子郁林王萧昭业即位后，追尊为文皇帝，庙号世宗。贰离：谓储君、太子。

⑨高宗：齐明帝萧鸾，南北朝时期南朝齐第五任皇帝。

⑩缉熙：光明，又引申为光辉。景祚：比喻帝业。

⑪轹（lì）：超过。

⑫短笔：作者的自谦之词。敢：岂敢。

【译文】

自从南朝以来，宋武帝刘裕非常喜欢文学，宋文帝刘义隆也十分倡导文学，养成了彬彬儒雅的气质，宋孝武帝刘骏与宋文帝的德才不相上下，才艺双全，创作文章时的辞采非常丰富。自从宋明帝刘彧以后，崇尚文学和儒雅的好风气便日渐衰微了。在刘宋时代的士大夫中，文人学士像云霞一样聚拢在一起，他们能像狂风一样刮起文学的浪潮。当时，王姓、袁姓这两大宗族中陆续出现了杰出的文人才士；颜姓、谢姓这两大世家里也产生好几代文采杰出的文人；除此之外，还有何逊、范云、张邵、沈约等人，那些比较有才学的文人数量很多，这里就不全部列举出来了。这些文人里很多也就在当时有些名气，所以只把大致的情况简单说一说。

到了大齐建国，国运昌盛：齐太祖高帝凭借他的英明神武，秉承天命而坐上王位；齐世祖武帝十分精通文学，然后继承了父亲的大业；齐文帝在他还是太子的时候就擅长创作，很有文采；齐高宗凭借他过人的智慧让国家兴盛昌隆。这些皇帝的高雅睿智都是与生俱来的，他们的英明聪慧光照皇位。现在，国家社会都非常安定，礼仪教化遍及四方，神明纷纷降临四海五岳，人才齐聚。像驾驭飞龙在天上翱翔腾飞，像驾驰骏马在旷野疾驰狂奔。现在的经书、典籍、礼乐、文章，可以说是超越了周朝，压倒了汉代，尧帝和舜帝时代的文风，应该是在今时今日兴盛起来了吧！当今的文章蕴含着宏伟的文风，其中的文辞美妙富饶，像我这样的拙劣之笔怎么敢贸然陈述？宣扬评赞当代文章之繁盛的伟大任务，就交给有才学的明智之士去完成吧。

【原文】

赞曰：蔚映十代，辞采九变①。枢中所动，环流无倦。质文沿时，崇替在选②。终古虽远，僾焉如面③。

【注释】

①九变：复杂多变。

②崇替：兴废，盛衰。

③僾（ài）：仿佛。

【译文】

总而言之：从唐尧时期到南朝齐国，这十个朝代的文学和文坛光芒耀人，文章中的文采不断变化发展。时代交替，社会变化，文章的文风便围绕着它们进行演变，永不停止。比如文风的质朴和华丽，这二者便是顺着时代风气的发展而发展，而文学的兴盛衰亡，也和国家社会的太平、战乱紧密相连。远古的时代尽管已经离我们很远了，但通过阅读那时的文字，其时代特色却能清楚地展现在我们眼前。

物色第四十六

【原文】

春秋代序①，阴阳惨舒②，物色之动，心亦摇焉。盖阳气萌而玄驹步③，阴律凝而丹鸟羞④，微虫犹或入感，四时之动物深矣。若夫珪璋挺其惠心，英华秀其清气，物色相召，人谁获安？是以献岁发春⑤，悦豫之情畅；滔滔孟夏，郁陶之心凝⑥；天高气清，阴沉之志远；霰雪无垠，矜肃之虑深。岁有其物，物有其容；情以物迁，辞以情发。一叶且或迎意，虫声有足引心。况清风与明月同夜，白日与春林共朝哉！

【注释】

①春秋：代指四季。代序：时序更替。

②阴阳惨舒：古以秋冬为阴，春夏为阳。意为秋冬忧戚，春夏舒快。指四时的变化。

③玄驹：亦作"玄蚼"，蚁的别名。

④阴律：阴气。丹鸟：萤的异名。

⑤献岁：进入新的一年，岁首正月。

⑥郁陶：忧思积聚貌。

【译文】

春夏秋冬四个季节不断交替循环，天气阳和温暖，带给人的是愉悦舒畅的心情；天气阴沉寒冷，带给人的是凄凉悲伤的心情：由此可以看到，自然景象、万物声色的变化，会影响人的心情，也就是心随景动。过了冬至，阳气开始萌生，天气一点点变暖，蚂蚁从洞穴出来，活动渐渐频繁；到了八月的时候，阴气渐渐在大地凝聚，天气一点点寒冷起来，萤虫们忙碌地准备着过冬的食物。气候的变化，就连这些渺小的昆虫都能清楚地感受到，由此可见，季节寒暑对世间万物都有非常深远的影响。而作为万物灵长的人类，拥有比美玉还要玲珑精巧的心灵，比花朵还要秀丽芬芳的气质，那么当他们面对各色各样景物的时候，又怎么会无动于衷呢？所以，每当迈进新的一年，春天阳气萌发，人的心情自然觉得舒畅；到了初夏时分，天气炎热不已，人的心情便阻滞不通畅；到了秋天，天高气爽，人的心情不但阴郁沉寂，而且犹如天空一样深远；到了冬天，大雪纷纷落下，茫茫一片白色，人的思虑不由自主变得严肃起来。一年四季，每一个季节都有自己独特的景象景观，不同的景物又都有自己独特的形貌声色，景物变幻影响了人的感情，为了表达这种感情，文辞便从内心萌生出来。哪怕是一片小小的树叶落下，都能触动人的情思，哪怕是一只小小的昆虫在鸣叫，都能引发人的沉思，至于那清风吹拂、明月当空的夜晚，以及阳光普照、春林萌芽的早晨，这些美景又怎么能不让人心动呢！

【原文】

是以《诗》人感物，联类不穷；流连万象之际，沉吟视听之区。写气图貌，既随物以宛转；属采附声，亦与心而徘徊。故"灼灼"状桃花之鲜①，"依依"尽杨柳之貌②，"杲杲"为出日之容③，"瀌瀌"拟雨雪之状④，"喈喈"逐黄鸟之声⑤，"喓喓"学草虫之韵⑥；"皎日""嘒星"⑦，一言穷理；"参差""沃若"⑧，两字连形：并以少总多，情貌无遗矣。虽复思经千载，将何易夺？及《离骚》代兴，触类而长，物貌难尽，故重沓舒状⑨，于是"嵯峨"之类聚，"葳蕤"之群积矣⑩。及长卿之徒，诡势瑰声，模山范水，字必鱼贯，所谓《诗》人丽则而约言，辞人丽淫而繁句也。

至如《雅》咏棠华，"或黄或白"；《骚》述秋兰，"绿叶""紫茎"；凡摛表五色，贵在时见，若青黄屡出，则繁而不珍。

【注释】

①灼灼：鲜明貌。《诗经·周南·桃夭》："桃之夭夭，灼灼其华。"意思是，桃花怒放千万朵，色彩鲜艳红似火。

②依依：形容树枝柔弱，随风摇摆。《诗经·小雅·采薇》："昔我往矣，杨柳依依。"意思是，回想当初出征时，杨柳依依随风吹。

③杲（gǎo）杲：明亮的样子。《诗经·卫风·伯兮》："其雨其雨，杲杲出日。"意思是，天要下雨就下雨，却出亮灿灿的太阳。

④瀌（biāo）瀌：雨或雪盛大貌。《诗经·小雅·角弓》："雨雪瀌瀌，见晛（xiàn）日消。"意思是，雪花落下满天飘，一见阳光全融消。

⑤喈（jiē）喈：禽鸟鸣声。《诗经·周南·葛覃》："黄鸟于飞，集于灌木，其鸣喈喈。"意思是，黄鹂上下在飞翔，飞落栖息灌木上，鸣叫声婉转清丽。

⑥喓（yāo）喓：虫叫的声音。《诗经·召南·草虫》："喓喓草虫，趯（tì）趯阜螽（zhōng）。"意思是，听那蝈蝈虫儿叫，看那蚱蜢蹦蹦跳。

⑦皎日：明亮的太阳。《诗经·王风·大车》："谓予不信，有如皦日。"意思是，我说的话你不信，就让太阳来做证。皦：同"皎"，白，光明，明亮。嘒

（huì）星：光芒微弱的星辰。《诗经·召南·小星》："嘒彼小星，三五在东。"意思是，小小星辰光朦胧，三个五个闪天东。

⑧参差：不齐貌。《诗经·周南·关雎》："参差荇菜，左右流之。"意思是，参差不齐的荇菜，从左到右去捞它。沃若：润泽貌。《诗经·卫风·氓》："桑之未落，其叶沃若。"意思是，桑树叶子未落时，缀满枝头绿萋萋。

⑨重沓：重复繁冗。

⑩葳蕤（wēi ruí）：形容枝叶繁盛。

【译文】

所以，诗人对看到的景物有所感触，由此引发的联想是没有止境的；他们沉浸在各种各样的景象之中流连忘返，他们对于自己听到的和看到的事物品味感悟。描写天气的变化，刻画景物的状貌，文章的文辞既要随着景物声色的变化而婉转起伏；描绘景物的色彩，模拟自然的声律，文章的文辞又要与作者的心情紧密联系在一起并反复斟酌取舍。所以，看到色彩艳丽的桃花，便生出"灼灼"这个形容词；见到轻柔妙姿的杨柳，便生出"依依"这个形容词；见到光明耀眼的太阳，便生出"杲杲"这个形容词；见到纷纷扬扬的大雪，便生出"瀌瀌"这个形容词；听到黄鹂鸟美妙的歌声，便生出"喈喈"；听到草虫清亮的鸣声，便生出"喓喓"这个形容词。再比如"皎日"和"嘒星"，也就是明亮的太阳和微小的星星，单凭一个"皎"字和一个"嘒"字，就足够将这两种事物描述清楚了；再比如"参差"和"沃若"，也就是错落不整齐和润泽茂盛，就足够将荇菜和桑叶的形状长势描绘出来了：上面列举的这些例子，说的是将复杂或者众多事物用一两个字概括出来，而且能够准确、毫无遗漏地把事物的情思和形状描写出来。这些精准练达的描写，其中绝妙的字眼，纵使历经千代万代，经过无数文人的反复思量，难道能找到别的字来代替吗？到《楚辞》兴起，《诗经》逐渐被取代，在描写方面不断地触类旁通，并且有了更多的引申，作家觉得很难再更深更进一步地展现景物的声色形貌了，这时候，重复双叠的词应运而生，用来形容各种各样的景物事物，所以，聚集起来了像"嵯峨"这一类的词语，连接起来的像"葳蕤"这一类的词语。等到司马相如这些人作文章的时候，写景状物采用诡谲的形式，描绘声貌运用瑰奇的词语，他们在文章里刻画山水的形貌，特意将几十个、上百个形容词串连在一起，像游鱼一样一个紧挨着一个。就像扬雄评价的那样，诗人的诗歌用词简约，描写清丽并且合法度不越矩，辞赋作品的描写太过奢华，并且辞句繁缛啰唆。

至于像《诗经·小雅·裳裳者华》里面描写盛开的花儿，形容说"有的黄来有的白"；《楚辞·九歌·少司命》里面赞美青青的秋兰，形容说"绿色的叶啊紫色的茎"。在描写色彩的时候，关键的是要让读者在恰当的时机看到，并且一目了然，如果用大量的青色和黄色去点缀文字，只会让人觉得词语繁杂，十分无趣。

【原文】

自近代以来①，文贵形似，窥情风景之上，钻貌草木之中。吟咏所发，志惟深远，体物为妙，功在密附。故巧言切状，如印之印泥，不加雕削，而曲写毫芥②。故能瞻言而见貌，即字而知时也。

然物有恒姿，而思无定检，或率尔造极，或精思愈疏。且《诗》《骚》所标，并据要害，故后进锐笔，怯于争锋。莫不因方以借巧，即势以会奇，善于适要，则虽旧弥新矣。是以四序纷回③，而入兴贵闲；物色虽繁，而析辞尚简；使味飘飘而轻举，情晔晔而更新④。古来辞人，异代接武⑤，莫不参伍以相变，因革以为功⑥，物色尽而情有余者，晓会通也。若乃山林皋壤⑦，实文思之奥府，略语则阙，详说则繁。然屈平所以能洞监《风》《骚》之情者，抑亦江山之助乎？

【注释】

①近代：指晋、南朝刘宋时期。

②毫芥：比喻极细微的事物。

③四序：指春、夏、秋、冬四季。

④晔晔（yè）：鲜明美盛的样子。

⑤接武：前后相接，继承。

⑥因革：犹沿革，包括因袭与变革。

⑦皋（gāo）壤：泽边之地。

【译文】

自从近代，也就是晋、宋以来，在描物状景方面重在逼真，观察风景要能看到景色的具体情态，描写草木要能细致到草木的详细情状。作者之所以吟唱歌咏，是因为想要抒发深远的情志；想要将事物写得巧妙，关键在于紧密贴近事物的根本特色。因此，用巧妙的言辞将事物的形貌贴切地描述出来，就像在印泥上盖章一样，一切雕琢都不需要，却把很多细节一点不差地都表现出来。如此一来，只看到那些语言和描写，就感觉眼前出现了具体的景象，只阅读文字辞采，就能确切地看到作者所描绘的时令景色。

然而，每种景物都有本身固定的姿态形状，但人的思想却没有限制，因此，有的人在不知不觉间便达到极妙的境界，有的人耗尽了心思，反而离顶峰越来越远。其实，在写景物、状声色方面，《诗经》和《楚辞》中名句累累，而且这些作品描写景物都能抓住最关键的地方，所以，后世的作家即便再怎么才思敏捷，都不敢在这些方面去跟那些经典一较高下。后世的作者没有不是凭着已有的模式，借鉴《诗经》《楚辞》等前人的经典作品，从中吸取巧妙的方法，从文章发展的趋势出发，将自己的思想与经典融会贯通，再去创作新奇的作品。只要不断让自己的思维适应新的变化，那么即便遵循规范创作也是可以写出新意的。所以，四季虽然循环往复，万物不断变化，诗人若想在心中兴感起情就必须保持情绪的平静无波；景物的声色尽管繁杂，让人眼花缭乱，但分析事理的时候，言辞的运用一定要注意简练；文章的兴味自然生成，韵味在文辞间自由飘荡，情志鲜明，文采清新。从古至今的作者，一代代延续下去，想要求取变化最好的方式是吸取前人的写作经验，并加以错综运用，既有继承又有革新，这样才能收到效果。他们写的文章之所以让人觉得在形貌描摹之外还有余味余情可品，就是因为他们懂得先继承再革新，最后求取变通这个道理。至于那些美景，如山水林泉、肥沃原野等，实在是开启作者文思的宝库，但难免会造成这样一种状况，倘若简写就会普普通通不够全面，假如详说又会啰啰唆唆繁冗不已。因此，屈原之所以能够从《诗经》的《国风》以及楚国民间《骚》体诗歌中透彻地明白诗之情韵，其实更多的灵感还是来源于江河山水之景。

【原文】

赞曰：山沓水匝^①，树杂云合。目既往还，心亦吐纳。春日迟迟^②，秋风飒飒。情往似赠，兴来如答。

【注释】

①山沓：堆叠如山。匝（zā）：环绕。
②迟迟：阳光温暖、光线充足的样子。

【译文】

总而言之：天下景物纷纭，如高山重叠，流水环绕，绿树交映，云霞聚合。欣赏这些美景的时候，目光在景物之间流转反复，从而激发起心中的情思，于是想把这种感情抒发出来。春天的太阳温暖柔和，秋天的西风萧瑟肃杀。将感情倾注到景物之中，就像是一种馈赠，这时候，心中忽然兴起了创作的灵感，这便是景物对作者的酬答。

才略第四十七

【原文】

九代之文，富矣盛矣；其辞令华采，可略而详也。虞、夏文章，则有皋陶六德①，夔序八音②，益则有赞③，五子作歌。辞义温雅，万代之仪表也。商、周之世，则仲虺垂诰④，伊尹敷训⑤，吉甫之徒⑥，并述诗颂。义固为经，文亦足师矣。

及乎春秋大夫，则修辞聘会，磊落如琅玕之圃⑦，焜耀似缛锦之肆⑧，蒍敖择楚国之令典⑨，随会讲晋国之礼法，赵衰以文胜从飨⑩，国侨以修辞捍郑⑪，子太叔美秀而文⑫，公孙挥善于辞令⑬，皆文名之标者也。

战代任武，而文士不绝：诸子以道术取资⑭，屈、宋以《楚辞》发采，乐毅报书辨以义⑮，范雎上书密而至，苏秦历说壮而中，李斯自奏丽而动。若在文世，则扬、班俦矣⑯。荀况学宗，而象物名赋，文质相称，固巨儒之情也。

【注释】

①皋陶六德：皋陶，被舜任命为掌管刑法的"理官"。他曾经讲了"九德"，但未讲"六德"，即宽而栗（严肃）、柔而立、愿（朴实）而恭、乱（整治）而敬、扰（驯顺）而毅、直而温、简而廉、刚而塞（质实）、张而义。

②夔（kuí）：舜时的乐官，主理乐舞之事。

③益：舜时的大臣。

④仲虺（huǐ）：汤革夏命的主要领导者之一，杰出的政治家、军事家。

⑤伊尹敷训：伊尹，汤臣。商朝初年著名贤相，政治家、思想家。敷训，陈述教训。

⑥吉甫：周宣王贤臣尹吉甫。

⑦琅玕：似玉的美石。

⑧焜（kūn）耀：光辉，辉煌。

⑨蒍（wěi）敖：楚庄王臣，曾修订楚国的法典。

⑩赵衰以文胜从飨：《左传·僖公二十三年》："秦穆享公子重耳。子犯曰：'吾不如衰之文也，请使衰从。'"赵衰（cuī），春秋时期的晋国晋文公的大夫，造父的后代。从飨：跟随参加宴会。

⑪国侨：公孙侨，春秋时期郑国人，杰出的政治家、思想家。

⑫子太叔：即游吉，春秋时郑国正卿。

⑬公孙挥：春秋时期郑国大夫。

⑭取资：取得凭借、助益。

⑮乐毅：战国后期杰出的军事家，辅佐燕昭王振兴燕国。

⑯俦（chóu）：同辈。

【译文】

　　九代的文章，非常丰富繁盛。这里可以总结概括一下每个时代的语言文采，然后仔细地谈论一番。舜帝和夏朝时代的文章，有大臣皋陶谈论治理国家所需要的六德，乐官夔主管的八音，大臣益有辅佐禹的赞辞，太康的五个兄弟作了带有讽刺意味的《五子之歌》。上述这些作品，文辞温和规范，意义雅正耀人，可以当作后世万代用以学习的标准。商、周时代，仲虺留下了训诫勉励的文告，伊尹陈述训导后世的话，尹吉甫这类人，则作诗来歌颂帝王的功德。上述列举的这些事例，论其意义上自然也成为经典之作，作品里在文辞上所叙述的也同样值得效法。

　　到了春秋时，士大夫们参与外交活动的时候，比如出使诸侯国或者参加盟会，在那些场合会注意修饰自己的文辞，他们口中吐出无数美辞妙语，像从丰富的宝库里取出一块块美玉，像从奢华的店铺里取出光彩的锦绣。楚国的令尹蒍敖编选楚国的法令典章；晋国的大夫随会修订晋国的礼仪法规；晋国的大夫赵衰因为懂礼而被公子重耳带去赴秦穆公的宴会；郑国的子产因为善于措辞而让郑国攻陈有理，捍卫了郑国的利益；郑国的子太叔写出的文章富有秀美的风韵和文采；郑国的大夫公孙挥十分擅长外交辞令。这些人的名字流传于后世，都是因为他们的言辞中包含丰富的文采。

　　到了战国时，虽然各个国家都崇尚武力，但是仍旧涌现出一大批文学之士。诸子百家凭借各自的学说立足于当世，供人们选择和学习；屈原、宋玉凭借《楚辞》展现自己思想中光辉的一面；乐毅因不想回到燕国而写了《报燕惠王书》，为自己所做的辩解非常合情合理；范雎想要献计献策而写了《上秦昭王书》，为了暗示朝廷局势而将措辞写得含蓄隐蔽，用意颇深；苏秦游说诸侯的说辞非常有力雄壮，并且切中当前情势；李斯为劝谏秦王不要驱赶他国士子而写了《谏逐客书》，文辞华丽而且语言非常动人。以上这些作家，他们要是生在崇尚文学的时代，那就相当于扬雄、班固一类的作家了。作为学术界的领袖的荀子，通过观察和描写具体事物而创作了一些赋，文采和内容都很相称，充分表现出了大儒的情思。

【原文】

汉室陆贾①,首发奇采,赋孟春而进《新语》,其辩之富矣。贾谊才颖②,陵轶飞兔③,议惬而赋清,岂虚至哉?枚乘之《七发》,邹阳之上书④,膏润于笔,气形于言矣。仲舒专儒,子长纯史,而丽缛成文,亦《诗》人之告哀焉。相如好书,师范屈、宋,洞入夸艳,致名辞宗。然覈取精意⑤,理不胜辞,故扬子以为"文丽用寡者长卿",诚哉是言也!王褒构采⑥,以密巧为致,附声测貌,泠然可观⑦。子云属意⑧,辞义最深,观其涯度幽远⑨,搜选诡丽,而竭才以钻思,故能理赡而辞坚矣。

【注释】

①陆贾(gǔ):西汉思想家、政治家、外交家。

②贾谊:西汉初年著名政论家、文学家,世称贾生。

③陵轶:凌驾,超越。飞兔:亦作"飞菟",骏马名。

④邹阳:西汉时期很有名望的文学家、散文家。

⑤覈(hé):通"核",考核。

⑥王褒:西汉时期著名的辞赋家,与扬雄并称"渊云"。

⑦泠(líng)然:轻妙貌。

⑧子云:扬雄的字。

⑨涯度:指意义的广度和深度。

【译文】

汉代初期的陆贾,率先展示了不平凡的光彩,作赋写早春,又写了反映历史兴亡的《新语》,供刘邦借鉴,他的文章中有很丰富的辩论之语。贾谊拥有超凡的文才,比千里马还更胜一筹,他议论事情非常恰当贴切,赋中运用的文辞非常清新,这种才华的高度难道是凭空达到的吗?枚乘创作的《七发》,邹阳创作的《狱中上书》,文笔酣畅淋漓,文章气势旺盛雄壮,那是因为作者将自己的豪情志气和言辞紧紧融合在了一起。儒学大家董仲舒,以及历史大家司马迁,他们创作的文章辞采富饶,同样属于《诗经》作品中抒发哀愁一类的文字。司马相如博览群书,认真学习屈原、宋玉的作品,把关于如何写作艳丽辞藻研究得非常透彻,最终成为辞赋界的代表人物。然而,倘若仔细探究一下他作品中的义理,可以发现里面所表达的情理完全敌不过耀眼的辞采,所以扬雄评论说,"谈起那些艳丽而不切实际的文章,司马相如的作品是代表"。事实确实如此,所以这句话点到了要害！王褒创作的文章，非常讲究结构和文采，文辞则以细密精巧为重，富有声韵节奏，描绘形貌也很突出，可以说是精妙绝伦，值得一看。扬雄构思立意然后撰写文章，表达深刻的含意，他的作品内容深广，择选文辞绮丽奇妙，钻研思考的时候用尽了自己的才学，所以他的作品都富有义理并且用词准确不做作。

【原文】

桓谭著论，富号猗顿①，宋弘称荐②，爰比相如，而《集灵》诸赋，偏浅无才，故知长于讽论，不及丽文也。敬通雅好辞说③，而坎壈盛世④；《显志》自序，亦蚌病成珠矣⑤。二班、两刘⑥，奕叶继采⑦；旧说以为固文优彪，歆学精向，然《王命》清辩，《新序》该练，璆璧产于昆冈⑧，亦难得而逾本矣。傅毅、崔骃⑨，光采比肩，瑗、寔踵武⑩，能世厥风者矣。杜笃、贾逵⑪，亦有声于文，迹其为才，崔、傅之末流也。李尤赋铭⑫，志慕鸿裁，而才力沉膇⑬，垂翼不飞。马融鸿儒⑭，思洽识高，吐纳经范，华实相扶。王逸博识有功⑮，而绚采无力；延寿继志⑯，瑰颖独标⑰，其善图物写貌，岂枚乘之遗术欤？张衡通赡⑱，蔡邕精雅，文史彬彬，隔世相望。是则竹柏异心而同贞，金玉殊质而皆宝也。刘向之奏议，旨切而调缓；赵壹之辞赋⑲，意繁而体疏；孔融气盛于为笔，祢衡思锐于为文：有偏美焉。潘勖凭经以骋才，故绝群于《锡命》；王朗发愤以托志⑳，亦致美于序铭。然自卿、渊已前，多役才而不课学；雄、向以后，颇引书以助文：此取与之大际，其分不可乱者也。

【注释】

①猗（yī）顿：春秋时鲁国人，他向陶朱公学致富之术，积累了很多财物。

②宋弘：东汉初年大臣。

③敬通：冯衍的字，东汉辞赋家。

④坎壈（lǎn）：困顿，不顺利。盛世：指光武中兴之世。

⑤蚌病成珠：指珍珠由蚌痛苦孕育而成，比喻因不得志而写出好文章。出自《淮南子·说林训》："明月之珠，蚌之病而我之利。"

⑥二班、两刘：班彪、班固父子和刘向、刘歆父子。

⑦奕叶：累世，代代。

⑧璆：同"璇"。

⑨傅毅：东汉辞赋家。崔骃：东汉文学家。

⑩瑗、寔：崔瑗（yuàn）和崔寔（shí）。崔瑗，崔骃之子，东汉著名书法

家、文学家、学者。崔寔，崔骃之孙，东汉后期政论家。踵（zhǒng）武：踩着前人的足迹走，比喻效法或继承前人的事业。

⑪杜笃：东汉学者。贾逵：汉末三国时期名臣。

⑫李尤：东汉文史学家。

⑬沉腄（zhuì）：得湿气病，这里指滞钝。

⑭马融：东汉儒家学者，著名经学家。

⑮王逸：东汉著名文学家。

⑯延寿：王延寿，东汉辞赋家。

⑰瑰颖：奇特的才智。

⑱通赡：谓学识通达而丰富。

⑲赵壹：东汉辞赋家。

⑳王朗：汉末至三国曹魏时期重臣、经学家。

【译文】

东汉桓谭的论述作品非常多，就好比春秋时期鲁国富翁猗顿所拥有的万贯财富一样，宋弘向汉光武帝推荐桓谭，认为他可以跟司马相如相提并论。但是我们翻阅一下他写的《集灵宫赋》等作品，内容狭隘，文字浅薄，没有才华，由此我们知道，他擅长的写作手法是讽谏和议论，根本不擅长写华丽的辞赋。冯衍非常爱好文辞写作和游说，但是他生在繁盛太平的时代，因此怀才不遇，他写了《显志赋》来表达自己的这种情志，就好像蚌正因为生了病才结出了美丽的珍珠一样。东汉的班彪、班固，西汉的刘向、刘歆，都是儿子继承了父亲的文采，两代人都很有才学；以前的人一直认为，班固的文章胜过班彪，刘歆的学问超过刘向，然而班彪创作的《王命论》文辞清新雅丽、辨理透彻明白，刘向创作的《新序》内容丰富广博、文辞精练准确，就好比玉璧由昆山出产的玉石打磨而成，纵使磨得再好也很难超过它原有的本质。傅毅和崔骃的文章，文采并肩行走，并驾齐驱，完全不相上下；崔瑗和崔寔的创作，顺着他们的足迹去研究，可以发现他们家族的文风是一代代传承下去的。杜笃和贾逵在文坛的名望不小，倘若追寻其创作踪迹的话，评价他们的文学才能，应该屈居崔、傅两家之后。李尤创作的赋和铭，从中可以看出他致力于追求宏大的体裁，但是他的才力不够，文辞呆板阻滞，就好比整天牵拉着翅膀，无论如何也无法翱翔一样。马融是东汉时期的一代大儒，拥有十分广博通达的文思，持有的见解也很高超，一开口发言就能成为当时的榜样，文章既有内容又有华采，互相配合。王逸这个人学问很广博，可是一旦落实到文字上，就显现出文采不够的缺点。王延寿虽然继承了父亲的遗志，但是他创作的文章风格瑰奇，内容新颖，绽放出不一样的光彩，他擅长描摹事物，描绘声貌，难道不是因为他掌握了枚乘流传下来的写作技巧吗？张衡的学识广博、文思丰富；蔡邕的学识精纯、文辞雅正，他们在文学和史学方面都很有造诣，二人隔代并称。这就说明了一个道理，虽然竹子和柏树并不同类，但同样耐寒；金子和玉石尽管质地完全不一样，却同样宝贵。刘向写的奏议，主旨切合，语调舒缓；赵壹写的辞赋，辞意繁复，体制粗疏；孔融写的章奏，气势激荡昂扬；祢衡所作的赋，文思敏锐杰出。看看这些作家，他们各自都在某个方面占有优势。潘勖写作建立在经典经书的基础上，然后充分发挥文才，所以他写的《策魏公九锡文》超越了当时所有的作品；王朗发愤写作来表达自己的志向，他写的序和铭非常杰出，达到了一定的水准。总体看一看那些文人们，在司马相如和王褒以前，写作基本上是完全依靠自己的才华，根本不注意考究学问；而在扬雄和刘向以后，就十分注意引用经典来创作文章了。这些便是写作文章的时候取舍的大致情况，它的区别不容混淆。

【原文】

魏文之才，洋洋清绮①，旧谈抑之，谓去植千里。然子建思捷而才俊，诗丽而表逸；子桓虑详而力缓，故不竞于先鸣，而乐府清越，《典论》辩要，迭用短长，亦无懵焉。但俗情抑扬，雷同一响，遂令文帝以位尊减才，思王以势窘益价，未为笃论也②。仲宣溢才，捷而能密，文多兼善，辞少瑕累③，摘其诗赋，则"七子"之冠冕乎④！琳、瑀以符檄擅声⑤，徐幹以赋论标美，刘桢情高以会采，应场学优以得文，路粹、杨修颇怀笔记之工，丁仪、邯郸亦含论述之美⑥，有足算焉⑦。刘劭《赵都》⑧，能攀于前修；何晏《景福》⑨，克光于后进⑩；休琏风情⑪，则《百壹》标其志；吉甫文理⑫，则《临丹》成其采；嵇康师心以遣论，阮籍使气以命诗，殊声而合响，异翮而同飞⑬。

【注释】

①清绮：犹清丽。

②笃论：犹确论，确切的评论。

③瑕累：玉上的斑痕。也泛指缺点，毛病。

④"七子"：建安七子，包括孔融、陈琳、王粲、徐幹、阮瑀、应场、刘桢。

⑤擅声：享有名声。

⑥丁仪：汉魏之际文学家。邯郸：邯郸淳，三国魏书法家。

⑦足算：足可称道。

⑧刘劭：三国时期曹魏思想家。

⑨何晏：三国时期曹魏大臣、玄学家。

⑩后进：后辈。

⑪休琏：应璩的字，三国魏文学家，应玚之弟。

⑫吉甫：应贞的字，应璩的儿子。

⑬翮（hé）：鸟的翅膀。

【译文】

谈起魏文帝曹丕的文才，他的才华美盛，文采清丽，然而过去的言论经常贬低他，说他的文才跟曹植相比差别很大。客观来讲，尽管曹植文思敏捷并且才华卓越，他的诗作美丽绝伦，表章杰出超群。而曹丕的作品，考虑非常周到，但文力表现得非常迂缓，所以没法跟曹植争胜。但是，曹丕创作的乐府诗文辞清丽，声律激扬，创作的《典论》辨析事理恰当准确。因此，评价二人的时候，只要综合分析他们各自的优点和缺点，就不会有失公允，糊里糊涂。但是世俗的人，他们的喜好以及对一个人是贬抑还是褒扬，都是人云亦云，跟着大众附和，因为魏文帝曹丕地位尊贵，就认为他才华欠缺，而陈思王曹植因为处境窘迫困顿，就觉得他的作品才华更高，而抬高了他的身价。这是不正确的评论方式啊！王粲才华横溢，文思敏捷，文辞细密周到，擅长多种文体，写作的语言很少有毛病，翻阅一下他创作的诗赋，拿出其中的代表作来仔细品读，应当算是"建安七子"中的榜首了吧！陈琳、阮瑀凭借创作章表和檄文在当世闻名；徐幹创作的赋论说绝妙，被当世的人称赞；刘桢情志高洁，而且很有文采；应玚学识广博，文采同样非常不错；路粹和杨修非常擅长写作笔札书记；丁仪和邯郸淳具有写作论述文的才华。这些人都是值得一提的。刘劭创作的《赵都赋》，文采完全不亚于前代文学家的水平；何晏创作的《景福殿赋》，内容能够为后世的文人照亮前进的道路。应璩创作的《百壹诗》充分显示了他的风格和情志；应贞创作的《临丹赋》，其中的文采充分体现了他在表达情理方面的天赋。嵇康写作自由自在，凭借心意发挥议论；阮籍任性使气，放纵洒脱，随心所欲地咏写诗篇。这些虽然都是不同的作品，但是都产生了巨大的影响力，就像用不同的声音来合奏，像张开各自的翅膀一起飞翔。

【原文】

张华短章，奕奕清畅①，其《鹪鹩》寓意②，即韩非之《说难》也。左思奇才，业深覃思③，尽锐于《三都》，拔萃于《咏史》，无遗力矣。潘岳敏给④，辞自和畅，钟美于《西征》⑤，贾余于哀诔⑥，非自外也。陆机才欲窥深，辞务索广，故思能入巧而不制繁；士龙朗练⑦，以识检乱，故能布采鲜净，敏于短篇。孙楚缀思⑧，每直置以疏通⑨；挚虞述怀，必循规以温雅，其品藻《流别》，有条理焉。傅玄篇章，义多规镜⑩；长虞笔奏，世执刚中；并桢干之实才⑪，非群华之韡萼也⑫。成公子安⑬，选赋而时美，夏侯孝若⑭，具体而皆微，曹摅清靡于长篇⑮，季鹰辨切于短韵，各其善也。孟阳、景阳⑯，才绮而相埒⑰，可谓鲁卫之政⑱，兄弟之文也。刘琨雅壮而多风⑲，卢谌情发而理昭⑳，亦遇之于时势也。

【注释】

①奕奕：精神焕发貌。

②《鹪鹩》（jiāo liáo）：张华的《鹪鹩赋》。

③覃（tán）思：深思。

④敏给：犹敏捷。

⑤钟美：集美。

⑥贾余：炫示余勇，用其余力。

⑦士龙：陆云的字，西晋官员、文学家，陆机弟。朗练：明白凝练。

⑧孙楚：西晋官员、文学家。

⑨直置：直书胸臆，置于文中，谓不用典。

⑩规镜：规劝鉴戒。

⑪桢干：古代筑墙时所用的木柱，竖在两端的叫"桢"，竖在两旁的叫"干"。此处为支撑、骨干。

⑫韡（wěi）萼：谓明盛的花萼，比喻浮华的文才。

⑬成公子安：成公绥，字子安，西晋文学家。

⑭夏侯孝若：夏侯湛，字孝若，西晋文学家。

⑮曹摅（shū）：西晋官员、文学家。

⑯孟阳、景阳：张载和张协兄弟，都是西晋文学家。

⑰相埒（liè）：相等。

⑱鲁卫之政：比喻情况相同或相似。语出《论语·子路》："鲁卫之政，兄弟也。"鲁是周朝周公的封国，卫是周公之弟康叔的封国，两国的政治情况也像

兄弟一样差不多。

⑲刘琨：西晋政治家、文学家、音乐家和军事家。

⑳卢谌（chén）：东晋文学家。

【译文】

西晋张华写的短篇，内容有神采，并且文辞清新流畅，他创作的《鹪鹩赋》有很深刻的寓意，跟韩非的《说难》一个意思。左思才华横溢，写作的时候运用文思非常深入，在创作《三都赋》的时候几乎拼尽了全身的力气，他创作《咏史诗》的时候，卓越的才能在作品中充分体现出来，可以说，他是一点余力都不保留地去创作这些作品。潘岳的文思非常敏捷，写文章不论是铺设文辞还是表现义旨都很和顺畅达，他将自己的才华尽情展示在《西征赋》这部作品里，剩下的才情都献给了哀诔的创作。他之所以拥有这些成绩，是由于他原本就才华横溢，并不是为了炫耀自己而做的表面功夫。陆机在文学方面很有才，写作的时候致力于文辞广博，他的优点是文思巧妙，但缺点是用词太过繁缛，而且自己很难控制。陆云创作的文章明畅练达，他的文思非常精练，能凭借自己的学识摒弃繁杂，拥有非常鲜明干净的文采，非常擅长创作短篇的文章。孙楚在构思写作的时候，用辞非常直率，写出的文字十分疏朗通达；挚虞喜欢叙述情怀，写文章通常遵循法度，措辞温文尔雅；他创作的《文章流别论》，评论其他文章，内容非常富有条理。傅玄创作的文章，里面不少内容表达了规劝之意；傅玄的儿子傅咸继承了父亲的写作传统，写的奏书非常刚直不阿。这父子二人都拥有真才实学，他们的学问像筑墙用的木柱一样坚实，而不是那些漂亮的花萼，徒有其表。成公绥创作辞赋，经常有美好的篇章问世；夏侯湛模仿《诗经》《尚书》等经书经典进行创作，体裁体制非常完备，就是格局有些小；曹摅创作的长篇诗歌，拥有非常清丽细致的文辞；张翰创作的短篇诗歌，辨理非常明白，能够切中要害。以上列举的这些作者，每个人都有自己的优点。张载和张协二人杰出的文才不分伯仲，他们创作的文章像兄弟一样并驾齐驱，如同鲁国和卫国之间亲密的政治关系。刘琨创作的诗歌，文辞雅正雄壮，包含很多讽喻意味；卢谌创作的文章，内容迸发出很多激情，并且表达义理十分鲜明，这也是时代形势所造成的。

【原文】

景纯艳逸①，足冠中兴，《郊赋》既穆穆以大观②，仙诗亦飘飘而凌云矣。庾元规之表奏③，靡密以闲畅；温太真之笔记④，循理而清通：亦笔端之良工也。孙盛、干宝⑤，文胜为史，准的所拟⑥，志乎典训；户牖虽异⑦，而笔采略同。袁宏发轸以高骧⑧，故卓出而多偏；孙绰规旋以矩步⑨，故伦序而寡状。殷仲文之孤兴⑩，谢叔源之闲情⑪，并解散辞体，缥缈浮音；虽滔滔风流，而大浇文意。

宋代逸才，辞翰鳞萃⑫，世近易明，无劳甄序⑬。观夫后汉才林，可参西京；晋世文苑，足俪邺都⑭；然而魏时话言，必以元封为称首⑮；宋来美谈，亦以建安为口实。何也？岂非崇文之盛世，招才之嘉会哉？嗟夫，此古人所以贵乎时也！

【注释】

①景纯：郭璞的字，两晋时期著名文学家、训诂学家。

②《郊赋》：《南郊赋》，今文残。穆穆：庄严，肃然。

③庾元规：庾亮，字元规，东晋时期外戚、名士。

④温太真：温峤的字，字泰真，一作太真，东晋时期政治家、军事家、名将。

⑤孙盛：东晋中期史学家、名士、官员。干宝：东晋文学家、史学家。

⑥准的：准、的都是箭靶，即射击目标，故引申为标准。

⑦户牖（yǒu）：门窗，比喻学术上的门户、流派。

⑧袁宏：东晋玄学家、文学家、史学家。发轸（zhěn）：比喻事物的起始、开端。高骧（xiāng）：腾越，腾飞。

⑨孙绰：东晋玄言诗人。

⑩殷仲文：东晋大臣、诗人。

⑪谢叔源：谢混，字叔源，东晋文学家。

⑫鳞萃：亦作"鳞崒"，犹鳞集。

⑬甄序：分别叙述。

⑭俪：并列，比。邺都：又称邺，邺城，邺郡，建安九年，曹操平定袁绍，修缮营建邺城，后定为魏王王都。

⑮元封：汉武帝年号。

【译文】

东晋郭璞写作的文辞非常艳丽，他拥有卓越的才华，完全能够称为那个时代的翘楚，他创作的《南郊赋》，内容美好庄严，非常值得一读；他创作的《游仙诗》，内容飘渺，读起来让人有身在云中的感觉。庾亮创作的表章，文思非常细密，而且用辞从容通畅；温峤创作的笔记，内容严格按照事理讲述，而且文辞清朗通达：他们都是擅长写文章的能工巧匠。孙盛和干宝二人，因为文章很富有文采，所以出任史官。他们写文章都以《尚书》等经典著作作为标准；虽然他们写文章的方法不一样，但在运用文笔、铺设辞采上很相近。袁宏创作文章，文思和情感都非常高扬，所以他能写出卓绝突出的文辞，但是内容却经常有所偏差；孙绰创作文章总是围绕着法度规矩进行，因此他的文章虽然很有条理，却很少出彩，壮丽的描写几乎看不到。殷仲文写文章抒发孤高的兴致，谢叔源写文章表现闲情雅趣，这些都破坏了文辞的体制，发出的尽是虚无缥缈的轻浮之音。虽然他们宣扬的是清淡的文风，但是写出的文章非常浅薄无趣。到了刘宋时期，作者才华出众，作品丰富得像鱼鳞一样，一篇紧挨着一篇出现。那些作者距离现代不远，所以他们的作品容易看懂，这里就没有必要再多花笔墨加以比较阐述了。

看一看东汉数不尽的文人才士，基本可以跟西汉的文人才士相提并论；晋代的文坛，完全能和曹魏的文学相互比较。然而，曹魏时代的文人谈论文学，首先就会推崇汉武帝元封年间的文学；而宋代以来，但凡对文学文章加以称赞，都是将汉末建安时代的文学作为榜样进行品评。这是为什么呢？难道不是因为这两个时期的文学非常繁盛，涌现出了众多文才一流的文学家，就好像召开人才的盛会一样吗？唉，这便是为什么古人会那么看重某个时代的原因啊！

【原文】

赞曰：才难，然乎①？性各异禀。一朝综文，千年凝锦。余采徘徊，遗风籍甚②。无曰纷杂，皎然可品。

【注释】

①才难，然乎：出自《论语·泰伯》："孔子曰：'才难，不其然乎？'"

②籍甚：盛大，盛多。

【译文】

总而言之：杰出的人才非常难得，难道不是这样吗？每位作者的天赋秉性各不相同，一旦把这些性情尽情表现在文章当中，写出佳作，相当于织出了一幅千年不变的锦绣华缎。他们丰富的文采在世间不断流传，遗下的文风拥有很高的盛名。不要说历代的作品太过纷繁复杂，哪怕到了今天，我们仍旧可以通过传下来的文字清楚地品评它们。

知音第四十八

【原文】

知音其难哉！音实难知，知实难逢，逢其知音，千载其一乎！夫古来知音，多贱同而思古，所谓"日进前而不御，遥闻声而相思"也。昔《储说》始出，《子虚》初成，秦皇汉武，恨不同时；既同时矣，则韩囚而马轻，岂不明鉴同时之贱哉！至于班固、傅毅，文在伯仲①，而固嗤毅②，云："下笔不能自休。"及陈思论才，亦深排孔璋；敬礼请润色，叹以为美谈③；季绪好诋诃④，方之于田巴⑤，意亦见矣。故魏文称"文人相轻"，非虚谈也。至如君卿唇舌，而谬欲论文，乃称"史迁著书，咨东方朔"，于是桓谭之徒，相顾嗤笑。彼实博徒⑥，轻言负诮⑦，况乎文士，可妄谈哉？故鉴照洞明，而贵古贱今者，二主是也；才实鸿懿，而崇己抑人者，班、曹是也；学不逮文，而信伪迷真者，楼护是也。酱瓿之议⑧，岂多叹哉！

【注释】

①伯仲：兄弟之间的老大和老二，比喻事物不相上下。

②嗤：讥笑。

③敬礼请润色，叹以为美谈：曹植《与杨德祖书》中说，丁廙（yì）请他修改文章并说："后世还有谁能知道我，能够改订我的文章呢！"曹植称赞这是"美谈"。敬礼，丁廙的字，汉末文学家。

④季绪：刘修的字，荆州牧刘表子，官至东安（今河北安次）太守。著诗、赋、颂六篇。诋诃（hē）：诋毁、呵责、指责。

⑤田巴：战国时齐国辩士。

⑥博徒：赌徒。

⑦负诮：受到讥笑。

⑧酱瓿（bù）之议：《汉书·扬雄传下》："时有好事者载酒肴从游学，而钜鹿侯芭常从雄居，受其《太玄》《法言》焉。刘歆亦尝观之，谓雄曰：'空自苦！今学者有禄利，然尚不能明《易》，又如《玄》何？吾恐后人用覆酱瓿也。'"酱瓿，原指盛酱的器物，后用为"覆酱瓿"之省，比喻著作的价值不为人所识，只能用来盖酱瓿而已。

【译文】

想要获得知音，这是多么困难的一件事啊！音乐是一种非常让人难以明白的东西，所以，想找到一个懂得音乐的人非常困难，想要碰到知音，恐怕一千年才能有一次吧！自古以来的"知音"，基本上都是看不起同时代的人，往往欣赏的都是古代的人，这就是我们经常说的"天天站在眼前的不去理会，只是远远听见某个人名声便非常想念那个人！"从前韩非的《内储说》和《外储说》一开始传播开，司马相如的《子虚赋》刚刚创作完成的时候，秦始皇和汉武帝看了他们的作品，都恨自己不能和作者生在同一时代。但是后来，两位帝王知道作者就在当世便接见了，结果秦始皇却把韩非囚禁起来，而汉武帝却十分轻视司马相如。从这两个事例上，我们可以很明白地看出，其实很多人对同时代的人，大多是抱着轻视的态度。

至于东汉的班固和傅毅，他们的文章水准不相伯仲，但是班固却嘲笑傅毅，说："一旦下笔就没完没了，自己都停不下来。"等到三国时期，陈思王曹植评论其他文人的作品，也是将陈琳贬得很低；丁廙请他为自己的文章修饰文辞，他很赞赏，感叹这件事可以成为文坛的佳话；又因为刘修经常诋毁别人的文章，曹植把刘修比作爱攻击、诋毁别人的田巴，通过这些事例，我们大致可以了解曹植的用意了。因此，魏文帝曹丕曾经说："文人之间相互轻视。"这并不是一句空话，因为自古以来，情况就是这样。至于像楼护这种卖弄口舌的人，却妄图评论别人的文章，说什么"太史公司马迁著作《史记》，曾经咨询过东方朔"，简直是荒谬。所以，桓谭等一些人，纷纷嘲讽楼护的那些谬论。楼护只不过是没有地位的卑微之人，这种人轻率的发言都会遭到嘲笑，何况是文人们，难道可以胡乱发言吗？因此，有些人是看事情透彻，但是却只看重古代的人而不重视当世的人，秦始皇和汉武帝两位君主

便属于这种情况；有些人的文才确实雄伟美妙，但是却只把自己捧得很高而整日贬低别人，班固和曹植都属于这一类人；有些人没有足够的学识去品评文章，把错误的当成真的，楼护便属于这一类人。刘歆读了扬雄的《太玄》后，发出这样一番感叹："我担心后世的人拿这篇文章来盖酱瓮。"这番话难道是表达了多余的担忧吗？

【原文】

夫麟凤与麏雉悬绝①，珠玉与砾石超殊，白日垂其照，青眸写其形②。然鲁臣以麟为麏，楚人以雉为凤，魏氏以夜光为怪石，宋客以燕砾为宝珠。形器易征，谬乃若是；文情难鉴，谁曰易分？

夫篇章杂沓③，质文交加，知多偏好，人莫圆该。慷慨者逆声而击节，酝藉者见密而高蹈；浮慧者观绮而跃心，爱奇者闻诡而惊听。会己则嗟讽，异我则沮弃，各执一隅之解，欲拟万端之变，所谓"东向而望，不见西墙"也④。凡操千曲而后晓声，观千剑而后识器；故圆照之象，务先博观。阅乔岳以形培⑤，酌沧波以喻畎浍⑥。无私于轻重，不偏于憎爱，然后能平理若衡，照辞如镜矣。

【注释】

①麏（jūn）：獐子。

②青眸：清亮的黑眼珠。

③杂沓（tà）：纷杂繁多貌。

④东向而望，不见西墙：意思是向东面看，看不到西面的墙。比喻主观片面，顾此失彼。《吕氏春秋·去宥》："东面望者，不见西墙；南乡视者，不睹北方，意有所在也。"

⑤乔岳：高山。本指泰山，后成泛称。培塿（lǒu）：小土丘。

⑥畎浍（quǎn huì）：田间水沟，泛指溪流、沟渠。

【译文】

麒麟、凤凰这两种神物与獐子、野鸡这两种俗物相差很大，珍珠、美玉这两类宝物与沙砾、石子这两类凡物完全不同。借着阳光，只要有一双明眼，便可以分清楚它们的样子。但是鲁国的臣子冉有把麒麟认作麋鹿，楚国人把野鸡当成凤凰，魏国的农民把夜光宝玉当成诡异的怪石，宋国的愚人把燕地的石子当作宝贝珍藏起来。能通过肉眼辨别验证的有形器物，在考察确认的时候，还会发生这么多的谬误；那么只能通过学识和思想去辨别的抽象文情根本很难鉴定识别，谁说这个很容易区分呢？

世上的文章作品各式各样，十分复杂，有文辞质朴的，也有文辞华丽的，而且每个人各有偏好，都不一样，很少有人能够周全细致地看待一个问题。性格慷慨的人喜欢昂扬的曲子，一旦听到便会击节赞赏，有内涵的人看到细腻含蓄的作品，就高兴得跳起舞来；喜欢浮华之风的人读到绮丽华美的文字，便会怦然心动，爱好新奇的人翻阅神秘新颖的作品，就会心动不已。人们都是如此，看到与自己的喜好贴合的东西就大加赞赏并鼓掌，看到和自己的爱好不一致的东西就怎么都看不顺眼，各自守着自己的领域，坚持着自己的片面看法，妄想以这种心态去评价衡量变化无穷的世界万物，这就好比朝着东边眺望，根本就看不见西墙。只有演奏过千万支曲子之后，才能有资格说自己通晓音乐，只有见识过千万把宝剑之后，才能形成识别剑器的能力；因此，如果想要掌握全面去看待事物的方法，就一定要先广博地观览这类事物。看过高山的人才能看出土堆的渺小，看过沧海的人才能识别沟水的浅显。只有评论一篇文章好坏的时候排除掉私心，判断一部作品是爱是厌的时候抛弃偏见，做到这些，才能公平公正地评论文章作品，好比用标准的量器称量东西一样；做到这些，才能全面明白地分析文章作品，好比用镜子照清物品的真实样貌一样。

【原文】

是以将阅文情，先标六观：一观位体，二观置辞，三观通变，四观奇正，五观事义，六观宫商。斯术既形，则优劣见矣。夫缀文者情动而辞发，观文者披文以入情，沿波讨源①，虽幽必显。世远莫见其面，觇文辄见其心②。岂成篇之足深，患识照之自浅耳。夫志在山水，琴表其情③，况形之笔端，理将焉匿？故心之照理，譬目之照形，目瞭则形无不分，心敏则理无不达。然而俗监之迷者④，深废浅售，此庄周所以笑《折杨》⑤，宋玉所以伤《白雪》也。昔屈平有言："文质疏内，众不知余之异采。"见异唯知音耳。扬雄自称"心好沉博绝丽之文"，其不事浮浅，亦可知矣。夫唯深识鉴奥，必欢然内怿⑥，譬春台之熙众人，乐饵之止过客。盖闻兰为国香，服媚弥芬⑦；书亦国华，玩绎方美⑧；知音君子，其垂意焉。

【注释】

①沿波讨源：循着水流寻找源头。原比喻作文时由次要写到主要，最后点出主题。后比喻探讨事物的本末。

②觇（chān）：看，偷偷地察看。

③志在山水，琴表其情：伯牙弹琴，一时志在泰山，一时志在流水，钟子期一听琴音就知道琴音里的意思。

④俗监：世俗的鉴赏，谓浅陋的见识。

⑤《折杨》：古俗曲名。

⑥怿（yì）：欢喜。
⑦服媚：谓喜爱佩带。
⑧玩绎：玩味探求。

【译文】

所以，如果想要审查评判一篇文章的情志义理，先要知道"六看"的标准，也就是从六个方面去评判：第一，看整篇文章的体制安排是否妥当；第二，看文辞是如何排布铺设；第三，看是否借鉴了前人的作品，具体是如何借鉴又是如何加以创新的；第四，看作品的风格是正统还是奇异，正或奇是如何去表现的，方法是否运用得当；第五，看列举事例是否贴合内容；第六，看作品文字的声律节拍怎么样。评论文章的时候按照这些标准，运用好了方法，那么一篇文章是优是劣很容易就能看出来了。作者写文章，先在心中酝酿情思，然后形成文字；读者看文章，是先阅读文字，理解意思之后再体味其中蕴含的情思。读者根据外在的文字去深究作者的思想感情，就如同沿着水流去追寻江河的源头一样，即便那像源头一样的情感隐藏得再幽深，也一定能看出它的本来样貌。虽然读者和作者所处的年代相隔遥远，不能见到作者，但是，只通过看他们写的文字就能够理解他们内心的感情。难道文章真的有这么深奥吗？只是担心自己鉴赏的能力太过浅薄而已。弹奏曲子的人如果将心思和高山流水融合在了一起，那么只听琴音就完全能感受他的内心情感，何况是通过文字去表达，感情又怎能藏得住呢？所以，用心去体味文章的情志义理，就像用眼睛去观察物体的形貌一样，只要眼光清晰，什么样的物体形状都能区分得出来，只要心思灵敏，什么样的情志义理都能理解得了。然而，世间的人大都迷迷糊糊，并不喜欢内容深沉的文章，反而追捧那些浅薄无趣的文字，这就是为什么庄子会讥笑世人喜欢《折杨》这种俗曲，宋玉为什么会伤感《阳春白雪》这种高雅的音乐无人欣赏。从前屈原曾经说过："文章的外在质朴疏落没有任何修饰，不擅长将精华表达出来，众人自然看不到里面独有的光彩。"只有知音才能看到作品里面蕴含的特异光彩。扬雄自称道："我其实喜欢的是内容深沉渊博，文辞奇绝华丽的文章。"从这句话里也能看出，他并不喜欢浅薄无趣的文章。一个人只有具备一定的鉴赏能力，对作品进行深入的分析，窥探到作品奥妙的地方，才能从内心深处生出愉悦之感，好比春天登上高台眺望远方那样，让人快乐无比，好比音乐与美食能够让过往的客人停住脚步。据说全国最芬芳的花是兰花，喜爱这种花的人若是将它佩戴在身上，则会感到更加芳香；文章作品也是一国文化的精华，要经过一番鉴赏分析，方才能真正了解它们的美妙。想要深切理解作品，想成为作品知音的君子们，一定要注意这些。

【原文】

赞曰：洪钟万钧，夔、旷所定①。良书盈箧②，妙鉴乃订。流郑淫人③，无或失听。独有此律，不谬蹊径。

【注释】

①夔（kuí）：舜时的音乐官。旷：师旷，春秋时期晋国的音乐家。
②箧（qiè）：箱子一类的东西。
③流郑：古代郑地流行的民间俗乐。

【译文】

总而言之：重达三十万斤的大乐钟，是夔和师旷这两位乐官定准的声音。满满一箱子的好书，只有拥有卓越鉴赏能力的行家才有资格品评。四处流散荡漾的靡靡郑国之乐，容易把人带上歧途，一定要审查鉴别清楚，千万不要因为听了它而失去鉴别能力。只有遵守评论鉴赏的规则，才不会在鉴别的道路上走错。

程器第四十九

【原文】

《周书》论士①，方之"梓材"②，盖贵器用而兼文采也。是以朴斫成而丹腰施③，垣墉立而雕杇附④。而近代词人，务华弃实。故魏文以为："古今文人，类不护细行。"韦诞所评⑤，又历诋群才。后人雷同，混之一贯，吁，可悲矣！

【注释】

①《周书》：《尚书·梓材》属《周书》。

②方：比。

③丹腰（huò）：可供涂饰的红色颜料。

④垣墉（yuán yōng）：垣墙。雕杇（wū）：墙壁上的雕镂绘饰。

⑤韦诞：三国魏书法家、制墨家。

【译文】

《尚书》中的《周书·梓材》一篇，议论士人，把他们比作木工制作木器，从选材、制器到染色，各种技能都要具备，意思就是说，既要注重实用价值，又要注重文采。所以，木料要先经过削砍加工成为有形状的器物，然后涂上红漆染色，还有墙壁砌好之后一定会仔细粉刷一遍。然而，后世的作家，致力于追求华丽的辞藻，完全将文章的实用性抛弃掉了。所以，魏文帝曹丕认为："以前和现在的文人大都不在意细小的方面。"韦诞作了很多评论，对许多有才华的文人一一提出批评。后世的人们大都随声附和，好坏不分，将作家放在一起去批评。唉，真的是很可悲啊！

【原文】

略观文士之疵①：相如窃妻而受金，扬雄嗜酒而少算，敬通之不循廉隅②，杜笃之请求无厌③，班固谄窦以作威，马融党梁而黩货④，文举傲诞以速诛⑤，正平狂憨以致戮⑥，仲宣轻锐以躁竞⑦，孔璋偬恫以粗疏⑧，丁仪贪婪以乞货⑨，路粹餔啜而无耻⑩，潘岳诡祷于愍怀⑪，陆机倾仄于贾、郭⑫，傅玄刚隘而詈台⑬，孙楚狠愎而讼府⑭，诸有此类，并文士之瑕累。

【注释】

①疵（cī）：毛病。

②敬通：冯衍的字，东汉辞赋家。廉隅（yú）：比喻端方不苟的行为、品性。

③杜笃：东汉学者。

④马融：东汉儒家学者，著名经学家。黩（dú）货：贪污纳贿。

⑤文举：孔融的字。喜欢抨议时政，言辞激烈，后因触怒曹操而为其所杀。速诛：招致杀戮。

⑥正平：祢衡的字。祢衡骂曹操，曹操就把他遣送给刘表，祢衡对刘表也很轻慢，刘表又把他送去给江夏太守黄祖，最后因为和黄祖言语冲突而被杀。狂憨：狂放憨直。

⑦仲宣：王粲的字。躁竞：急于进取而争竞。

⑧孔璋：陈琳的字。傯悾（zǒng dòng）：鲁莽貌。

⑨丁仪：汉魏之际文学家。

⑩路粹：东汉末期文学家。餔啜（bū chuò）：吃喝。

⑪诡诪（zhōu）：阴谋。

⑫倾仄（zè）：依附。贾、郭：贾谧、郭彰。

⑬詈（lì）：骂，责骂。

⑭狠愎：凶狠固执。

【译文】

大概地观察细数一下文人们的毛病：司马相如弹琴诱使卓文君跟他一起私奔，后来又收受他人的贿赂；扬雄嗜酒如命，而且不擅长料理家事，不会精打细算过日子；冯衍人品不好，把妻子赶出家门；杜笃跟人交友屡次向人请托，不知满足，毫无原则；班固巴结大将军窦宪，又放任子侄在外面横行霸道；马融为豪门梁冀起草奏章攻击别人，还贪污受贿；孔融为人傲慢狂妄，讥讽曹操，最终惹来杀身之祸；祢衡狂放到痴傻，而且不思悔改，最终惨遭杀害；王粲为人轻率，不拘小节，却又急躁激进，锋芒毕露；陈琳行事说话都太过草率，为人粗疏不精细；丁仪十分贪婪，到处搜罗财物；路粹十分贪吃，而且帮曹操陷害孔融，非常无耻；潘岳替贾后起草祷告神明的文章，还帮贾后陷害愍怀太子；陆机投靠权贵，拜倒在贾谧和郭彰门下；傅玄的性情强硬狭隘，因为座位安排问题就当众责骂尚书台；孙楚为人凶狠刚愎，不但对上级无礼还控告上级。以上列举的这些事例，讲的都是文人们的缺点。

【原文】

文既有之，武亦宜然。古之将相，疵咎实多①：至如管仲之盗窃，吴起之贪淫②，陈平之污点③，绛、灌之谗嫉④。沿兹以下，不可胜数。孔光负衡据鼎⑤，而仄媚董贤⑥，况班、马之贱职⑦，潘岳之下位哉？王戎开国上秩⑧，而鬻官嚣俗⑨，况马、杜之磬悬⑩，丁、路之贫薄哉⑪？然子夏无亏于名儒⑫，濬冲不尘乎"竹林"者⑬，名崇而讥减也。若夫屈、贾之忠贞，邹、枚之机觉⑭，黄香之淳孝⑮，徐幹之沉默⑯，岂曰文士，必其玷欤？

【注释】

①疵咎：缺点，过失。

②吴起：战国初期军事家、政治家、改革家，兵家代表人物。

③陈平：西汉丞相，曲逆献侯。

④绛、灌：周勃和灌婴。周勃，汉初将领、汉文帝时丞相，封为绛侯。灌婴，汉朝开国功臣，官至太尉、丞相。

⑤孔光：西汉后期大臣，官至大将军、丞相、太傅、太师。负衡据鼎：指身居高位，肩负重任。

⑥仄媚：以不正之道讨好奉承。董贤：汉哀帝刘欣的宠臣。

⑦班、马之贱职：班、马：班固、马融。班固只做过兰台令史和窦宪的中护军等小官，马融也只官至武都太守、拜议郎，比之陈平、孔光等人，官职都很低下。

⑧王戎：三国至西晋时期名士、官员，"竹林七贤"之一。上秩：官职的高级品位，亦借指大臣。

⑨鬻（yù）官：卖官。嚣俗：谓为世人所喧嚷、叱骂。

⑩马、杜：司马相如和杜笃。磬悬：空无所有。

⑪丁、路：丁仪、路粹。

⑫子夏：孔光的字，西汉后期大臣，孔子的十四世孙，太师孔霸之子。

⑬濬冲（jùn chōng）：王戎的字。

⑭邹、枚：邹阳和枚乘。邹阳，西汉时期很有名望的文学家、散文家。枚乘，西汉辞赋家。机觉：机敏，机警。邹阳觉察到吴王刘濞谋反，便去劝谏，吴王不听，邹阳便和枚乘、严忌一起离开了吴王。

⑮淳孝：犹言至孝。

⑯徐幹：汉末文学家、哲学家、诗人，"建安七子"之一，以诗、辞赋、政

论著称。

【译文】

文人们既然有不少毛病存在，武人们的毛病其实也不少。古代的将相，每个人的毛病也是能一一列举出来的：春秋时代齐国宰相管仲曾偷窃别人的东西；战国时期魏国军事家吴起非常贪财好色；西汉丞相陈平的作风有问题，与嫂子有染，又接受贿赂；西汉大臣周勃、灌婴诽谤贾谊，嫉妒贤才。这些人之后，能找出很多行为上有污点的将帅出来，这种例子数不胜数。西汉的孔光已经身居丞相这一要位，但是他还要讨好皇帝的宠臣董贤，连这些权贵们都需要溜须拍马，何况是职务低微的班固、马融，像潘岳这样地位低下的文人就更是身不由己了。王戎是西晋的开国功臣，拥有高官厚禄，连他都要受贿卖官，被世人讥讽，何况是家徒四壁的司马相如和杜笃，贫穷无助的丁仪和路粹呢？然而，行事上有错误并不妨碍孔光成为当代名儒，品行上有缺陷也不妨碍王戎成为"竹林七贤"之一。怎么会这样呢？那是因为他们的名声很大，那些缺点也遮掩不住名声的光辉，世人便不会对他们太过讥讽。至于谈起屈原和贾谊忠贞正直的一面；邹阳和枚乘规劝吴王刘濞的谋反之心，不成功便离开吴国；黄香对父母淳厚的孝道；徐幹不求官禄，只求沉静淡薄。从这些事例中，我们会产生疑问，难道文人的身上一定会染上污点吗？

【原文】

盖人禀五材①，修短殊用，自非上哲，难以求备。然将相以位隆特达，文士以职卑多诮，此江河所以腾涌，涓流所以寸折者也。名之抑扬，既其然矣，位之通塞，亦有以焉。盖士之登庸②，以成务为用。鲁之敬姜③，妇人之聪明耳，然推其机综④，以方治国，安有丈夫学文，而不达于政事哉？彼扬、马之徒，有文无质，所以终乎下位也。昔庾元规才华清英⑤，勋庸有声⑥，故文艺不称；若非台岳⑦，则正以文才也。文武之术，左右惟宜。郤縠敦书⑧，故举为元帅，岂以好文而不练武哉？孙武《兵经》，辞如珠玉，岂以习武而不晓文也？

是以君子藏器⑨，待时而动；发挥事业，固宜蓄素以弸中⑩，散采以彪外，梗楠其质⑪，豫章其干⑫。摛文必在纬军国，负重必在任栋梁，穷则独善以垂文，达则奉时以骋绩⑬。若此文人，应《梓材》之士矣。

【注释】

①五材：亦作"五才"，五种物质，指金、木、水、火、土。

②登庸：选拔任用。

③敬姜：齐侯之女，姜姓，谥曰敬，是鲁国大夫公父文伯的母亲。

④机综：织机的经纬交织。

⑤庾元规：庾亮，字元规，东晋时期外戚、名士。

⑥勋庸：功勋。

⑦台岳：三公宰辅之位。

⑧郤縠（xì hú）：春秋时代晋国公族，任晋国卿大夫，也是晋国第一任中军将。

⑨藏器：怀才。

⑩弸（péng）：谓才德充实于内。

⑪楩柟（pián nán）：即楩楠，指黄楩木与楠木，皆大木。

⑫豫章：古书上记载的一种树名，有的记载说即今天的樟树。

⑬骋绩：犹言建功立业。

【译文】

人凭借五行构成了五种不一样的品德，但这些品德都不完备，有的多有的少，各不相同；如果一个人不是圣哲贤人，就很难给他提很高的要求，让这个人的性格完美无瑕。然而，将帅和宰相因为拥有很高的地位，名声显达，所以他们的缺点一般会被世人宽容；文人因为社会地位不高，受到讥讽是常有的事；这就跟大江大河为什么波涛汹涌、无人可敌，小沟小水为什么流向曲折、容易被阻是一样的道理。一个人的名声是受到贬抑还是褒扬，既然是这样的；一个人职位的高低，也是有各种原因的。或许文人被录用，是要考评他是不是能办事，以此来衡量的。鲁国的敬姜，不过是个聪明的妇人罢了，她却能够从织布这件事上加以推论，从而引申出治理国家大事的道理。

至于男子汉大丈夫学习写文章，怎么能不了解国家政事呢？像扬雄、司马相如那些人，虽然很有文才却没有实际的政治能力，所以职位一直不高。从前庾亮文章才华清俊，但他立下的功勋也非常显著，所以他的文学才华被功勋名声掩盖了，不被称赞；如果他不做大官，就能凭借文才闻名于世了，他的文才和武略其实应该像左右手那样互相完美配合。春秋时晋国的郤縠因为喜欢钻研古代典籍，爱好礼乐诗书，所以被推举为元帅，难道因为爱好文学，就有理由不去熟悉兵法吗？孙武创作的《孙子兵法》，里面的文辞绝妙得像珠玉一样，他难道因为擅长兵法谋略就放弃文辞上的钻研吗？

所以，君子要将才华与品德作为利器一样藏在身上，耐心等待施展的时机，然后建立一番功业；因此，应该积累知识、修养德行来让内在充实起来，将文采展现出来以向外展示自己的美。内在的涵养一定要坚实，要像椴木和楠木那样拥有非常坚硬的质地；外在的才干一定要壮实，要像豫树和樟树那样拥有高大壮实的树干。写作文章就要与国家大事紧密结合，一旦决定担负起重任，一定要立志成为国家的栋梁；穷困不得志的时候，就修身养性，创作文章，让自己的思想流传后世；显贵的时候，就紧跟时代的步伐，建立丰功伟绩。能做到这些的文人，应该就是《尚书·梓材》中提到的既有内涵文采又有实际才干的文人了。

【原文】

赞曰：瞻彼前修①，有懿文德。声昭楚南②，采动梁北③。雕而不器，贞干谁则？岂无华身，亦有光国。

【注释】

①前修：犹前贤。
②楚南：指屈原、贾谊，他们都是南方有德才的文学家。
③梁北：指邹阳、枚乘。

【译文】

总而言之：看看从前的那些圣人贤人们，他们都拥有美好的文才和品德。屈原和贾谊很有才华，他们在南方的楚地名声大震，邹阳和枚乘的文采绝妙，连北方梁国都震动了。如果一位作家只有外在的东西，而没有实际的才华和高尚的品德，怎么能给后世之人树立榜样呢？就算作文章没有让自身显耀，也该有助于为国争光。

序志第五十

【原文】

夫"文心"者，言为文之用心也。昔涓子《琴心》①，王孙《巧心》②，心哉美矣，故用之焉。古来文章，以雕缛成体，岂取驺奭之群言雕龙也③？夫宇宙绵邈，黎献纷杂，拔萃出类，智术而已。岁月飘忽，性灵不居，腾声飞实，制作而已。夫人肖貌天地，禀性"五才"④，拟耳目于日月，方声气乎风雷，其超出万物，亦已灵矣。形同草木之脆，名逾金石之坚，是以君子处世，树德建言。岂好辩哉？不得已也！

【注释】

①涓子：即环渊，一作娟环、便娟，尊称娟子、涓子。楚国人，与詹何齐名，是中国战国时期的学者，曾讲学稷下。

②王孙：王孙子，儒家，著有《巧心》。

③驺奭（shì）：战国时期齐国稷下学宫黄老道家学者，采用邹衍学说入自己之文，人称"雕龙奭"。

④夫人肖貌天地，禀性五才：《汉书·刑法志》："夫人肖天地之貌，怀五常之性。"肖，像，相似，这里有象征的意思。

【译文】

所谓"文心"，就是写文章时的用心。从前，涓子曾经创作《琴心》，王孙子曾经创作《巧心》，或许他们觉得"心"这个字实在是太灵巧了，所以把这个字放在书名里。自古以来，创作文章需要添加修饰和文采，这样好文章才能写成，之所以称修饰文采为"雕龙"，难道不是取自战国时齐人驺奭吗？因为他作文时修饰语言就像雕刻龙纹一样。宇宙广大，没有尽头，民众无数，普通人和贤能人混杂在一起，超出普通人的人，凭借的是才智而已。时间转瞬即逝，一个人的才智不会永远存在于世，想要让名声在世间永存，让功绩可以流传到后世，只能依靠作品。人的外貌形体来源于天地，天资本性来自于金、木、水、火、土五行，眼睛耳朵就像日月一样，气韵声音如同风雷一般，人类立于万物之巅，可以说是相当奇妙的一件事情。但是，一个人的形体仍旧像草木一样脆弱，只有名声可以比金石还要坚固，永存于世间而不朽，所以，君子生于世上，务必立德建言。文人立言难道是因为他们真的那么喜欢辩论吗？其实只是为了让自己的名声永存，不得已才如此啊！

【原文】

予生七龄，乃梦彩云若锦，则攀而采之。齿在逾立①，则尝夜梦执丹漆之礼器，随仲尼而南行。旦而寤②，乃怡然而喜。大哉，圣人之难见哉，乃小子之垂梦欤！自生人以来，未有如夫子者也！敷赞圣旨，莫若注经，而马、郑诸儒，弘之已精；就有深解，未足立家。唯文章之用，实经典枝条；五礼资之以成③，六典因之致用④，君臣所以炳焕，军国所以昭明，详其本源，莫非经典。而去圣久远，文体解散，辞人爱奇，言贵浮诡，饰羽尚画，文绣鞶帨⑤，离本弥甚，将遂讹滥。盖《周书》论辞，贵乎体要；尼父陈训，恶乎异端；辞训之异，宜体于要。于是搦笔和墨，乃始论文。

【注释】

①逾立：谓年龄超过三十岁。

②寤（wù）：睡醒。

③五礼：古代礼仪总称。以祭祀之事为吉礼，丧葬之事为凶礼，军旅之事为军礼，宾客之事为宾礼，冠婚之事为嘉礼，合称五礼。

④六典：谓古代六方面的治国之法。即治典、教典、礼典、政典、刑典、事典。

⑤鞶帨（pán shuì）：腰带和佩巾。

【译文】

我在七岁的时候，曾经梦到彩云像锦缎一样垂悬于空中，于是便爬上天去采摘。过了三十岁，我又曾在夜里梦见自己捧着丹红漆成的祭器，随着孔子的脚步往南方走。第二天醒来，我非常兴奋，毕竟伟大的圣人一般人根本见不到啊！但是孔子竟然降临到像我这样无名小卒的梦境里。自从人类出现以来，再没有诞生过像孔子一样伟大的圣贤之人了！想要将圣人的意旨阐述清楚，最好的方式是注释经典，然而在注释经典方面，马融、郑玄等有名的学者，已经将注释做得非常宏大精辟了，我就算对经典理解得再深刻，也不够资格形成一家的言论。而文章这种东西，确实是经典经书衍生出来的旁支，因为有了文章，五种礼制才得以形成，因为有了文章，六种法典才得以实施使用；君王大臣的政绩之所以能够在当世和后世散发光辉，军国大事之所以能够在当世和后世清楚，都是文章的功劳。仔细推究各种文章作品的源头，没有不是来自于圣人创作的经典经书。但是，圣人的时代已经过去很久很久了，文章的体制受到严重破坏，作家喜欢追求新奇的事物，爱好浮夸怪异的言辞，就像在原本就漂亮的羽毛上再涂颜料一样，在本就有花纹的佩巾或衣带上再绣纹饰一样，这就偏离了文章的本质，而且在歧途上越走越远，最终导致讹谬怪异，到一种收不住的地步。《尚书》里讲到如何构设文辞，认为文章关键在于表现要义和意旨；孔子讲述的那些训诫，从中可以看出他非常讨厌歪门邪道的文辞。《尚书》的论辞和孔子的教训，其中提到的"不要追求奇异"和"攻击声讨异端"，说的都是写文章应该把着眼点放在表现文章的要义上。正因为这样，我才拿起笔杆，研墨调汁，开始论述与写作有关的一系列问题，创作了这部《文心雕龙》。

【原文】

详观近代之论文者多矣。至于魏文述《典》，陈思序《书》，应玚《文论》，陆机《文赋》，仲洽《流别》①，弘范《翰林》②，各照隅隙③，鲜观衢路；或臧否当时之才④，或铨品前修之文⑤，或泛举雅俗之旨，或撮题篇章之意。魏《典》密而不周，陈《书》辩而无当，应《论》华而疏略，陆《赋》巧而碎乱，《流别》精而少功，《翰林》浅而寡要。又君山、公幹之徒⑥，吉甫、士龙之辈⑦，泛议文意，往往间出，并未能振叶以寻根，观澜而索源。不述先哲之诰，无益后生之虑。

【注释】

①仲洽：挚虞的字，西晋著名谱学家。

②弘范：李充的字，东晋著名的文学家、文论家、目录学家。

③隅（yú）隙：引申为某一方面，某一个点。

④臧否：褒贬，评论。

⑤铨（quán）品：衡量评论。

⑥君山：桓谭的字，东汉哲学家、经学家、琴师、天文学家。公幹：刘桢的字，东汉文学家，"建安七子"之一。

⑦吉甫：应贞的字，西晋作家。士龙：陆云的字，西晋官员、文学家。

【译文】

仔细看一下，近代评论文章的文学家有很多，相关的作品也不在少数。比如魏文帝曹丕创作的《典论·论文》，陈思王曹植创作的《与杨德祖书》，应玚创作的《文质论》，陆机创作的《文赋》，挚虞创作的《文章流别论》，李充创作的《翰林论》。这些人分别从某个理论或者某个观点出发去阐述道理，很少有站在整个创作理论的高度上去评论文章的。他们之中，有的对当世的文人进行或褒或贬的评价，有的对前代作家的文章进行鉴赏和品评，有的就文章所表达的旨趣是雅是俗展开一般性的议论，有的针对文章的创作意图进行大概的阐述。曹丕创作的《典论·论文》，论点虽然很周密，但是叙述得不是很完备；曹植创作的《与杨德祖书》，将论点辨析得非常清楚，然而个别细节有不妥当的地方；应场创作的《文质论》，内容很有文采但是写得太过粗疏简略；陆机创作的《文赋》，尽管构思十分巧妙，但是条理上稍显杂乱；挚虞创作的《文章流别论》，虽然写得很精巧，但是没什么实用性；李充创作的《翰林论》，内容浅薄，而且连要点都没抓好。再有像桓谭、刘桢之流，应贞、陆云之辈，他们在讨论文章创作意旨等问题上基本都是泛泛而谈，相关的言论也能经常在他们自己的文章里见到，但是，他们有一个共同的缺点，就是都不能顺着问题的枝叶探寻到文章创作的根本，都不能从细小的微澜出发探寻到问题的源头。他们论议文章，将先哲圣人的告诫教训抛之脑后，这样后辈再探讨这些问题的时候，是没有办法以他们为榜样的。

【原文】

盖《文心》之作也，本乎道，师乎圣，体乎经，酌乎纬，变乎《骚》：文之枢纽，亦云极矣。若乃论文叙笔，则囿别区分；原始以表末，释名以章义，选文以定篇，敷理以举统：上篇以上，纲领明矣。至于剖情析采，笼圈条贯[1]：摛《神》《性》，图《风》《势》，苞《会》《通》[2]，阅《声》《字》，崇替于《时序》，褒贬于《才略》，怊怅于《知音》[3]，耿介于《程器》，长怀《序志》，以驭群篇：下篇以下，毛目显矣。位理定名，彰乎大易之数，其为文用，四十九篇而已。

【注释】

①笼圈：概括。条贯：事物的内部结构，条理。

②苞：同"包"，包括。

③怊（chāo）怅：悲伤不如意的样子。

【译文】

《文心雕龙》这本书，在写作的时候，是把道作为本源进行探讨的，然后以圣人为老师，把经书经典当作规范体制的基础，从谶纬之学的一些作品里摘取文采上的精华，从《楚辞》《离骚》中学习如何变化创新。本书在论述文章的问题上，基本可以说是探索到极致了。在阐述有韵文和无韵文的时候，按照文体的不同进行区分，在分别展开阐述的时候，先分析研究各种文体的起源，然后将它们的变化发展叙述清楚；对各种文体的名称进行详细的解释，以便让读者明白它们的意义，接着针对各种体裁选出一些有代表性的作品，进行评定论述，陈述各种文体的相关理论，系统地分析它们各自的体制要求和写作规范：这样一来，本书上半部分各篇文章的纲领就显得很明确了。至于剖析文章的情理，赏析文章的文采，如何将写作条理理顺，在这些问题上，本书论述了《神思》和《体性》，考虑《风骨》和《定势》，包括《附会》和《通变》，观察《声律》和《练字》；从《时序》里探索各个朝代的文学是如何从兴盛变为衰废的，在《才略》中对各朝各代的作家进行褒扬与贬抑，在《知音》里抒发了忧闷惆怅的感情，在《程器》里表现了愤懑不平的感慨，最后将自己胸怀中蕴藏的志向全部凝聚在末篇的《序志》当中，用来总括整本书的其他所有篇章：这样一来，本书下半部分各篇文章的目录便一目了然了。按照理论，对每篇的顺序系统地排列，确定好每篇的名称，这非常符合"五十"这个《周易》的"大衍"之数，只不过，里面真正研究讨论文章功用的就只有四十九篇罢了。

【原文】

夫铨序一文为易①，弥纶群言为难②，虽复轻采毛发，深极骨髓；或有曲意密源，似近而远，辞所不载，亦不胜数矣。及其品列成文，有同乎旧谈者，非雷同也，势自不可异也；有异乎前论者，非苟异也，理自不可同也。同之与异，不屑古今，擘肌分理③，唯务折衷。按辔文雅之场，环络藻绘之府，亦几乎备矣。但言不尽意，圣人所难；识在瓶管，何能矩矱④? 茫茫往代，既沉予闻，眇眇来世⑤，倘尘彼观也。

【注释】

①铨（quán）序：衡量论述。

②弥纶：统摄，笼盖。

③擘（bò）肌分理：分开肌肤的纹理，比喻分析事理十分细致。

④矩矱（jǔ yuē）：规矩法度。

⑤眇（miǎo）眇：辽远。

【译文】

只评论一篇文章其实是很容易的，但是将历朝历代所有文章都综合评论却非常困难。虽然在分析文章的时候，已经非常注意去尽量做到像观察毛发那样细微，探索道理的时候已经深入文章的骨髓；但是，有的文章内涵非常隐曲，源头神秘，很难探索到；有的文章意思虽然看起来浅显，其实非常深远。至于这部书中所没有记载的问题或论述的东西，那也是相当多的。在具体地品评文章作品的时候，有的观点是基于前人的说法，却不是故意雷同，而是不能不同；有的说法和从前的论述完全不同，其实并不是随便标新立异，而是在遵循道理的原则上，确实是不能相同。不管是一样还是不一样，也不必管那些观点是古代的人还是当代的人，只要深入分析文章表层和深层道理的时候，能做到论述恰当，得出的结论正确，这样就可以了。在文学的园地里漫步，围绕着华美的文学场所散步，像本书这样评论文章，其实基本可以称得上是比较周到了。然而，心中的想法是无法通过言语准确无误地全面阐述清楚的，这一点就连圣人都很难办到；再者，其实我自己的知识储备很有限，见识也不足，又怎么能将创作的法度那么完美地讲出来呢？遥远的古代，就已经使我沉迷于广博的知识里受益匪浅了。那么想一想渺茫的未来世界，我写的这本《文心雕龙》，或许能迷惑一下众人的眼睛，让他们觉得可以一读吧。

【原文】

赞曰：生也有涯，无涯惟智。逐物实难，凭性良易。傲岸泉石①，咀嚼文义②。文果载心，余心有寄。

【注释】

①傲岸：高傲自负，不屑随俗。泉石：山水。

②咀嚼：细嚼体味。

【译文】

总而言之：一个人的生命非常有限，但学问和知识的海洋却是无边无际的。要理解外界事物的真实一面确实有很大的难度，依照自己的自然天性去做事情相对来说就容易得多。所以，还是怀着一股傲气隐居在泉石之间，去细细地品味文章的深刻含义吧。如果文章真的能够表达出自己的心意，那我的思想也就有地方可以托寄了。

参考文献

［1］周振甫.文心雕龙今译［M］.北京：中华书局，2013.

［2］王运熙，周锋.文心雕龙译注［M］.上海：上海古籍出版社，2016.

［3］陈志平.文心雕龙译注［M］.北京：北京联合出版公司，2015.

［4］吴林伯.文心雕龙义疏［M］.武汉：武汉大学出版社，2013.

［5］周勋初.文心雕龙解析［M］.南京：江苏凤凰出版社，2015.

［6］范文澜.文心雕龙注［M］.北京：人民文学出版社，2006.

［7］刘业超.文心雕龙通论［M］.北京：人民出版社，2012.